la question finkler

HOWARD JACOBSON

la question finkler

roman

Traduit de l'anglais (Grande-Bretagne)
par Pascal Loubet

calmann-lévy

Titre original anglais :
THE FINKLER QUESTION
Première publication : Bloomsbury, Londres, 2010

COUVERTURE
Maquette : cedric@scandella.fr
Photographie : Superstock/Getty Images

ISBN 978-2-7021-4247-9

En souvenir de trois amis chers, source de bien des rires
Terry Collits (1940 – 2009)
Tony Errington (1944 – 2009)
Graham Rees (1944 – 2009)
Quels éclairs de gaieté feront désormais rugir la table de rires ?

PREMIÈRE PARTIE

Un

1

Il aurait dû s'y attendre.

Étant donné que sa vie n'avait été qu'une succession de catastrophes, il aurait dû se préparer à celle-là.

Il était du genre à voir venir. Il n'était pas terrassé par de sombres prémonitions au coucher ou au lever mais par des périls vrais et tangibles en plein jour. Les réverbères et les arbres lui fonçaient dessus et lui fendaient les tibias. Les bolides qui dérapaient et montaient sur le trottoir ne laissaient de lui qu'un amas de chairs déchirées et d'os fracassés. Des objets pointus tombaient des échafaudages et lui perçaient le crâne.

Les femmes, c'était le pire. Quand une femme que Julian Treslove trouvait séduisante croisait son chemin, ce n'était pas son corps qui subissait l'impact, mais son esprit. Elle faisait voler en éclats sa tranquillité d'esprit.

Certes, il n'avait aucune tranquillité d'esprit, mais elle réduisait en pièces celle qu'il pouvait espérer savourer un jour. C'était *elle*, l'avenir.

En réalité, les gens qui voient venir ont une notion erronée du temps. Toutes les horloges de Treslove déraillaient. À peine apercevait-il une femme qu'il devinait la suite : la demande en mariage — acceptée —, le foyer qu'ils fondaient, les opulentes tentures de soie où filtrait une lumière mauve, les draps qui bouillonnaient comme des nuages, le ruban de fumée odorante s'échappant de la cheminée — évidemment toute fendillée —, le motif des tuiles pourpres, les pignons et les mansardes, son bonheur, son avenir. Tout cela l'écrabouillait dès le premier regard.

Elle ne le quittait pas pour un autre homme, elle ne se lassait pas de lui et de leur vie commune, elle trépassait, incarnation parfaite d'un rêve d'amour tragique, dévorée de consomption, l'œil humide, en lui lançant en guise d'adieu une phrase piquée à un opéra italien bien connu.

Il n'y avait pas d'enfants. Les enfants, cela gâchait l'histoire.

Entre les réverbères sournois et les chutes d'objets, Treslove se surprenait parfois à répéter les dernières paroles qu'il prononcerait — également empruntées à des opéras italiens bien connus — comme si les cordes du temps s'étaient rétractées en lui broyant le cœur et qu'elle était morte avant de l'avoir rencontré.

Pour lui, il y avait quelque chose d'exquis à la perspective d'étreindre une femme aimée qui rend son dernier soupir. Parfois, il s'imaginait mourir dans ses bras, mais c'était mieux quand elle expirait dans les siens. C'est ainsi qu'il avait la certitude d'être amoureux : aucun pressentiment de trépas ni de demande en mariage ne venait l'effleurer.

Telle était la poésie de son existence. Dans la réalité, les femmes le plaquaient en l'accusant d'étouffer leur créativité.

Dans la réalité, il y avait eu des enfants.

Mais, au-delà de la réalité, quelque chose le guettait.

Lors d'un séjour linguistique à Barcelone, il s'était fait dire la bonne aventure par une gitane.

— Je vois une femme, avait-elle déclaré en examinant sa main.

— Elle est belle ? demanda Treslove, tout excité.

— Pour moi, non, répondit la gitane. Mais pour vous… peut-être. Je vois aussi du danger.

Treslove s'en trouva encore plus excité.

— Comment la reconnaîtrai-je ?

— Vous le saurez.

— Comment s'appelle-t-elle ?

— En principe, pour le prénom, il faut payer un supplément, répondit-elle en lui repliant le pouce. Mais je vais faire une exception pour vous parce que vous êtes jeune. Je vois une Junon. Vous en connaissez une ?

Elle avait prononcé le prénom avec un accent espagnol d'opérette : Younon. Parfois elle oubliait de le faire.

Treslove ferma un œil. Junon ? Connaissait-il une Junon ? Qui pouvait bien connaître une Junon ? Non, désolé, il ne voyait pas. Mais il connaissait une June.

— Non, non, plus long que June. (Elle parut agacée qu'il n'arrive pas à faire plus long.) Judy... Julie... Judith. Vous connaissez une Judith ?

Youdith.

Treslove secoua la tête. Mais cela lui plaisait bien. Julian et Judith. Youlian et Youdith Treslove.

— Eh bien, elle vous attend, cette Julie, Judith ou Junon... Je vois quand même une Junon.

Treslove ferma l'autre œil. Junon, Junon.

— Combien de temps attendra-t-elle ? demanda-t-il.

— Le temps qu'il vous faudra pour la trouver.

Treslove s'imagina en train d'écumer toutes les mers du globe à sa recherche.

— Vous avez parlé de danger. Est-elle dangereuse ?

Il la voyait se dresser devant lui et lui coller un couteau sous la gorge : *Addio, mio bello, addio*.

— Je n'ai pas dit que c'était elle qui était dangereuse. Seulement que je voyais du danger. Peut-être êtes-vous un danger pour elle. Ou peut-être quelqu'un d'autre est-il dangereux pour vous deux.

— Il faudrait que je l'évite, alors ? demanda Treslove.

Elle eut un petit frisson, très diseuse de bonne aventure.

— Vous ne pouvez pas l'éviter.

Elle était belle, elle aussi. Enfin, aux yeux de Treslove. Émaciée et tragique, avec ses grosses créoles dorées et, décela-t-il, un rien d'accent des Midlands. Sans ce dernier détail, il serait tombé amoureux.

Elle ne lui raconta rien qu'il ne sût déjà. Quelqu'un ou quelque chose le guettait.

Ce serait moins un malencontreux accident qu'une question de temps.

Il était voué à la calamité et à la tristesse, mais il était toujours ailleurs quand l'une ou l'autre frappaient. Un jour, en tombant, un arbre avait broyé un passant à moins d'un mètre derrière lui. Treslove avait entendu le cri et s'était demandé si c'était lui qui l'avait poussé. Dans le métro il avait manqué un forcené armé à un wagon près et il n'avait même pas été interrogé par la police. Et une camarade qu'il avait aimée d'une passion adolescente désespérée — la fille d'amis de son père, un ange à la peau aussi soyeuse que les pétales d'une rose tardive et des yeux qui semblaient toujours embués — était morte de leucémie à quatorze ans pendant que Treslove se faisait lire les lignes de la main à Barcelone. Ses parents ne l'avaient pas appelé pour assister aux derniers instants de la jeune fille ni même pour les obsèques. Pour ne pas gâcher ses vacances, avaient-ils dit, mais en réalité c'était parce qu'ils ne se fiaient guère à sa force de caractère. Ceux qui connaissaient Treslove y regardaient à deux fois avant de le convier au chevet d'un mourant ou à un enterrement.

Il avait donc encore tout loisir de gâcher sa vie. À quarante-neuf ans, il était en bonne forme physique, n'avait pas eu d'ecchymoses depuis le jour où il s'était cogné, encore bébé, aux genoux de sa mère, et il lui restait encore à devenir veuf. À sa connaissance, aucune des femmes qu'il avait aimées ou avec qui il avait couché n'était décédée. Cela dit, rares étaient celles qui étaient restées assez longtemps avec lui pour avoir le temps de lui offrir par leur mort le dernier acte inhérent à toute grande passion. Espérer vainement une tragédie lui donnait un air étrangement juvénile, celui que finissent parfois par arborer ceux qui renaissent à la foi.

2

Par une chaude soirée de la fin de l'été, sous une lune espiègle qui brillait haut dans le ciel, Treslove rentra d'un dîner mélancolique avec deux vieux amis, l'un de son âge, l'autre beaucoup plus âgé, veufs depuis peu. Malgré les dangers qui le guettaient dans les rues, il avait décidé de se promener dans un quartier de Londres qu'il connaissait bien, en ressassant cette triste soirée, avant de prendre un taxi pour rentrer.

Un taxi, et non le métro, alors qu'il habitait à cent mètres seulement d'une station. Un homme qui, comme Treslove, s'effarouchait de ce qui pouvait lui tomber dessus en surface ne risquait pas de s'aventurer sous la terre. Surtout après y avoir frôlé un forcené armé.

— C'est d'une tristesse indicible, murmura-t-il.

Il songeait au décès des épouses de ses amis et des femmes en général. Mais il pensait également à ces hommes qui restaient seuls. Comme lui. C'est affreux de perdre une femme que l'on a aimée, guère moins de n'avoir pas de femme à bercer dans ses bras avant que la tragédie ne frappe...

— Sans cela, que suis-je ? se demanda-t-il, étant de ceux que la solitude paralyse.

Il passa devant la BBC, une institution pour laquelle il avait travaillé autrefois quand il caressait d'idéalistes espoirs, et à laquelle il vouait désormais une haine irrationnelle. Eût-elle été rationnelle qu'il aurait fait en sorte de ne pas passer devant l'immeuble aussi souvent.

— Tas de merde, lança-t-il à mi-voix, sans conviction.

Une insulte de jardin d'enfants.

C'était exactement ce qu'il détestait dans la BBC : elle l'avait infantilisé. Le pays surnommait la BBC « Tatie ». Or les taties sont des personnages équivoques, méchantes et retorses; elles font mine vous aimer pour combler un manque d'amour pour elles-mêmes, avant de vous laisser tomber. La BBC, Treslove en était convaincu, réduisait ses auditeurs à l'état de drogués en proie à une dépendance hébétée. Tout comme ses employés. Sauf que c'était pire pour ces derniers : entravés par les promotions et la suffisance ils étaient aveugles à toute autre existence. Treslove en était l'exemple même. Enfin, il n'avait pas été promu, seulement aveuglé.

Autour du bâtiment se dressaient des grues, aussi hautes et instables que la lune. Voilà qui ferait un destin bien trouvé, songea-t-il : tel commencement, telle fin, une grue de la BBC me broyant la cervelle. Le *tas de merde*. Il entendait déjà son crâne se déchiqueter comme se déchire la croûte terrestre dans un film catastrophe. Et si la vie elle-même n'était qu'un film catastrophe au cours duquel de délicieuses femmes se mouraient les unes après les autres ? Il hâta le pas. Un arbre se dressa derrière lui. Il fit un brusque écart et faillit emboutir un panneau de chantier indiquant DANGER. Ses tibias souffrirent à la simple pensée de la collision. Ce soir, même son âme tremblait d'appréhension.

Ce n'est jamais là où on s'y attend, se répéta-t-il. Cela vient toujours d'ailleurs. Au même instant, une ombre menaçante surgit d'une embrasure et on le saisit par le collet, lui poussa le visage contre une vitrine, lui souffla de ne pas se débattre ni piper mot et on le soulagea de sa montre, de son portefeuille, de son stylo-plume et de son portable.

Quand, ayant cessé de trembler, il fut capable de tâter ses poches vides, il fut certain que ce qui lui était arrivé s'était réellement produit.

Plus de portefeuille ni de portable.

Dans sa poche de veste, plus de stylo-plume.

À son poignet, plus de montre.

Et en lui, pas la moindre résistance, ni instinct de conservation, ni *amour de soi**. Ni rien de ce ciment qui soutient l'homme et lui enseigne à vivre dans le présent et dont le nom exact lui échappait.

Au fait, l'avait-il jamais possédé ?

À l'université, il avait été un être modulaire, fait de bric et de broc. Au lieu de rien étudier méritant d'être qualifié de sujet particulier, il avait assemblé comme des pièces de Lego les éléments de différentes disciplines — pour ne pas dire indisciplines — artistiques. Archéologie, poésie concrète, médias et communi-

* Les mots en italique suivis d'un astérisque sont en français dans le texte d'origine.

cations, administration de festivals et théâtres, religions comparées, mise en scène et décors, la nouvelle dans la littérature russe, politique et savoirs sur le genre. En terminant ses études — difficile de savoir s'il les avait finies et quand, étant donné que personne à l'université ne pouvait dire avec certitude combien d'unités de valeur formait un tout — Treslove s'était vu remettre un diplôme si vague qu'il s'était résigné à accepter un stage à la BBC. Quant à la BBC, l'ayant sur les bras, elle n'avait pas eu de meilleure idée que de le fourrer à la production des programmes artistiques de fin de nuit sur Radio 3.

Il s'était retrouvé comme un arbrisseau rabougri dans une jungle d'arbres immenses. Tout autour de lui, les autres stagiaires s'élevaient vers des cimes vertigineuses quelques semaines après leur arrivée. Ils s'élançaient vers le haut, parce qu'il n'y avait pas d'autre direction possible, à moins d'être Treslove, qui resta là où il était parce que personne ne savait qu'il était là. Ils devenaient directeurs de programmes, de stations, responsables des acquisitions, cadres multi-plate-forme, voire directeurs généraux. Personne ne partait jamais. Personne n'était même licencié. L'entreprise veillait sur les siens plus loyalement et farouchement qu'une famille mafieuse. Du coup, tout le monde connaissait tout le monde intimement — sauf Treslove qui ne connaissait personne — et parlait le même langage — sauf Treslove, qui parlait celui du deuil et de la peine que personne ne comprenait.

« Souris », lui disait-on à la cantine. Mais cela ne faisait que lui donner envie de pleurer. « Souris » : mais quelle tristesse, cette injonction. Non seulement elle concédait qu'il était improbable qu'il sourie jamais, mais en plus elle sous-entendait qu'il puisse ne jamais y avoir de raison de sourire, si sourire était la seule lumière que l'on pouvait jamais entrevoir.

Il fut réprimandé sur papier à en-tête par un membre du Conseil créatif — il ne reconnut pas le nom du signataire — pour avoir abordé trop de sujets morbides et diffusé trop de musique sinistre dans son émission. « Un tel registre appartient à Radio 3 », concluait la lettre. Il répondit que son émission était bel et bien diffusée sur Radio 3. Il ne reçut pas de réponse.

Après plus de douze ans à hanter les couloirs caverneux de la Maison de la BBC au cœur de la nuit, conscient que personne n'écoutait ses programmes — car qui, à 3 heures du matin, avait envie d'entendre débattre de poètes défunts des poètes vivants, lesquels auraient d'ailleurs tout aussi bien pu être des poètes morts débattant de poètes vivants ? —, il rendit son tablier. « Qui s'apercevra que mon émission n'est plus diffusée ? écrivit-il dans sa lettre de démission. Remarquera-t-on mon absence si je ne viens plus ? » Là encore, il ne reçut pas de réponse.

Tatie n'écoutait pas non plus.

Il répondit à une annonce pour un poste de directeur adjoint d'un nouveau festival artistique organisé sur la côte sud. Par nouveau festival il convenait de comprendre une bibliothèque scolaire sans livres, des ordinateurs, trois conférenciers et pas de public. Cela lui rappela la BBC. La directrice reformulait tous ses courriers en anglais simplifié et en faisait autant dans la conversation. Ils se fâchèrent à cause du texte d'une brochure.

— Pourquoi écrire « euphorisant » quand on peut dire « sexy » ? demanda-t-elle.

— Parce qu'un festival artistique n'est pas « sexy ».

— Et tu veux que je te dise pourquoi ? Parce que tu persistes à utiliser des mots comme euphorisant.

— Où est le mal ?

— C'est du langage indirect.

— Il n'y a rien d'indirect dans l'euphorie.

— Dans la manière dont tu le dis, si.

— Pourrions-nous trouver un compromis avec « exubérance » ? demanda-t-il sans en montrer aucune.

— Un bon compromis serait que tu cherches un autre boulot.

Ils couchèrent ensemble. Il n'y avait rien d'autre à faire. Ils s'accouplèrent par terre dans le gymnase, personne n'étant venu à leur festival. Elle avait gardé ses Birkenstock tout le long. Il ne se rendit compte qu'il l'aimait que lorsqu'elle l'eut viré.

Elle s'appelait Julie et cela aussi il le remarqua seulement à ce moment.

Youlie.

Après quoi, il renonça à toute carrière dans le domaine artistique et occupa plusieurs postes temporaires inadaptés ainsi que plusieurs femmes qui l'étaient tout autant, tombant amoureux à chaque nouveau boulot et tombant en disgrâce — ou, plus exactement, étant précipité dans la disgrâce — à chaque fois qu'il le quittait. Il fut déménageur et s'éprit de la première femme dont il vida la maison, livra du lait dans une camionnette électrique et s'éprit de la caissière qui le payait tous les vendredis soir, travailla comme apprenti d'un charpentier italien qui remplaçait les fenêtres à guillotine des maisons victoriennes et remplaça Julian Treslove dans le cœur de la caissière, dirigea le rayon chaussures d'un célèbre grand magasin londonien et succomba à la responsable du rayon peluches à l'étage supérieur, et finit par trouver un métier semi-permanent et mal payé dans une agence fournissant des sosies de célébrités pour les soirées, conférences et manifestations d'entreprise. Comme Treslove ne ressemblait à aucune célébrité en particulier, mais vaguement à beaucoup, il était très demandé, sinon à cause de sa ressemblance, du moins de sa polyvalence.

Et la femme du rayon peluches ? Elle le quitta quand il devint le sosie de personne en particulier.

— Je n'aime pas ne pas savoir qui tu es censé incarner, lui dit-elle. Cela nous fait du tort à tous les deux.

— À toi de choisir, dit-il.

— Je ne veux pas choisir. Je veux savoir. J'ai un énorme besoin de certitude. Il faut que je sache que tu seras présent qu'il pleuve ou qu'il vente. Je travaille avec des peluches toute la journée. Quand je rentre chez moi, je veux m'appuyer sur du solide. C'est un roc, qu'il me faut, pas un caméléon.

Elle avait des cheveux roux et une vilaine peau. Elle s'échauffait si rapidement que Treslove avait toujours eu peur de l'approcher de trop près.

— Je suis un roc, soutint-il, à distance prudente. Je resterai à tes côtés jusqu'au bout.

— Eh bien, tu as vu juste sur ce point, répondit-elle. Parce qu'on y est, au bout. Je te quitte.

— Juste parce que je suis très demandé ?

— Parce que tu es très demandé, mais pas par moi.

— Ne me quitte pas, je t'en prie. Si je n'étais pas un roc jusqu'ici, j'en serai un à partir de maintenant.

— Non, parce que ce n'est pas dans ta nature.

— Je ne m'occupe pas de toi quand tu es malade, peut-être ?

— Si. Tu es parfait quand je suis malade. C'est quand je vais bien que tu ne sers à rien.

Il la supplia de rester. Il prit le risque de se jeter dans ses bras en lui pleurant dans le cou.

— Tu parles d'un roc, dit-elle.

Elle s'appelait June.

Très demandé, c'est un concept très relatif. Il n'était pas assez demandé comme sosie de tout le monde et de personne en particulier pour ne pas disposer de longues heures à songer à tout ce qui lui était arrivé, ou plutôt à ce qui ne lui était pas arrivé, aux femmes et à la tristesse qu'il éprouvait pour elles, à sa solitude et à cette chose dont il était dépourvu et qu'il ne savait définir. Son incomplétude, son éparpillement, son commencement qui attendait une fin, ou bien était-ce sa fin qui attendait un commencement, son histoire sans intrigue.

L'agression se produisit à 23 h 30 précisément. Treslove le sut parce qu'il avait été poussé à consulter sa montre l'instant d'avant. Peut-être par la prescience qu'il n'aurait plus l'occasion de la revoir. Mais avec la clarté des réverbères et le nombre de vitrines éclairées — un coiffeur était encore ouvert, ainsi qu'un restaurant de vapeurs chinois et un magasin de journaux en travaux —, cela aurait aussi bien pu être l'après-midi. Les rues n'étaient pas désertes. Au moins une dizaine de personnes auraient pu venir à son secours, mais personne ne bougea. Peut-être que l'effronterie de l'agression — qui se déroulait à cent mètres à peine de Regent Street, à portée d'insultes de la BBC — laissa perplexe les passants. Peut-être crut-on qu'il s'agissait d'un jeu ou d'une querelle conjugale au sortir d'un restaurant ou du théâtre. Il était possible — et c'était là le plus étrange — qu'on les ait pris pour un couple.

C'est ce que Treslove trouva le plus rageant. Pas l'interruption d'une savoureuse rêverie de veuvage par procuration. Pas la soudaineté scandaleuse de l'agression, une main l'empoignant par le col et le plaquant si violemment contre la vitrine de la lutherie Guivier que les instruments en avaient vibré et frémi, à moins que ce ne fût le bruit de son nez fracassé. Ni même le vol de sa montre, de son portefeuille, de son stylo-plume et de son portable, si attaché fût-il à la première et si agaçante que fût la perte des trois autres. Non, ce qui l'irritait davantage, c'était le fait que l'individu qui l'avait agressé, volé et — oui, terrorisé — cet individu contre lequel il n'avait élevé ni le doigt ni la voix était... une femme.

3

Jusqu'au moment de l'agression, la soirée de Treslove avait été délicieusement pénible, mais pas déprimante. Bien que se plaignant d'être déboussolés et désœuvrés, les trois hommes — les deux veufs et Treslove, qui comptait comme veuf honoraire — savourèrent leur réunion, débattirent de l'économie et des affaires du monde, se remémorèrent blagues et anecdotes passées et parvinrent même à se convaincre qu'ils étaient remontés jusqu'à une époque où ils n'avaient pas d'épouse à perdre. L'espace de quelques heures, tout ne fut qu'un rêve : leur amour, les enfants qu'ils avaient eus — Treslove en ayant eu par inadvertance deux à sa connaissance — et les ruptures qui les avaient anéantis. L'être aimé ne les avait pas encore abandonnés, car ils n'avaient encore aimé personne. La peine était encore à venir.

Seulement voilà : personne n'était dupe.

Après le dîner chez Libor Sevcik, entre la Maison de la BBC et Regent's Park, leur hôte avait pris place au piano et interprété l'*Impromptu opus 90 n°3* de Schubert qu'adorait jouer son épouse Malkie. Treslove avait cru mourir de chagrin pour son ami. Il ne comprenait pas comment Libor pouvait survivre à la disparition de Malkie. Ils étaient mariés depuis plus d'un demi-siècle. Libor approchait de sa quatre-vingt-dixième année. Lui restait-il une raison de vivre ?

La musique de Malkie, peut-être. Libor ne s'était jamais assis au piano du vivant de sa femme — le tabouret était sacré pour elle, s'y asseoir revenait à entrer brusquement dans les toilettes pendant qu'elle y était — mais il s'était souvent placé derrière elle pendant qu'elle jouait, pour l'accompagner au violon dans les premiers temps. Par la suite, devant sa calme insistance (« Le tempo, Libor, le tempo ! »), il s'était contenté de rester debout sans son instrument, s'émerveillant de son talent, de l'odeur d'aloès et d'encens (tous les parfums de l'Arabie) qu'exhalaient ses cheveux, et de la beauté de son cou. Un cou plus gracieux, lui avait-il dit le jour de leur rencontre, que celui d'un cygne. À cause de son accent, Malkie avait compris *svontz* et non *swan*, ce qui lui avait rappelé un mot yiddish qu'utilisait son père et qui signifiait « pénis ». Libor avait-il vraiment pu lui dire qu'elle avait un cou plus gracieux qu'un pénis ?

D'après la légende familiale, si elle n'avait pas épousé Libor, Malkie Hoffmannsthal serait selon toute probabilité devenue une grande pianiste de concert. Horowitz, après l'avoir entendue jouer Schubert dans un salon de Chelsea, l'avait complimentée. Il avait déclaré qu'elle jouait les pièces telles qu'elles devaient l'être, comme si Schubert les inventait au fur et à mesure dans des improvisations émotionnelles soutenues par une note intellectuelle puissante. Ses parents regrettaient son union pour bien des raisons, les moindres n'étant pas le manque d'intellectualisme et de culture de Libor, sa voix grave et sentencieuse de journaliste et ses fréquentations : ils déploraient surtout que Malkie ait jeté aux quatre vents son brillant avenir dans la musique.

— Pourquoi n'épouses-tu pas Horowitz, si tu dois absolument te marier ? lui demanda-t-on.

— Il a deux fois mon âge, répondit-elle. Autant me demander pourquoi je n'épouse pas Schubert.

— Et qui a dit qu'un mari ne devrait pas être deux fois plus âgé que sa femme ? Les musiciens sont immortels. Et si tu lui survis, eh bien...

— Il ne me fait pas rire. Libor, si.

Elle aurait pu ajouter qu'Horowitz était déjà marié à la fille de Toscanini.

Et que Schubert était mort de la syphilis.

Jamais elle ne regretta sa décision. Ni quand elle entendit Horowitz jouer au Carnegie Hall — ses parents lui avaient payé un voyage en Amérique pour oublier Libor et une place au premier rang du concert pour qu'Horowitz ne manque pas de la repérer — ni quand Libor gagna un certain renom comme journaliste de cinéma et s'envola sans elle pour Cannes, Monte-Carlo et Hollywood, ni quand il sombra dans l'une de ses dépressions tchèques, ni même quand Marlene Dietrich, qui n'avait aucune notion du temps en dehors du lieu où elle se trouvait, appelait leur appartement de Londres depuis le Château Marmont à 3 heures du matin, et sanglotait au téléphone en donnant du « mon chéri » à Libor.

— Avec toi, je me sens totalement comblée, disait Malkie à Libor.

On racontait que Marlene Dietrich lui avait dit la même chose, mais il préférait tout de même Malkie, dont le cou était plus gracieux qu'un *svontz*.

— Tu dois continuer de jouer, insista-t-il avant de lui acheter un Steinway droit à candélabres de bronze au cours d'une vente aux enchères dans le sud de Londres.

— Je le ferai. Je jouerai tous les jours. Mais seulement quand tu seras là.

Quand il put se le permettre, il lui acheta un piano à queue Bechstein en ébène. Elle voulait un Blüthner, mais il refusait qu'il y ait chez eux quoi que ce soit qui provienne de l'autre côté du Rideau de fer.

Les dernières années, elle lui fit promettre qu'il ne mourrait pas avant elle, car elle se sentait incapable de survivre une heure sans lui. Il avait promis solennellement.

— Moquez-vous de moi, dit-il à Treslove, mais j'ai mis un genou en terre et je lui ai fait cette promesse, exactement comme le jour de ma demande en mariage. C'est la seule raison pour laquelle je suis encore en vie.

Ne trouvant rien à répondre, Treslove mit à son tour un genou en terre et baisa la main de Libor.

— Certes, nous avons envisagé de nous jeter ensemble du haut d'une falaise de Bitchiyed si l'un de nous tombait gravement malade, dit Libor, mais Malkie pensait que j'étais trop léger pour toucher la mer en même temps qu'elle et cela ne lui disait rien de devoir m'attendre dans l'eau.

— Bitchiyed ? interrogea Treslove.

— Oui. Nous y sommes même allés y faire un tour, par goût du défi. Très joli endroit. Un immense à-pic avec des mouettes qui tournoient et des bouquets de fleurs desséchées accrochés aux clôtures de barbelés — je me rappelle qu'il y en avait un qui avait gardé son étiquette — et aussi une plaque gravée d'une citation des Écritures, disant que Dieu est plus puissant que le tonnerre des eaux, et puis des tas de petites croix de bois plantées dans les herbes. Ce sont probablement ces croix qui nous ont dissuadés.

Treslove ne comprit pas de quoi parlait Libor. Des barbelés ? Malkie et lui s'étaient-ils rendus à Treblinka pour conclure leur pacte de suicide ? Mais cette histoire de falaises, de mouettes... Et puis ces croix. Allez savoir.

Cependant Malkie et Libor n'en avaient rien fait. Malkie tomba gravement malade et ils n'en avaient fichtrement rien fait.

Trois mois après sa mort, s'aventurant bravement dans la tourmente de son désespoir, Libor engagea un professeur qui sentait le vieux papier, le tabac et la Guinness, afin d'apprendre à jouer les impromptus que Malkie interprétait comme si Schubert se tenait dans la pièce avec eux. Il improvisait au fur et à mesure, les jouait inlassablement devant quatre de ses photographies préférées de Malkie posées sur le piano. Sa muse, son instructrice, sa compagne, sa juge. Sur l'une d'elles, elle était d'une jeunesse insupportable, appuyée à la balustrade de la jetée de Brighton, le visage rieur inondé de soleil. Sur une autre, elle portait sa robe de mariée. Sur toutes, elle n'avait d'yeux que pour Libor.

Julian Treslove pleura sans s'en cacher dès les premières notes. S'il avait été marié à Malkie, sa beauté lui aurait tiré des larmes chaque matin au réveil. Quand il se serait réveillé un beau jour sans elle, eh bien... il se serait jeté du haut d'une falaise à Bitchiyed. Pourquoi pas ?

Comment continue-t-on à vivre en sachant qu'on ne reverra plus jamais l'être aimé ? Comment survivre une heure, une minute, une seconde ? Comment tenir debout ?

Il voulut questionner Libor.

« Comment avez-vous passé la première nuit seul, Libor ? Avez-vous pu fermer l'œil ? Et depuis, avez-vous réussi à dormir ? Ou bien est-ce tout ce qu'il vous reste, le sommeil ? »

Mais il en fut incapable. Peut-être ne voulait-il pas savoir.

Cependant, Libor observa :

— C'est au moment où on pense avoir surmonté le chagrin qu'on se rend compte qu'on reste avec sa solitude.

Treslove tenta d'imaginer une solitude plus grande que la sienne.

C'est au moment où on pense avoir surmonté la solitude, songea-t-il, qu'on se rend compte qu'on reste avec son chagrin.

Mais il faut dire que Libor et lui n'étaient pas de la même trempe.

Il fut choqué quand Libor lui confia un secret. À la fin, Malkie et lui se disaient des cochoncetés. Vraiment très grossières.

— Vous et Malkie ?

— Moi et Malkie. Nous nous parlions mal. C'était notre défense contre le pathos.

Treslove ne put supporter cette idée. Pourquoi vouloir se défendre contre le pathos ?

Libor et Malkie étaient de la même génération que ses parents, décédés depuis longtemps. Il les avait aimés sans en être proche. Ils auraient dit la même chose de lui. La montre dont il allait être délesté un peu plus tard dans la soirée était un cadeau de sa mère, perpétuellement angoissée. « Un joujou pour mon Julien », était-il gravé dessus. Alors qu'elle ne l'avait jamais appelé Julien de sa vie. De la même manière, cette prestance qu'il avait perdue, il la tenait de son père, un homme tellement droit qu'il produisait une sorte de silence architectural autour de lui.

On aurait pu lui accrocher un fil à plomb, se souvenait Treslove. Mais il ne croyait pas que ses parents étaient la cause des larmes qu'il avait répandues en compagnie de Libor. Ce qui l'avait ému, c'était la preuve de la fragilité des choses ; à la fin, il fallait toujours s'acquitter d'un prix pour tout, et peut-être que le bonheur l'exigeait plus cruellement que le malheur.

Valait-il alors mieux mesurer l'ampleur d'un deuil que ne jamais connaître le bonheur ? Fallait-il traverser la vie en attendant ce qui ne viendrait jamais, pour avoir moins de raisons de pleurer ?

Était-ce pour cela que Treslove recherchait la solitude ? Se protégeait-il contre le bonheur d'une compagnie ardemment désirée de peur de souffrir quand il en serait privé ?

Ou bien cette sensation de vide qu'il craignait était-elle précisément le bonheur auquel il aspirait ?

Réfléchir aux causes de son chagrin ne fit que redoubler ses pleurs.

Le dernier membre du trio, Sam Finkler, ne versa pas une larme pendant le morceau de Libor. Le décès prématuré de Tyler, son épouse — survenu par une horrible coïncidence le même mois que celui de Malkie —, l'avait plus irrité que chagriné. Tyler n'avait jamais dit à Sam qu'il la « comblait totalement ». Il l'avait tout de même profondément aimée, avec un dévouement attentif, voire vigilant — qui n'empêchait pas qu'il se dévoue à d'autres en passant —, comme s'il espérait qu'un jour elle lui ferait part de ses véritables sentiments pour lui. Mais elle ne l'avait pas fait. Sam était resté à son chevet durant la dernière nuit. À un moment, elle lui avait fait signe de s'approcher. Il avait obéi et penché son oreille vers ses pauvres lèvres desséchées ; si elle avait voulu lui faire une tendre confidence, elle n'y était pas parvenue. Il entendit seulement un râle douloureux, qui aurait tout aussi bien pu s'échapper de sa propre gorge.

Leur union avait été aimante, bien que parfois tempétueuse, et plus fructueuse, si l'on comptait les enfants, que celle de Libor et Malkie, mais Sam avait toujours trouvé Tyler un peu retenue ou secrète. Peut-être lui avait-elle été infidèle, il n'en savait rien.

Peut-être n'aurait-il rien trouvé à y redire, s'il avait été au courant. Cela aussi, il l'ignorait. Il n'avait pas eu l'occasion d'en avoir le cœur net. Et, à présent, elle avait emporté, comme on dit, ses secrets dans la tombe. Il y avait des larmes en Sam Finkler, mais il les surveillait comme il avait surveillé sa femme. S'il devait pleurer, il voulait être certain que ce soit d'amour et non de colère. Aussi était-il préférable — du moins tant qu'il n'était pas encore habitué à son chagrin — de ne pas pleurer du tout.

Et, de toute façon, Treslove versait assez de larmes pour deux.

Julian Treslove et Sam Finkler avaient fait leurs études ensemble. Ils étaient plus rivaux qu'amis, mais la rivalité comme l'amitié peut durer toute une vie. Finkler était le plus futé des deux. À l'époque, il tenait à ce qu'on l'appelle Samuel. « Mon prénom est Samuel, pas Sam. Sam est un prénom de détective privé. Samuel était un prophète. »

Samuel Ezra Finkler. Avec un nom pareil, on était forcément le plus futé de la bande.

C'était auprès de Finkler que Treslove s'était précipité, tout excité, après s'être fait lire les lignes de la main à Barcelone. Ils partageaient la même chambre.

— Connais-tu une fille qui s'appelle Junon ou Younon? demanda Treslove.

— Si je connais des Younon ou des Yououi?

Treslove resta interdit.

— Je connais des Youpines mais pas de Youpons.

Comme Treslove ne comprenait toujours pas, Finkler le lui écrivit : *You-oui You-non*

Youpines Youpons

Treslove haussa les épaules.

— C'est censé être drôle?

— Moi je trouve, oui, répondit Finkler. Mais c'est toi qui vois.

— Tu trouves que c'est drôle pour un juif d'écrire le mot « youpine » ? Ça te fait marrer?

— Laisse tomber, dit Finkler. Tu ne peux pas comprendre.

— Et pourquoi je ne comprendrais pas ? Si j'écrivais Goy-oui ou Goy-non, je saurais te dire en quoi c'est drôle.

— Ça n'a rien de drôle.

— Exactement. Les goys ne trouvent pas drôle de voir écrit le mot « goy ».

— Et tu sais pourquoi ? demanda Finkler

— Va te faire foutre, répondit Treslove.

— Et ça, c'est de l'humour goy, c'est ça ?

Avant Finkler, Treslove n'avait jamais rencontré de juif. Du moins à sa connaissance. Il supposait qu'un juif serait comme le mot « juif » : petit, mat et inquiétant. Un être secret. Mais Finkler avait le teint plutôt orangé et débordait de ses vêtements. Il avait des traits extravagants, une mâchoire proéminente, de longs bras et de grands pieds qu'il avait du mal à chausser, même à quinze ans. (Treslove remarquait les pieds : les siens étaient mignons comme ceux d'un danseur.) Qui plus est — et, chez Finkler, tout était « plus » —, son port de tête le faisait paraître plus grand qu'il n'était, et il émettait des opinions avec une telle assurance qu'il les crachait presque. « Parle, ne crache pas », lui disaient parfois ses condisciples, qui prenaient ce faisant un grand risque. Si tous les juifs étaient du même tonneau, se dit Treslove, dans ce cas, Finkler, qui rimait avec *sprinkler*, « arroseur », leur convenait mieux que le mot « juif ». Et c'est ainsi qu'il se mit à les appeler en son for intérieur : des *finklers*.

Il aurait bien aimé en faire part à son ami. Il trouvait que cela gommait toute stigmatisation. Dès que l'on abordait la « question finkler », par exemple, ou le « complot finkler », on dédramatisait le sujet. Mais il ne parvint jamais à se résoudre à l'expliquer franchement à Finkler.

Tous deux étaient fils de commerçants prétentieux. Le père de Treslove vendait des cigares et des accessoires pour fumeurs, celui de Finkler était pharmacien, célèbre pour ses pilules qui revigoraient des gens à l'article de la mort. Leurs cheveux repoussaient, leur colonne se redressait, leurs biceps gonflaient. Ayant guéri d'un cancer de l'estomac, Finkler père était tout à la fois un miracle ambulant et la preuve vivante des vertus de ses pilules. Il exhortait ses clients, quels que fussent leurs maux, à le rouer de coups de poing dans le ventre. Précisément là où il avait souffert du cancer. « Plus fort, disait-il. Frappez plus fort. Non, non, ça ne suffit pas, je ne sens rien. » Et lorsqu'ils s'émerveillaient de sa résistance, il brandissait sa boîte de pilules : « Trois fois par jour aux repas, et vous aussi vous n'aurez plus jamais mal. »

Malgré ses tours de passe-passe, c'était un homme pieux qui portait un feutre noir, était très actif à la synagogue et qui, dans ses prières, demandait à Dieu de le garder en vie.

Julian Treslove savait qu'il n'était pas futé comme un Finkler. « You-oui You-non Youpine Youpon. » Jamais il n'aurait sorti quelque chose de ce genre. Son cerveau carburait à une température différente. Il lui fallait du temps pour parvenir à une décision et à peine l'avait-il prise qu'il voulait en changer. Mais c'était peut-être pour cela, croyait-il, qu'il avait l'imagination plus fertile. Il arrivait au lycée ployant sous la charge de ses songes nocturnes tel l'acrobate chargé d'une pyramide humaine sur les épaules. La plupart du temps, il rêvait qu'il était abandonné tout seul dans de vastes salles pleines d'échos, devant des tombes vides, ou bien qu'il regardait des maisons brûler. « Qu'est-ce que cela voulait dire, d'après toi ? demandait-il à son camarade. — Va savoir », répondait invariablement Finkler. Comme s'il était préoccupé par quelque sujet bien plus important. Finkler ne rêvait jamais. Par principe, semblait-il parfois à Treslove, Finkler ne rêvait pas.

À moins qu'il fût trop grand pour rêver.

Treslove en fut donc réduit à interpréter tout seul ses rêves. Il était toujours au mauvais endroit au mauvais moment. En retard, ou bien en avance. Là, il attendait qu'une hache s'abatte, qu'une bombe explose, qu'une femme dangereuse enfonce ses doigts dans son cœur. Julie, Judith, Junon...

Younon.

Dans ses rêves, il égarait des objets et les cherchait en vain dans les endroits les plus improbables — derrière des plinthes, dans le violon de son père, entre les pages d'un livre, même si l'objet était plus gros que le livre lui-même. Parfois, la sensation d'avoir égaré un objet précieux ne le quittait pas de la journée.

Libor, qui avait plus du triple de leur âge quand ils l'avaient connu, avait surgi de nulle part — il avait vraiment l'air, avec son costume en velours bordeaux et son nœud papillon assorti, d'avoir poussé la mauvaise porte, comme Treslove dans ses rêves — pour leur enseigner l'histoire européenne. Or il voulait surtout leur parler de l'oppression communiste (qu'il avait eu la prescience de fuir en 1948 juste avant qu'elle ne referme ses griffes sur son pays), de la Bohême hussite et de l'importance des fenêtres dans l'histoire tchèque. Julian Treslove, qui avait compris « fleurettes », s'était inquiété :

— Les fleurettes dans l'histoire tchèque, monsieur ?

— Les fenêtres, *chlapec*, « les fenêtres » !

Dans son pays, il avait été journaliste — critique de cinéma au carnet d'adresses bien rempli, chroniqueur mondain, puis, sous le nom d'Egon Slick, spécialiste du show-business à Hollywood qui escortait des splendides actrices dans les bars de Sunset Boulevard et rédigeait sur elles des articles pour une presse anglaise assoiffée de paillettes — avant de finir par enseigner les absurdités de l'histoire tchèque à des gamins anglais d'un collège du nord de Londres. S'il y avait quelque chose de plus absurde au plan existentiel que l'histoire tchèque, c'était bien la sienne.

Il avait renoncé à Hollywood pour Malkie. Jamais elle ne l'accompagnait dans ses reportages, préférant s'occuper du foyer. « J'aime bien t'attendre, disait-elle. J'aime avoir hâte de te retrouver. » Mais il se rendait compte que cette impatience avait ses limites. Sans compter les questions matérielles qu'il répugnait à lui laisser sur les bras. Il finit par rompre un contrat et par se disputer avec son rédacteur en chef. Il voulait avoir du temps pour écrire un livre sur les lieux et les gens qu'il avait fréquentés. L'enseignement le lui permit.

De Pacific Palisades à Highgate, de Garbo à Finkler : sa trajectoire professionnelle le faisait rire lui-même durant ses cours, ce qui lui valut la sympathie de ses élèves. D'un matin à l'autre, il répétait la même leçon : la dénonciation des crimes d'Hitler et de Staline, suivie par la Première et — « si vous êtes sages » — la Deuxième Défenestration de Prague. Certains jours, il demandait à l'un des garçons de faire le cours à sa place, étant donné qu'ils en connaissaient tous si bien le contenu. Voyant que ni la Première, ni la Deuxième ni même aucune Défenestration de Prague n'étaient au programme de leurs examens, les élèves se plaignirent à Libor. « N'imaginez pas que je vous prépare à des *examens*, leur répondit-il en fronçant ses lèvres déjà naturellement froncées. Il y a des tas de professeurs qui peuvent vous aider à avoir de bonnes notes. Mon objectif est de vous donner à entrevoir le vaste monde. »

Libor aurait aimé leur parler d'Hollywood, mais Hollywood n'était pas au programme. On pouvait y glisser Prague et ses Défenestrations, mais pas les stars et leurs frasques.

Il ne tint pas longtemps, comme la plupart des enseignants qui portent des nœuds papillons et parlent du vaste monde. Au bout de six mois, il travaillait le jour pour le service international de la BBC et rédigeait la nuit les biographies des plus belles femmes d'Hollywood.

Cela ne gênait pas Malkie. Elle l'adorait et le trouvait drôle. Drôle, c'était mieux qu'absurde. Et c'est parce qu'elle le trouvait drôle qu'il restait sain d'esprit. « Et on ne peut pas en dire autant de beaucoup de Tchèques », plaisantait-il.

Il continua de voir ses deux élèves quand il avait le temps. Leur innocence le divertissait ; il n'avait pas connu l'innocence de la jeunesse. Il les emmenait dans des bars qu'ils n'auraient pu se payer tout seuls, leur préparait des cocktails aux saveurs inédites, leur décrivait avec une abondance de détails ses exploits érotiques — il utilisait le mot « érotiques », qui claquait sous sa langue comme si la salacité des syllabes suffisait en elle-même pour l'exciter — et leur parlait de la Bohême qu'il avait eu la chance de fuir et ne pensait jamais revoir.

Selon Libor, de tous les pays du monde, seuls l'Angleterre et les États-Unis valaient la peine qu'on s'y établisse. Il adorait l'Angleterre et faisait ses courses à la manière, croyait-il, des Anglais : il achetait du thé parfumé et du Gentleman's Relish chez Fortnum & Mason et ses chemises et blazers dans Jermyn Street, où il se plaisait à passer dès qu'il le pouvait afin de savourer les serviettes chaudes parfumées au citron vert du barbier. Il parlait aussi d'Israël, étant un finkler, mais plus par envie de titiller ses interlocuteurs que par désir d'y habiter. Quand Libor prononçait le mot « Israël », il roulait les *r* comme s'il y en avait trois et laissait filer le *l* comme pour sous-entendre que le pays appartenait au Tout-Puissant et avait un nom ineffable. Les finklers ont ce truc avec les mots, songeait Treslove. Quand ils ne jouent pas avec, ils lui attribuent des propriétés sacrées. Ou le contraire. De son côté, Sam Finkler allait finir par cracher comme des insultes des termes associés à Israël tels que « sioniste », « Tel-Aviv » et « Knesset ».

Un jour, Libor leur confia un secret. Il était marié. Et cela depuis plus de vingt ans. À une femme qui ressemblait à Ava Gardner. Une femme si belle qu'il n'osait pas amener chez lui des amis de peur qu'ils soient aveuglés à sa vue. Treslove se demanda pourquoi il leur en parlait précisément maintenant.

— Parce que j'estime que vous êtes prêts, répondit-il.

— Prêts à être aveuglés ?

— Prêts à courir ce risque.

La véritable raison, c'est que Malkie avait des nièces de l'âge de Treslove et de Finkler qui avaient du mal à se trouver des petits copains. Rien ne ressortit de ces présentations arrangées, même Treslove ne put s'enticher des nièces, qui ne ressemblaient pas à Malkie, mais il s'éprit évidemment de la tante, assez âgée pour être sa mère. Libor n'avait pas exagéré. Malkie ressemblait tellement à Ava Gardner que les deux garçons envisagèrent la possibilité qu'elle fût *vraiment* Ava Gardner.

Leur amitié s'effilocha peu après. Ayant présenté son épouse aux garçons, il ne restait plus grand-chose à Libor pour les impressionner. Et, de leur côté, les garçons devaient encore se trouver leurs propres Ava Gardner.

Sur ces entrefaites, la première biographie de star de Libor fut publiée, rapidement suivie d'une autre. Avec ces ouvrages croustillants, drôles et légèrement fatalistes, Libor retrouva sa célébrité. En fait, il devint même plus célèbre encore, car bon nombre des femmes qui constituaient son sujet étaient mortes et on estimait qu'elles avaient confié plus de secrets à Libor qu'à quiconque. Sur plusieurs photos, où Libor dansait avec elles joue contre joue, on les voyait presque lui ouvrir leurs cœurs. Elles pouvaient lui faire confiance car elles le trouvaient amusant.

Pendant plusieurs années, Sam et Julian se tinrent au courant de la carrière de Libor par le biais de ces biographies. Julian l'enviait. Sam, moins. Les rumeurs d'Hollywood pénétraient rarement les couloirs déserts et ténébreux de la Maison de la BBC où Julian Treslove avait élu domicile — si tant est qu'on puisse appeler « domicile » un enfer. Et, comme la carrière de Libor lui paraissait l'antithèse de la sienne, elle le séduisait constamment, mais secrètement.

Sam Finkler, ou plutôt Samuel Finkler, comme il exigeait encore à l'époque qu'on l'appelle, n'avait pas suivi une seule unité de valeur à l'université en bord de mer. Il savait où étaient ses intérêts. Comme c'était finklérien de sa part, songea Treslove, admiratif, en regrettant de ne pas avoir autant d'intuition.

— Alors ce sera quoi ? demanda-t-il. Médecine ? Droit ? Finance ?

— Sais-tu ce que tu viens de faire là ? lui demanda Finkler.

— Qu'est-ce que je viens de faire ?

— Ce que tu as fait.

— Je viens de poser une question.

— Non, tu as énoncé un cliché.

— Toi-même tu as dit savoir où étaient tes intérêts. Ce n'est pas un cliché, ça ?

— J'ai le droit de me les servir moi-même.

— Ah, fit Treslove.

Comme toujours, il se demanda s'il arriverait un jour à comprendre pleinement ce que les finklers avaient le droit de dire sur leur compte qui était interdit aux non-finklers.

À la surprise générale — et, là, Treslove se rendit compte que cette pensée relevait évidemment du cliché —, Finkler étudia la philosophie morale à Oxford. À l'époque où une telle voie ne paraissait pas judicieuse. Les cinq années suivantes qu'il passa à enseigner la rhétorique et la logique à des jeunes étudiants semblèrent moins avisées encore, mais Finkler se montra toujours plus futé que les autres en publiant un premier livre de développement personnel en philosophie pratique, suivi d'un autre, puis d'un autre, et d'un autre encore qui firent sa fortune. *L'Existentialiste en cuisine* fut le premier. *Le Petit Manuel de stoïcisme ménager* le deuxième. Après quoi, Treslove cessa de les acheter.

À Oxford, Finkler finit par préférer Sam à Samuel. Était-ce parce qu'il voulait qu'on le prenne pour un détective privé ? se demanda Treslove. Sam le Magnifique. Il lui effleura l'esprit que son ami ne voulait pas qu'on le considère comme un finkler, sauf qu'il aurait été mieux avisé de changer de nom de famille plutôt que de prénom. Peut-être cherchait-il juste à passer pour quelqu'un de facile à vivre. Ce qu'il n'était pas.

En fait, Treslove ne s'était pas trompé en soupçonnant que Finkler souhaitait se démarquer des finklers. Son père était mort dans de grandes souffrances, avec ou sans pilules miracles. Or, c'était lui qui avait maintenu chez Finkler son côté finkler. Sa mère n'y avait jamais compris grand-chose et encore moins maintenant qu'elle restait seule. L'affaire était donc réglée pour Finkler. Haro sur les systèmes de croyances irrationnels. Ce que Treslove ne pouvait comprendre, c'est que le nom finkler signifiait encore quelque chose, même s'il était dénué de substance. En conservant son patronyme, Finkler rendait hommage à ses ancêtres. En abandonnant Samuel, il abjurait son avenir de finkler.

Après le succès de sa série de guides de sagesse pratique, il avait persévéré, malgré ses grands pieds, son déluge de postillons et, selon Treslove, le peu d'attrait de sa personne. Il était devenu une personnalité du petit écran, qui invoquait dans ses émissions Schopenhauer pour répondre aux problèmes conjugaux, Hegel pour préparer les vacances et Wittgenstein pour mémoriser les codes secrets. (Et pour aider les finklers à supporter leurs disgrâces physiques, songea Treslove, irrité, en éteignant sa télévision.)

« Je sais ce que vous pensez tous de moi, disait Finkler, faussement contrit, quand son succès devint difficile à accepter pour ses proches. Mais je dois gagner de l'argent rapidement pour me préparer au jour où Tyler me quittera et me plumera jusqu'au dernier centime. » Il espérait en son for intérieur qu'elle protesterait, qu'elle jurerait l'aimer trop pour songer à le quitter, mais elle n'en fit jamais rien. Peut-être parce qu'elle en rêvait.

Alors que Finkler, si la supposition de Treslove était avérée, était trop grand pour rêver.

Bien que leurs chemins se soient séparés, Treslove et Finkler étaient restés liés, et ils avaient gardé le contact avec Libor qui, d'abord au faîte de sa gloire, puis alors qu'elle pâlissait et que la maladie de son épouse devenait sa principale préoccupation, se rappelait brusquement leur existence et les invitait à une soirée, une crémaillère ou même à la première d'un film. La première fois que Julian Treslove entra dans le grandiose appartement de Libor à Portland Place et entendit Malkie jouer l'*Impromptu opus 90 n°3* de Schubert, il pleura comme un enfant.

Depuis, le chagrin avait aplani leurs différences d'âge et de carrières et ranimé leur affection. Le chagrin — un chagrin sans cœur — était la raison pour laquelle ils se voyaient plus fréquemment désormais qu'au cours des trente dernières années.

Leurs femmes disparues, ils pouvaient redevenir de jeunes hommes.

Dans « disparues », en ce qui concernait Treslove, il fallait lire : ayant fait leurs valises, s'étant trouvé des hommes moins capricieux, ou n'ayant pas encore croisé sa route dans des rues dangereuses et anéanti sa tranquillité d'esprit.

4

Après le dîner, Julian avait longé les grilles de Regent's Park en lorgnant à l'intérieur. Finkler lui avait proposé de le déposer chez lui, mais il avait refusé. Il ne voulait pas s'enfoncer dans les sièges en cuir de la grosse Mercedes noire de Sam et sentir l'envie lui échauffer la croupe Il détestait les voitures, mais il enviait à

Sam sa Mercedes et son chauffeur pour les soirées où il savait qu'il serait ivre — quel sens cela avait-il ? Avait-il envie d'une Mercedes ? Non. Voulait-il un chauffeur pour les soirées où il savait qu'il serait ivre ? Non. Ce qu'il voulait, c'était une épouse et Sam n'en avait plus. Qu'avait donc Sam qui manquait à Julian ? Rien.

À part le respect de soi, peut-être.

Et cela aussi méritait quelque explication. Comment pouvait-on réaliser des émissions où l'on associait Blaise Pascal et les baisers profonds tout en restant digne ? C'était impossible.

Et pourtant.

Peut-être que l'enjeu n'était pas du tout le respect de soi. Peut-être qu'il n'était pas question de soi, que c'était en fait une libération du moi, ou en tout cas du moi tel que le concevait Treslove — une conscience timorée de la place que l'on occupe dans un univers encerclé par les barbelés des droits et des limites. Ce que Sam possédait, comme son père l'histrion pharmacien avant lui, c'était une sorte d'inconscience de l'échec, une grandiose impudence, que Treslove devait considérer comme partie intégrante de la culture finkler. Si vous étiez un finkler, vous aviez cela dans les gènes, ainsi que d'autres attributs finklers qu'il n'est pas convenable d'évoquer.

Mais ces finklers, ils mettaient les pieds dans le plat — Libor aussi — là où les non-finklers hésitaient à tremper un orteil. Durant la soirée, par exemple, quand ils n'avaient pas écouté de la musique, ils avaient discuté de la situation au Proche-Orient, Treslove se tenant coi parce qu'il estimait n'avoir droit à aucune opinion sur un sujet qui ne le regardait pas, du moins pas comme il pouvait concerner Libor ou Sam. Au fond, en savaient-ils vraiment plus long que lui — et, auquel cas, comment se faisait-il qu'ils divergent autant sur tous les aspects du problème — ou bien n'avaient-ils simplement pas honte de leur ignorance ?

« Et ça recommence, disait Finkler dès que l'on abordait Israël. La Shoah, la Shoah. »

Alors même que Treslove était certain que Libor n'avait jamais parlé de la Shoah.

Il se pouvait, concédait Treslove, que les juifs ne soient pas obligés de prononcer le mot « Shoah » pour en parler. Peut-être étaient-ils capables, d'un simple regard, de se transmettre la notion de Shoah par télépathie. Mais Libor n'avait pas l'*air* de transmettre télépathiquement l'idée de Shoah.

Et en réponse Libor lâchait :

« Et ça recommence, ça recommence, encore ces trucs de juif accablé par la haine de soi. »

Alors que Treslove n'avait jamais rencontré un juif, ni même quiconque, qui se détestait moins que Finkler.

Après quoi, ils continuèrent sur le sujet en examinant et réfutant mutuellement leurs arguments comme s'ils en parlaient pour la première fois, alors que Treslove, qui n'y connaissait rien, savait qu'ils répétaient la même antienne depuis des décennies. Ou du moins depuis que Finkler était allé à Oxford. Dans sa tendre enfance, Finkler était un sioniste si ardent que, au moment de la guerre des Six-Jours, il avait tenté de s'enrôler dans l'armée de l'air israélienne alors qu'il n'avait que sept ans.

— Tu te souviens mal de ce que je t'ai dit, corrigea Finkler quand Treslove lui rappela l'anecdote. C'était dans l'aviation palestinienne que je voulais m'engager.

— Les Palestiniens n'ont pas d'aviation, répliqua Treslove.

— Justement.

Concernant Israël avec trois *r* et pas de *l*, l'avis de Libor était celui que Treslove avait entendu qualifier de « position du canot de sauvetage ».

— Non, je n'y suis jamais allé et je ne veux pas y aller, disait-il. Mais, même à mon âge, le temps n'est peut-être pas si loin où je n'aurai pas d'autre endroit où me rendre. C'est la leçon de l'histoire.

Finkler ne se permettait même pas d'employer le mot Israël. Il n'y avait pas d'Israël, il n'y avait que la Palestine. Treslove l'avait même entendu parfois l'appeler Canaan. Les Israéliens, en revanche, il y en avait forcément, afin de faire la distinction entre persécuteurs et persécutés. Mais, alors que Libor prononçait Israël comme un mot sacré, avec déférence et gravité, Finkler ajoutait un nauséeux *y* entre le *a* et le *é* — Israyéliens — comme si ce terme recouvrait l'une des maladies pour lesquelles son père prescrivait ses célèbres pilules.

— Une leçon de l'histoire ! ricana-t-il. La leçon de l'histoire, c'est que les Israyéliens n'ont jamais encore combattu un ennemi que le combat n'ait pas renforcé. La leçon de l'histoire, c'est que les barbares finissent toujours par provoquer leur propre défaite.

— Alors pourquoi ne pas simplement attendre que cela arrive ? intervint timidement Treslove.

Il ne savait jamais très bien si Finkler en voulait à Israël de remporter des victoires ou d'être perpétuellement sur le point de perdre.

Bien que détestant ses coreligionnaires pour leur attachement clanique envers Israël, Finkler ne put dissimuler son dédain pour Treslove d'avoir ne fût-ce qu'osé avoir une opinion, lui qui n'était pas partie prenante dans l'affaire.

— À cause du sang qui sera répandu pendant que nous restons là sans rien faire, répondit-il en éclaboussant Treslove de son mépris. (Puis, pour Libor :) Et parce que, en tant que juif, j'ai honte.

— Regardez-le, Julian, étaler sa honte devant le monde des goys qui a des sujets de préoccupation autrement plus intéressants, dit Libor.

— Eh bien..., commença Treslove.

Mais ce fut à peu près tout ce que ses deux interlocuteurs avaient envie d'entendre en fait d'opinion du monde des gentils.

— De quel droit décrétez-vous que j'étale quoi que ce soit ? demanda sèchement Finkler.

Mais Libor continua aveuglément sur sa lancée.

— Ne vous aiment-ils pas suffisamment grâce aux livres que vous écrivez ? Faut-il aussi qu'ils vous aiment pour votre conscience ?

— Je ne recherche l'amour de personne. Je cherche la justice.

— La justice ? Et vous vous prétendez philosophe ! Ce que vous briguez, c'est la chaleur agréable que procure une vertueuse indignation. Écoutez-moi — j'étais votre professeur et je suis assez vieux pour être votre père —, la honte est une affaire privée. Que l'on garde par-devers soi.

— Ah oui, l'argument du linge sale en famille.

— Et qu'est-ce que vous y trouvez à redire ?

— Quand un membre de votre famille s'égare, Libor, n'est-ce pas de votre devoir de le lui dire ?

— Le lui dire, oui. Le boycotter, non. Qui irait boycotter sa propre famille ?

Et ainsi de suite jusqu'à ce que se fassent sentir les besoins naturels des messieurs à qui manquait une présence féminine — un autre verre de porto, un autre petit tour inutile aux toilettes, une sieste postprandiale.

En les observant depuis le banc de touche, Treslove était à la fois ébahi et envieux de leur finklérité. Une telle assurance, une telle certitude, que Libor ou non voie juste en pensant que tout ce que Finkler cherchait, c'était à recevoir l'approbation des non-finklers.

Quoi que Sam Finkler voulût, le résultat était que Julian Treslove s'estimait toujours à bout de ressources et exclu. Et il avait l'impression de trahir un moi qu'il n'était pas sûr d'avoir construit. Il en avait été de même à l'école. À cause de Finkler il se sentait quelqu'un qu'il n'était pas. Un clown, en quelque sorte. Allez savoir pourquoi.

Treslove était bel homme d'une manière qu'il est difficile de décrire ; en fait il ressemblait à des hommes qui étaient beaux. En partie pour une question de symétrie. Il avait un visage symétrique. Et de dessin. Il avait les traits bien dessinés. Et puis il s'habillait bien, un peu comme... qui, déjà ? À la différence de lui, Finkler — dont le père exhortait ses clients à lui donner des coups de poing dans le ventre — se laissait aller à prendre du poids, à avoir le ventre qui dépasse de la chemise, à postillonner sur la caméra. Avec ses grands pieds, il avait une démarche un peu lourde lorsqu'il entreprenait ses ridicules promenades télévisuelles : le long de la rue où un camion de blanchisserie avait renversé Roland Barthes, dans le champ où Hobbes possédait un lopin de terre; quand il s'asseyait, il donnait l'impression de s'écrouler sous son propre poids comme un marchand dans le souk aux épices. Et, pourtant, c'était lui, Treslove, qui avait l'impression d'être le clown!

La philosophie avait-elle quelque chose à voir à l'affaire? De loin en loin, Treslove jugeait qu'il était temps de s'y remettre. Au lieu de commencer par Socrate ou de se ruer sur l'épistémologie, il sortait acheter ce qui promettait d'être une introduction limpide au sujet, rédigée par les penseurs Roger Scruton ou Bryan Magee, mais pas, pour des raisons évidentes, par Sam Finkler. Après tout, cette discipline n'était pas si difficile. Il comprenait vite. Seulement, plus ou moins au même stade, il tombait sur un concept ou un raisonnement qu'il n'arrivait pas à suivre ou à déchiffrer, même en y passant des heures. Par exemple, une phrase comme « de l'évolution dériva l'idée que l'ontogénèse récapitule la phylogénèse », pas d'une complexité insoutenable mais qui résistait à ses efforts, comme si elle déclenchait dans son esprit quelque chose d'inexorable, voire d'illicite. Ou la promesse d'examiner un argument selon trois points de vue, chacun doté de cinq caractéristiques particulières, le premier possédant quatre aspects distincts. C'était comme découvrir que quelqu'un qu'on croit sain d'esprit et avec qui on a une conversation agréable et normale est en fait totalement dément. Voire sadique.

Finkler rencontrait-il la même résistance? Treslove lui posa un jour la question. La réponse fut non. Pour Finkler, tout cela était parfaitement compréhensible. Et les gens qui le lisaient trouvaient que lui aussi était parfaitement compréhensible. Que pouvait faire un seul homme devant autant d'autres?

Ce fut seulement quand il prit congé que Treslove se rendit compte que son vieil ami avait besoin de compagnie. Libor avait vu juste : Finkler *recherchait* l'affection. Un homme sans femme peut se sentir bien seul dans sa grosse Mercedes noire, quelle que soit la multitude de ses lecteurs.

Treslove leva les yeux vers la lune et se laissa étourdir. Il adorait ces chaudes soirées au cours desquelles il se sentait seul et exclu. Il empoigna avec force les barreaux de la grille comme pour l'arracher, mais il se contenta d'écouter le parc respirer. N'importe qui l'aurait pris pour un détenu qui cherche désespérément à s'enfuir d'une prison ou d'un asile. Mais il y avait une autre interprétation possible à son comportement : il pouvait très bien chercher désespérément à entrer.

Il eut besoin de la grille pour se retenir tellement la tête lui tournait, non à cause du vin de Libor, assez abondant pour consoler trois hommes affligés, mais par la sensualité des profonds soupirs du parc. Il ouvrit la bouche comme un amant et laissa l'air délicatement parfumé entrer dans sa gorge.

Depuis combien de temps n'avait-il pas ouvert la bouche pour une amante digne de ce nom ? Vraiment ouvert, comme pour chercher de l'air, clamer sa reconnaissance, hurler de joie et de terreur. Était-il à court de femmes ? Étant donné qu'il était un amant, pas un coureur, il n'avait pas encore épuisé toutes les candidates dignes de son affection. Avaient-elles disparu, étaient-elles seulement devenues imperméables à sa pitié, ce genre de femmes qui autrefois l'avaient touché au cœur ? Il voyait la beauté des filles qui trottinaient devant lui dans la rue, admirait la souplesse de leurs membres, comprenait leur séduction vis-à-vis des autres hommes, ou leur intrépide naïveté, mais elles n'avaient plus sur lui leur effet réverbère. Il ne les imaginait plus expirant dans ses bras. Ne pouvait plus les pleurer. Et ce qu'il ne pouvait pleurer, il ne pouvait l'aimer.

Ni même le désirer.

Pour Treslove, la mélancolie était intrinsèque au désir. Était-ce si peu courant ? se demanda-t-il. Était-il le seul homme à s'accrocher aussi fort à une femme afin de ne pas la perdre ? Pas au profit d'un autre homme. Ce qui ne veut pas dire qu'il les avait toujours quittées — il souffrait encore de la manière indolente avec laquelle l'Italien réparateur de fenêtres à guillotine lui avait volé sa dulcinée — mais il n'était pas jaloux. De l'envie, il était capable d'en éprouver, oui — il avait été et était encore envieux de la vie que Libor menait mono-érotiquement (*élotitchment*, prononçait Libor, en tricotant les syllabes entre ses dents tordues de

Tchèque) —, mais pas de la jalousie. La mort était sa seule rivale sérieuse.

« J'ai le Complexe de Mimi », déclarait-il à ses amis à l'université.

Ils crurent qu'il plaisantait ou que c'était une coquetterie, mais il n'en était rien. Il rédigea une dissertation sur le sujet pour l'unité de valeur en littérature étrangère et traduction qu'il avait suivie après avoir abandonné la prise de décision écologique — le prétexte étant le roman d'Henri Murger, dont l'opéra *La Bohème* avait été tiré. Son professeur lui donna un A pour son interprétation et un D pour son immaturité.

— Ça vous passera, dit-il quand Treslove lui demanda pourquoi.

La note de Treslove fut changée en A++. C'était le cas pour tout étudiant qui contestait ses notes. Et, comme tous les contestaient, Treslove se demanda pourquoi les professeurs ne se contentaient pas de distribuer directement des A++ pour gagner du temps. Mais son Complexe de Mimi ne lui passa jamais. À quarante-neuf ans, il en souffrait toujours. N'était-ce pas le lot de tous les amoureux d'opéra ?

Et peut-être — comme tous les amateurs de peinture préraphaélite et tous les lecteurs d'Edgar Allan Poe — souffrait-il d'un Complexe d'Ophélie, aussi. La mort prématurée d'une belle femme — existe-t-il sujet plus poétique ?

Chaque fois que Julian passait auprès d'un saule ou d'un ruisseau — ou, mieux que tout, d'un saule penché au-dessus d'un ruisseau, ce qui n'était pas si courant à Londres —, il voyait Ophélie dans l'eau, ses vêtements étalés, telle une sirène, chantant sa plainte mélodieuse. Elle avait déjà eu son compte d'eau — y a-t-il en art une femme qu'on a noyée davantage ? — mais il s'empressait d'y ajouter ses larmes.

C'était comme si les dieux (il ne pouvait pas dire Dieu, il ne croyait pas en Dieu) l'avaient enjoint de posséder une femme si pleinement et exclusivement, de l'étreindre dans ses bras si complètement, que la mort ne pourrait pas trouver le moyen de s'emparer d'elle. C'est dans cet état d'âme qu'il faisait l'amour, à l'époque où cela lui arrivait encore. Avec l'énergie du désespoir, avec acharnement, comme pour affaiblir et éloigner les esprits malveillants qui réservaient un sort fatal à celle qui était dans ses bras. Dans l'étreinte de Treslove, une femme pouvait se considérer éternellement à l'abri du danger. Épuisée, certes, mais en sécurité.

Comme elles dormaient bien quand il en avait terminé avec elles, les femmes que Treslove avait aimées. Parfois, alors qu'il veillait sur leur sommeil, il se disait qu'elles ne se réveilleraient jamais.

En conséquence, c'était un mystère pour lui qu'elles le quittent ou qu'elles l'obligent à les quitter. C'était la déception de sa vie. Condamné à être un nouvel Orphée allant chercher sa bien-aimée dans l'Hadès et qui, au dernier instant, se retournerait pour contempler toute une vie de dévouement amoureux et répandrait les larmes d'un insoutenable chagrin quand elle disparaîtrait une dernière fois entre ses bras — « Mon amour, mon seul amour ! » — au lieu de cela, il était là à se faire passer pour quelqu'un qu'il n'était pas, sosie universel qui n'éprouvait rien de ce que ressentaient les autres, réduit à aspirer le parfum des parcs et à se lamenter sur des disparitions qu'il n'avait, en toute honnêteté, nul lieu de pleurer.

Il y avait donc autre chose qu'il pouvait envier à Libor : son chagrin de veuf.

5

Il resta peut-être une demi-heure devant les grilles du parc, puis il rentra à pas mesurés vers le West End, en passant devant la BBC — cette vieille rosse — et la vénérable église de Nash où il était naguère tombé amoureux d'une femme qu'il avait regardée allumer un cierge et se signer. Elle devait être en deuil, avait-il présumé. Dans un clair-obscur. Crépusculaire, la lumière. Ou comme lui-même. Inconsolable. Alors, il l'avait consolée.

— Tout ira bien, avait-il dit. Je vous protégerai.

Elle avait de belles pommettes et une peau presque transparente. La lumière passait à travers elle.

Après deux semaines d'intense consolation, elle lui avait demandé :

— Pourquoi tu n'arrêtes pas de me dire que tout ira bien ? Il n'y a rien qui cloche.

Il secoua la tête.

— Je t'ai vue allumer un cierge. Viens là.

— J'aime bien les cierges. C'est joli.

Il passa les mains dans ses cheveux.

— Tu aimes voir leur flamme vaciller. Tu aimes leur aspect éphémère. Je comprends.

— Il faut que je te confie quelque chose, dit-elle. J'ai des tendances pyromanes. Juste un peu. Je n'allais pas mettre le feu à l'église. Mais les flammes, ça m'excite.

Il éclata de rire et lui baisa le visage.

— Chut. Chut, mon amour.

Au matin, en se réveillant, il avait eu une double révélation : la première, c'est qu'elle l'avait quitté; la seconde, c'est qu'elle avait mis le feu aux draps.

Au lieu de prendre Regent Street, il tourna à gauche de l'église, passa entre les colonnes, frôlant de l'épaule leurs courbes animales, et se retrouva au milieu des petites boutiques de confection en gros de Riding House Street et de Little Titchfield Street, surpris comme toujours de la vitesse à laquelle, à Londres, une activité commerciale ou culturelle en remplace une autre. Comme son père y avait tenu un magasin de cigares et cigarettes — *Bernard Treslove Smokes* — il était attaché à ce quartier. Pour lui, il sentirait toujours le cigare, tout comme son père. Les vitrines de bijoux bon marché, sacs à main criards et pashmina lui firent penser à l'amour. Il rebroussa chemin, guère pressé de rentrer chez lui, puis il marqua une pause, comme chaque fois qu'il passait là, devant J.P. Guivier & Co — le plus ancien luthier du pays. Son père jouait du violon, mais pas lui. Son père l'en avait dissuadé.

— Cela ne fera que te porter sur les nerfs. Laisse tomber.

— Laisse tomber quoi ?

Bernard Treslove, chauve, tanné, droit comme un *i*, avait soufflé la fumée de son cigare au visage de son fils et lui avait donné une affectueuse petite tape sur la tête.

— La musique.

— Alors je ne peux pas avoir de violoncelle non plus ?

J.P. Guivier vendait de magnifiques violoncelles.

— Cela ne fera que t'attrister davantage. Joue plutôt au football.

Mais Julian entreprit de lire des textes romantiques et d'écouter des opéras du XIXe. Ce qui ne plut pas non plus à son père, car tous les livres que lisait Treslove, tout comme les opéras qu'il écoutait, provenaient de sa bibliothèque personnelle.

Après cette conversation, Bernard Treslove s'était réfugié dans sa chambre pour jouer du violon. Comme s'il ne voulait pas donner un mauvais exemple aux siens. Son père pleurait-il vraiment quand il jouait du violon ou bien Treslove se l'imaginait-il ?

Du coup, Julian Treslove ne jouait d'aucun instrument, mais, chaque fois qu'il passait devant la vitrine de J.P. Guivier, il éprouvait un regret. Bien sûr, il aurait pu se mettre à la musique n'importe quand après la mort de son père. Il suffisait de regarder Libor, qui avait appris le piano à quatre-vingts ans.

Ce fut tandis qu'il contemplait les violons, perdu dans ces tristes réflexions, qu'il fut attaqué : une main le saisit au collet sans crier gare, comme un voleur de chats aurait pu s'emparer d'un persan assoupi sur les dalles. Treslove frémit et rentra la tête dans les épaules, exactement comme un chat. Sauf qu'il ne griffa ni ne crachota et n'opposa aucune résistance. Il connaissait les gens de la rue — les clochards, les sans-abri, les sans rien. Avec un peu d'imagination, il en faisait partie. Pour lui aussi, les rues et les trottoirs de la ville étaient une menace.

Des années plus tôt, alors au chômage, et par amour pour une ravissante bénévole pas épilée qui arborait un piercing dans le septum et avec qui il était convaincu d'être destiné à connaître le bonheur — ou le malheur : peu importait, du moment que c'était le destin —, il avait offert ses services aux sans-abri et avait été leur porte-parole. Il avait du mal à rallier leur cause quand ils prenaient eux-mêmes la parole. Il resta donc inerte, permit qu'on lui emboutît la tête dans la vitrine et qu'on le détroussât.

Permit ?

Le mot impliquait qu'il se fût montré digne en la circonstance. Cela s'était passé trop vite pour qu'il ait eu voix au chapitre. Il avait été empoigné, balancé, éviscéré.

Par une femme.

Mais ce n'était pas tout, loin de là.

C'était sans compter — lorsqu'il se remémora la scène peu après — ce qu'il lui semblait que la femme lui avait dit. Il pouvait certes se tromper. L'agression avait été trop brutale, trop rapide, pour attester des paroles échangées, à condition qu'il y en ait eu. Il ne savait même pas s'il avait prononcé ne fût-ce qu'un mot. Avait-il vraiment accepté tout cela en silence, sans un « Lâchez-moi ! », un « Comment osez-vous ? » ou même un « Au secours ! » ? Et les paroles qu'il croyait avoir entendues n'étaient peut-être rien de plus que le bruit de son nez s'écrasant contre la vitre, des cartilages qui explosaient ou de son cœur qui s'échappait de sa poitrine. Cependant, une suite de syllabes indistinctes résonnaient encore en lui et commençaient à prendre forme dans sa tête...

« Putain ! » croyait-il l'avoir entendue dire.

Une étrange apostrophe, de la part d'une femme à un homme, mais peut-être qu'on la lui avait lancée un jour et qu'elle la lui resservait dans un esprit de vengeance aussi amère qu'ironique. « Putain ! Maintenant, tu sais ce que ça fait d'être une femme ! »

À l'université, Treslove avait suivi un cours intitulé « Système patriarcal et politique ». Durant les séances, il avait souvent entendu la phrase : « Maintenant, vous savez ce que cela fait d'être une femme ! »

Oui, mais s'il avait échafaudé tout cela à cause de quelque obscure culpabilité masculine et qu'elle lui avait en réalité dit :

« Julien » en employant son prénom que sa mère avait un jour francisé.

Là aussi, cela nécessitait quelques explications, étant donné qu'il n'avait pas vraiment besoin qu'on lui rappelle qui il était.

C'était peut-être sa manière de le marquer et de lui faire savoir qu'elle connaissait son identité — « Tu es Julien, et n'imagine pas que je vais l'oublier ».

Elle ne se serait sûrement pas contentée d'en rester là. Évidemment, cela avait été le cas, puisqu'elle l'avait ensuite entièrement délesté de tous ses biens les plus précieux. Mais, dans un souci de réciprocité, n'aurait-elle pas voulu lui faire savoir à son tour qui elle était ? « Tu es Julien, je suis Juliette — n'oublie jamais ça, petit con ! »

Plus il y pensait, moins il était sûr qu'elle ait dit « putain » ou « Julien ». C'était moins une apostrophe qu'un constat énoncé sur un ton méprisant. Plus « rupin » que « putain ».

« Rupin », comme dans « Espèce de sale rupin ! ».

Mais qu'est-ce que cela voulait dire ?

En plus, il avait le sentiment que c'était même une raillerie. Plutôt « lutin » que « rupin ». Mais est-il cohérent de qualifier un homme de lutin avant de lui démolir le visage et de le dépouiller ?

Treslove estimait que non.

Ce qui le fit revenir à ce « rupin ».

À moins que ce qu'elle lui ait dit en lui vidant les poches ait été « youpin ».

Deux

1

— Quelle est votre couleur préférée ?
— Mozart.
— Et vous êtes de quel signe ?
— De quelle ville ?
— Non, de quel signe. Astrologique.
— Oh, quelle actrice ? Jane Russell.

Ainsi avait commencé le premier rendez-vous galant de Libor après son veuvage.

Galant ! Vous parlez d'une blague — lui, quatre-vingt-dix ans, elle, même pas la moitié, peut-être même pas le tiers. Un rendez-vous galant ! N'importe quoi.

Elle n'avait pas l'air de comprendre. Libor se demanda où était le problème — son accent qu'il n'avait pas tout à fait perdu ou son oreille qu'il n'avait pas tout à fait gardée. Que Jane Russell puisse avoir été oubliée, c'était au-delà de son entendement.

— R-u-s-s-e-l-l, épela-t-il. J-a-n-e. De splendides et gros…

Il fit le geste que font, ou faisaient, tous les hommes, mimant des mains qui soupèsent une poitrine comme un négociant des sacs de farine.

La fille, la jeune femme, la gamine détourna les yeux. Elle n'avait pas de poitrine dont s'enorgueillir, se rendit compte Libor, et avait dû prendre affront de ce geste de maquignon. Mais, si elle en avait eu, peut-être aurait-elle été encore plus outragée. Que ne fallait-il pas se rappeler en présence d'une femme avec qui on n'est pas marié depuis un demi-siècle ! Ces précautions qu'il fallait prendre !

Une grande tristesse l'envahit. Il avait envie d'en rire avec Malkie. « Et alors là, j'ai... — Libor, ne me dis pas que... ! — Mais si, mais si. » Il la voyait porter la main à sa bouche — les bagues qu'il lui avait achetées, ses lèvres pleines, ses boucles noires qui tremblaient — et il eut envie qu'elle revienne ou d'en finir. Avec ce rendez-vous, sa maladresse, son chagrin, tout.

La jeune fille s'appelait Emily. Un joli prénom, pensa-t-il. C'était simplement dommage qu'elle travaille au service international de la BBC. En fait, c'était pour cela que des amis les avaient présentés. Pas pour se bécoter entre le goulasch et les *csipetke* — c'était lui qui avait eu l'idée d'un restaurant austro-hongrois : la gloutonnerie de l'Ancien Régime saurait absorber tous les silences dans la conversation — mais pour parler de l'institution qui était leur point commun, peut-être des changements qui y étaient intervenus depuis le départ de Libor, ou pour découvrir qu'elle travaillait avec les enfants de ses anciens collègues.

— Seulement si ce n'est pas une de ces gauchistes prétentieuses, avait-il prévenu.

— Libor !

— J'ai le droit de le dire, je suis tchèque. J'ai vu de mes yeux les dégâts que peuvent causer les gauchistes. Et, à la BBC, ce sont tous des gauchistes prétentieux. Surtout les femmes. Et, parmi elles, les juives sont les pires. C'est la voie qu'elles préfèrent pour l'apostasie. La moitié des filles que Malkie connaissait dans sa jeunesse ont été dévorées par la BBC. Elles ont perdu tout sens du ridicule et Malkie les a perdues de vue.

Il pouvait dire « les juives sont les pires ». Il faisait partie de ceux qui en avaient le droit.

Par bonheur, Emily n'était pas une gauchiste juive. Par malheur, elle n'était pas grand-chose. Si ce n'est qu'elle était dépressive. Deux ans plus tôt, son petit ami Hugh s'était suicidé en se jetant sous un bus alors qu'elle attendait qu'il passe la prendre. À l'Aldwych. C'était l'autre raison pour laquelle des amis les avaient rapprochés — pas, évidemment, en vue de les marier, mais dans l'espoir qu'ils puissent un peu se réconforter mutuellement. Mais, d'Hugh et d'Emily, c'était du premier que Libor se sentait le plus proche. Écrasé par un bus.

— Vous aimez quels chanteurs? lui demanda-t-elle quand elle n'y tint plus de ce long silence comblé par les *csipetke*.

Libor réfléchit à la question.

La fille éclata de rire en comprenant combien la question était absurde. Elle enroula une mèche inerte autour d'un index qui portait un sparadrap.

— Quels chanteurs vous *aimiez*, corrigea-t-elle avant de rougir, se rendant compte que la deuxième question était encore plus absurde.

Libor tourna l'oreille vers elle et hocha la tête.

— En principe, je suis contre les censeurs et toute forme de censure, dit-il.

Elle le regarda, médusée.

Oh, mon Dieu, se rappela-t-il juste à temps, c'est le genre à vouloir que je sois contre la chasse au renard, les aéroports, la vivisection et les ampoules électriques. Mais cela ne servait à rien de se lancer — si tant est qu'ils puissent arriver quelque part — dans un mensonge.

— Les 4x4, dit-il. Les liaisons mal-t'à-propos — les miennes sont d'ordre culturel —, les émissions de débat à la radio, le socialisme, les chaussures de sport, la Russie, mais certainement pas les manteaux de fourrure. Si vous aviez vu Malkie avec son chinchilla...

Elle continuait de le fixer. Il craignit qu'elle fonde en larmes.

— Non, les chanteurs, dit-elle. Les *chanteurs*, les groupes.

Éliminant l'Orchestre philharmonique tchèque, Libor soupira et lui montra ses mains. La peau, disgraciée par les taches de vieillesse, était assez lâche pour lui permettre de glisser son doigt dessous. Elle céderait comme un rien, comme la peau d'un poulet à peine rôti. Ses articulations étaient enflées, ses ongles jaunes et recourbés.

Puis il passa les mains sur son crâne lisse en l'inclinant vers elle. Il avait toujours eu la chevelure clairsemée. Cela lui allait bien. Mais, avec le temps, il ne lui restait plus un cheveu. Il était couvert par la patine de l'extrême vieillesse. Il voulait qu'elle voie son reflet sur son crâne, qu'elle mesure le temps qui lui restait dans le terne miroir de son grand âge.

Emily était incapable de comprendre ce qu'il lui montrait. Quand il présentait son crâne chauve à Malkie, elle le polissait avec sa manche.

Cela excitait Malkie. Pas simplement sa tête, mais le geste de la polir.

Ils avaient meublé leur appartement en style Biedermeier. C'était le goût de Libor (pas celui de Malkie, bien que le sang des Biedermeier coulât dans ses veines), mais elle avait fait plaisir à l'aspirant petit-bourgeois européen qu'il était. « Cela me rappelle ton secrétaire, lui disait-elle. Il réagit comme toi quand on l'astique. »

L'idée d'être un meuble pour elle plaisait à Libor. « Tu peux ouvrir mes tiroirs quand cela te chante », répondait-il. Elle éclatait de rire et lui donnait une petite tape avec sa manche. À la fin, ils se disaient des saletés. C'était leur parade contre le pathos.

— Je suis désolé, dit-il à la fille en pliant sa serviette. Ce n'est pas gentil pour vous.

Il fit signe au serveur avant de se rappeler les bonnes manières.

— Vous ne voulez pas de dessert, si, Emily ? demanda-t-il, content de se souvenir de son prénom.

Elle secoua la tête.

Il régla l'addition.

Elle fut aussi soulagée que lui quand ils se séparèrent.

2

— Une présence me ferait du bien, mais je n'ai pas le courage d'en chercher une, expliqua-t-il à Treslove au téléphone.

C'était une semaine après leur dîner. Treslove n'avait pas parlé à Libor de l'agression. Pourquoi l'inquiéter ? Pourquoi l'amener à avoir peur de son quartier ?

Non pas que Libor ait besoin, lui, d'être protégé. Treslove s'émerveillait de son courage : se mettre sur son trente et un, sortir pour un rendez-vous, faire la conversation. Il se le représenta dans son costume de David Niven, un fin col roulé blanc porté sous un blazer marine avec de faux boutons militaires. La plupart des hommes de l'âge de Libor portaient des Loden couleur de maladie et des pantalons toujours trop courts. Cela ébahissait Treslove. À un certain âge, les hommes commençaient à rétrécir, et c'était précisément le moment où leurs pantalons raccourcissaient aussi. Allez comprendre.

Mais pas Libor. Ou du moins pas Libor quand il sortait avec un ami, ou une femme. Il restait un dandy de la Mittel Europa. Ce n'était qu'au téléphone qu'il paraissait son âge. Comme si l'appareil éliminait tout ce qui n'était pas le son de la voix — la comédie, la forfanterie, les gestes dansants de ses mains. Il ne restait plus qu'un larynx en papier déchiré. Treslove savait comment se représenter Libor en chair et en os quand il lui parlait au téléphone, bien mis dans son col roulé, mais le son le déprimait tout de même. Il entendait un mort à l'autre bout du fil.

— Je parie que ce n'était pas aussi pénible que vous voulez le faire croire, dit-il.

— Vous n'y étiez pas. Par-dessus tout, ce n'était pas décent.

— Pourquoi, qu'avez-vous fait ?

— Convenable, je veux dire.

— Pourquoi, qu'avez-vous fait ?

— Je veux dire que j'ai eu tort d'accepter de la voir. J'y suis allé en faisant semblant. Je ne veux pas être avec une autre femme. Je ne peux pas en regarder une autre sans comparer.

Du vivant de Malkie, Libor avait sa photo dans son portefeuille. Maintenant qu'elle n'était plus, il l'avait sur son portable. S'il utilisait rarement l'appareil pour téléphoner — il avait du mal à distinguer les chiffres du clavier —, il regardait la photo cent fois par jour, soulevant le clapet de temps à autre en pleine conversation. Un fantôme qui ne le quittait jamais, cadeau de la technologie. Un cadeau de Finkler, pour être précis, puisque c'était ce dernier qui l'avait chargée sur l'appareil.

Libor avait montré l'écran à Treslove. Malkie y apparaissait non pas telle qu'elle était à la fin de sa vie, mais dans ses premières années avec Libor. Des yeux souriants et malicieux, scrutateurs, aimants et légèrement troubles, comme vus à travers un brouillard — à moins que ce ne fussent ceux de Treslove qui aient été embrumés.

Il s'imagina Libor en train d'ouvrir son portable et de regarder Malkie sous la table, alors même que sa convive l'interrogeait sur son signe astrologique et son groupe préféré.

— Je parie qu'elle a passé un sacré moment avec vous, dit Treslove.

— Je vous assure que non. Je lui ai fait porter des fleurs pour m'excuser.

— Libor, elle va croire que vous voulez la revoir.

— Ah, vous les Anglais ! Vous voyez une fleur et vous vous imaginez qu'on fait une demande en mariage. Faites-moi confiance, elle comprendra. J'y ai joint un billet.

— Vous n'avez pas été grossier avec elle ?

— Bien sûr que non. Je voulais simplement qu'elle constate que j'ai la main qui tremble.

— Elle prendra peut-être cela comme une preuve d'excitation.

— Sûrement pas. Je lui ai dit que j'étais impuissant.

— Vous étiez obligé de lui révéler un détail aussi intime ?

— C'était pour que ce rendez-vous ne le soit plus. Notez bien, je ne lui ai pas dit que j'étais impuissant à cause d'*elle*.

Ce sujet embarrassa Treslove. Et pas seulement parce qu'il avait récemment été dépouillé de sa virilité par une femme. On ne l'avait pas préparé, contrairement aux finklers, à l'évidence, à aborder des questions de nature sexuelle avec une femme avec qui il ne couchait pas.

— Quoi qu'il en soit... dit-il.

Mais Libor ne perçut pas sa gêne.

— En réalité, je ne suis pas impuissant, continua-t-il, même si je me rappelle l'avoir été à une époque. À cause de Malkie. Je vous ai déjà raconté qu'elle avait connu Horowitz ?

Treslove se demanda ce qui l'attendait.

— Non, dit-il, hésitant, ne voulant pas que Libor croie qu'il l'encourageait.

— Eh bien, c'est le cas. Deux fois, d'ailleurs. Une à Londres et l'autre à New York. Au Carnegie Hall. Il l'avait invitée dans sa loge. « Maestro », c'est ainsi qu'elle l'appelait. « Merci, maestro », lui a-t-elle dit alors qu'il lui baisait la main. Elle m'avait raconté que les siennes étaient glacées. J'en ai toujours été jaloux.

— De ses mains glacées ?

— Non, qu'elle l'appelle « maestro ». Trouvez-vous cela étrange ?

Treslove réfléchit à la question.

— Non, je ne trouve pas. Un homme n'a pas envie que la femme qu'il aime en appelle d'autres « maestro ».

— Mais pourquoi ? C'était vraiment un maestro. C'est drôle. Je n'étais pas en concurrence avec lui. Je ne suis pas un maestro. Pendant les trois mois qui ont suivi, je ne pouvais plus. Monter la tente. Relever le défi.

— Oui, c'est drôle, dit Treslove.

Parfois, il avait l'impression d'être un bénédictin à côté d'un finkler aussi vénérable et âgé que Libor.

— Le pouvoir des mots, poursuivit Libor. *Maestro* — elle l'appelle *maestro* et voilà que je n'ai plus de kiki. Mais, au fait, voulez-vous aller dîner quelque part ce soir ?

Deux fois en une semaine ! Il n'y avait pas si longtemps, ils se voyaient deux fois par an. Et même depuis que le veuvage les avait ressoudés, ils ne se voyaient encore que deux fois par mois. La situation de Libor était-elle si grave ?

— Je ne peux pas, dit Treslove. (Il était incapable de dire la vérité à son ami : s'il ne pouvait pas venir, c'est qu'il avait un œil au beurre noir, peut-être une fracture du nez et qu'il avait encore un peu de mal à tenir sur ses jambes.) J'ai des choses à faire.

— Quelles choses ?

Quand on approchait des quatre-vingt-dix ans, on pouvait se permettre d'être curieux.

— *Des choses*, Libor.

— Je vous connais. Vous ne dites jamais « choses » si vous avez vraiment à faire. Vous dites toujours ce que c'est. Il se passe quelque chose.

— Vous avez raison, je n'ai rien à faire. Voilà ce qui se passe.

— Alors allons dîner.

— Je m'en sens incapable, Libor. Excusez-moi. *Je veux être seul.*

Il faisait allusion au titre du livre le plus connu de Libor. Une biographie non autorisée de Greta Garbo avec laquelle on racontait qu'il avait entretenu une liaison.

— Avec Garbo ? s'était exclamé Libor quand Treslove lui avait un jour demandé si c'était vrai. Impossible. Elle avait passé soixante ans lorsque je l'ai connue. Et elle avait l'air allemand.

— Et alors ?

— Et alors, soixante ans, c'était trop pour moi. Et c'est toujours trop.

— Ce n'est pas sur cela que portait ma question. C'était sur son air allemand.

— Julian, j'ai plongé mon regard dans le sien. Exactement comme je le fais maintenant avec vous. Vous pouvez me croire, c'étaient les yeux d'une Teutonne. C'était comme contempler les vastes étendues gelées du Nord.

— Libor, vous êtes originaire d'un pays froid, vous aussi.

— Il fait chaud à Prague. Il n'y a que les trottoirs et la Vltava qui soient froids.

— Quand bien même, je ne vois pas en quoi cela aurait pu être un problème. Enfin, voyons : Greta Garbo !

— Cela aurait été un problème si j'avais envisagé d'avoir une liaison avec elle. Ou elle avec moi.

— Vous ne pouviez absolument pas envisager d'avoir une liaison avec une femme qui avait l'air allemand ?

— Je pouvais l'envisager. Mais pas le faire.

— Même Marlene Dietrich ?
— Surtout pas elle.
— Pourquoi ?
Libor avait hésité, scrutant le visage de son ancien élève.
— Il y a des choses qui ne se font pas. Et puis, j'étais amoureux de Malkie.

Treslove avait pris note. *Il y a des choses qui ne se font pas*. Finirait-il un jour par savoir vraiment ce qui se faisait ou non chez les finklers ? On vous confiait une indélicatesse en passant, et l'instant d'après on avait des scrupules concernant les délicatesses ethno-érotiques.

Cette fois, au téléphone, Libor ne releva pas l'allusion.
— Un jour, vous regretterez d'être seul, Julian, quand vous n'aurez plus le choix.
— Je le regrette déjà.
— Alors venez vous amuser. Ce sera vous ou quelqu'un qui veut connaître mon signe astrologique.
— Libor, je vous jure que je veux connaître votre signe astrologique. Mais pas ce soir.

Il se sentait coupable. On ne repousse pas le désespoir d'un vieillard solitaire et impuissant.

Mais il devait s'occuper de sa propre impuissance.

3

Finkler, qui ne rêvait pas, fit un rêve.

Il rêva qu'il donnait à son père des coups de poing dans le ventre.

Sa mère lui criait d'arrêter. Mais son père se contentait de rire et de hurler : « Plus fort ! »

« *Los the boy allein* », disait-il à son épouse. Du yiddish à la crème anglaise pour : « Laisse ce garçon tranquille. »

Dans la vie, quand son père lui parlait en yiddish à la crème anglaise, Finkler lui tournait le dos. Pourquoi son père, un homme qui avait fait des études universitaires en Angleterre et était d'habitude discret — un puits de science à la foi religieuse inébranlable —, se sentait-il obligé de se donner en spectacle dans sa boutique, d'agiter les bras et de beugler dans cette langue de paysans, cela dépassait l'entendement de Finkler. D'autres appréciaient son père à cause de ces numéros d'agitation toute juive, mais pas Finkler. Il était forcé de le planter là.

Dans son rêve, il ne partait pas. Dans le rêve, il rassemblait toutes ses forces pour assener coup de poing après coup de poing dans le ventre de son père.

Ce qui le réveilla, ce fut le ventre qui s'ouvrit. Quand Finkler vit le cancer couler vers lui dans une vague de sang, il lui fut impossible de continuer à rêver.

Lui aussi fut troublé par l'appel de Libor. Comme Treslove, il s'étonna que Libor ait besoin de compagnie deux fois de suite la même semaine. Mais il était également plus accommodant que son ami. Peut-être parce que lui aussi avait besoin de compagnie deux fois dans la même semaine.

— Passez donc, dit-il. Du chinois, ça vous va ?

— Pourquoi ? On ne va pas parler anglais ?

— Petit rigolo, Libor. Soyez là à 20 heures.

— Vous êtes sûr que vous avez envie ?

— Je suis philosophe, je ne suis sûr de rien. Mais venez. En revanche, n'amenez pas le Sanhédrin.

Le Sanhédrin était le tribunal suprême de l'antique Israël. Finkler n'était pas d'humeur à parler d'Israyel. Pas avec Libor.

— Pas un mot, je promets, dit Libor. À condition qu'aucun de vos amis nazis ne vienne me voler mon poulet à la sauce soja. Vous n'avez pas oublié que c'est mon plat préféré ?

— Je n'ai pas d'amis nazis, Libor.

— Appelez-les comme vous voulez.

Finkler soupira.

— Il n'y aura que nous deux. Venez à 20 heures. J'aurai du poulet aux noix de cajou.

— À la sauce soja.

— Comme vous voudrez.

Il dressa deux couverts avec de vieilles baguettes en ivoire pour chacun. L'un des derniers cadeaux à son épouse, inutilisées jusqu'à ce jour. C'était un risque, mais il le prit.

— Elles sont belles, remarqua Libor avec tendresse, de veuf à veuf.

— Soit je m'en sépare, ce que je ne supporterais pas, soit je les utilise. Cela ne sert à rien de faire un mausolée d'objets inutilisés. Tyler aurait voulu que je m'en serve.

— C'est plus difficile avec les robes, observa Libor.

Finkler eut un rire sans joie.

— Qu'en est-il d'une robe qu'une femme n'a pas eu l'occasion de porter ? demanda Libor. On pourrait penser que les plus insoutenables à toucher seraient celles qui conservent le souvenir de sa silhouette et de sa chaleur, qui portent encore son parfum. Mais ce sont les robes jamais portées les plus pénibles.

— Eh bien, c'est évident, non ? dit Finkler. Quand vous regardez une robe que Malkie n'a jamais portée, vous la voyez pleine de vie et de beauté.

Libor eut l'air dubitatif.

— Je trouve cela un peu trop rétrospectif.

— On a bien le droit de regarder en arrière.

— Oh, je le sais. Je ne fais rien d'autre. Depuis que Malkie n'est plus là, j'ai la tête à l'envers. C'est votre explication de la tristesse des objets inutilisés que je trouve trop rétrospective. Quand je vois une robe qu'elle n'a pas portée, et Malkie en avait tellement — elle les gardait pour d'hypothétiques grandes occasions qui ne sont jamais arrivées, certaines avec leur étiquette, comme si elle avait l'intention de les rapporter au magasin —, je compte les jours dont elle a été privée. Je regarde en avant, vers la vie qu'elle n'a pas eue. Je pense à la Malkie qu'elle ne sera jamais, pas à la Malkie qu'elle était.

Finkler l'écoutait. Malkie avait quatre-vingts ans à sa mort. Quel supplément d'existence Libor pouvait-il lui imaginer ? Tyler n'avait pas atteint la cinquantaine. Alors pourquoi n'éprouvait-il pas la même chose que Libor ? Bien que convaincu d'être d'une nature dénuée d'envie — tout bien pesé et considéré, que pouvait-il bien envier ? —, il était néanmoins envieux, pas de la longévité dont avait bénéficié Malkie, mais de l'ampleur du chagrin de Libor. Ce n'était pas la Tyler qui ne serait pas qui lui manquait ; c'était la Tyler qui avait été.

Il mesura sa valeur de mari à l'aune de celle de son hôte. Avec joie, c'est vrai, mais aussi avec sincérité, Libor avait toujours clamé être le mari parfait qui avait refusé de mettre dans son lit les plus belles femmes d'Hollywood. « Ce n'est pas parce que je suis beau qu'elles me désiraient, comprenez bien, mais parce que je les faisais rire. Plus les femmes sont belles, plus elles ont besoin de rire. C'est pourquoi les juifs ont du succès avec la gent féminine. Mais moi, je n'ai pas eu de mal à leur résister. Parce que j'avais Malkie, qui était plus belle que toutes ces femmes. Et qui *me* faisait rire. »

Était-ce vrai ?

Libor racontait que Marilyn Monroe, qui avait tant besoin de rire, mais qui ignorait le concept des fuseaux horaires — dans les histoires de Libor, les belles femmes ne savaient jamais quelle heure il était —, l'appelait au milieu de la nuit. Malkie décrochait toujours. Le téléphone était de son côté du lit. « Marilyn, pour toi », disait-elle d'un ton las et ensommeillé en réveillant son mari. Encore cette foutue Marilyn.

Jamais elle ne douta de sa fidélité parce qu'elle s'y sentait parfaitement à l'abri. Alors, cette fidélité — sans douleurs ni privations, soulignait Libor, une fidélité remplie à ras bord de sensuels délices — expliquait-elle que Libor se sentît exempt de remords ? Quand Finkler pensait à son épouse, c'était en termes de culpabilité, et la culpabilité n'existait que dans le passé. Libre de toute culpabilité, à supposer qu'il dît vrai, Libor était capable d'éprouver du chagrin pour l'avenir dont lui et Malkie, bien qu'âgés, seraient privés. À tout âge, il existe un avenir que l'on n'aura pas. On n'a jamais assez de vie quand on est heureux, voilà la clé. Jamais assez de bonheur pour ne pas en vouloir un peu plus. Tristesse pour tristesse, Finkler ne savait pas laquelle était la plus estimable, si tant est que la tristesse puisse se mesurer : se sentir privé d'un supplément de bonheur ou ne l'avoir jamais connu. Mais mieux valait être Libor.

Et cela, peut-être, parce que mieux valait avoir été marié à Malkie. Finkler tenta de balayer cette pensée, mais il n'y parvint pas : il faut être deux pour engendrer la fidélité, et s'il n'était pas prêt à dire que Tyler était digne de la sienne, elle ne la lui avait certainement pas facilitée. Était-ce pour cela qu'il ne se sentait pas privé d'un avenir avec Tyler ? Faute de savoir s'il y en avait eu un à espérer ? Et à qui incombait la faute ?

— Vous arrive-t-il de vous demander, interrogea-t-il pensivement durant le dîner, si vous allez au bout des choses ?

— Dans le deuil ?

— Non. Enfin, oui, mais pas que cela. Tout. Vous arrive-t-il de vous réveiller le matin et de vous demander si vous avez vécu la meilleure vie possible ? Pas moralement. Ou pas seulement moralement. Si vous avez tiré tout le parti de toutes les occasions.

— Je suis surpris que ce soit vous qui posiez cette question, dit Libor. Je me rappelle que vous étiez un élève brillant, c'est vrai. Mais il y a beaucoup d'élèves brillants et je n'aurais jamais deviné que vous en arriveriez où vous êtes.

— Vous me dites que je suis allé loin alors que rien ne pouvait le prédire ?

— Pas du tout, pas du tout. Mais, à mes yeux, vous avez accompli beaucoup plus que bien des hommes. Vous vous êtes fait un nom...

Finkler, flatté, balaya le compliment. Qui pouvait se soucier de s'être fait un nom ? La rougeur qui lui montait aux joues n'était probablement pas de la satisfaction, juste de la gêne. *Un nom*, bon sang. *Un nom !* Combien de gens, se demanda-t-il, étaient en train de parler de lui en cet instant même ? Il fallait être connu de combien de gens pour dire qu'on s'était fait un nom ?

— Songez simplement à Julian, continua Libor, et aux déceptions qu'il a accumulées.

Finkler obéit. Ses joues qui avaient tout juste rosi s'embrasèrent totalement.

— Oui, Julian. Mais il faut dire qu'il est d'un tempérament attentiste, n'est-ce pas? Je n'ai jamais rien attendu. J'ai saisi. J'avais ce truc juif en moi. Comme vous. Il fallait que ça aille vite, pendant qu'il était encore temps. Mais cela veut seulement dire que ce que j'étais capable de faire, je l'ai fait, alors que Julian, eh bien, son temps n'est peut-être pas encore venu.

— Et cela vous effraie?

— En quoi?

— Cela vous effraie qu'il puisse vous dépasser à la fin. Vous étiez très proches, après tout. Les amis proches ne surmontent jamais leur crainte d'être battus dans la dernière ligne droite. Avec un ami, ce n'est jamais fini tant qu'on n'est pas au bout.

— Par qui craignez-vous d'être dépassé, Libor?

— Ah, pour moi, c'est vraiment le bout. Mes rivaux sont tous morts depuis longtemps.

— Eh bien, on ne peut pas dire que Julian soit sur mes talons, non?

Libor le scruta longuement, comme un vieux corbeau à l'œil rouge qui guette une proie facile à attraper.

— Vous voulez dire qu'il n'a guère de chances de se faire un nom, à présent? Non. Mais la réussite se mesure à d'autres choses.

— Mon Dieu, je n'en doute pas.

Il prit le temps de réfléchir aux paroles de Libor. Mesurer à autre chose, autre chose… Mais il ne trouva pas à quoi.

Libor se demanda s'il était allé trop loin. Il se rappela combien lui-même était susceptible, concernant la réussite, à l'âge de Finkler. Il décida de changer de sujet et étudia les baguettes que Finkler avait achetées à sa femme.

— Elles sont vraiment ravissantes, dit-il.

— Elle prétendait qu'elle voulait en faire collection, mais elle ne l'a jamais fait. Elle parlait souvent de collections, sans s'y mettre. À quoi bon? disait-elle. J'ai pris cela pour un affront personnel. Comme si toute notre vie ensemble ne valait pas la peine qu'on fasse une collection. Se peut-il qu'elle ait su ce qui allait lui arriver, à votre avis? Qu'elle ait voulu que cela lui arrive?

Libor se détourna. Brusquement, il regrettait d'être venu. Il était incapable d'endosser la peine d'un autre homme en plus de la sienne.

— Nous ne pouvons pas le savoir. Nous pouvons seulement savoir ce que nous ressentons. Et, comme nous sommes ceux qui restent, seuls nos sentiments comptent… Mais nous ferions mieux de parler d'Isrrrraë.

Il rajouta un quatrième *r* au mot pour irriter son ami et le tirer de son pathos.

— Libor, vous aviez promis.

— Des antisémites, alors. Ai-je promis de ne pas discuter de vos amis les antisémites ?

Ses intonations juives exagérées étaient destinées à exaspérer plus encore Finkler. Libor savait que Finkler détestait les yiddishismes. *Mauscheln*, c'est ainsi qu'il appelait cela, le langage secret détesté des juifs, qui enrageait les juifs allemands à l'époque où ils s'imaginaient que les Allemands les aimeraient plus s'ils atténuaient leur judéité. L'histrionisme provincial de son père.

— Je n'ai pas d'amis antisémites, répondit Finkler.

Libor fit une grimace qui lui donna l'air d'un diable médiéval. Il ne lui manquait plus que les cornes.

— Mais si, vous en avez. Vos amis juifs.

— Oh, ça recommence, ça recommence. Tout juif qui n'est pas un juif comme vous est un antisémite. C'est absurde, Libor, de parler de juifs antisémites. C'est non seulement absurde, mais pervers.

— Ne faites pas votre *kochedik* avec moi parce que je dis la vérité. Comment cela peut-il être absurde alors que nous avons inventé l'antisémitisme ?

— Je connais la chanson, Libor. À cause de la haine que nous nous vouons nous-mêmes…

— Vous pensez que cela n'existe pas ? Qu'est-ce que vous diriez à saint Paul, démangé par une judéité dont il n'a pu se débarrasser qu'en montant la moitié du monde contre elle ?

— Je dirais : merci, Paul, d'avoir élargi le débat.

— Vous appelez cela élargir ? La porte est étroite, n'oubliez pas.

— C'est Jésus qui l'a dit, pas Paul.

— C'est Jésus, tel que l'ont rapporté des juifs systématiquement paulinisés. Comme il ne pouvait pas s'en prendre à notre chair, il a chanté les louanges de l'esprit. Vous en faites autant, à votre manière. Vous avez honte de votre chair de juif. Montrez un peu de *rachmones* vis-à-vis de vous-même. Ce n'est pas parce que vous êtes juif que vous êtes un monstre.

— Je ne me considère pas comme un monstre. Je ne vous considère même pas comme un monstre. J'ai honte des actions juives — non, israyéliennes.

— Voilà, nous y arrivons.

— Que des juifs n'apprécient pas ce que font certains juifs, cela n'a rien de singulier.

— Non, mais c'est singulier que des juifs en aient *honte*. C'est notre *shtick*. Personne ne donne dans la honte mieux que nous. Nous connaissons les points faibles. Nous savons précisément où enfoncer la lame.

— Vous admettez donc qu'il y a des points faibles ?

Et ainsi de suite.

Après le départ de Libor, Finkler alla dans la chambre et ouvrit la penderie de sa défunte épouse. Ses vêtements encore accrochés les uns derrière les autres formaient le récit de leur vie commune, la svelte et farouche élégance de Tyler, la fierté qu'il tirait de son apparence, les têtes qui se tournaient quand ils faisaient leur entrée, Tyler comme une arme à sa ceinture.

Il s'essaya à la tristesse. Y avait-il une tenue qu'elle n'avait pas portée, un fragment de vie pas encore vécue qui lui briserait le cœur ? Il ne trouva rien. Quand Tyler achetait une robe, elle la mettait. Tout était pour tout de suite. Si elle achetait trois robes le même jour, elle trouvait le moyen de les porter toutes les trois le même jour. Pour jardiner, s'il le fallait. Que restait-il à attendre ?

Il respira son parfum, puis il referma la penderie, s'allongea dans le lit du côté où elle dormait et pleura.

Mais les larmes ne lui convinrent pas. Ce n'étaient pas les larmes de Libor. Il ne parvint pas à s'oublier en elles.

Dix minutes plus tard, il se leva, alla à son ordinateur et se connecta à un site de poker en ligne. Au poker, il pouvait faire ce dont il était incapable dans le chagrin : s'oublier.

Et, en gagnant, il pouvait s'oublier mieux encore.

4

Dans le rêve de Treslove, une jeune fille court vers lui. Elle se baisse, ralentissant à peine, pour ôter ses chaussures. Elle porte la tenue de son collège, une jupe plissée, un chemisier blanc, un pull marine et une cravate dénouée. Ses chaussures la gênent. Elle se baisse tout en courant pour les ôter afin de courir plus vite, plus libre, en socquettes grises.

C'est un rêve analytique. Dans ce rêve, Treslove s'interroge sur sa signification. Le sens du rêve et la raison pour laquelle il le fait, mais aussi le sens de la chose en elle-même. Pourquoi cette fille l'affecte-t-elle ainsi ? Est-ce sa fragilité ou, tout au contraire, sa force et sa résolution ? Craint-il que les aspérités du trottoir ne blessent ses pieds déchaussés ? Est-il curieux des raisons de sa hâte ? Jaloux, peut-être, parce qu'elle l'ignore et court vers un autre ? Désire-t-il être l'objet de son empressement ?

C'est un rêve qu'il fait depuis toujours et il ne sait plus s'il est inspiré par une scène vécue. Mais il est aussi réel pour lui que la réalité et il est heureux chaque fois qu'il le refait, même s'il ne cherche pas à l'évoquer avant de s'endormir et ne s'en souvient pas toujours avec clarté au réveil. Le débat sur son statut se déroule entièrement au cours du rêve. Cependant, parfois, quand il voit une collégienne qui court ou se baisse pour nouer ou dénouer ses lacets, il se rappelle vaguement l'avoir déjà vue quelque part.

Il est possible que ce rêve l'ait hanté la nuit de son agression. Il dormait si profondément qu'il avait dû le faire deux fois.

Julian Treslove se réveillait d'ordinaire avec un sentiment de manque. Il ne se rappelait pas un matin de sa vie où il se fût réveillé comblé. Quand il ne se reprochait pas d'avoir perdu quoi que ce soit de tangible, il trouvait son content de futilité dans les actualités ou le sport. Un avion s'était écrasé — peu importait où. Une personnalité éminente et digne était tombée en disgrâce — peu importait comment. L'équipe anglaise de cricket avait été battue — peu importait par qui. Comme il ne suivait pas l'actualité sportive et s'en souciait comme d'une guigne, il était tout à fait extraordinaire qu'il puisse trouver un moyen de communier avec l'équipe nationale de cricket. De même avec les tennismen, les footballeurs, les boxeurs, et même les joueurs de billard. Quand un Londonien habile et nerveux du nom de Jimmy White arriva en finale des championnats du monde de billard avec sept points d'avance et huit billes à jouer et réussit à perdre à la fin de la soirée, Treslove se retira dans sa chambre avec accablement et se réveilla le cœur brisé. Se souciait-il du billard ? Non. Admirait-il Jimmy White et désirait-il qu'il gagne ? Non. Pourtant, dans l'humiliante capitulation de White devant les dieux de l'échec, Treslove avait en quelque sorte réussi à trouver la sienne. Il se peut fort bien que White lui-même ait passé le lendemain de cette incommensurable défaite à rire et à blaguer avec des amis et à payer des tournées à tout le monde, de bien meilleure humeur que Treslove.

Il était donc curieux que, le lendemain matin de cette humiliante agression, Treslove se soit réveillé presque joyeux. Était-ce ce qui lui avait toujours manqué dans sa vie : une perte tangible qui justifie la sensation qu'il en avait sans raison, le vol de biens réels par opposition à la constante et rageante impression d'avoir égaré quelque chose ? Un corrélatif objectif, comme disait T.S. Eliot dans un stupide essai sur Hamlet (Treslove avait eu un B– amélioré en A++ pour son commentaire sur ce texte de T.S. Eliot), comme s'il manquait à Hamlet, pour expliquer sa sensation d'être un rustre et un esclave informe, quelqu'un qui le déleste de ses biens les plus précieux.

Finkler et lui ne cessaient de citer *Hamlet* au lycée. C'était la seule œuvre littéraire qu'ils avaient appréciée en même temps.

Finkler n'était pas un littéraire. La littérature n'était pas assez rationnelle à son goût. Et manquait d'applications pratiques. Mais *Hamlet* trouvait grâce à ses yeux. Ignorant que Finkler voulait tuer son père, Treslove n'avait pas compris pourquoi. Lui, il aimait l'œuvre, non pas parce qu'il voulait tuer sa mère, mais à cause d'Ophélie, sainte patronne des femmes aqueuses. Malgré leurs motivations différentes, la pièce s'enroula comme une liane autour de leur amitié. « Il y a plus de choses au ciel et sur la terre, Samuel, que n'en rêve ta philosophie, disait Treslove quand Finkler rechignait à l'accompagner à une soirée très arrosée. Allez, on s'amusera. » Mais Finkler, évidemment, ne pouvait que lui répondre qu'il avait depuis peu perdu, sans savoir comment, toute gaieté.

Après quoi, il changeait généralement d'avis et venait à la fête.

En ce qui le concernait, toutes ces années après, Treslove ne savait pas trop s'il avait la moindre gaieté à retrouver. Cela faisait si longtemps qu'il ne s'était pas amusé. Et il ne s'amusait pas vraiment à présent. Or il se sentait désormais motivé comme il ne l'avait pas été depuis des années. Pourquoi ? Il l'ignorait. Il se serait plutôt attendu à avoir envie de rester couché et de ne plus jamais se relever. Agressé par une femme ! Pour un homme dont la vie n'avait été qu'une succession d'indignités, c'était sans conteste l'ignominie suprême. Et, pourtant, il ne voyait pas les choses sous cet angle.

Et cela malgré les effets secondaires de l'agression. Ses coudes et ses genoux le cuisaient. Il avait de méchantes ecchymoses autour des yeux. Il avait du mal à respirer par le nez. Mais il y avait de l'air, autour de lui, et il avait envie de le respirer.

Il se leva, ouvrit les rideaux et les referma. Il n'y avait rien à voir. Il habitait un petit appartement dans un quartier de Londres que les gens qui n'avaient pas les moyens de vivre à Hampstead appelaient Hampstead, mais, comme ce n'était pas Hampstead, il n'avait pas vue sur le parc de Hampstead Heath. Finkler voyait le parc depuis chaque fenêtre. Lui — Finkler — ne s'intéressait pas au parc, mais il avait acheté une maison dont toutes les fenêtres donnaient dessus, simplement parce qu'il en avait les moyens.

Treslove nota cette quasi-dégringolade dans la conscience du manque. La vue sur le parc, ce n'était pas tout. Tyler Finkler avait profité d'une vue différente sur le parc depuis chaque fenêtre, et ça ne lui avait pas fait que du bien.

Durant le petit déjeuner, il eut un petit saignement de nez. Normalement, il aimait se promener de bonne heure dans les boutiques, mais il ne pouvait risquer d'y croiser une connaissance. Le saignement de nez — comme le chagrin, se rappela-t-il avoir entendu dire Libor — est quelque chose que l'on pratique dans l'intimité de son foyer.

Il se souvint qu'il avait oublié la veille, dans son humiliation et son épuisement, d'annuler ses cartes de crédit et de signaler le vol de son portable. Si la voleuse avait appelé toute la nuit Buenos Aires, ou si elle s'était payé le voyage avec l'une de ses cartes et avait appelé Londres de là-bas toute la matinée, il n'était déjà plus solvable. Mais, étrangement, aucune dépense n'avait été effectuée. Peut-être n'avait-elle pas encore décidé de sa destination. À moins que le vol ne fût pas son mobile.

Aurait-elle simplement voulu lui compliquer la vie qu'elle n'aurait pu mieux s'y prendre. Il passa le reste de la matinée pendu au téléphone, à attendre que des vrais gens qui parlaient un langage compréhensible lui répondent, obligé de prouver qu'il était bien celui qu'il prétendait — tout en se demandant pourquoi il se serait inquiété du vol de ses cartes s'il avait été quelqu'un d'autre. Le vol du portable était plus grave : apparemment, on allait lui attribuer un nouveau numéro alors qu'il venait enfin de mémoriser l'ancien. Ou peut-être pas. Tout dépendait de son forfait. Sauf qu'il ne savait pas qu'il avait pris un forfait.

Malgré tout, pas une seule fois il ne perdit patience ni n'exigea de parler à un responsable. S'il était besoin de prouver que cette perte réelle avait fait des merveilles sur son humeur, la chose était entendue. Pas une fois il ne demanda le nom de son interlocuteur ni ne menaça de le faire virer. Pas une fois il n'invoqua le service des réclamations.

Il n'avait pas de courrier. Bien qu'ayant ce matin la force de caractère nécessaire pour ouvrir des enveloppes, ce qui n'était pas toujours le cas, il fut soulagé de ne pas avoir de pli à décacheter ce jour-là. Pas de courrier, cela voulait dire pas de travail, car il n'acceptait les engagements que par ce biais, même s'ils lui étaient toujours proposés par ses agents. Accepter par téléphone de se pointer Dieu sait où sous l'apparence de Dieu sait qui, c'était quasiment la garantie de se déplacer pour rien. Seul un vrai courrier signifiait une vraie mission. Et, pour les vraies missions, il avait une haute conscience professionnelle : il les acceptait toutes, de crainte que le premier refus soit le dernier. Il y avait des tas de sosies qui réclamaient du travail à cor et à cri. Londres suffoquait sous leur nombre. Tout le monde ressemblait à quelqu'un. Il suffisait qu'on ne vous voie plus pour qu'on vous oublie. Tout comme à la BBC. Mais il aurait dû enfreindre ses principes aujourd'hui, étant donné son allure. À moins, bien sûr, qu'on ne lui demande de venir à une fête sous les traits de Robert De Niro dans *Raging Bull.*

Par ailleurs, il avait besoin d'un petit répit pour réfléchir à certaines choses. La raison de son agression, par exemple. Non seulement cela, puisque ni ses cartes ni son téléphone n'avaient été utilisés, mais aussi *pourquoi lui* ? La question pouvait prendre une forme existentielle : pourquoi moi, ô Seigneur ? Et aussi une forme plus prosaïque : pourquoi moi plutôt qu'un autre ?

Était-ce parce qu'il avait l'air d'une victime facile ? Un individu pusillanime avec un diplôme universitaire, qui était certain de n'opposer aucune résistance ? Ou tout simplement parce qu'il ne ressemblait à personne en particulier et se trouvait devant la vitrine de J.P. Guivier quand la femme — une folle, une soûlarde ou une droguée — était passée ? Le sosie d'un homme contre qui elle nourrissait quelque grief ?

Ou bien cette femme savait-elle qui il était et avait-elle exécuté une vengeance qu'elle fomentait depuis longtemps ? Existait-il dans ce monde une femme qui le haïssait à ce point ?

Mentalement, il en dressa la liste. Les déçues, celles qu'il avait meurtries (il ignorait comment, il constatait juste qu'elles avaient l'air, le comportement et le ton de femmes meurtries), les fâchées, les insultées, les maltraitées (il ignorait là aussi comment il les avait maltraitées), les mécontentes, les éternellement insatisfaites, insatiables ou malheureuses. Seulement voilà : toutes avaient été malheureuses. Malheureuses le jour de leur rencontre et malheureuses le jour de leur fuite. Il y en avait, des malheureuses, en ce monde. Un océan de malheur féminin.

Mais il n'y était pour rien, au nom du ciel.

Avait-il jamais levé le petit doigt sur une femme — ce qui expliquerait qu'une autre ait porté la main sur lui ? Non. Jamais.

Enfin, une fois… Presque.

L'incident de la mouche.

Ils étaient partis pour un long week-end romantique, lui et Joia — Joia dont la voix évoquait l'organza qu'on déchire et dont les nerfs transparaissaient sous la peau, réseau de fines lignes bleues comme des rivières sur un atlas — trois jours insupportables à Paris durant lesquels ils n'avaient pas réussi à trouver le moindre endroit où se restaurer. À Paris ! Ils étaient passés devant des bistrots et y avaient jeté un œil, bien sûr, et en quelques occasions ils s'y étaient même assis, mais tout ce qui lui plaisait, elle n'aimait pas — sous des prétextes alimentaires, diététiques, humanitaires ou simplement des ressentis —, et tout ce qu'elle aimait, il le refusait, soit que le menu était au-dessus de ses moyens, soit que le serveur l'avait insulté, soit que la carte exige de lui des ressources en français dont il ne disposait pas, ce qu'il refusait d'admettre devant Joia — Yoia. Pendant trois jours, ils avaient arpenté en long et en large la plus grandiose ville du monde, en se querellant, honteux et affamés. Puis, quand ils étaient rentrés à l'appartement de Treslove dans un silence boudeur, ils avaient trouvé des dizaines de milliers de bestioles en proie à l'agonie — des *mouchoirs**, non, des *mouches** : comment se faisait-il qu'il se rappelle cet unique mot dans son vocabulaire français ? Quel dommage que les *mouches** n'aient figuré sur aucun menu — des mouches en plein suicide de masse, au dernier stade, des mouches sur le lit, les fenêtres, les tiroirs de la commode et jusque dans les chaussures de Joia. Elle avait poussé un hurlement horrifié. Il était possible qu'il en ait fait autant. Mais, auquel cas, il s'était arrêté. Et Joia, dont les cris d'organza auraient plongé l'enfer dans le désarroi, elle, n'avait pas arrêté. Treslove avait vu assez de films dans lesquels un homme gifle une femme hystérique afin de la calmer, pour savoir que c'était ainsi que l'on ramène à la raison une femme hystérique. Mais il fit seulement mine de la gifler.

Cette esquisse de gifle figée en cours de route eut des répercussions aussi graves qu'une gifle bien réelle, et peut-être même pires, car c'était le signe d'une intention plutôt que d'une folie passagère, dont la faim aurait été l'une des causes.

Il n'avait pas nié — du moins à lui-même — que le spectacle de ces mouches mourant comme... eh bien, comme des mouches — *tombant comme des mouches* — n'avait pas eu sur lui un effet moins troublant que sur Joia et que sa quasi-gifle était autant destinée à calmer ses nerfs que les siens. Mais on attend d'un homme qu'il sache répondre à l'imprévisible, et le fait qu'il n'ait pas su pouvait lui être tout autant reproché que la quasi gifle.

— Frappe les mouches, si tu dois absolument frapper quelqu'un, s'écria Joia d'une voix tremblante comme un équilibriste sur un fil de soie. Mais n'imagine jamais, tu m'entends, jamais, jamais, jamais, me frapper moi.

L'espace d'un instant, Treslove eut l'impression que les *jamais* se multipliaient dans la chambre comme autant de mouches à l'agonie.

Il ferma les yeux pour chasser sa peine et, quand il les rouvrit, Joia était partie. Il claqua la porte de la chambre et alla dormir sur le canapé. Le lendemain, les mouches étaient mortes. Plus une seule ne tressaillait. Il les balaya et en remplit toute une poubelle. À peine avait-il terminé qu'arriva le frère de Joia pour récupérer ses affaires.

— Mais pas les chaussures pleines de mouches, dit-il à Treslove, comme si celui-ci était un homme assez malveillant pour remplir de mouches les chaussures d'une femme. Celles-là, ma sœur a dit que tu pouvais les garder en souvenir d'elle.

Ah çà, Treslove se souvenait d'elle, mais il savait que ce n'était pas elle qui l'avait agressé. La frêle silhouette de Joia n'avait pas la force de son agresseur. Et elle n'aurait jamais pu avoir une voix aussi sourde. Par ailleurs, il aurait su si elle avait été dans les parages. Il aurait entendu ses nerfs vibrer comme des cordes à des rues de là.

Un simple contact lui aurait anéanti l'esprit.

Et puis il y avait *l'incident du visage peint*.

Treslove ne s'en souvint que pour mieux l'oublier. D'accord, il s'était réveillé presque joyeux, mais pas au point de vouloir se rappeler *l'incident du visage peint*.

Après quatre jours à traîner une raisonnable douleur, il appela un médecin. Le sien était non conventionné — l'un des avantages de ne pas avoir d'épouse ou de conjointe qui aurait grevé ses finances — et il obtint un rendez-vous l'après-midi, au lieu d'attendre un mois, délai pendant lequel la douleur aurait diminué ou lui-même serait mort. Il s'enroula une écharpe autour du cou, baissa son trilby sur ses yeux et descendit la rue à pas pressés. Vingt ans plus tôt, il se soignait chez le père du Dr Gerald Lattimore, Charles Lattimore, qui avait eu une attaque dans son cabinet vingt minutes après avoir examiné Treslove. Et, plus de vingt ans auparavant, le grand-père du Dr Gerald Lattimore, le Dr James Lattimore, avait trouvé la mort dans un accident de voiture après avoir accouché la mère de Treslove. Chaque fois que Treslove consultait le Dr Gerald Lattimore, il se rappelait la mort du père et du grand-père et se disait que Gerald Lattimore devait lui aussi s'en souvenir.

Est-ce qu'il m'en veut ? se demandait Treslove. Ou, pire, redoute-t-il mes visites au cas où il subirait le même sort ? Les médecins lisent dans les gènes comme les diseuses de bonne aventure dans le marc de café : ils croient aux coïncidences rationnelles.

Que le Dr Gerald Lattimore redoutât ou se souvînt, il traitait toujours Treslove avec moins de ménagements que Treslove ne le jugeait nécessaire.

— Et là, ça fait mal ? demanda-t-il en lui pinçant le nez.

— Atrocement.

— Je continue de penser qu'il n'y a pas de fracture. Prenez du paracétamol. Comment est-ce arrivé ?

— Je me suis cogné à un arbre.

— Vous seriez étonné du nombre de mes patients qui se cognent aux arbres.

— Je ne suis pas étonné. Hampstead est rempli d'arbres.

— Nous ne sommes pas à Hampstead.

— Et nous sommes tous préoccupés, ces temps-ci. Nous n'avons pas la tête à penser en marchant.

— Qu'est-ce qui vous préoccupe ?

— Tout. La vie. Le manque. Le bonheur.

— Vous voulez consulter quelqu'un pour cela ?

— Je vous consulte, là.

— Le bonheur n'est pas mon domaine. Vous êtes déprimé ?

— Curieusement non. (Treslove leva les yeux vers le plafonnier de Lattimore, un ventilateur branlant aux lames maigres cliquetait en ronronnant. Un jour, ça tombera sur la tête d'un patient, pensa-t-il. Ou d'un médecin.) Dieu est bon pour moi, dit-il, comme s'il venait de le voir dans le ventilateur. Tout bien considéré.

— Ôtez un peu votre écharpe, que je regarde votre gorge, dit brusquement Lattimore.

Pour un médecin, Lattimore était chétif et branlant, un peu comme son ventilateur. Treslove se rappelait son père et se représenta son grand-père : des hommes robustes et autoritaires. Le troisième du nom paraissait trop jeune pour avoir terminé ses études. Il avait les poignets fins, comme ceux d'une fille. Et la peau entre ses doigts était rose, comme si elle n'avait pas encore été à l'air. Mais Treslove s'exécuta tout de même.

— Et c'est aussi l'arbre qui vous a fait ces marques au cou ? demanda le médecin.

— Bon, d'accord, une femme m'a griffé.

— Ça n'a pas l'air de griffures.

— Bon, d'accord, une femme m'a malmené.

— Une femme vous a malmené ! Que lui avez-vous fait ?

— Vous me demandez si je l'ai malmenée à mon tour ? Bien sûr que non.

— Non, je vous demande ce que vous avez fait pour qu'elle vous malmène.

Culpabilité.

Aussi loin qu'il se souvienne, premièrement, le premier Dr Lattimore, de manière implicite, et deuxièmement, le deuxième Dr Lattimore, par ses regards et ses paroles sévères, l'avaient puni en le culpabilisant. Peu importait le mal dont il souffrait — angine, souffle court, baisse de tension, excès de cholestérol —, c'était toujours la faute de Treslove, pour ainsi dire. Le simple fait d'être né, c'était sa faute. Et aujourd'hui un nez fracturé. C'était aussi sa faute.

— Je suis exempt de toute responsabilité dans cette histoire, dit-il en se rasseyant et en baissant la tête. (Il prenait des airs de chien battu.) J'ai été agressé. Je sais, c'est peu courant, pour un homme adulte, d'être frappé et détroussé par une femme. Mais c'est mon cas. Je pense que c'est à cause de mon âge. (Il réfléchit à deux fois à ce qu'il allait dire, mais il poursuivit tout de même :) Peut-être ignorez-vous que c'est votre grand-père qui a accouché ma mère. Je suis soigné par les Lattimore depuis mon premier jour. Peut-être est-il temps qu'un Lattimore de la troisième génération me conseille d'entrer en maison de repos.

— Je ne veux pas vous désillusionner, mais si vous pensez que vous seriez en sécurité dans une maison de repos, vous vous trompez. Les maisons de repos pullulent de femmes qui vous détroussent au premier regard.

— Et les maisons de retraite ?

— C'est pareil, je le crains.

— Ai-je à ce point l'air d'être une cible facile ?

Lattimore le toisa longuement. La réponse était clairement oui. Mais il déploya tout son tact.

— Cela ne tient pas à vous, dit-il. Cela tient aux femmes. Elles sont de plus en plus fortes. Grâce aux progrès de la médecine. J'ai des patientes octogénaires à qui je ne me frotterais pas. Je dirais que vous êtes plus en sécurité dans la rue : là, au moins, on peut courir.

— J'en doute. Cela doit se savoir, à présent. Et elles vont sentir la peur sur moi, de toute façon. Toutes les furies de Londres. Même certaines qui n'ont encore jamais songé à commettre un braquage.

— Cette perspective a l'air de vous réjouir.

— Pas du tout. J'essaie simplement de ne pas me laisser abattre.

— C'est très sensé. J'espère au moins que votre furie se sera fait prendre.

— Par qui ? La police ? Je n'ai pas porté plainte.

— Ne pensez-vous pas que vous auriez dû ?

— Pour qu'on me demande de me justifier ? Non. On m'aurait accusé de lui avoir fait des avances ou de l'avoir agressée. Ou bien on m'aurait conseillé de ne pas sortir seul la nuit. Dans un cas comme dans l'autre, on m'aurait ri au nez. On trouve cela amusant, un homme qui se fait casser le nez par une femme. C'est du gros comique.

— Il n'est pas cassé. Et je ne ris pas.

— Si. Intérieurement, vous riez.

— Eh bien j'espère que vous en faites autant, intérieurement. C'est le meilleur remède, vous savez.

Et, curieusement, c'était le cas. Treslove riait intérieurement.

Mais il ne pensait pas que cela allait durer.

Et il n'était pas convaincu de ne pas avoir de fracture.

5

Il y avait un autre sujet que Treslove aurait voulu aborder, parce qu'il avait besoin d'en parler à quelqu'un, mais, devant la tournure joyeuse qu'avait prise la conversation, il s'était ravisé. Et puis, Lattimore, jugeait-il, n'était pas l'homme de la situation. Il lui fallait un interlocuteur d'un autre sexe. D'une autre carrure. D'une autre religion.

Il s'agissait des paroles prononcées par la femme.

Sur cette question, Treslove n'était pas en terrain très sûr, même avec lui-même. Peut-être avait-il simplement imaginé qu'elle l'avait appelé ainsi. Peut-être, après tout, lui avait-elle simplement demandé du pain ou l'avait-elle traité de putain, dans un esprit de grivoiserie aussi violente qu'offensée. Elle aurait aussi bien pu dire : donne-moi ta virilité. Je vais te les couper. Ce qui s'était bel et bien produit.

Mais, après tout, pourquoi ne pas simplement se contenter de penser qu'elle s'était donné la satisfaction personnelle de l'identifier, de dire : « Julien » ?

Seulement voilà : comment connaissait-elle le petit nom français que lui donnait sa mère ? Et sur quoi se fondait-elle pour le qualifier de rupin ?

Rien de tout cela ne tenait debout.

Sauf si elle le connaissait. Mais il avait déjà écarté cette hypothèse. En dehors de Joia (qu'il s'était empressé d'éliminer) et de Joanna dont il avait peint le visage (mais Joanna était hors de cause parce que Treslove refusait de penser à elle), quelle femme de sa connaissance aurait voulu l'attaquer ? Quelle souffrance non psychique avait-il jamais infligée à une femme ?

Il avait beau tourner et retourner tout cela dans sa tête, il arrivait toujours au même résultat. Pas au pain, pas aux putains, pas à Julien, pas à rupin, mais à youpin.

Youpin.

Une solution qui soulevait plus de mystères qu'elle n'en élucidait. Car, si la femme lui était inconnue, et lui à elle, comment pouvait-elle commettre une telle erreur sur sa — il était bien en peine de trouver comment qualifier cela — sa race, ses croyances (il aurait bien dit « religion », mais Finkler était un finkler et Finkler était athée) ? Sa physionomie spirituelle, dans ce cas.

Youpin...

Julian Treslove, un youpin... ?

S'agissait-il dès lors d'une simple méprise ? Se pouvait-il que par erreur elle l'ait suivi depuis chez Libor, où elle guettait Sam Finkler, et pas lui ? Il ne ressemblait pas à Sam Finkler —

d'ailleurs, Sam Finkler faisait partie des rares personnes à qui il ne ressemblait pas — mais, si elle obéissait simplement à des ordres ou exécutait un contrat, elle n'était peut-être pas bien informée de l'apparence de la personne qu'on l'avait chargée de cibler.

Et, dans sa confusion, il n'avait pas eu la présence d'esprit de dire : « Moi pas youpin... Finkler youpin... »

Seulement, qui pouvait bien vouloir s'en prendre à Sam Finkler ? C'est-à-dire qui d'autre, en dehors de Julian Treslove ? Il était inoffensif, bien qu'étant un riche et volubile philosophe. Les gens l'aimaient bien. Il avait recherché et recueilli leur affection. Il avait quelques problèmes avec certains finklers qu'il fréquentait, surtout le genre qui, comme Libor, appelaient Israël « Isrrrraë », mais aucun autre finkler, même le plus sionistissime des sionistes, ne l'aurait agressé et brutalisé sous prétexte qu'ils avaient des ancêtres communs.

Et pourquoi une femme ? Ou alors une femme que Finkler avait personnellement blessée — il y en avait sans conteste un certain nombre —, mais une femme que Finkler avait personnellement blessée aurait sûrement perçu la différence entre Finkler et Treslove, d'aussi près. Et elle avait été très près.

Il avait senti son odeur corporelle. Elle avait dû sentir la sienne. Et lui et Finkler... eh bien...

Tout cela n'avait absolument ni queue ni tête.

Et il y avait autre chose qui ne tenait absolument pas debout, sauf que cela tenait un peu trop bien debout. Et si la femme n'avait pas dit son prénom — *Julien...* — mais l'avait informé du sien — pas *Julien*, mais *Younon, Youdith ou Youliette* ? Sa Junon, sa Judith ou sa Juliette, ainsi que la diseuse de bonne aventure espagnole avec son accent de Birmingham le lui avait promis autrefois. Tout en l'avertissant du danger de l'affaire.

Bien sûr, il ne croyait pas aux prédictions. Il ne se serait même sûrement pas souvenu de la diseuse de bonne aventure s'il n'en était pas tombé amoureux. Treslove n'oubliait jamais une femme dont il était tombé amoureux. Il n'oubliait jamais non plus de se ridiculiser, surtout que ceci suivait souvent cela. Et puis il y avait la fine blague de Sam, Yououi, Younon, destinée à lui démontrer que, dans le domaine de la virtuosité sémantique, un non-finkler n'arrivait pas à la cheville d'un finkler. Yououi, Younon, c'était une blessure qui ne s'était jamais cicatrisée.

Or la diseuse de bonne aventure ne pouvait connaître le prénom d'une femme qui allait l'agresser trente ans plus tard que si elle était elle-même la femme qui allait l'agresser trente ans plus tard. Hautement improbable. Tout cela était absurde. Mais un soupçon de prédestination peut ébranler l'âme du plus rationnel d'entre les hommes, et Treslove n'était pas des plus rationnels.

Peut-être que rien de tout cela n'avait de sens, mais, d'un autre côté, cela pouvait en avoir beaucoup, même s'il ne s'agissait que du sens d'une extrême coïncidence. Elle aurait pu dire *Julien* ou Dieu sait qui, *et* lui dire en même temps qu'elle était sa Youdith ou Dieu sait qui. Julian et Judith Treslove — Youlien et Youdith Treslove — pourquoi pas, merde ?

Elle l'avait assommé pour lui prendre ses cartes de crédit et son téléphone et ne les avait pas utilisés. Donc, elle l'avait assommé simplement parce que c'était lui.

Non, tout cela ne tenait absolument pas debout.

Mais l'énigme insoluble ne faisait que renforcer une bonne humeur qui était (tout bien considéré) inattendue. Cet état d'esprit lui aurait-il été plus familier qu'il serait allé plus loin, jusqu'à se déclarer — pour broder sur le terme qui avait agacé la femme qui baisait en gardant ses Birkenstock aux pieds (car, elle non plus, il ne l'avait pas oubliée) — euphorique.

Comme un homme sur le point de faire une découverte.

Pour la même raison qu'il n'avait rien dit à la police, Treslove ne parla pas de l'agression à ses deux fils.

Ils n'auraient même pas pris la peine de lui demander ce qu'il avait fait pour agacer la furie. Bien que nés de mères différentes, ils avaient de lui une opinion très similaire et, pour eux, il était par nature agaçant. C'est là le lot des pères ayant quitté les mères de leurs enfants.

En fait, Treslove n'avait quitté personne, si tant est que par « quitter » on entende une désertion impliquant une part de cruauté. Pour cela, il manquait de résolution, d'indépendance d'esprit, si vous voulez. Soit il s'éloignait progressivement, par pure diplomatie — car Treslove savait quand il n'était plus désiré —, ou bien les femmes l'abandonnaient, soit à cause de mouches, ou pour un autre homme, ou simplement pour une existence qui, si solitaire fût-elle, était préférable à une heure de plus en sa compagnie.

Il les forçait à le détester, il le savait. Bien qu'il n'eût promis à aucune femme une vie excitante quand il faisait sa connaissance, il donnait l'impression d'exsuder le chic et la sophistication, d'être différent des autres, d'être profond et curieux — producteur artistique, un temps, directeur adjoint de festivals et, même lorsqu'il se contentait de livrer du lait dans une voiture électrique ou de vendre des chaussures, d'être un artiste — et tout cela amenait ses conquêtes à penser qu'elles vivaient une folle aventure — mentale, au moins. À leur grande déception, elles prenaient son dévouement à leur égard pour une sorte d'emprisonnement ; elles évoquaient des gynécées et prisons de femmes, elles le traitaient de geôlier, de collectionneur, de psychopathe sentimental — bon, peut-être était-il un psychopathe sentimental, mais c'était à lui de le dire —, elles prétendaient qu'il étouffait leurs rêves, étranglait leurs espoirs, qu'il leur suçait le sang. En homme qui aimait les femmes à l'agonie, Treslove ne voyait pas comment il pouvait étouffer leurs rêves. Avant de quitter la BBC, Treslove avait demandé en mariage l'une des présentatrices — une femme qui portait un béret rouge et des bas résille, comme une caricature d'espionne française. Au fond de lui, il considérait cela comme une faveur. Qui d'autre aurait demandé sa main à Jocelyn ? Mais il était aussi amoureux d'elle. Une femme incapable d'être élégante malgré tous ses efforts, voilà qui émouvait Julian Treslove. Ce qui voulait dire qu'il était ému par la plupart de ses collègues de la BBC. Sous leurs tentatives aussi laborieuses qu'effrénées pour s'habiller *new wave* ou audacieusement à côté de la plaque — *nouvelle vague** ou *ancienne vogue** — il percevait la vieille fille crapoteuse et mal fagotée destinée à une vieillesse interminable puis à une tombe glaciale où personne n'irait se recueillir. C'est pourquoi il avait lancé : « Épouse-moi », par pure générosité de cœur.

Devant un dîner très, très tardif dans un indien, après un enregistrement très, très tardif. Ils étaient les deux seuls clients du restaurant, le cuisinier était rentré et le serveur rôdait encore autour de leur table.

Peut-être l'heure et le décor donnèrent-ils à sa déclaration un accent désespéré — pour tous les deux — tout à fait involontaire. Peut-être n'aurait-il pas dû laisser entendre à ce point qu'il lui faisait une faveur.

— T'épouser, toi, vieille gargouille ! répondit Jocelyn en éclatant de rire sous son béret rouge et en faisant une grimace de ses lèvres assorties. Plutôt crever.

— Dans ce cas, crève, dit Treslove, vexé et enragé par la violence du refus.

Mais il le pensait. Jocelyn n'aurait pu trouver meilleur candidat.

— Eh bien voilà, ricana-t-elle en désignant d'un geste cette manifestation ectoplasmique de la véritable nature de Treslove. Quand je te disais que tu étais une gargouille.

Plus tard, dans le bus de nuit, elle lui tapota la main en disant qu'elle n'avait pas voulu le blesser. Elle ne le voyait pas sous cet angle, c'est tout.

— Quel angle ? demanda Treslove.

— Comme autre chose qu'un ami.

— Eh bien, trouve-toi un autre ami, dit-il.

Ce qui — oui, oui, il le savait — prouvait une seconde fois qu'elle avait raison.

Dès lors, quelle logique y aurait-il à solliciter la compassion de ses fils, rejetons de femmes qui auraient parlé de Treslove exactement dans les mêmes termes que Jocelyn ?

Sans compter qu'il aurait préféré mourir plutôt que d'évoquer cette histoire de youpin.

Ils avaient la vingtaine et n'étaient pas du genre à se marier non plus. Par tempérament, à vrai dire, pas en raison de leur jeune âge. Rodolfo, Ralph pour les intimes, tenait un bar à sandwichs dans la City — tout comme son père avait livré du lait et remplacé des fenêtres, soupçonnait Treslove, et, imaginait-il, en raison des mêmes frustrations professionnelles, bien que compliquées par une quête d'orientation sexuelle. Son fils portait une queue-de-cheval et un tablier. Qu'allait dire Treslove — « Tiens-t-en aux femmes, fiston, et tu passeras des moments merveilleux comme moi » ? Il lui souhaitait bon courage, mais ce gamin restait pour lui un extraterrestre. Alfredo — Alf pour les intimes, bien qu'ils fussent rares — jouait du piano dans les hôtels de bord de mer à Eastbourne, Torquay et Bath. La musique avait sauté une génération. Ce que son père lui avait interdit, Treslove, de loin, l'encourageait. Mais il tirait peu de joie des talents d'Alfredo. Le garçon — l'homme, à présent — jouait d'une manière introvertie, pour son seul plaisir. Ce qui faisait de lui le pianiste idéal pour l'heure du thé ou les dîners dans de vastes salles où personne ne veut entendre de musique, excepté, de temps en temps, *Happy Birthday To You*, et encore, pas dans les établissements où les clients devinaient tout le sarcasme qu'y mettait Alfredo.

Un problème d'orientation sexuelle, là aussi ? Pas dans ce cas, jugeait Treslove. Il avait engendré un homme qui pouvait prendre des femmes ou ne pas s'en soucier du tout, rien de plus. Encore un extraterrestre.

De toute façon, jusqu'ici, ils n'avaient jamais discuté de Treslove. Il y avait des avantages à ne pas avoir élevé ses fils. Pour commencer, il n'était pas obligé de se reprocher ce qu'ils étaient devenus. Et ce n'était pas lui qu'ils venaient trouver en premier quand ils avaient des ennuis. Mais, parfois, il regrettait la complicité qu'il imaginait entre les vrais pères et leurs fils.

Finkler, par exemple, avait deux fils et une fille, tous trois étudiants, et Treslove supposait qu'ils s'étaient serré les coudes lorsque Tyler Finkler était décédée. Peut-être Finkler avait-il pu pleurer avec ses fils, peut-être même sangloter dans leur cou. Une fois, le père de Treslove lui avait pleuré sur l'épaule ; l'événement était marqué dans sa mémoire, et ce n'était pas une exagération, non, vraiment pas — les larmes de son père avaient été si brûlantes, il avait cramponné si fort sa tête des deux mains, son chagrin avait été si bruyant et inconsolable, que Treslove avait cru que sa cervelle allait cramer.

Il ne souhaitait pas une expérience aussi affreuse à ses fils. Dès ce moment, Treslove et son père s'étaient trouvés dans une impasse. Après cet épisode fusionnel, il leur restait soit à passer le reste de leur vie ensemble, soudés comme deux nageurs qui se noient en s'étreignant, soit à se détourner l'un de l'autre et s'efforcer de ne plus jamais partager un tel moment d'intimité. Ils optèrent tacitement pour la deuxième solution.

Mais entre pleurer à chaudes larmes dans le cou de ses enfants et leur accorder une poignée de main bourrue comme un étranger, Treslove se disait qu'il devait y avoir un moyen terme. Il ne l'avait pas trouvé. Rodolfo et Alfredo étaient ses fils, parfois ils l'appelaient « père », mais toute perspective de rapprochement les terrifiait. Il y avait une sorte de tabou là-dessus, comme pour l'inceste. Bon, c'était explicable et probablement fondé. On ne peut exiger d'enfants que l'on n'a pas élevés qu'ils vous offrent leur épaule pour pleurer.

Il ne savait pas très bien non plus s'il avait vraiment envie de leur confier un moment de honte et de faiblesse, sans parler de ses suppositions échevelées et de sa superstition. Se pouvait-il qu'ils l'admirent — leur lointain et séduisant père, que l'on pouvait prendre pour Brad Pitt et à qui ce privilège rapportait de l'argent ? Il l'ignorait. Mais il n'était pas disposé à compromettre leur improbable admiration en leur racontant qu'il avait été agressé par une femme en pleine ville et pour ainsi dire en pleine lumière. Il n'avait qu'une vague notion de la vie de famille, mais il devinait qu'un fils ne tient pas à entendre ce genre de confidences de la bouche de son père.

Heureusement, comme il ne leur parlait que rarement dans le meilleur des cas, ils n'attacheraient aucune importance à son silence. Selon leur conception de la famille, un père est quelqu'un dont on a assez peu fréquemment de nouvelles.

Au lieu de quoi, après s'être accordé le temps de ruminer tout cela — Treslove ne se précipitait que pour demander une femme en mariage —, il résolut d'inviter Finkler à prendre le thé, tradition qui remontait à l'époque de leurs études. Scones et confiture à Haverstock Hill. Finkler lui devait bien cela, qui lui avait fait faux bond la dernière fois qu'ils s'étaient donné rendez-vous. Un homme occupé, Finkler. Sam le Magnifique. Si quelqu'un voulait vraiment du mal à Finkler, Julian se devait de le prévenir, si grotesque que cela lui parût quand il répéta sa réplique.

Sans compter que Finkler était un finkler et que Treslove était mêlé à une histoire finkler.

6

— Il est possible que quelqu'un te veuille du mal, dit-il, décidant d'être direct, en versant l'eau.

Pour une raison inconnue, c'était toujours lui qui faisait le service quand il était avec Finkler. En plus de trente années de thé pris ensemble, il ne se rappelait pas que Finkler ait jamais servi le thé ou payé l'addition.

Il ne s'en ouvrit pas à Finkler. Impossible. Il l'aurait accusé d'être antisémite.

Ils étaient chez Fortnum & Mason, que Treslove appréciait parce qu'on y trouvait du *welsh rarebit* et des *relish* comme dans le temps, et que Finkler appréciait parce qu'il était certain qu'on l'y reconnaîtrait.

— Me vouloir du mal ? Des critiques ? Cela n'a rien de nouveau. On m'attend toujours au tournant.

C'était le fantasme de Finkler, que les critiques l'attendent au tournant. En fait, aucun critique ne l'attendait au tournant, excepté Treslove, qui ne comptait pas, et peut-être la furie qui s'en était prise à Treslove. Quoique son mobile ne fût certainement pas de nature artistique ou philosophique.

— Je ne voulais pas dire du mal dans ce sens, expliqua Treslove.

— Dans quel sens, alors ?

— Du mal dans le sens de faire du mal. (Il pointa un pistolet imaginaire sur la tempe rousse de Finkler.) Tu sais bien...

— On voudrait me *tuer* ?

— Non, pas te tuer. Te flanquer une dérouillée. Te voler ton portefeuille et ta montre. Et j'ai seulement dit que c'était possible.

— Oh, eh bien, du moment que tu estimes que c'est seulement *possible*. Tout est possible, bon Dieu. Qu'est-ce qui te fait croire cela ?

Treslove lui raconta ce qui lui était arrivé. Pas les détails ignominieux. Juste les grandes lignes. Promenade dans la nuit. Distraction. Boum ! La tête dans la vitrine de chez Guivier. Portefeuille, montre et cartes envolés. Tout cela avant d'avoir eu le temps de dire...

— Doux Jésus !

— À peu près.

— Et ?

— Et quoi ?

— Et en quoi suis-je concerné ?

Moi, moi, moi, songea Treslove.

— Eh bien, il est possible qu'elle m'ait suivi quand je sortais de chez Libor.

— Attends un peu. *Elle* ? Qu'est-ce qui te fait croire que c'était une femme ?

— Je pense savoir faire la différence entre un homme et une femme.

— Dans le noir ? Avec le nez plaqué contre une vitrine ?

— Sam, on sait quand c'est une femme qui vous agresse.

— Pourquoi ? Ça t'est souvent arrivé d'être agressé par une femme ?

— Ce n'est pas la question. Jamais. Mais on le sait, quand ça arrive.

— Tu l'as pelotée ?

— Évidemment que non. Je n'ai pas eu le temps.

— Sinon, tu l'aurais fait ?

— Je dois avouer que cela ne m'est pas venu à l'esprit. La situation était trop choquante pour éprouver du désir.

— Alors elle ne t'a pas peloté ?

— Sam, elle m'a détroussé. Elle m'a vidé les poches.

— Elle était armée ?

— Pas que je sache.

— Pas que tu saches ou pas que tu susses ?

— Qu'est-ce que ça change ?

— Tu pourrais savoir maintenant qu'elle ne l'était pas, mais l'avoir cru sur le moment.

— Je ne pense pas l'avoir cru armée sur le moment. Mais le contraire est possible.

— Tu as laissé une faible femme désarmée te vider les poches ?

— Je n'ai pas eu le choix. J'ai eu peur.

— D'une femme ?

— Du noir. De la soudaineté...

— D'une femme.

— D'accord, d'une femme. Mais, au début, je ne savais pas que c'en était une.

— Elle a parlé ?

L'arrivée de la serveuse qui rapportait de l'eau chaude pour Finkler empêcha Treslove de répondre. Finkler demandait toujours plus d'eau chaude même s'il en avait assez. C'était sa manière d'affirmer son pouvoir, songea Treslove. Sans aucun doute que Nietzsche, lui aussi, commandait plus d'eau chaude que nécessaire.

— C'est très aimable à vous, dit Finkler à la serveuse en souriant.

Voulait-il qu'elle l'aime ou qu'elle le craigne ? se demanda Treslove. L'autorité paresseuse de Finkler le fascinait. Lui se contentait de vouloir qu'une femme l'aime. C'était peut-être là qu'il se trompait.

— Alors, voyons si j'ai bien compris, dit Finkler en attendant que Treslove verse l'eau chaude dans la théière. Cette femme, cette femme désarmée, t'agresse, et tu penses que c'est à moi qu'elle croit s'en prendre, parce qu'il est *possible* qu'elle t'ait suivi depuis chez Libor — qui, au passage, ne m'a pas paru très en forme.

— Je ne l'ai pas trouvé si mal, tout bien considéré. J'ai pris un sandwich avec lui l'autre jour, tout comme tu étais censé le faire. Cela avait l'air d'aller. C'est toi qui m'inquiètes plus. Est-ce que tu sors ?

— Je l'ai vu aussi et je ne l'ai pas trouvé bien. Mais qu'est-ce que c'est que cette histoire de « sortir » ? Pour quoi faire ? Me jeter dehors, dans les griffes de femmes prêtes à m'agresser ?

— On ne peut pas s'enfermer dans son univers mental.

— C'est gonflé, venant de toi. Je ne m'enferme pas dans mon univers mental. Je joue au poker sur Internet. C'est très loin de mon univers mental.

— Je suppose que tu gagnes de l'argent.

— Évidemment. La semaine dernière, j'ai gagné trois mille livres.

— Doux Jésus !

— Comme tu dis. Tu vois, tu n'as aucune raison de te faire du souci pour moi. Mais Libor se mure dans sa douleur. Il se cramponne tellement à Malkie qu'elle va finir par l'emporter avec elle.

— C'est ce qu'il veut.

— Bon, je sais que tu trouves cela touchant, mais c'est malsain. Il devrait se débarrasser du piano.

— Et jouer au poker sur Internet ?

— Pourquoi pas ? Un gros gain le ragaillardirait.

— Et une grosse perte ? Personne ne gagne éternellement… C'est ce qu'a dit quelqu'un à qui tu as consacré un livre. Il n'y a pas un pari philosophique célèbre ? Hume, c'est ça ?

Finkler le regarda sans ciller. Ne t'avance pas trop sur ce terrain, semblait-il dire. Ne présume pas trop de mon apparent manque de chagrin. Ce n'est pas parce que je n'ai pas suivi le chemin de Libor que je suis mauvais. Tu ne sais pas ce que je ressens.

À moins que Treslove se soit tout imaginé.

— Je pense que tu veux parler de Pascal, dit finalement Finkler. Sauf qu'il a dit exactement le contraire. Selon lui, autant parier sur l'existence de Dieu, parce que, même s'Il n'existe pas, on n'a rien à perdre. Alors que si on parie contre Son existence et qu'Il existe...

— On est dans la merde.

— Je regrette de ne pas l'avoir formulé ainsi.

— Tu le diras comme ça, Finkler.

Finkler sourit à la cantonade.

— Enfin bref, dit-il. Donc, tu sors de chez Libor un tout petit peu pompette et cette voyoutine, te prenant pour moi, te suit sur plusieurs centaines de mètres jusqu'à un endroit parfaitement bien éclairé — ce qui ne tient pas debout — et te flanque une dérouillée. Quel est exactement le lien dans cet incident entre elle et moi ? Ou toi et moi ? Nous ne nous ressemblons pas vraiment, Julian. J'en fais deux comme toi, tu as deux fois plus de cheveux...

— Trois fois plus.

— Je sors en voiture, tu sors à pied... Qu'est-ce qui aurait pu la tromper à ce point ?

— Va savoir... Parce qu'elle ne nous a jamais vus ni l'un ni l'autre ?

— Et qu'en te voyant elle s'est dit : il a l'air d'avoir un portefeuille bien garni, et ce qui devait arriver est arrivé. Je ne vois toujours pas pourquoi tu es convaincu qu'elle en avait après moi.

— Peut-être qu'elle savait que tu as gagné trois mille livres au poker. Ou alors c'est une admiratrice. Peut-être même une lectrice de Pascal. Tu sais comment sont les admiratrices.

— Et peut-être que ce n'en est pas une.

Finkler demanda encore de l'eau chaude.

— Écoute, dit Treslove en se tortillant sur sa chaise, comme s'il ne voulait pas que tout Fortnum & Mason l'entende. C'est à cause de ce qu'elle a dit.

— Qu'est-ce qu'elle a dit ?

— Ou du moins de ce que j'ai cru entendre.

Finkler écarta les bras dans un geste très finkleraïque. Sa patience infinie commençait à atteindre ses limites. Quand il faisait cela, Finkler évoquait Dieu à Treslove. Dieu désespérant de Son peuple depuis le sommet d'une montagne. Treslove était envieux. Comme signe de Son alliance avec eux, Dieu donnait aux finklers la faculté de hausser les épaules comme Lui. Une faculté que, en tant que non-finkler, Treslove ne possédait pas.

— Ce qu'elle a dit ou ce que tu as cru entendre. Crache le morceau, Julian.

Il cracha donc.

— Youpin. Elle a dit : « Youpin. »

— Tu as tout inventé.

— Pourquoi j'inventerais ?

— Parce que tu es un homme tordu et aigri. Je ne sais pas pourquoi tu inventes ça. Parce que tu prêtes l'oreille à tes propres pensées. Tu venais de nous laisser, Libor et moi. « Ces youpins », c'est probablement ce que tu pensais. « Ces sales youpins. » Tu avais l'expression sur les lèvres et tu l'as transférée sur les siennes.

— Elle n'a pas dit : « Ces sales youpins. » Elle a dit : « Youpin. »

— *Youpin ?*

Maintenant qu'il entendait quelqu'un d'autre le dire, Treslove n'en était plus si sûr.

— Il me semble.

— Il te semble ? Qu'est-ce qu'elle aurait pu dire qui ressemble à « youpin » ?

— J'ai déjà réfléchi à la question. « Rupin » ou « putain » ou « Julien »... Appelons un chat un chat, Sam : elle m'a traité de youpin.

— Et tu crois que le seul juif de Londres avec qui elle pouvait te confondre, c'est moi ?

— Je sortais de chez Libor.

— Coïncidence. Cette femme est probablement une antisémite en série. Elle traite de youpins tous les gens qu'elle détrousse. C'est un mot générique, chez vous autres gentils, pour tous les gens que vous n'appréciez pas beaucoup. Au collège, on disait bien « manger en juif » (tu devais sûrement le dire aussi) pour ceux qui ne partageaient pas leur goûter. C'est ce que tu vois quand tu es devant un juif — un voleur ou un radin. Peut-être qu'elle t'accusait de tout garder pour toi et qu'elle t'a puni. Je te pique tout, œil pour œil, dent pour dent.

— Elle a dit « youpin ».

— Eh bien, elle s'est trompée. Il faisait nuit.

— Il faisait jour.

— Tu m'as dit qu'il faisait nuit.

— Je plantais le décor.

— De manière trompeuse.

— Poétique. Il faisait nuit dans le sens que c'était la nuit et il faisait jour dans le sens que c'était éclairé par les réverbères.

— Il faisait assez clair pour qu'on ne puisse pas te prendre pour un juif ?

— Aussi clair qu'ici. J'ai l'air juif ?

Finkler éclata de l'un de ses grands rires télévisuels. Treslove était bien placé pour savoir que Finkler ne riait jamais dans la réalité — de son vivant, Tyler se plaignait d'avoir épousé un homme qui ne riait pas —, mais à la télévision, quand il voulait souligner son propos, il s'esclaffait. Qu'un seul de ses centaines de milliers de téléspectateurs avale son numéro sans ciller ne cessait d'émerveiller Treslove.

— Demandons à l'assistance, dit Finkler.

Et, l'espace d'un terrible instant, Treslove crut qu'il allait le faire. *Levez la main, ceux qui pensent que cet homme est juif ou ressemble à un juif.* Cela aurait permis à ceux qui ne l'auraient pas encore remarquée de noter la présence de Finkler.

Treslove rougit et baissa la tête, conscient que ce manque d'assurance le marquait du sceau de la non-judéité. Les juifs timides, ça n'existe pas.

— Bon, tu as gagné, dit-il quand il eut trouvé le courage de relever le nez. Vas-y, dis-moi. Que conseillerait Wittgenstein ?

— Que tu te sortes la tête du cul. Et aussi du mien et de celui de Libor. Écoute : tu t'es fait agresser. Ce n'est pas agréable. Et tu étais déjà à fleur de peau. Il n'est pas bon que nous nous fréquentions tous les trois. Pour toi, en tout cas. Nous avons une raison. Nous sommes en deuil. Mais pas toi. Et si tu l'es, tu ne devrais pas. C'est sacrément morbide, Julian. Tu ne peux pas être nous. Tu ne devrais pas en avoir envie.

— Je n'ai pas envie d'être vous.

— Quelque part, si. Je ne veux pas être cruel, mais il y a toujours eu un peu de nous que tu envies.

— *Nous* ? Depuis quand Libor et toi vous faites la paire ?

— C'est une question intéressante. Tu sais très bien depuis quand. Maintenant, cela ne te suffit plus. Maintenant, tu veux autre chose de nous. Maintenant, tu veux être un juif.

Treslove manqua de s'étrangler avec son thé.

— Qui a dit que je veux être un juif ?

— Toi. Qu'est-ce que tout cela voudrait dire, sinon ? Écoute, tu n'es pas le seul. Des tas de gens veulent être juifs.

— Eh bien, pas toi.

— Ne commence pas avec ça. On dirait Libor.

— Sam — Samuel — écoute-moi bien : Je. Ne. Veux. Pas. Être. Juif. D'accord ? Je n'ai rien contre, mais j'aime bien ce que je suis.

— Te rappelles-tu que tu disais vouloir être le fils de mon père ?

— J'avais quatorze ans à l'époque. Et j'aimais bien qu'il me demande de lui donner des coups de poing dans le ventre. J'avais peur d'effleurer l'épaule du mien. Mais cela n'a rien à voir avec le fait d'être juif.

— Alors qu'est-ce que tu es ?

— Je te demande pardon ?

— Tu as dit que tu aimes ce que tu es. Donc, qu'est-ce que tu es ?

— Ce que je suis ?

Treslove contempla le plafond. Cela avait l'air d'une question piège.

— Exactement. Tu ne sais pas ce que tu es, alors tu veux être juif. Et, dans pas longtemps, tu porteras des tsitsits et tu m'annon ceras que tu t'es porté volontaire pour piloter des avions et bombarder le Hamas. Julian, je le répète, c'est malsain. Prends des vacances. Tu devrais quitter Londres. « Sortir », comme tu dis. Te trouver une fille. L'emmener en vacances. Oublier tout le reste. T'acheter un portefeuille neuf et aller de l'avant. Je te jure que ce n'est pas une femme qui t'a volé l'ancien, même si cette idée te plaît bien. Et ton agresseur, quel qu'il soit, ne t'a certainement pas pris pour moi ni pour un juif.

Treslove se sentit presque accablé devant tant de certitude philosophique.

Trois

1

— Bonsoir, Brad.

La femme qui venait de parler possédait une mâchoire chevaline, une cascade de cheveux blonds et une robe Empire qui exposait ses seins d'une manière tout à fait impressionnante. C'était la troisième fois de la soirée qu'on prenait Treslove — revenu à ses missions de sosie — pour Brad Pitt. En fait, il avait été engagé pour passer pour Colin Firth dans le rôle de Darcy. Après tout il s'agissait d'une luxueuse fête d'anniversaire qui se déroulait dans un loft de Covent Garden en l'honneur d'une riche quinquagénaire qui s'appelait réellement Jane Austen, aussi Darcy s'imposait-il. Treslove, en culottes ajustées, avec chemise à jabot et cravate de soie, affichait un air boudeur. Du coup, il se demandait comment on pouvait bien le confondre avec Brad Pitt. Sauf si Brad Pitt avait joué dans une version d'*Orgueil et préjugés* qui lui avait échappé.

Il faut dire que tout le monde était ivre et barré. Et que la femme qui l'avait accosté était ivre, barrée et américaine. Avant même qu'elle ouvre la bouche, Treslove avait déduit tout cela de son attitude. Elle avait l'air trop ébahie par la vie pour être anglaise. Ses boucles étaient trop bouclées. Ses lèvres trop grosses. Ses dents trop blanches et régulières, comme d'un seul tenant, avec des traits verticaux à intervalles réguliers. Et ses seins trop hauts, trop agressifs pour être anglais. Si les héroïnes de Jane Austen avaient eu de pareils nibards, elles n'auraient pas craint de finir vieilles filles.

— Raté mais pas loin, dit Treslove en rougissant.

Ce n'était pas son genre de femme. Elle ne pouvait pas être son genre, il était trop évident qu'elle lui survivrait, mais il trouvait sa hardiesse excitante. Et puis, lui aussi ne savait plus où il était.

— Dustin Hoffman, dit-elle en le scrutant. Non, je pense que vous êtes trop jeune. Adam Sandler ? Non, vous êtes trop vieux. Oh, j'y suis. Billy Crystal.

Il ne répondit pas : *Pourquoi Billy Crystal à une soirée Jane Austen ?*

Elle le ramena à son hôtel dans Haymarket. C'est elle qui l'avait proposé. Dans le taxi, elle glissa une main lascive sous sa chemise à jabot et dans ses culottes ajustées de Mr. Darcy. Elle l'appela Billy, ce qui, s'aperçut-elle alors qu'ils passaient devant la statue d'Éros, rimait avec kiki. C'est étrange comme les Américains peuvent être immoraux, pour un peuple puritain jusqu'au tréfonds de l'âme. Pincé et pornographique à la fois.

Mais il n'était pas le mieux placé pour juger.

Il était submergé par la gratitude. Ouf, il était encore dans la course ; il était encore un tombeur. En fait, il n'avait jamais été un tombeur, mais il se comprenait.

Il glissa sa langue derrière l'éblouissant panorama de dents de l'Américaine en essayant vainement de les distinguer les unes des autres. Il eut le même problème avec les seins. Ils ne se séparaient pas. Ils formaient une poitrine, au singulier.

Elle était tellement parfaite qu'elle n'avait besoin que d'un exemplaire de chaque chose.

C'était une productrice de télévision, venue à Londres quelques jours pour discuter d'un partenariat avec Channel 4. Il fut soulagé que ce ne soit pas la BBC. Il n'était pas sûr de pouvoir coucher avec une femme liée de près ou de loin à la BBC, ou, à tout le moins, de parvenir à maintenir assez longtemps une érection correcte.

En l'occurrence, il ne parvint pas à maintenir assez longtemps une érection correcte d'une certaine durée, car elle cavalcada frénétiquement sur lui dans un brouillard de tétons et de bouclettes qui le conduisit à une certaine précocité.

— Wow ! fit-elle.

— C'est la robe, dit-il. Je n'aurais pas dû te demander de la garder sur toi. Elle m'évoque des images trop excitantes.

— Du genre ?

— Du genre de *L'Abbaye de Northanger* et *Mansfield Park*.

— Je peux l'enlever.

— Non, garde-la et accorde-moi vingt minutes.

Ils parlèrent de leurs personnages préférés chez Jane Austen. Kimberley — évidemment qu'elle s'appelait Kimberley — aimait Emma. C'est en Emma qu'elle s'était déguisée. Emma Woodhouse, belle, intelligente, riche. « Et avec les nichons à l'air », rit-elle en les rentrant. Ou plutôt, songea Treslove, en *le* rentrant.

En le ressortant, il déclara qu'il trouvait certaines des héroïnes de Jane Austen un tantinet trop pétillantes à son goût — pas Emma, évidemment pas elle — et qu'il préférait Anne Elliot, non, il adorait, vraiment *adorait* Anne Elliot. Pourquoi ? Il n'en était pas sûr, mais il pensait que c'était parce qu'elle manquait de temps pour être heureuse.

— Un verre au saloon de la dernière chance, dit Kimberley, démontrant qu'elle comprenait toutes les nuances de l'Angleterre géorgienne.

— Oui, oui, quelque chose comme cela. C'est sa beauté fanée que j'aime. Qui se fane au fil des pages.

— Tu aimes les beautés fanées !

— Non, mon Dieu, non, pas en principe. Je veux dire, pas dans la réalité.

— J'espère bien.

— Mon Dieu, non.

— Je suis soulagée de l'entendre.

— C'est le côté conte de fées, dit-il avant de prendre le temps de brouter ses seins avec application. D'un coup de baguette magique, Jane Austen crée une fin heureuse au tout dernier instant, mais dans la vie cela aurait été une tragédie.

Elle hocha la tête sans écouter.

— Et maintenant, c'est à toi d'agiter *ta* baguette, dit-elle en regardant sa montre.

Elle lui avait accordé exactement vingt minutes. Elle ne semblait pas plus apprécier l'approximation que la tragédie.

— Wow ! fit-elle cinq minutes plus tard.

Ce fut la nuit de sexe la plus joyeuse qu'ait connue Treslove. À sa grande surprise, car il ne faisait pas dans le joyeux. Quand il la quitta au matin, elle lui donna sa carte — au cas où il passerait par Los Angeles, mais il fallait la prévenir, son mari risquant de ne pas sauter de joie en trouvant sur le pas de sa porte Billy Crystal en culotte ajustée. Elle lui claqua les fesses quand il partit.

Treslove eut l'impression d'être une putain.

Et quid de la précocité ? Treslove, en tenue de ville, s'arrêta pour prendre un café à Piccadilly afin de méditer. La cavalcade, ce n'était pas franchement son truc. Pour tout dire, la cavalcade, ce n'était pas du tout son truc. Alors, cette fois, que s'était-il passé ? La robe y était sans aucun doute pour quelque chose — Anne Elliot le chevauchant en secouant la tête comme une pornstar suédoise. Mais la robe à elle seule ne pouvait expliquer la prompte manifestation de son bonheur, ni la réitération de la chose à vingt minutes d'intervalle, pas durant toute la nuit, mais durant plus de temps qu'il n'est décent pour un gentleman de se vanter. Il restait encore à éclaircir cette histoire d'agression. Il ne l'aurait pas juré devant un tribunal, mais il avait l'impression qu'il pensait vaguement à la femme qui l'avait agressé pendant que Kimberley s'extasiait au-dessus de lui. Elles ont le même genre de silhouette, songea-t-il. Alors, avait-il pensé à elle ou cru la voir ? Là non plus, il n'aurait pas pu en jurer.

Il y avait bien un problème. L'agression ne l'avait pas stimulé sexuellement sur le moment. Il n'était pas de ce genre-là. Un nez fracturé, cela faisait un mal de chien, *point barre*, comme disaient ses fils. Et cela ne l'avait pas stimulé non plus durant les jours suivants. Et cela ne lui faisait aucun effet d'y repenser en cet instant. Mais quelque chose d'autre, oui. Le souvenir de la veille, naturellement. C'était une nuit dont il pouvait être ravi et fier. Cette coucherie d'un soir n'avait pas seulement rompu une longue période de jeûne, elle était digne des plus grands soirs et Treslove n'était pas par nature un homme de coucheries sans lendemain. Pourtant, un reste de conscience d'excitation ou de trouble érotique continuait de le tenailler.

C'est alors qu'il comprit. Billy Crystal. Kimberley l'avait pris pour Brad Pitt au départ, puis quand elle l'avait regardé de plus près, elle avait vu quelqu'un d'autre. Dustin Hoffman... Adam Sandler... Billy Crystal. Il l'avait arrêtée, mais si elle avait continué, la liste aurait selon toute probabilité, vu la direction prise, compris David Schwimmer, Jerry Seinfeld, Jerry Springer, Ben Stiller, David Duchovny, Kevin Kline, Jeff Goldblum, Woody Allen, ce foutu Groucho Marx... Fallait-il poursuivre ?

Des finklers.

Tous des putains de finklers.

Il avait lu quelque part que tous les acteurs d'Hollywood sont des finklers de naissance, qu'ils aient ou non gardé leurs noms d'origine. Et Kimberley — Kimberley, pour l'amour du ciel : quel était son vrai prénom ? Esther ? — Kimberley l'avait confondu avec ces finklers.

La confusion ne venait pas — il n'y croyait pas, et elle non plus — de son *apparence*. Même aux yeux imbibés de Kimberley, il ne ressemblait pas physiquement à Jerry Seinfeld ou à Jeff Goldblum. Il n'avait pas la bonne taille. Il n'avait pas la bonne température. Il n'avait pas la bonne vitesse. Le point commun qu'il avait avec ces hommes devait, en l'occurrence, être d'un autre ordre. Une affaire d'esprit ou d'essence. *En essence*, il était comme eux. *Spirituellement*, il était comme eux.

Il n'aurait su dire si l'avoir pris pour un finkler en essence avait excité Kimberley — il n'y avait aucune raison, s'ils étaient tous finklers là d'où elle venait — mais, et si cela l'avait excité, lui ?

Deux méprises sur son identité en deux semaines. Qu'importe ce qu'en pensait Finkler. Finkler était possessif vis-à-vis de sa finklérité.

— Notre club ne recrute pas de nouveaux membres, avait-il expliqué à Treslove à l'époque où il exigeait qu'on l'appelle Samuel.

— Je n'avais pas l'intention d'y adhérer, lui avait répondu Treslove.

— Non, et je n'ai pas dit ça, avait répliqué Finkler, qui se désintéressait déjà de la question.

Donc Finkler était partie prenante. Or, deux femmes qui ne l'étaient pas... Deux semaines, deux femmes, deux méprises identiques !

Treslove se mordit les doigts, commanda un autre café et laissa sa vie — sa vie de mensonge, n'est-ce pas ? — passer devant lui.

2

Finkler l'avait bien cherché.

C'était l'opinion de Tyler à l'époque et aussi celle de Julian Treslove. Cela lui pendait au bout du nez.

Tyler Finkler avait les arguments de son côté. Son mari couchait avec d'autres femmes. Ou, du moins, s'il ne couchait pas avec d'autres, il aurait mieux valu, étant donné le peu de cas qu'il faisait d'elle.

L'argument de Treslove, c'était que cela pendait au bout du nez de Finkler simplement parce qu'il était Finkler. En outre, une femme aussi belle que Tyler ne méritait pas de souffrir.

Tyler Finkler. *Feue* Tyler Finkler. En se la rappelant à sa deuxième tasse de café, Treslove laissa échapper un profond soupir.

— Sam est sur un projet qui l'accapare, avait-il dit à l'époque. C'est un homme ambitieux. C'était un enfant ambitieux.

— Mon mari a été un enfant !

Treslove avait souri faiblement. En fait, Finkler n'avait jamais vraiment été un enfant, mais cela le gênait de l'admettre devant l'épouse irritée de Finkler.

Ils étaient allongés sur le lit de Treslove dans ce quartier qu'il tenait à appeler Hampstead. Ils n'auraient pas dû être allongés sur le lit de Treslove dans aucun quartier. Ils le savaient tous les deux. Mais Finkler l'avait bien cherché.

Au départ, Tyler avait appelé Treslove pour lui demander si cela ne l'ennuyait pas qu'elle vienne regarder chez lui la première émission de la nouvelle série de son mari.

— Bien sûr que non, avait-il dit. Mais tu ne vas pas la regarder avec Sam ?

— Samuel la regarde avec son équipe, autrement dit sa maîtresse.

Tyler était la seule personne à continuer d'appeler Sam Samuel. Cela lui conférait le pouvoir de celle qui a connu un grand homme avant qu'il connaisse la gloire. Parfois, elle allait plus loin et l'appelait Shmuelly pour lui rappeler ses origines, quand il se laissait aller à les oublier.

— Oh, dit Treslove.

— Et le pire est que ce n'est même pas sa foutue directrice. C'est juste l'assistante de production.

— Ah, fit Treslove, se demandant si Tyler aurait regardé l'émission avec Sam si celui-ci avait, plus conformément aux conventions, couché avec la directrice. On ne savait jamais sur quel pied danser avec les finklers — hommes comme femmes — quand il était question d'humiliation et de prestige. Les non-finklers jugeaient toutes les infidélités de la même manière mais, d'après son expérience, les finklers étaient disposés à faire des concessions si l'adultère était commis avec quelqu'un d'important. Le prince Philip, Bill Clinton, voire le pape. Il espéra que ce n'était pas un cliché.

— Tu amèneras les enfants ? demanda Treslove.

— Les enfants ? Les *enfants* sont au lycée. Ils seront bientôt à l'université. Fais au moins semblant de t'intéresser, Julian.

— Les enfants ne me passionnent pas, expliqua-t-il. Même pas les miens.

— Eh bien, tu n'as pas à t'inquiéter. Nous n'en ferons pas. J'ai physiologiquement passé l'âge.

Cette réplique lui avait mis la puce à l'oreille : l'épouse de son ami et lui ne regarderaient pas beaucoup la télévision ce soir-là. « Ha », s'était-il murmuré pour lui-même sous la douche, comme s'il était une victime et non partie prenante. Toutefois jamais l'idée de résister à Tyler ne lui avait effleuré l'esprit, même si elle se servait de lui uniquement pour se venger de son mari.

Si Tyler n'était pas le genre de femme qui lui plaisait normalement, il en était tout de même tombé amoureux quand Sam la lui avait présentée. Il n'avait pas vu son ami depuis longtemps et ne savait pas qu'il sortait avec quiconque en particulier, et encore moins qu'il s'était marié. Mais c'était ainsi que Finkler procédait. Il soulevait à peine l'ourlet de sa vie privée, juste assez pour que Treslove soit intrigué et se sente exclu, avant de le rabaisser aussitôt.

En fait, la jeune mariée n'était pas belle, mais c'était tout comme, mate et anguleuse, avec des traits si aigus qu'un homme imprudent aurait pu s'y couper, et des yeux aussi impitoyables que sarcastiques. Bien que n'ayant guère que la peau sur les os, elle parvenait à suggérer des instants fastueux. Chaque fois que Treslove la voyait, elle était habillée comme pour un banquet d'État, où elle mangerait peu, bavarderait avec assurance, danserait aimablement avec qui il fallait, et concentrerait les regards admiratifs de toute l'assistance. Le type de femme qu'il faut à un homme qui a réussi : compétente, mondaine, l'élégance froide — du moment que l'homme ne l'oublie pas dans sa réussite. Le mot *humide* venait à l'esprit de Treslove dès qu'il songeait à Tyler Finkler. Ce qui était surprenant, étant donné qu'elle était d'apparence aride. Mais Treslove se la représentait sous la surface, lorsqu'il pénétrerait les sombres mystères de sa féminité. Elle était une région où il n'était jamais allé et n'avait probablement jamais songé à se rendre. Elle était la femme finkler éternelle. D'où le fait de ne pas même envisager de la repousser quand elle s'offrirait. Il fallait qu'il découvre ce que ce serait de pénétrer les moites et sombres mystères de la féminité d'une *finkleresse*.

Ils allumèrent la télévision mais ne regardèrent pas un instant l'émission de Sam.

— Quel sale menteur, s'exclama-t-elle en ôtant une robe qu'elle aurait pu porter pour accompagner son mari à une cérémonie d'anoblissement à Buckingham. Tu crois qu'il philosophe quand je ne lui sers pas le dîner à l'heure dite ? Quand il me trompe à guichets fermés ?

Treslove ne répondit rien. Étrange sensation, que de regarder le visage de son ami à la télévision pendant qu'il tenait son épouse dans les bras. Encore que Tyler ne fut jamais *dans* ses bras. Elle aimait qu'on lui fasse l'amour à une certaine distance, comme si cela n'arrivait pas vraiment. La plupart du temps, elle tournait le dos à Treslove, s'activant sur son pénis d'une main comme si elle ajustait un soutien-gorge compliqué ou essayait d'ouvrir un bocal récalcitrant, tout en se répandant en avanies sur son mari. Elle préférait que la lumière soit allumée et ne trouvait aucune vertu sensuelle au silence. C'est seulement quand il entra en elle — brièvement, car elle n'était pas disposée à un acte sexuel qui s'éternise — que Treslove trouva la chaude et sombre *humidité* finkleraïque qu'il attendait. Et elle dépassa toutes ses espérances.

Il s'allongea, les larmes lui montant aux yeux. Il lui déclara qu'il était amoureux d'elle.

— Ne sois pas ridicule, répondit-elle. Tu ne me connais même pas. C'est à Sam que tu faisais ça.

Il se redressa.

— Mais certainement pas.

— Cela ne me gêne pas. Ça me va. Nous pourrons peut-être même recommencer. Et si cela t'excite de te taper ton ami — de te le taper ou de le baiser, on ne va pas pinailler non plus — ça me va.

Treslove se souleva sur un coude pour la regarder, mais elle s'était déjà détournée. Il tendit la main pour lui caresser les cheveux.

— Non, dit-elle.

— Ce que tu ne comprends pas, dit-il, c'est que c'est la première fois pour moi.

— La première fois que tu couches ?

Elle n'avait pas vraiment l'air si surpris que cela.

— La première fois... (Cela lui parut de mauvais goût une fois formulé.) La première fois que... tu sais...

— La première fois que tu fais une crasse à Samuel ? Il n'y a pas de quoi te tancer. Il n'hésiterait pas à en faire autant avec toi. Si ce n'est déjà fait. Il considère que c'est un *droit de philosophe**. En tant que penseur, il estime qu'il a le droit de baiser avec qui cela lui chante.

— Ce n'est pas ce dont je parlais. Je voulais dire que tu es ma première…

Il sentit que son hésitation l'irritait. Le lit était soudain devenu glacé.

— Première quoi ? Crache-le. Femme mariée ? Mère ? Épouse de présentateur de télé ? Femme sans diplôme ?

— Tu n'as pas de diplôme ?

— La première quoi, Julian ?

Il avala le mot plusieurs fois, mais il fallait qu'il s'entende le prononcer. Le dire était presque aussi délicieusement blasphématoire que l'acte sexuel lui-même.

— Ma première israélite, dit-il en s'attardant longuement sur les syllabes.

Elle se retourna comme si elle avait enfin besoin de voir à quoi il ressemblait, une lueur moqueuse dansant dans ses yeux.

— Israélite ? Tu crois que je suis juive, en fait ?

— Tu ne l'es pas ?

— Tu n'aurais pu me poser plus charmante question. Mais d'où sors-tu cette idée que je suis une vraie de vraie ?

Treslove ne trouva pas quoi répondre tant il y avait à dire.

— Tout, parvint-il enfin à sortir.

Il se rappelait avoir assisté à la bar-mitsva de l'un des fils Finkler mais, comme il n'en était pas sûr, il s'abstint d'aborder le sujet.

— Eh bien, ton tout, c'est du rien, dit-elle.

Il fut extrêmement fâché. Pas juive, Tyler ? Alors, qu'est-ce que c'était que cette sombre humidité qu'il avait pénétrée ?

Elle lui adressa une petite moue. (Parce que *cela*, ce n'était pas juif, peut-être ?)

— Penses-tu sincèrement, continua-t-elle, que Samuel aurait épousé une juive ?

— Eh bien, je n'imaginais pas le contraire.

— Alors tu le connais bien mal. Ce sont les non-juifs qu'il s'est mis en tête de conquérir. Depuis toujours. Tu devrais le savoir. Il a fait le tour des juifs. Il est né juif. Ils ne peuvent pas le rejeter. Alors pourquoi perdre son temps avec eux ? Il m'aurait épousée dans une église si je l'avais exigé. Il a même été un tantinet furieux que je ne le lui demande pas.

— Alors pourquoi ne l'as-tu pas demandé ?

Elle éclata de rire. Un froissement rauque dans une gorge desséchée.

— Parce que je suis une autre version de lui, voilà pourquoi. Nous nous étions chacun mis en tête de conquérir l'univers de l'autre. Lui voulait que les goyim l'aiment. Je voulais que les juifs m'aiment. Et il me plaisait que mes enfants soient juifs. Je me disais qu'ils réussiraient mieux à l'école. Et je peux te dire qu'ils ont sacrément bien réussi !

(Cet orgueil de mère — ça non plus ce n'était pas juif ?)

Treslove était perplexe.

— On peut avoir des enfants juifs quand on n'est pas juive ?

— Pour les orthodoxes, non. Enfin, ce n'est pas facile. Nous avons eu un mariage libéral. J'ai quand même dû me convertir. Il m'a fallu deux ans pour ça, pour apprendre à tenir une maison juive, à être une mère juive. Demande-moi ce que tu veux sur le judaïsme, je saurai répondre. Comment cachériser un poulet, allumer les bougies de shabbat, ce qu'il faut faire dans un *mikve*. Tu veux que je te dise comment une bonne épouse juive sait que ses règles sont terminées ? J'ai en moi plus de *yiddishkeit* que toutes les *echt* bonnes femmes juives de Hampstead réunies.

Treslove eut un moment d'absence, le temps de réunir mentalement toutes les *echt* bonnes femmes juives de Hampstead. Mais ce qu'il demanda, ce fut :

— Qu'est-ce que c'est, un *mikve* ?

— Un bain rituel. Tu y vas pour te purifier, pour ton mari juif qui risque de mourir s'il touche une seule goutte de ton sang.

— Sam voulait que tu le fasses ?

— Pas Samuel, moi. Samuel s'en fichait complètement. Il trouvait cela barbare de se soucier du sang menstruel, qu'il apprécie en fait pas mal, ce gros dégueulasse. J'allais au *mikve* pour moi. Je trouvais cela reposant. De nous deux, c'est moi la plus juive, même si je suis née catholique. Je suis la princesse juive dont on parle dans les contes de fées, sauf que je ne suis pas juive. L'ironie étant que...

— Qu'il passe son temps à baiser avec des *shiksas* ?

— Trop évident. Pour lui, je suis encore une *shiksa*. S'il a envie de croquer le fruit défendu, il l'a à la maison. L'ironie, c'est qu'il baise des juives. Ce gros tas de graisse de Ronit Kravitz, son assistante de production. Je le crois même capable de la convertir.

— Il me semblait que tu disais qu'elle est déjà juive.

— La convertir au christianisme, imbécile.

Treslove se tut. Trop de choses le dépassaient. Et tellement qui le bouleversaient. Il avait cru recevoir un trophée qu'il convoitait depuis longtemps et on venait de le lui arracher avant même d'avoir eu le temps de lui trouver sa place sur le manteau de la cheminée. Tyler Finkler n'était pas une finkler ! En conséquence, le profond et sombre mystère humide d'une femme finkler lui était encore, à strictement parler — et, là, c'était un concept strict ou rien du tout —, inconnu.

Elle entreprit de s'habiller.

— J'espère que je ne t'ai pas déçu, dit-elle.

— Déçu ? Mais non. Reviendras-tu pour la prochaine émission ?

— Il faut que tu y réfléchisses.

— À quoi faut-il que je réfléchisse ?

— Oh, tu sais bien.

Elle ne l'embrassa pas en partant.

Mais elle repassa la tête par la porte.

— Un petit conseil : évite le mot « israélite » à l'avenir, l'avertit-elle. Ça n'a rien de langoureux ou d'exotique. C'est mal vu.

Il y avait toujours quelque chose qui était mal vu.

Mais il fit comme elle le lui avait conseillé, et il réfléchit.

Il songea à la trahison qu'il avait infligée à son ami et se demanda pourquoi il ne se sentait pas plus coupable. Il se demanda si passer après Finkler dans le vagin de son épouse était un plaisir en soi. Pas le seul plaisir, ça y contribuait. Il se demanda si Finkler avait dans les faits cachérisé son épouse de l'intérieur malgré ses origines de sorte que lui, Treslove, puisse croire qu'il avait finalement eu pratiquement une israélite (terme qu'il devait, pour une raison inconnue, rayer de son vocabulaire). Ou pas. Et, sinon, allait-il être forcé de revenir à son point de départ et à s'interroger sur l'effet que ça lui ferait ?

Ces mystères érotico-théologiques continuèrent de le travailler après le tragique décès de Tyler Finkler.

3

Alors qu'il avait d'habitude le sommeil lourd, Treslove commença à enchaîner les nuits blanches où il ressassait son agression.

Que s'était-il passé ? Comment raconter cet incident à la police, à supposer qu'il aille porter plainte, ce qu'il ne comptait pas faire ? Il avait passé la soirée avec deux vieux amis, Libor Sevcik et Sam Finkler, veufs depuis peu — non, monsieur le policier, je ne suis pas marié moi-même —, à discuter deuil, musique et géopolitique du Proche-Orient. Il avait quitté l'appartement de Libor vers 23 heures, contemplé le parc, humé le feuillage — si je fais toujours cela ? Non, seulement quand je suis bouleversé — puis il avait rebroussé chemin jusqu'à la Maison de la BBC, que son nom soit maudit, que ses fondations s'écroulent — je plaisante, voyons —, jusqu'à un quartier de Londres où son père tenait autrefois une célèbre boutique de cigares — non, monsieur le policier, je n'avais pas bu plus que de raison —, quand, sans crier gare…

Sans crier gare, c'était ce qui était choquant, sans qu'il ait vu venir le moindre danger, lui qui était d'ordinaire si attentif au danger.

À moins que…

À moins que, après tout, alors qu'il avait tourné dans Mortimer Street, il ait aperçu une silhouette tapie dans l'ombre de l'autre côté de la route, qu'il l'ait vue surgir à moitié d'une ruelle, toujours dans l'ombre, cette silhouette énorme, menaçante, mais qui était peut-être, je dis bien peut-être, celle d'une femme…

Auquel cas — la question était sujette à conditions : s'il avait vu cet homme, cette chose, cette femme —, pourquoi n'avait-il pas été davantage sur ses gardes, pourquoi s'était-il tourné vers la vitrine de Guivier, offrant une nuque sans défense à tout mauvais coup que l'on puisse, homme ou femme, vouloir lui porter…

Culpabilité.

Encore.

Mais cela importait-il, ce qu'il avait vu ou non ?

Pour une raison inconnue, oui. S'il l'avait vue et l'avait incitée à l'agresser — ou du moins s'il le lui avait *permis* —, cela expliquait certainement, ou en partie, ce qu'elle avait dit. Il savait que ce n'était ni moralement ni intellectuellement acceptable d'accuser les juifs de provoquer les persécutions, mais y avait-il dans ce peuple un penchant pour le désastre que cette femme avait perçu ? En d'autres termes, avait-il joué au finkler ?

Et, auquel cas, pourquoi ?

Chez Treslove, une question menait à une autre. En admettant qu'il ait joué au finkler et en admettant que la furie l'ait perçu, cela justifiait-il sa violence ?

Quelle que fût la raison de ses propres actes, quelle explication possible pouvait-il trouver à ceux de la femme ? N'était-on pas libre de faire le finkler quand cela nous chantait ? En admettant qu'il ait contemplé la vitrine de chez J.P. Guivier avec des airs d'Horowitz, de Mahler, de Shylock, par exemple, ou encore de Fagin, Billy Crystal, David Schwimmer, Jerry Seinfeld, Jerry Springer, Ben Stiller, David Duchovny, Kevin Kline, Jeff Goldblum, Woody Allen, ou de ce foutu Groucho Marx, était-ce une raison de l'agresser ?

Un finkler était-il en soi un pousse-au-crime ?

Jusqu'ici, il en avait fait une affaire personnelle — c'est ainsi qu'on réagit quand on vous appelle par votre prénom, ou quelque chose d'approchant, et que l'on vous force à vider vos poches —, mais s'il s'agissait d'une agression antisémite non préméditée qui avait mal tourné parce qu'il n'était pas sémite ? Combien d'autres incidents du même genre se produisaient ? Combien de vrais finklers étaient agressés dans les rues de la capitale chaque nuit ? À deux pas de la BBC, pour l'amour du ciel !

Qui pouvait le renseigner sur la question ? Finkler ? Certainement pas. Et il ne voulait pas effrayer Libor en lui demandant combien de juifs en moyenne se faisaient tabasser devant chez lui tous les soirs. Persuadé de recenser des exactions médiévales ou polonaises, il tapa « agressions antisémites » dans un moteur de recherche et fut surpris de trouver plus d'une centaine de pages. Les incidents ne s'étaient pas tous déroulés à deux pas de la BBC, certes, mais dans des régions du monde soi-disant civilisées. Un site très bien conçu les triait par pays. Il commença fort loin.

VENEZUELA :

Et il lut qu'à Caracas une quinzaine d'hommes armés avaient ligoté un vigile et avaient forcé l'entrée d'une synagogue, où ils avaient passé cinq heures à couvrir les murs des bureaux de graffitis antisémites et à jeter au sol les rouleaux de la Torah. Parmi les inscriptions qu'ils avaient laissées figuraient « Juifs = maudits », « Juifs dehors », « Israéliens = assassins » et la photo d'un diable.

Ce dernier détail l'intrigua. Cela indiquait que ces quinze hommes n'étaient pas une bande de fêtards qui s'étaient retrouvés devant une synagogue dont ils avaient forcé l'entrée sur un coup de tête. En effet, qui sort faire la fête en emportant la photo d'un diable dans sa poche ?

ARGENTINE :

À Buenos Aires, des personnes célébrant l'anniversaire de l'indépendance de l'État d'Israël avaient été attaquées par une bande de jeunes armés de battes de base-ball et de couteaux. Une semaine plus tôt, pour les commémorations annuelles de la Shoah — et ça recommence, la Shoah, la Shoah —, un vieux cimetière juif avait été profané et couvert de croix gammées.

CANADA :

Le *Canada* ? Oui, le Canada.

Au cours de la Semaine annuelle contre l'apartheid israélien, alors que des conférences et manifestations se déroulaient dans les universités de tout le pays, des agents de sécurité avaient malmené des protestataires juifs, et l'un d'eux avait lancé à un étudiant juif : « Ferme ta gueule ou je t'arrache la tête. »

Était-ce une pratique typiquement canadienne ?

Puis il essaya plus près de chez lui.

France :

Et, là, il lut qu'à Fontenay-sous-Bois un homme portant une chaîne avec une étoile de David avait été poignardé au visage et au cou.

À Nice, « Mort aux juifs » avait été taggué sur les murs d'une école primaire. Donc, mort aux juifs de tout âge.

À Bischheim, trois cocktails Molotov avaient été jetés sur une synagogue.

À Créteil, deux juifs de seize ans avaient été tabassés devant un restaurant cacher par une bande qui scandait : « La Palestine gagnera, sales juifs ! »

Allemagne :

Comment, ça continuait toujours, dans cette foutue Allemagne ?

Et, là, il ne prit pas la peine de lire.

Angleterre :

L'Angleterre, son Angleterre. Et, là, il lut qu'à Manchester un juif de trente et un ans avait été tabassé par plusieurs hommes qui hurlaient « Pour Gaza » et l'avaient laissé avec un œil au beurre noir et plusieurs ecchymoses.

À Birmingham, une collégienne de douze ans avait échappé à une bande d'enfants de son âge qui scandaient « Mort aux juifs ».

Et à Londres, à deux pas de la BBC, un goy aux yeux bleus de quarante-neuf ans aux traits réguliers avait été détroussé de tous ses biens et traité de youpin.

Il appela tout de même Finkler pour lui dire qu'il avait été ravi de le voir et lui demander s'il savait qu'à Caracas, Buenos Aires, Toronto — oui, Toronto ! — et aussi Fontenay-sous-Bois et Londres, mais Finkler l'arrêta là...

— Je ne dis pas que c'est agréable à entendre, dit-il, mais ce n'est pas non plus la Nuit de Cristal, non ?

Une heure plus tard, après y avoir réfléchi, Treslove le rappela.

— La Nuit de Cristal n'est pas sortie du néant, dit-il, bien qu'il n'eût qu'une idée très vague de ce qui avait généré la Nuit de Cristal.

— Rappelle-moi quand un juif se fera assassiner sur Oxford Street parce qu'il est juif, répondit Finkler.

4

Bien que ce ne fût pas la Nuit de Cristal, l'agression non provoquée dont il avait été victime parce qu'il était juif avait pris dans l'imagination de Treslove les proportions d'une atrocité. Il admettait volontiers qu'il en faisait une montagne. La nuit avec Kimberley, qui l'avait pris pour un juif, en conséquence de quoi, il était forcé d'en tenir compte, il avait peut-être vécu — à quarante-neuf ans — la meilleure partie de jambes en l'air de sa vie (bon, au moins, ils avaient souri tous les deux durant la soirée) et la sensation que l'histoire tourbillonnait autour de lui, tout cela faisait de lui un témoin absolument pas fiable de sa propre existence.

Se rappelait-il encore les faits ?

Il décida de retourner sur les lieux du crime, de passer en revue pour la énième fois les événements de la soirée, sans commencer par un dîner chez Libor — il ne voulait pas y mêler Libor, il lui avait dissimulé toute cette histoire, Libor avait déjà assez de problèmes —, mais en se plantant devant les grilles de Regent's Park. Comme le temps avait fraîchi dans les semaines qui avaient suivi l'agression, il ne put enfiler les habits qu'il portait le soir en question. Emmitouflé, il avait l'air plus costaud, mais malgré tout la furie — Judith, comme il l'appelait désormais — l'aurait reconnu si elle était revenue sur le lieu du crime.

Il n'avait pas d'autre choix que de l'appeler Judith. Cela avait un rapport avec le vigile canadien qui avait menacé d'arracher la tête de l'étudiant juif. C'était Judith qui avait décapité Holopherne. Certes, elle était juive elle-même, mais il y avait dans son geste un relent similaire de violence moyen-orientale. Là d'où venait Treslove — nous dirons Hampstead, pour gagner du temps — les gens ne décapitaient pas leurs ennemis.

Pour plus de sûreté, il avait laissé son téléphone et ses cartes de crédit chez lui.

Allons bon. À quoi rimait ce manège ? Il l'incitait à l'agresser encore une fois ? Allez, Judith, donne-toi du mal. Il *espérait* qu'elle allait de nouveau l'agresser ? (Sauf que, cette fois, elle le trouverait sur ses gardes et armé, ce serait plus difficile.) Ou bien il voulait les affronter, elle et sa haine des juifs, entre quatre yeux, et laisser le destin décider du reste ?

Quelque part au fond de son esprit tordu, aussi, se formait la résolution de l'appréhender, si elle osait pointer le bout de son nez, et de procéder à une arrestation citoyenne.

Il s'agrippa aux grilles du parc et regarda à l'intérieur en respirant le feuillage. Il ne pouvait pas à nouveau se laisser griser, ne pouvait pas retrouver son innocence, son savoir tout neuf avait évacué toutes ses autres pensées. Mais quinze jours plus tôt était-il innocent ? Ou bien cherchait-il des mauvais coups ?

Il y avait eu la conversation finkler chez Libor, il s'en souvenait. Il s'était senti exclu, enviant la chaleur animale de ces hommes alors même qu'ils se querellaient comme d'habitude sur *la* question finkler du moment, l'un et l'autre disant : « Et ça recommence » chaque fois que l'autre parlait, à croire qu'une défiance mutuelle était gravée chez les finklers comme le nom d'une station balnéaire sur un rocher — *Et ça recommence, et ça recommence* — tout comme semblait l'être l'amour réciproque. Il avait donc leur musc sur lui. Quiconque n'appréciait pas cette odeur particulière l'aurait décelée. Il se demanda soudain s'il avait tort de ne pas rendre visite à Libor afin de boire un verre de vin avec lui. Pouvait-il espérer reproduire cette fameuse soirée sans se retrouver un tant soit peu auparavant à proximité de Libor ?

Il rebroussa chemin et sonna chez son ami. Personne ne répondit. Libor était donc sorti — un autre rendez-vous galant, peut-être, où il se forçait à discuter d'astrologie avec une fille trop jeune pour connaître Jane Russell. À moins qu'il ne fût étendu en travers du Bechstein, un flacon d'aspirine sur le clavier et une corde de piano enroulée autour du cou, comme l'aurait été Treslove si Malkie avait été son épouse et si elle l'avait laissé seul au monde.

Ses yeux se remplirent de larmes alors qu'il se remémorait Schubert. Pourquoi son père lui avait-il défendu d'apprendre la musique ? Que craignait-il chez son fils ? Un accès de morbidité ? Un mot de Finkler. Qu'y avait-il de si mal dans la morbidité ?

Il repassa d'un pas mal assuré devant les dangers, spirituels et réels, de la Maison de la BBC et contourna de nouveau l'église de Nash. Il n'était pas très sûr de bien se rappeler l'itinéraire exact qu'il avait emprunté cette nuit-là, toutefois il savait qu'il s'était attardé devant les magasins de confection en gros où se dressait autrefois la boutique de son père, aussi prit-il le parti de remonter Riding House Street puis de descendre Mortimer Street vers J.P. Guivier, mais il fallait qu'il soit sûr d'arriver vers la lutherie par la bonne direction, ce qui exigeait — se dit-il — de rebrousser chemin et de rester un peu plus longtemps sur Regent Street avant de couper. Une fois Regent Street quittée, il s'exhorta à faire plus attention aux silhouettes dans les entrées d'immeubles qu'il ne le faisait habituellement. Il lui parut approprié de prendre un air vulnérable, même si quiconque le connaissant n'aurait jamais remarqué de variation dans sa démarche et son allure agitée.

Les rues étaient à peu près aussi fréquentées que quinze jours plus tôt. Le même coiffeur et le restaurant de vapeurs étaient encore ouverts malgré l'heure avancée. Le marchand de journaux était toujours en travaux. À part l'air un peu plus vif, les deux nuits étaient identiques. Treslove s'approcha de J.P. Guivier avec le cœur au bord des lèvres. C'était idiot, il le savait. La furie devait avoir mieux à faire que de rester tapie dans l'ombre au cas improbable où il repasserait par là. De toute façon elle lui avait déjà pris tout ce qu'il avait de plus précieux.

Mais, comme rien de tout cela n'avait de sens jusqu'ici, il n'y avait pas de raison qu'il y en ait davantage maintenant. Et si elle regrettait son acte et voulait lui rendre ses biens ? À moins que l'agression n'ait été qu'un avant-goût de ce qu'elle lui réservait vraiment. Un couteau en plein cœur, peut-être. Un pistolet sur la tempe. Lui arracher la tête. Se venger de quelque tort imaginaire qu'il lui avait causé. Ou bien se venger d'un tort bien réel que lui avait causé Finkler, avec qui elle l'avait confondu.

Cette possibilité était vraiment effrayante — pas d'être confondu avec Sam Finkler, ce qui était tout de même déjà assez insultant, mais d'être tenu pour responsable des frasques de ce dernier. Finkler était bel et bien capable de blesser une femme au point de la conduire au bord de la folie. Il s'imagina mourir à la place de Finkler, son sang se répandant sur le trottoir sans que personne s'en soucie, pour un crime qu'il n'avait pas commis et n'aurait jamais pu commettre. Ses jambes se dérobèrent sous lui devant cette ironie amère. Une fin ironique à sa vie n'était pas une supposition abstraite : Treslove l'envisageait avec la même appréhension que les chocs dans les réverbères ou les chutes d'arbres.

Et il se vit écarté à coups de pied par les passants, comme un chien juif dans les rues de Caracas, ou de Buenos Aires, ou de Fontenay-sous-Bois ou de Toronto.

Il se planta devant la vitrine de J.P. Guivier pour admirer les instruments dans leurs étuis et les cubes de colophane, qui étaient à présent disposés d'une manière plus attrayante — comme des chocolats de luxe — que la dernière fois. Une main lui tapa sur l'épaule.

— Judith ! s'écria-t-il, épouvanté.

Et le sang reflua de son visage.

Quatre

1

À peu près au même moment — à une demi-heure près — dans un restaurant voisin — à quatre cents mètres de là —, les fils de Treslove réglaient l'addition du dîner. Ils étaient en compagnie de leurs mères. Ce n'était pas la première fois que se voyaient les deux femmes, qui ignoraient tout l'une de l'autre pendant qu'elles portaient respectivement Ralph et Alf, et plus tard, durant les années qui avaient suivi la naissance de leurs fils.

Treslove n'était pas Finkler. Il ne pouvait pas donner son cœur à plus d'une femme à la fois. Il s'abîmait trop de l'amour. Mais il savait toujours quand il était sur le point de se faire plaquer et se hâtait de trouver un nouvel amour dans lequel s'abîmer. En conséquence de quoi, parfois l'ancienne et la nouvelle se chevauchaient brièvement. En principe, il ne s'en ouvrait à aucune des chevauchées — ni à celle qui ne l'avait pas encore tout à fait quitté ni à celle qui n'avait pas encore tout à fait remplacé l'autre. Les femmes souffraient déjà assez, à ses yeux ; pourquoi les torturer davantage ? En cela, là encore, il se considérait comme différent de Finkler qui, de toute évidence, ne cherchait pas à dissimuler ses maîtresses à son épouse. Treslove enviait à Finkler ses maîtresses, mais acceptait qu'elles ne soient pas à sa portée. Même les femmes mariées n'étaient pas à sa portée. Des petites amies, c'est tout ce qu'il avait jamais réussi à avoir. Mais il considérait qu'il n'était pas convenable qu'elles se rencontrent.

Suivant le même raisonnement, il aurait dû agir de la même manière avec ses fils, s'il n'avait pas confondu le jour où il était censé s'occuper de Rodolfo (Treslove ne tenait pas à angliciser leurs prénoms) avec celui où on lui confiait Alfredo. Les garçons avaient respectivement six et sept ans, mais on ne pouvait pas demander à Treslove de les distinguer avec précision. Il ne les voyait pas assez souvent pour cela et, en leur absence, c'était d'autant plus facile de les confondre. Était-ce si grave ? L'un et l'autre étaient l'objet de son dévouement. Qu'il mélange leurs prénoms et leurs âges ne faisait que montrer à quel point il les aimait sans faire de favoritisme.

Un beau jour, à leur grande surprise les deux garçons se retrouvèrent dans l'appartement de leur père. Comme ils préféraient infiniment jouer ensemble plutôt que de taper dans un ballon dans un parc désolé avec leur père — qui se fatiguait facilement, regardait toujours ailleurs et, quand il se rappelait qui ils étaient, leur posait trop de questions larmoyantes sur l'état de santé de leurs mères —, Alf et Ralph le supplièrent de continuer à confondre leurs jours de visite.

Chacun parla avec enthousiasme de son nouveau demi-frère en rentrant chez lui et, très vite, Treslove reçut des lettres peu amènes de ses anciennes petites amies — la mère de Rodolfo lui reprochant une infidélité rétrospective, dont seul le principe la blessait, et la mère d'Alfredo lui signalant que son droit de visite était suspendu tant que ses avocats n'en auraient pas décidé autrement. Mais, finalement, les désirs des garçons eurent le dessus sur la malice indolente (dixit Treslove) de leurs mères et, plus tard, l'idée qu'eux aussi pourraient trouver une sorte de réconfort, sans parler de la réponse à cette question : pourquoi non pas une, mais deux femmes avaient-elles consenti à procréer avec un homme dont elles se souciaient comme d'une guigne ? Balivernes, estima Treslove lorsqu'on lui rapporta cette version des choses, étant donné que le consentement d'une partie implique une partie demandeuse, et qu'il n'avait jamais demandé à personne de porter son enfant. Pourquoi l'aurait-il fait ? Le rideau retombait toujours sur le fantasme de bonheur de Treslove au moment où il sanglotait « Mimi ! » ou « Violetta ! » et baisait des lèvres glacées et défuntes dans un dernier adieu qui le laisserait à jamais inconsolable. Il n'aurait pas pu le faire avec un enfant.

Un enfant, cela transformait un opéra tragique en *opera buffa* et nécessitait au moins un acte supplémentaire, ce pour quoi Treslove manquait à la fois d'énergie et d'imagination.

Le jour où elles se rencontrèrent, les femmes furent ébahies, non seulement de la ressemblance de leurs garçons, mais aussi de la leur.

— J'aurais compris qu'il aille voir une brune à gros seins avec de la cuisse et un tempérament latin de braise, déclara Josephine, mais qu'est-ce qu'il pouvait bien s'imaginer trouver en toi qu'il n'avait pas déjà avec moi ? Nous sommes toutes les deux de vieilles carnes anglaises maigrichonnes.

Cela ne l'amusait pas, mais elle s'essaya à rire — une exhalaison aigre, comme un râle, qui plissa ses lèvres minces.

— À condition que nous ayons vu juste chronologiquement, répondit Janice.

Ses lèvres aussi étaient découpées comme l'ourlet arrondi d'un corset et semblaient bouger de biais plutôt que verticalement.

Ni l'une ni l'autre n'étaient sûres d'avoir été la première, et les âges des garçons ne les aidèrent pas, étant donné que Treslove n'était pas du genre qui rompt franchement avec les femmes et rendait parfois visite à une ancienne conquête. Mais elles convinrent que c'était un homme qui avait besoin qu'on lui indique la porte — « ouste, ouste », selon les termes de Janice — et qu'elles avaient l'une et l'autre de la chance d'être débarrassées de lui.

Treslove avait connu Josephine à la BBC et l'avait prise en pitié. Les plus belles femmes de la BBC étaient les juives, mais il n'avait pas à l'époque le courage de les aborder. Et c'était en partie parce que Josephine n'avait ni le teint ni l'assurance des juives de la BBC qu'il l'avait prise en pitié — mais seulement en partie. Car si elle était, ainsi qu'elle l'admettait, maigrichonne, elle avait les cuisses dodues d'une femme beaucoup plus ronde, et attirait l'attention dessus en portant des collants à motifs toile d'araignée. Elle affectionnait les chemisiers en dentelle transparente, à travers lesquels Treslove constata qu'elle portait le soutien-gorge d'une femme qui aurait eu deux fois sa taille et possédait au moins un exemplaire d'un dessous qu'il se rappelait avoir entendu sa mère appeler « corsage ». Assis en face d'elle lors d'une cérémonie de remise de trophées — elle recevait un Sony Radio Academy Award pour une émission qu'elle avait réalisée sur l'andropause —, Treslove, qui ne recevait de récompense pour rien, avait compté cinq bretelles sur chacune de ses épaules. En prononçant un petit discours sur l'intention de concept (en jargon de la BBC : son idée) qui lui valait d'être distinguée, elle avait rougi tout comme elle rougissait chaque fois que Treslove l'abordait dans le couloir ou à la cantine : ses joues restaient marbrées des heures après. Treslove comprit la honte qu'accompagnait cette rougeur et l'invita à la cacher en enfouissant son visage au creux de son épaule.

— C'est l'humiliation qui nous rend humains, chuchota-t-il dans ses cheveux ternes.

— Qui est humilié ?

Il se comporta en gentleman.

— Moi, dit-il.

Elle tomba enceinte, agressivement, sans le lui dire. À part ses traits nets et réguliers, il était le dernier homme auquel elle aurait songé pour lui faire un enfant. Dans ce cas, pourquoi en avoir voulu un, elle l'ignorait. Pourquoi voulait-elle un enfant tout court ? Parce qu'elle ne pouvait se résoudre à avorter : l'explication en valait bien une autre. Et elle connaissait des tas de femmes qui élevaient des enfants seules. C'était dans l'air du temps — le chic de la mère célibataire. Elle aurait pu s'essayer au lesbianisme pour des raisons similaires, sauf qu'elle ne pouvait pas plus franchir le pas qu'elle n'aurait pu avorter.

Cette grossesse n'était pas sans rapport avec le dépit. Elle avait eu l'enfant de Treslove pour le punir.

Treslove était tombé amoureux de Janice en prévoyant que Josephine allait le flanquer rageusement dehors, à moins que ce ne fût le contraire. Les femmes avaient raison, leur ressemblance n'était pas fortuite. Toutes les femmes de Treslove réclamaient sa pitié avec leur pâleur neurasthénique, leur air à contretemps, pas seulement au sens musical du terme, même si toutes dansaient mal, mais dans leur manière de s'exprimer et de s'habiller, aucune n'étant capable d'utiliser un langage moderne ou de porter deux vêtements assortis. Il avait beau remarquer et admirer des femmes en pleine santé, éloquentes et bien habillées, il ne voyait pas comment il pourrait embellir leur vie.

Ou elles la sienne, étant donné qu'une femme en pleine santé ne promettait guère de connaître un trépas prématuré.

Janice portait en toute saison la même paire de bottes qu'elle réparait avec du Scotch quand elles menaçaient de tomber en morceaux, une jupe de gitane d'une couleur indéfinissable et un cardigan gris et bleu dont elle tirait les manches comme pour protéger ses doigts du froid. Quel que fût le temps, Janice avait les extrémités glacées, comme celles, s'imaginait Treslove, d'une orpheline dans un roman victorien. Elle n'était pas employée de la BBC, bien que Treslove estimât qu'elle se serait remarquablement bien intégrée parmi les femmes de la BBC qu'il connaissait et aurait même peut-être fait sensation. Historienne d'art qui avait abondamment écrit sur le vide spirituel chez Malevitch et Rothko, elle intervenait régulièrement dans les émissions sans budget ni audience consacrées à l'art que Treslove passait des nuits à produire. Sa spécialité était l'aporie chez les artistes masculins, à propos de laquelle elle se montrait plus délicate qu'il n'était de mise à l'époque. Treslove sentit monter en lui un chagrin érotique dès l'instant où elle pénétra en frissonnant dans son studio et coiffa son casque, qui parut aspirer le peu de sang qu'elle avait encore dans les tempes.

— Si tu t'imagines que je vais te laisser me baiser le premier soir, lui dit-elle en le laissant la baiser le premier soir, tu te fourres le doigt dans l'œil.

Elle s'en expliqua plus tard en disant qu'il n'y avait pas eu de rendez-vous avant ce premier soir.

Il l'invita donc à un rendez-vous. Elle arriva affublée de longs gants d'opéra édouardiens qu'elle avait achetés dans une friperie et refusa de coucher.

— La prochaine fois, faisons un non-rendez-vous, proposa-t-elle.

Elle argua qu'on ne pouvait pas convenir d'un non-rendez-vous, car dans ce cas ce serait un rendez-vous.

— Alors ne faisons ni un non-rendez-vous ni un rendez-vous, proposa-t-il. Contentons-nous de baiser.

Elle le gifla.

— Tu me prends pour quel genre de femme? demanda-t-elle.

L'un des boutons en nacre du gant entailla la joue de Treslove. Les gants étaient tellement crasseux qu'il redouta une infection.

Après cela, ils cessèrent de se voir, ce qui signifia qu'il avait tout loisir de la baiser.

« Donne-moi tout ce que tu as », disait-elle entre deux halètements, comme si elle lisait son texte au plafond.

Il la prit en pitié.

Mais cela ne l'empêchait pas de lui donner tout ce qu'il avait.

Et peut-être avait-elle pitié de lui. De toutes les petites amies de Treslove à cette période, Janice était la seule qui éprouvât un semblant de tendresse pour lui, mais pas au point d'apprécier sa compagnie. « Tu n'es pas vraiment mauvais, lui dit-elle un jour. Je ne veux pas dire par là que tu n'es pas un mauvais coup, mais que tu n'es pas méchant. Il te manque quelque chose, et ce n'est pas la bonté. Je ne crois pas que tu veuilles du mal à quelqu'un intrinsèquement. Pas même aux femmes. » Il était donc possible qu'elle ait choisi de porter son enfant parce qu'elle pensait que ce ne serait pas une mauvaise chose. Intrinsèquement.

Mais elle lui annonça qu'elle voulait élever l'enfant seule, à quoi il répondit qu'il n'y voyait pas d'inconvénient, mais qu'il se demandait pourquoi.

— Ce serait simplement trop difficile autrement, répondit-elle. Ne le prends pas mal.

— Je ne le prends pas mal, répondit Treslove, à la fois mortifié et soulagé.

Ses extrémités glacées lui manqueraient, mais pas l'enfant.

Ce qui ennuya le plus les deux femmes quand elles firent connaissance et celle de leurs fils respectifs — chez qui chacune releva la beauté non remarquable, pour ne pas dire ordinaire, de

Treslove —, ce fut de découvrir qu'elles avaient cédé à l'influence de Treslove au point d'appeler leurs enfants Rodolfo et Alfredo. À l'époque, Treslove alternait *La Bohème* avec *La Traviata*. Elles ne pensaient pas connaître ces opéras mais, à force de les entendre, elles les avaient appris par cœur, à leur insu, en particulier les duos d'amour et les déchirants finaux durant lesquels Treslove, incarnant tour à tour Rodolfo ou Alfredo, criait leurs prénoms — « Mimi ! » ou « Violetta ! ». Il confondait parfois les deux opéras, mais il avait toujours les accents désespérés d'un homme convaincu que sans elles — Mimi ou Violetta — sa vie n'aurait plus de sens.

— Il m'a fait détester ces saloperies d'opéras, confia Josephine à Janice, et tant pis, mais, comme je n'avais aucune intention de lui parler d'Alfredo, tu veux bien me dire pourquoi j'ai appelé mon gamin Alfredo ? Tu pourrais m'expliquer ?

— Eh bien, moi j'ai appelé le mien Rodolfo. Si paradoxal que ça puisse paraître, c'était pour oublier Julian. C'était tellement mortifère, j'ai pensé que si je donnais naissance à une nouvelle vie en remplacement de tant d'agonies, nous ne nous en porterions que mieux.

— Oh, mon Dieu, comme je te comprends. Tu crois qu'il est capable de vivre avec une femme vivante ?

— Non. Ni un enfant vivant. C'est pour cela que je lui ai dissimulé la naissance du bébé. J'avais peur qu'il lui passe de l'opéra dans son berceau et qu'il remplisse sa petite tête de femmes neurasthéniques aux mains glacées.

— Ce sont les pires, les romantiques.

— Absolument. On a envie de s'en débarrasser d'une chiquenaude. Comme si c'étaient des sangsues.

— Sauf qu'on ne peut pas se débarrasser d'une sangsue avec une chiquenaude. Il faut la brûler.

— Oui. Ou verser de l'alcool dessus. Mais tu m'as comprise. Ils prétendent être fous d'amour alors qu'ils pensent déjà à la prochaine.

— Oui, mentalement, leurs valises sont déjà prêtes.

— Exactement. Sauf que c'est moi qui ai fait les miennes la première.

— Moi aussi.

— Mon Dieu, et ces opéras ! Quand je pense à tous ces gens qui mouraient sur la chaîne hi-fi...

— Je sais. « Oh, mon Dieu, mourir si jeune ! » Non seulement j'entends, mais je sens l'odeur du lit de mort. Encore. Jusqu'à aujourd'hui. Parfois, je me dis qu'il exerce son influence consomptive à distance.

— Puccini ?

— Non, Julian. Mais, en fait, c'est Verdi. C'est toi qui as Puccini.

— Comment il se débrouille ?

— Puccini ?

— Non, Julian.

— Si je savais.

Du coup, tous les deux ou trois ans, elles se voyaient, usant du prétexte de l'anniversaire de Ralph ou d'Alf, ou de tout autre anniversaire qu'elles décidaient de célébrer, comme celui de leur rupture avec Treslove, et peu importait qui avait plaqué qui. Et l'usage se poursuivit même quand les garçons eurent grandi et quitté la maison.

Ce soir, conformément à leur nouvelle habitude, elles avaient évité de parler de Treslove, qui occupait plus de place dans la conversation qu'il n'en méritait dans le meilleur des cas, et qui en outre était devenu pour elles un sujet de gêne à cause de sa profession de sosie de célébrités. Il restait le père d'Alf et de Ralph, même si de l'eau était passée sous les ponts, et elles auraient aimé pouvoir dire que le père de leurs fils avait mieux réussi dans la vie.

Mais, alors qu'elles récupéraient leurs vestiaires, Josephine prit à part Rodolfo, le fils de Janice.

— Tu as eu des nouvelles de ton père, récemment ? demanda-t-elle.

Apparemment, elle était incapable de poser cette question à son propre fils.

Il secoua la tête.

— Et toi ? demanda Janice à Alfredo.

— Eh bien, dit Alfredo, c'est drôle que tu en parles...

Et ils durent demander au serveur si cela ne l'ennuyait pas qu'ils se rasseyent à leur table.

2

— Alors, qui est Judith ?

Si les genoux de Treslove avaient cédé sous lui comme ils menaçaient de le faire, Libor Sevcik n'aurait guère eu la force de le soutenir.

— Libor !

— Je vous ai fait peur ?

— À votre avis ?

— Je n'ai pas posé la bonne question. *Comment se fait-il* que je vous aie fait peur ?

Treslove faillit consulter sa montre avant de se rappeler qu'il n'en avait plus.

— Nous sommes en pleine nuit, Libor, dit-il comme s'il lisait la phrase sur son poignet.

— Je ne dors pas, répondit Libor. Vous savez bien que je ne dors pas.

— Je ne savais pas que vous arpentiez les rues.

— Eh bien, en général, non. Seulement quand c'est pénible. Ce soir, c'était pénible. Hier soir aussi. Mais je ne savais pas que vous arpentiez les rues. Pourquoi n'avez-vous pas sonné chez moi ? Nous nous serions promenés ensemble.

— Je ne me promène pas.

— Qui est Judith ?

— Ne me demandez pas. Je ne connais pas de Judith.

— Vous avez crié son prénom.

— Judith ? Vous avez dû vous tromper. J'ai peut-être crié « doux Jésus ». Vous m'avez causé un tel choc.

— Si vous ne vous promeniez pas et que vous n'attendiez pas Judith, qu'est-ce que vous faisiez ? Vous choisissiez un violoncelle ?

— Je m'arrête toujours devant cette vitrine.

— Moi aussi. Malkie m'y avait amené pour faire estimer mon violon. C'est l'une des stations de notre chemin de croix.

— Vous croyez au Calvaire ?

— Non, mais je crois à la souffrance.

Treslove posa la main sur l'épaule de son ami. Libor paraissait plus petit qu'il ne l'imaginait, ce soir, comme si les rues le diminuaient. Ou bien c'était l'absence de Malkie.

— Et on vous en donnait un bon prix, de ce violon ? demanda-t-il.

C'était cela ou pleurer.

— Pas assez pour que cela vaille la peine de s'en séparer. Mais j'ai promis à Malkie que je ne chercherais plus à jouer en duo. Mon jeu au violon était la seule chose chez moi qu'elle n'adorait pas et elle ne voulait pas qu'il y ait en moi quelque chose qu'elle n'adore.

— Vous n'étiez vraiment pas bon ?

— J'estime que j'étais très bon, mais je n'étais pas du niveau de Malkie, bien que je sois apparenté à Heifetz du côté de ma mère.

— Vous êtes apparenté à Heifetz ? Doux Jésus !

— Vous voulez dire Judith !

— Jamais vous ne m'avez dit que vous êtes de la famille d'Heifetz.

— Vous ne me l'avez jamais demandé.

— Je ne savais pas qu'Heifetz était tchèque.

— Il ne l'était pas. Il était lituanien. La famille de ma mère était originaire d'une ville frontalière entre la Pologne et la Lituanie qui s'appelle Suwalki. Tous les pays l'ont occupée. L'Armée rouge l'a donnée aux Allemands pour qu'ils puissent y tuer les juifs. Ensuite, ils l'ont reprise pour tuer ceux qui restaient. Je suis cousin d'Heifetz au quatrième ou cinquième degré, mais ma mère a toujours prétendu que nous étions demi-frères. Elle m'a appelé de Prague quand elle a lu dans le journal qu'Heifetz jouait au Royal Albert Hall et m'a fait promettre solennellement que j'irais le trouver dans sa loge pour me présenter. J'ai essayé, mais c'était il y a longtemps. À l'époque, je n'avais pas encore de relations et je n'avais pas appris comment me débrouiller sans. Ses larbins m'ont donné une photo dédicacée et ordonné de partir. « Alors, qu'est-ce qu'il a dit ? m'a demandé ma mère le lendemain. — Il salue tout le monde », ai-je répondu. Parfois, cela ne fait aucun mal de mentir. « Et il avait l'air en forme ? » Tout à fait. « Il jouait bien ? » Magnifiquement. « Et il se souvenait de tout le monde ? » Jusqu'aux prénoms. Toi, il t'embrasse.

Et, devant la vitrine de J.P. Guivier à 23 heures dans la nuit londonienne, il mima le baiser, le lugubre baiser baltique qu'Heifetz aurait adressé à sa mère si Libor avait été en mesure de l'aborder.

Ces juifs, songea Treslove, admiratif. Les juifs et la musique. Les juifs et la famille. Les juifs et leur fidélité. (Finkler excepté.)

— Mais vous, dit Libor en lui prenant le bras, qu'est-ce qui vous amène devant cette vitrine, si ce n'est pas Judith ? Je n'ai pas eu de vos nouvelles depuis des jours. Vous n'appelez pas, vous n'écrivez pas, vous ne sonnez pas. Vous me dites que vous êtes trop contrarié pour sortir. Et voilà que je vous trouve à cent mètres de chez moi. Vous avez, j'espère, une explication pour ce comportement qui ne vous ressemble pas.

Et soudain Treslove, qui adorait quand Libor lui prenait le bras dans la rue car cela lui donnait l'impression d'être un petit juif européen malin et tout ratatiné, sut qu'il allait devoir cracher le morceau.

— Trouvons un café, proposa-t-il.

— Non, retournons chez moi, dit Libor.

— Non, trouvons un café. Nous la verrons peut-être.

— *La* ? Qui ça ? Cette Judith ?

Plutôt que de tout lui raconter sur-le-champ, Treslove accepta d'aller chez Libor.

Libor décréta que Treslove était surmené — depuis quelque temps — et avait besoin de vacances. Ils pouvaient partir ensemble dans un endroit chaud. Rimini, peut-être. Ou Palerme.

— C'est ce qu'a dit Sam.

— Que vous et moi devrions aller à Rimini, ou vous et lui ? Pourquoi ne pas y aller tous les trois ?

— Non, que je suis surmené. En fait, il a estimé qu'il fallait que je vous voie moins, tous les deux, et non davantage. Trop de morts, c'est son diagnostic. Trop de veufs dans ma vie. Ce type est un philosophe, ne l'oubliez pas.

— Alors faites ce qu'il dit. Vous me manquerez, mais suivez son conseil. J'ai des amis à Hollywood à qui je pourrais vous présenter. Ou du moins les arrière-petits-enfants d'amis.

— Pourquoi est-il si difficile de me croire ?

— Parce que les femmes n'agressent pas les hommes, voilà. Avec moi, une femme pourrait tenter le coup. Moi, on peut me démolir. Mais vous — vous êtes encore jeune et robuste. C'est le petit A. Le petit B, c'est que les femmes n'ont pas pour habitude d'agresser les hommes dans la rue et de les traiter de youpins, et surtout, petit C, quand ils ne sont pas juifs. C est bien. C'est le C qui confirme tout.

— Et, pourtant, c'est ce qu'elle a fait et ce qu'elle a dit.

— C'est ce que vous croyez qu'elle a dit.

Treslove s'installa dans le luxueux inconfort du canapé Biedermeier de Libor.

— Et si ? demanda-t-il en empoignant le bois de l'accoudoir, prenant bien garde de ne pas poser la main sur le tissu, si exquisément tendu fût-il.

— Si quoi ?

— Si elle avait raison ?

— Et que vous soyez... ?

— Oui.

— Mais vous ne l'êtes pas.

— Nous *pensons* que je ne le suis pas.

— Et cela vous est-il jamais arrivé de penser que vous l'êtes ?

— Non... Enfin, si. J'étais mélomane. J'écoutais de l'opéra et je voulais jouer du violon.

— Cela ne fait pas de vous un juif. Wagner écoutait des opéras et voulait jouer du violon. Hitler écoutait des opéras et voulait jouer du violon. Quand Mussolini a rendu visite à Hitler dans les Alpes, ils ont joué ensemble le *Concerto pour deux violons* de Bach. « Et maintenant, allons tuer quelques juifs », a dit Hitler quand ils ont terminé. Vous n'avez pas besoin d'être juif pour être musicien.

— C'est vrai ?

— Qu'il n'est pas nécessaire d'être juif pour aimer la musique ? Évidemment que oui.

— Non, l'histoire d'Hitler et Mussolini.

— Qu'est-ce que ça peut bien faire que ce soit vrai ? Si on ne peut pas calomnier un fasciste mort... Écoutez, si vous étiez ce que cette femme imaginaire a prétendu, et que vous ayez voulu jouer du violon, vous auriez joué du violon. Rien ne vous en aurait empêché.

— J'ai obéi à mon père. Cela ne prouve pas quelque chose ? J'ai respecté ses volontés.

— Obéir à son père ne fait pas de vous un juif. Obéir à sa mère, en revanche... Que votre père ait refusé que vous appreniez le violon permet de conclure qu'il n'était presque certainement pas juif. S'il y a bien une chose sur laquelle tous les pères juifs s'accordent...

— Sam dirait que c'est un cliché. Et vous ne tenez pas compte de la possibilité que mon père ait refusé que je joue du violon parce qu'il ne voulait pas que je sois comme lui.

— Il était violoniste ?

— Oui. Comme vous. Vous voyez ?

— Et pourquoi n'aurait-il pas voulu que vous soyez comme lui ? Il était si mauvais violoniste que cela ?

— Libor, j'essaie d'être sérieux. Il se peut qu'il ait eu ses raisons.

— Excusez-moi. Mais en quoi aurait-il voulu que vous soyez différent de lui ? Il était malheureux ? Il souffrait ?

Treslove réfléchit à la question.

— Oui, dit-il. Il encaissait mal. La mort de ma mère lui a brisé le cœur. Mais il avait déjà le cœur brisé avant cela. Comme s'il savait ce qui l'attendait et qu'il s'y était préparé toute sa vie.

Peut-être qu'il me protégeait de quelque chose qu'il craignait en lui, quelque chose d'indésirable, de dangereux, même.

— Les juifs ne sont pas le seul peuple au monde à avoir le cœur brisé, Julian.

Treslove eut l'air déçu de l'apprendre. Il gonfla les joues, souffla bruyamment, secoua la tête, autant en désaccord avec lui-même qu'avec Libor.

— Laissez-moi vous dire quelque chose, répondit-il. Durant toute mon enfance, je n'ai jamais entendu le mot « juif ». Ne trouvez-vous pas cela étrange ? De la même manière, durant mon enfance, je n'ai jamais vu un juif en compagnie de mon père, ni dans la boutique ni chez mes parents. Tous les autres mots, je les ai entendus. Tous les autres peuples, je les ai rencontrés. J'ai vu des Hottentots dans la boutique de mon père. J'y ai rencontré des Tongans. Mais jamais un juif. Avant de connaître Sam, je ne savais même pas à quoi ressemble un juif. Et, quand je l'ai amené chez nous, mon père m'a dit qu'il estimait qu'il ne ferait pas un ami convenable. « Ce Finkler, me disait-il régulièrement. Ce *finkler*, tu es toujours aussi entiché de lui ? » Expliquez-moi cela.

— C'est facile. Il était antisémite.

— S'il avait été antisémite, Libor, « juif » aurait été le *seul* mot que j'aurais entendu dans sa bouche.

— Et votre mère ? Si vous l'êtes, c'est forcément par elle.

— Pour l'amour du ciel, Libor, j'étais goy il y a cinq minutes, et maintenant vous me dites que je ne peux être juif que par les voies officielles. Allez-vous aussi demander à vérifier si je suis circoncis ? Concernant ma mère, je ne sais pas. Je peux seulement vous dire qu'elle n'avait pas l'air juif.

— Julian, *vous* n'avez pas l'air juif. Pardonnez-moi, je ne dis pas cela comme une insulte, mais vous êtes la personne qui a l'air le moins juif que je connaisse, et j'ai rencontré des cow-boys suédois, des cascadeurs esquimaux, des réalisateurs prussiens et des nazis polonais travaillant comme décorateurs de plateau en Alaska. Je mettrais ma main au feu qu'aucun gène juif n'a approché ceux d'un membre de votre famille depuis dix mille ans et qu'il y a dix mille ans les juifs n'existaient pas. Soyez-en heureux. On peut mener une vie heureuse et épanouissante sans pour autant être juif. (Il marqua une pause.) Prenez Sam Finkler, par exemple.

Ils éclatèrent d'un rire malicieux.

— C'est cruel, dit Treslove en se servant un autre verre et en se frappant la poitrine. Mais cela ne fait qu'étayer mon argument. On ne peut pas trancher en jugeant superficiellement. On peut s'appeler Finkler et ne pas correspondre ; ou s'appeler Treslove...

— Qui n'est pas vraiment un nom juif...

— Exactement — et être tout de même dans le ton. Cela n'aurait-il pas été logique, si mon père ne voulait pas que je sache que nous étions juifs, ou que quiconque le sache, d'avoir changé de nom pour le patronyme le moins juif possible ? Treslove, enfin. C'est cent pour cent non juif. CQFD.

— Je vais vous dire ce que vous pouvez faire. Vous pouvez arrêter ces spéculations ridicules et poser la question à quelqu'un. Demandez à un oncle, à un ami de votre père, à n'importe quelle personne qui ait connu votre famille. C'est un mystère facile à résoudre par un simple coup de fil.

— Personne ne connaît ma famille. Nous ne fréquentions personne. Je n'ai pas d'oncles. Mon père n'avait ni frères ni sœurs et ma mère non plus. C'est ce qui les a attirés l'un vers l'autre. Ils me l'ont dit. Deux orphelins, pour ainsi dire. Deux enfants perdus dans les bois. Dites-moi de quoi c'est la métaphore.

Libor secoua la tête et remplit leurs verres.

— C'est une métaphore de votre refus de savoir la vérité parce que vous préférez l'inventer. Très bien, inventez-la. Vous êtes juif. *Trog es gezunterhait.*

Et il leva son verre.

Il se rassit et croisa ses petits pieds. Il avait enfilé une paire de pantoufles *Ancien Régime** brodées à ses initiales au fil d'or. Un cadeau de Malkie, supputa Treslove. Tout n'était-il pas un cadeau de Malkie ? Dans ces pantoufles, Libor avait l'air encore plus frêle et transparent, comme en train de s'effacer. Et néanmoins, pour Treslove, il jouissait d'une sécurité enviable. Chez lui. Lui-même. Encore amoureux de la seule femme qu'il avait jamais aimée. Sur la cheminée, des photos d'eux à leur mariage devant un rabbin, Malkie sous un voile, Libor avec une kippa. Jouissant de racines profondes, antiques, conscients de ce qu'ils étaient. Mélomanes parce que la musique exprimait la légende de leurs origines.

Alors qu'il admirait les pantoufles de Libor, il vit que l'une portait les initiales *LS* et l'autre *ES*. C'était logique, évidemment : Libor avait changé de nom, à l'époque d'Hollywood, de Libor Sevcik en Egon Slick. C'est ce que faisaient les juifs, n'est-ce pas, ce qu'ils étaient obligés de faire. Alors pourquoi Libor/Egon n'avait-il pas plus de compassion pour Teitelbaum/Treslove ?

Il fit tourner son whisky dans son verre. Cristal de Bohême. Son père aussi affectionnait les verres à whisky en cristal, mais les siens étaient un peu différents. Plus solennels. Probablement plus coûteux. Plus froids aux lèvres. Voilà, en l'essence, à quoi se résumait la différence : à la température. Libor et Malkie — même cette pauvre Malkie morte — étaient en quelque sorte réchauffés par leur immersion dans un passé échauffé. En comparaison, Treslove avait l'impression d'être né pour jouer à la surface de la vie, comme ces légumes que l'on fait pousser hors sol, là où il fait froid.

Libor lui souriait.

— Maintenant que vous êtes juif, venez dîner, dit-il. Venez la semaine prochaine — sans Sam — et je vous présenterai à des personnes qui seront ravies de faire votre connaissance.

— À vous entendre, c'est de mauvais augure. *Des personnes*. Qui donc ? Des inspecteurs de la religion juive qui examineront minutieusement mes justificatifs d'identité ? Je n'en ai pas. Et pourquoi n'auraient-ils pas été ravis de faire ma connaissance avant que je sois juif ?

— C'est bien, Julian. La susceptibilité est bon signe. On ne peut pas être juif si on n'est pas susceptible.

— Je vais vous dire ce que je vais faire. Je viendrai si je peux amener la femme qui m'a agressé. C'est elle, mon justificatif d'identité.

Libor haussa les épaules.

— Venez avec elle. Trouvez-la et amenez-la.

À l'entendre, cette possibilité était aussi lointaine que de trouver Dieu.

Un léger malaise taraudait Treslove alors qu'il était allongé dans son lit, cherchant le fil qui allait le conduire dans le sommeil : l'histoire de Libor concernant Heifetz au Royal Albert Hall… N'était-elle pas, dans toute sa préciosité, sa sophistication, sa prétention, sa frénésie de culture tellement juive, n'était-elle pas semblable à l'anecdote de Malkie et Horowitz au Carnegie Hall ?

Elles pouvaient être toutes les deux vraies, cependant, l'écho, quand on l'entendait, était déconcertant.

Vraies ou non, en matière de mythologie familiale, ce genre de légendes étaient inévitablement la crème de la crème. Ce n'était pas Elvis Presley que Malkie avait appelé « maestro », mais Horowitz. Sous le nom d'Egon Slick, Libor avait passé la moitié de sa vie à côtoyer les célébrités du vulgaire et pourtant, en dernier ressort, quand il fallait impressionner, il tirait sans rougir ses cartes d'un tout autre jeu. Il ne se réclamait pas de Liza Minnelli ou Madonna mais d'Heifetz. Il fallait vouloir en remontrer dans le genre intello-chic pour convier Horowitz et Heifetz à sa fête. Et qui plus que les Finkler donnaient dans l'intello-chic ?

Oui, il fallait le leur concéder… ils étaient sans vergogne, ils étaient effrontés, mais c'était une effronterie qui reposait sur une culture musicale raffinée.

Ayant trouvé son fil, Treslove sombra dans un profond sommeil.

3

Il y avait eu peu de relations entre les Finkler et les Treslove — excepté celles entre Tyler Finkler et Julian Treslove —, mais les fils Finkler et les fils Treslove s'étaient croisés en plusieurs occasions, et Alfredo et Rodolfo en savaient assez sur Finkler grâce à ses livres et ses émissions télévisées pour se plaire à le considérer comme leur célèbre oncle Sam. Que Sam ait le moindre intérêt à les considérer comme ses charmants neveux Alf et Ralph, c'était une autre question. Treslove était pour sa part persuadé qu'il ne les connaissait pas.

En cela comme en bien d'autres affaires en rapport et sans rapport avec Finkler, Treslove se trompait. C'était lui qui ne connaissait pas ses fils.

Il se trouvait que Finkler était tout à fait au courant de l'existence des fils de son ami et était fort bien disposé à leur égard ; il n'était pas impossible que ce soit parce qu'il rivalisait en toutes choses avec Treslove, même aux plans paternel et avunculaire, et qu'il souhaitait pallier les insuffisances de leur vrai père. Pallier les insuffisances et tenir lieu de modèle. Alf était celui qu'il connaissait le mieux, à cause d'un incident survenu au Grand Hôtel d'Eastbourne. Le fond de l'affaire était que Finkler avait imaginé l'endroit suffisamment romantique et discret pour y emmener une femme un vendredi soir et un samedi matin — avec des mouettes devant les fenêtres et des clients trop âgés pour le reconnaître ou faire quoi que ce fût dans le cas contraire — mais n'avait pas envisagé qu'il y trouverait Alf au piano durant le dîner.

Comme c'était deux ans avant la mort de Tyler, deux ans avant même qu'on l'ait sue malade, cette incartade n'était pas de l'espèce la plus impardonnable. Si seulement il avait su que Tyler elle-même fautait à l'époque, et avec Treslove, de surcroît, tout bien pesé, cela aurait diminué la gravité de ses péchés. Quand bien même, aller au piano et demander à l'artiste de jouer *Stars Fell on Alabama* pour Ronit Kravitz et découvrir qu'il parlait à Alfredo, le fils de Treslove, Finkler s'en serait volontiers passé.

Il ne remit pas Alfredo immédiatement — quand on ne s'attend pas à croiser quelqu'un qu'on voit peu, il est possible de ne pas le reconnaître — mais Alfredo, ayant l'avantage de le voir fréquemment à la télévision, le reconnut immédiatement.

— Oncle Sam ! dit-il. Wow !

Finkler songea à répondre : « Je vous connais ? », mais douta de sa capacité à articuler la phrase d'une manière convaincante.

— Ahem ! se contenta-t-il de dire, décidant d'accepter qu'il était pris la main dans le sac et de jouer l'oncle coquin. Étant donné la profondeur incontestable du décolleté de Ronit Kravitz, il ne servait à rien de prétendre être venu à Eastbourne pour raisons professionnelles.

Alfredo jeta un coup d'œil à la table d'où venait Finkler et demanda :

— Tatie Tyler n'a pas pu t'accompagner, alors ?

Sur-le-champ, Finkler se rendit compte qu'il ne portait guère Alfredo dans son cœur. Il n'aurait pas juré avoir jamais apprécié non plus le père d'Alfredo, mais les amis de lycée étaient des amis de lycée. Alfredo ressemblait énormément à Julian, et il s'était transformé en une version plus âgée de son père, avec des lunettes rondes à monture dorée dont il n'avait sans doute pas besoin et des cheveux gominés en arrière qui lui donnaient l'air d'un gigolo du Berlin des années vingt. Le sex-appeal en moins.

— J'allais te demander de jouer un air pour mon invitée, dit Finkler, mais dans ces circonstances…

— Oh, non, je vais jouer, dit Alfredo. Je suis là pour ça. Qu'est-ce qui lui plairait ? *Happy Birthday To You* ?

Pour une raison inconnue, Finkler fut incapable de lui donner le titre de la chanson qu'il était censé réclamer. L'avait-il oublié dans sa gêne d'être découvert ou bien punissait-il Ronit d'être la cause de cette gêne ?

— *My Yiddishe Mama*, dit-il. Si tu le connais.

— Je le joue tout le temps, dit Alfredo.

Et il le joua, d'une manière plus moqueuse que Finkler l'avait jamais entendu jouer, avec de brutales syncopes de piano-bar suivies de passages absurdement ralentis, presque comme une fugue, comme si le morceau tournait l'amour maternel en dérision au lieu de lui rendre hommage.

— Ce n'est pas *Stars Fell on Alabama*, nota Ronit Kravitz.

À part son décolleté, plus grand que sa personne, il n'y avait pas grand-chose de remarquable chez Ronit Kravitz. Elle portait des talons aiguilles pailletés mais, sous la table, ils n'étaient pas visibles. Et bien que ses cheveux soient d'un magnifique noir bleuté, luisant sous les lustres, ils retombaient eux aussi, comme tous les regards, dans l'abîme doré et insondable qu'elle portait devant elle comme une fière handicapée qui met en avant son infirmité. Quand il n'était pas amoureux d'elle, comme c'était le cas en cet instant, cet abîme évoquait à Finkler les gorges de Manawatu.

— C'est une interprétation, répondit-il. Je te la chanterai comme tu voudras tout à l'heure.

Il semblait tout bonnement incapable de retenir cette leçon : une femme si sexy qu'elle en est grotesque fait toujours passer un homme pour un imbécile. Que les jambes soient trop longues, la jupe trop courte, les seins trop visibles, et le compagnon inspire la moquerie, pas l'envie. L'espace d'un instant, il mourut d'envie d'être chez lui avec Tyler, le temps de se rappeler que ces derniers temps elle montrait un peu trop de tout elle aussi. Et c'était une mère de famille.

Il n'adressa pas de clin d'œil à Alfredo à travers la salle et n'alla pas le trouver à la fin de la soirée pour lui glisser un billet de cinquante livres dans sa poche de veste en lui demandant, n'est-ce pas, de garder cela entre eux. En philosophe pratique, Finkler était très à cheval sur l'étiquette en matière de trahison et de mensonge. Ce n'était pas convenable, se disait-il, de fomenter un complot viril avec le fils d'un vieil ami, et encore moins de le mêler à la manière — ridicule ou autre — dont l'ancienne génération pratiquait l'adultère. Il avait dit « Ahem ». Il faudrait s'en contenter. Mais ils se croisèrent de nouveau dans les toilettes.

— Encore une soirée au Copacabana de pliée, dit Alfredo en remontant avec lassitude sa braguette et en lissant ses cheveux dans le miroir.

Cela fait, il se coiffa d'un ravissant pork-pie qui chassa le Berlin des années vingt au profit du bobo londonien.

C'était bien le fils de son père, songea Finkler. Capable de ressembler à tout le monde et à personne.

— Tu n'aimes pas ton travail ?

— Si je l'aime ? Essaye de jouer du piano pour des gens venus dîner. Ou mourir. Ou les deux. Ils sont trop occupés à écouter leur ventre pour entendre la moindre note. Que je leur joue une valse de Chopin ou « La Valse des Chopines », je fournis le bruit de fond. Tu sais ce que je fais pour me distraire pendant que je joue ? J'invente des histoires sur les clients. Celui-là couche avec celle-là — et ce n'est pas facile dans un gourbi pareil, je peux te dire, étant donné que, pour la plupart, je n'étais pas né la dernière fois qu'ils ont baisé.

Finkler ne fit pas remarquer qu'il était l'exception à la règle.

— Tu caches bien ton mécontentement, mentit-il.

— Vraiment ? C'est parce que je disparais. Je suis ailleurs. Dans ma tête, je joue au Caesar's Palace.

— Eh bien, tu le caches bien aussi.

— Des années d'entraînement.

— C'est le lot de nous tous, lui dit Finkler, comme s'il parlait à la caméra.

— C'est comme ça que tu considères ton job ?

— La plupart du temps, oui.

— Alors c'est tout aussi triste pour toi.

— Tout aussi triste que pour toi, c'est ce que tu veux dire ?

— Oui, autant que pour moi, mais je suis jeune. Il est encore temps qu'il m'arrive des choses. Peut-être que j'arriverai au Caesar's Palace. Mais je voulais dire que c'est aussi triste que pour papa.

— Il est malheureux ?

— À ton avis ? Tu le connais depuis toujours. Tu trouves qu'il a l'air heureux ?

— Non, mais il n'en a jamais eu l'air.

— Ah bon ? Jamais… Ha ! Évidemment. Je n'arrive pas à me l'imaginer jeune. C'est comme s'il avait toujours été vieux.

— Eh bien, voilà, dit Finkler. Moi je le vois comme un homme qui a toujours été jeune. C'est simplement dû au moment où on voit quelqu'un pour la première fois, je pense.

Sous son insolent pork-pie, Alfredo leva les yeux au ciel, comme pour dire : « Me la joue pas intello, oncle Sam. »

Mais il répondit en fait :

— On n'accroche pas spécialement bien — je crois qu'il préfère mon demi-frère — mais j'ai de la peine pour lui, avec ce boulot idiot de sosie, surtout si ça lui fait la même impression qu'à moi.

— Oh, enfin, à ton âge, on voit toujours le verre à moitié plein.

— Non, c'est au tien qu'on le voit à moitié plein. À mon âge, on ne veut pas une moitié de verre, on le veut plein ou vide. En fait, ce n'est pas un verre qu'on veut. On veut le litre entier, point barre. On est la génération qui a tout, n'oublie pas.

— Non, c'est *nous* la génération qui a tout.

— Bon, alors on est la génération bourrée.

Finkler lui sourit et sentit poindre l'idée d'un nouvel ouvrage : *Le Verre à moitié vide : Schopenhauer pour les adolescents alcooliques.*

Ce n'était pas un calcul cynique. D'une manière tout à fait inattendue montait en lui un accès de tendresse paternelle par procuration pour le jeune homme. Peut-être était-ce l'affection qu'il avait éprouvée pour Treslove durant toutes ces années qui refaisait surface. Peut-être était-ce l'extase de l'usurpation — le plaisir que l'on prend à jouer les pères avec les enfants d'un autre —, l'image inversée du rôle joyeux que jouait Treslove en cet instant même — être le mari de l'épouse d'un autre, même si l'épouse en question tenait à lui tourner le dos et lui tripoter le pénis par-derrière, comme si elle avait du mal à attacher un soutien-gorge compliqué.

Avant de sortir ensemble des toilettes, Finkler donna sa carte à Alfredo.

— Appelle-moi quand tu passes en ville, dit-il. Tu n'es pas constamment coincé ici, n'est-ce pas ?

— Merde, non. Je crèverais.

— Alors appelle-moi. Nous pourrons parler de ton père... ou pas.

— D'accord. Sinon... Je fais le Savoy et le Claridge certaines semaines — tu peux toujours passer me dire bonjour...

Avec une greluche, c'est ce qu'il veut dire, ce petit salaud, songea Finkler. C'est ainsi qu'il me verra toujours. En route pour faire la noce dans les gorges de Manawatu. Et il ne me laissera jamais l'oublier.

Mentalement, Finkler se vit croiser Alfredo dans les toilettes pendant les cinquante années à venir — jusqu'à ce qu'Alfredo soit beaucoup plus vieux et que lui, Finkler, ne soit plus qu'un vieillard chenu — en train de lui refiler des liasses de billets tout neufs dans des enveloppes en kraft.

Ils se serrèrent la main en riant. L'un un peu inquiet et l'autre un peu flatté.

Ce garçon est un opportuniste, songea Finkler, mais tant pis.

Il pense que je crois qu'il y a un certain avantage pour moi à le connaître, se disait Alfredo, et il y en a peut-être un. Mais il y a un certain avantage pour lui à me connaître aussi. Il pourrait bien apprendre à se choisir une nana un peu moins vulgaire.

C'est ainsi que commença une amitié quelque peu forcée mais mutuellement irritante entre deux hommes d'âges et d'intérêts divergents.

Alfredo n'avait pas discuté de tout cela avec sa mère ou son demi-frère. C'était un homme qui aimait les secrets. Mais là, alors qu'il se rasseyait après le dîner avec eux, il en révéla pourtant un :

— Papa s'est fait agresser. Vous le saviez ?

— Tout le monde se fait agresser, dit Rodolfo. On est à Londres.

— Non, mais là c'est différent. C'est une méga-agression.

— Mon Dieu, il est blessé ? s'inquiéta Janice.

— Eh bien voilà : il prétend que non, mais oncle Sam dit que oui.

— Tu as vu oncle Sam ?

— Je l'ai croisé dans un bar. C'est comme ça que je suis au courant.

— Ton père aurait fait tout un drame s'il avait été blessé, intervint Josephine. Il fait tout un plat pour une malheureuse égratignure.

— Ce n'est pas ce genre de blessure. D'après Sam, ça l'a beaucoup ébranlé, mais il refuse de le reconnaître. Il est dans le déni, selon Sam.

— Il a toujours été dans le déni, dit Josephine. Il est dans le déni et c'est un salaud.

— Sam pense qu'il est dans le déni, mais de quoi ? demanda Janice.

— Difficile à dire. De son identité ou je ne sais quoi.

— Ça, c'est pas nouveau, ricana Josephine.

— C'est plus bizarre que ça. Apparemment, il aurait été agressé par une femme.

— Une femme ? répéta Rodolfo, incapable de dissimuler son amusement. Je savais que c'était une mauviette, mais une nana... !

— On dirait qu'un vœu a été exaucé, dit Janice.

— Oui, le mien, dit Josephine en riant. Si seulement je pouvais dire que c'est moi la coupable.

— Josephine ! l'admonesta Janice.

— Ne fais pas ta sucrée. Ne me dis pas que tu n'aurais pas envie de l'agresser si tu le voyais arriver dans la rue en grand-père de Leonardo DiCaprio et en train d'éviter les lignes du trottoir ou une autre de ses lubies du moment.

— Si vous vous décidiez à nous dire ce que vous pensez vraiment de papa ? demanda Rodolfo, encore amusé à l'idée de son père battant en retraite devant une femme.

— Tu veux que j'avoue que je l'aime ? demanda-t-elle en faisant mine de vomir.

— Sam dit que c'est des conneries, de toute façon, reprit Alfredo. D'après lui, papa est stressé.

— Par quoi ? demanda Janice.

— Par ce qui est arrivé à tatie Tyler et à la femme d'un autre de ses amis. Trop de décès à encaisser en même temps, d'après Sam.

— C'est ton père tout craché, dit Josephine. Petit pilleur de tombes. Pourquoi ne peut-il pas laisser les autres porter seuls le deuil de leurs épouses ? Pourquoi faut-il tout le temps qu'il s'en mêle ?

— Sam dit qu'il aimait beaucoup ces deux femmes.

— Oui, j'imagine. Surtout depuis qu'elles ont passé l'arme à gauche.

— Donc Sam estime que son assaillante est le produit du chagrin de Julian ? demanda Janice sans relever.

— De son chagrin !

— En voilà une idée fascinante. Peut-être que c'est cela, un fantôme : l'incarnation de ce qui te tracasse. Mais pourquoi une agression, je me demande bien. Pourquoi la violence ?

— Cette conversation me dépasse, dit Rodolfo. On ne peut pas revenir à papa se faisant agresser par une clocharde ?

— C'est la culpabilité, à mon avis, dit Josephine sans lui prêter attention. Il devait sûrement les tringler toutes les deux. Ou, pire, leur chanter du Puccini.

— Toi, c'était Verdi, lui rappela Janice.

— Quoi qu'il en soit, poursuivit Alfredo, Sam suggère qu'on l'envoie se reposer un petit moment.

— À l'asile ?

— Qu'on lui organise des vacances. Tu sais bien qu'il n'aime pas faire des projets de voyage. Il a peur des trains, des avions, de se rendre dans un pays où il ne sait pas comment dire paracétamol. D'après oncle Sam, le mieux serait qu'on l'accompagne. Qui a envie de partir en vacances avec papa ?

— Pas moi, dit Rodolfo.

— Ni moi, lâcha Janice.

— Même si c'était le dernier homme sur la planète, dit Josephine. Que Sam Finkler l'accompagne, s'il trouve que c'est une riche idée.

— Alors c'est non ? demanda Alfredo en riant.

Une fois qu'ils se furent levés pour partir pour de bon, étant convenus que les garçons devaient au moins passer un coup de fil à leur père et peut-être l'emmener déjeuner, Alfredo se rappela une autre confidence d'oncle Sam.

— Et, *et*… il a décidé qu'il est juif.

— Oncle Sam ? Il n'est pas déjà juif ?

— Non, papa. *Papa* a décidé qu'il est juif.

— Papa a décidé qu'il est juif ? Papa, juif ?

Tous les quatre se rassirent.

— Oui.

— Comment cela, « décidé » ? demanda Rodolfo. On ne peut pas se lever un matin et *décider* qu'on est juif. Enfin, il me semble, non ?

— J'ai travaillé avec beaucoup de gens originaires de Beverly Hills qui se sont levés un matin et ont décidé qu'ils n'étaient *pas* juifs, dit Josephine.

— Mais ça marche aussi dans l'autre sens, j'imagine.

— Va savoir, dit Alfredo. Mais je ne pense pas que papa ait le projet de devenir juif. Si j'ai bien compris oncle Sam, il s'est fourré dans le crâne qu'il est *déjà* juif.

— Mon Dieu, dit Rodolfo. Et nous on devient quoi, dans tout ça ?

— Pas des juifs, dit Josephine. Ne t'inquiète pas pour cela. Comme les juifs ne croient pas à la fidélité de leurs épouses, on ne peut être juif que par le vagin. Et mon vagin n'est pas juif.

— Le mien non plus, dit Janice.

Alfredo et Rodolfo firent mine de vomir.

Mais Rodolfo était aussi intrigué qu'écœuré.

— Je ne comprends pas comment ça marche. Si tu ne peux pas faire confiance à tes femmes, pourquoi transmettent-elles la religion ?

— Eh bien, tu ne serais pas du tout juif si ton père était un foutu gros Arabe avec des dents en or.

— Les femmes juives couchent avec des Arabes ?

— Chérie, les femmes juives couchent avec n'importe qui.

— Chut, fit Janice avec un signe de tête vers les serveurs.

Ils étaient, il ne fallait pas l'oublier, leur rappela-t-elle d'un regard, dans un restaurant libanais.

— C'est intéressant, quand même, dit Rodolfo. Si je découvre que je suis à demi juif, est-ce que je vais brusquement devenir à demi malin ?

Janice ébouriffa les cheveux de son fils.

— Tu n'as pas besoin de *lui* pour être à demi malin.

— À demi riche, alors ?

Cinq

1

On ne dit pas à un obsessionnel : « Trouvez-la et amenez-la. »

Mais Treslove refusait d'accorder une minute de plus de son temps à la « la » en question. Il arrive un moment où il faut savoir dire non à une obsession. Il enfila un manteau et l'enleva. Cela suffisait. Il savait ce qu'il pensait. Il savait ce qu'il avait entendu. *Youpin.* Pas « sale youpin » ni « foutu youpin » ni « délicieux youpin ». Juste youpin. Youpin, pur et sans fioritures, n'étayait aucune théorie ni hypothèse. Cela ne répondait à aucune nécessité que Treslove eût reconnue en lui. Cela n'apportait rien, ne résolvait rien, n'atténuait rien.

Treslove connaissait l'argument contraire. Il avait tout inventé par nécessité. Et quelle était-elle ?

Son arbitraire était la preuve même de son authenticité. Sa psychologie était innocente de toute quête ou découverte de la moindre gratification dans l'affaire. Restait la furie. L'avait-elle appelé « youpin » pour rire ? Non, elle l'avait appelé « youpin » parce qu'elle avait vu un juif. Pourquoi avait-elle éprouvé le besoin de lui dire ce qu'elle avait vu, c'était une autre question. Tout bien considéré, elle n'avait pas besoin de dire quoi que ce soit. On ne pouvait pas dire qu'il avait opposé de la résistance. Ni demandé qu'elle le remercie. La plupart des agresseurs, supposait-il, n'identifiaient pas leurs victimes pendant qu'ils les détroussaient. *Protestant, Chinois*. Pourquoi prendre cette peine ? Le protestant et le Chinois devaient évidemment savoir ce qu'ils étaient sans qu'un agresseur le leur dise. Donc « youpin » était soit l'expression d'une fureur irrépressible, soit une interjection à teneur informative. *J'ai pris ta montre, ton portefeuille, ton stylo-plume, ton portable et ton amour-propre mais, en échange, je te donne quelque chose : juste au cas où tu ne le saurais pas, et j'ai comme une petite sensation très vague (ne me demande pas pourquoi) que tu pourrais ne pas le savoir : t'es juif. Salut.*

Treslove n'était pas disposé à admettre qu'il avait croisé une déséquilibrée ou qu'il s'était simplement trouvé au mauvais endroit au mauvais moment. Il avait connu suffisamment d'accidents. Sa vie était un long accident. Sa naissance était accidentelle — ses parents le lui avaient avoué : « Tu n'étais pas prévu, Julian, mais tu as été une belle surprise ». Ses propres fils ? Pareil. Sauf qu'il ne leur avait pas affirmé qu'ils étaient une belle surprise. Il avait choisi ses disciplines universitaires par accident : à une autre époque, il aurait choisi les lettres classiques ou la théologie. La BBC, c'était un accident. Un sale accident. Les femmes qu'il avait aimées étaient toutes des accidents. Si la vie n'avait pas un fil conducteur de sens, à quoi bon vivre ? Certains trouvent Dieu là où ils s'y attendent le moins. Certains découvrent leur vocation dans l'action sociale ou le sacrifice. Treslove attendait depuis plus longtemps qu'il ne s'en souvenait. Très bien, alors. Mon destin m'appelle, songea-t-il.

Deux jours plus tard, il dînait avec d'autres juifs chez Libor.

2

Six mois avant le décès de sa femme, Sam Finkler avait accepté de participer à *Desert Island Discs*, l'émission culte de Radio 4 au cours de laquelle un invité présente les huit disques qu'il emporterait sur une île déserte.

Il serait cruel de conclure que le lien entre les deux événements n'était qu'une pure coïncidence.

Ils étaient assis dans le jardin, que seule une porte basse séparait du parc, quand Finkler aborda le sujet. C'était cela ou aider Tyler à replanter. Leur jardin constituait depuis longtemps un lieu de non-repos, du fait que Tyler trouvait toujours quelque chose à y faire et que Finkler était allergique aux pelouses, aux fleurs et à la perspective de se détendre. « Ça s'appelle une chaise longue. Allonge-toi ! » lui ordonnait généralement Tyler. Mais, allait-elle découvrir, son corps n'était pas fait pour s'allonger sur une chaise longue. « J'aurai largement le temps de m'allonger le moment venu », répondait-il. Du coup, soit il ne s'aventurait pas du tout dans le jardin, soit il en arpentait le tour comme un détective privé qui cherche un cadavre dans les buissons, s'arrêtant pour discuter de ce qui le préoccupait et c'était — du moins ce qu'il pouvait confier à Tyler — invariablement le travail. Dès qu'il séchait ou ralentissait, Tyler le recrutait pour tenir un tuteur ou mettre le doigt sur la ficelle de jardinage verte afin de l'aider à faire un nœud. Des tâches pas exténuantes, mais qui donnaient à Finkler l'impression de gâcher sa vie dans l'engrais et les paillis.

— J'ai décroché *Desert Island Discs*, lui dit-il depuis l'extrême bout du jardin, se cramponnant par prudence à une gouttière dans son dos.

Tyler, à quatre pattes, tentait de créer la vie dans un sol rocailleux. Absorbée dans la terre, elle ne leva pas le nez.

— Décroché ? Comment ça, décroché ? Je ne savais pas que tu étais demandeur.

— Je ne le suis pas. C'est eux qui sont venus me chercher.

— Alors dis-leur de te relâcher.

— Pourquoi donc ?

— Pourquoi pas ? Qu'est-ce que tu peux bien faire de *Desert Island Discs* ? Déjà que tu te trouves mal dans un jardin, alors sur une île déserte ! Et tu n'as jamais eu de disques. Tu n'y connais rien à la musique.

— Si.

— Donne-moi le titre d'une chanson que tu aimes.

— Ah, *aimer*. Ce n'est pas pareil que connaître.

— Crétin pédant ! dit-elle. Ça ne te suffit pas d'être menteur, il faut que tu sois pédant, en plus. N'y va pas. Ça ne te rendra pas service. Les gens voient bien quand tu inventes. Tu cries.

On était peut-être venu chercher Finkler, mais si sa femme le cherchait, elle ne le trouverait pas.

— Je ne mentirai pas. Tous les disques ne sont pas forcés d'être de la musique.

— Alors tu vas choisir quoi ? Bertrand Russell en train de lire ses mémoires ? J'ai hâte d'écouter ça.

Elle se leva et s'essuya les mains sur le tablier de jardinage qu'il lui avait acheté des années plus tôt. Elle portait aussi les boucles d'oreilles qu'il lui avait offertes. Et la Rolex en or qu'elle avait reçue de lui pour leurs dix ans de mariage. Tyler jardinait parfaitement maquillée et bijoutée. Elle aurait pu lâcher son sac d'engrais pour aller dîner au Ritz en se contentant d'ôter ses gants et de se passer une main dans les cheveux. Finkler ne pouvait s'empêcher de venir au jardin pour admirer le spectacle de sa femme s'élevant au-dessus du compost comme une vénus jet-set. Pour lui, c'était un mystère qu'il se fatigue à avoir des maîtresses alors qu'il trouvait son épouse tellement plus désirable.

Était-il un salaud ou simplement un imbécile ? Il ne se sentait pas salaud. En tant que mari, il s'estimait essentiellement bon et fidèle. La monogamie n'est pas dans la nature de l'homme, voilà tout. Et il devait répondre à l'appel de sa nature, même quand sa nature était en conflit avec son désir, qui était de rester chez lui auprès de son épouse chérie.

C'était sa nature — la nature naturelle, le règne de la nature — qui était une ordure, pas lui.

— Eh bien, pour commencer, dit-il, un brin sentimental, j'ai pensé à la musique que nous avions passée à notre mariage.

Elle alla ouvrir le robinet de son tuyau d'arrosage.

— La *Marche nuptiale*, de Mendelssohn ? Ce n'est pas vraiment original. Et je préférerais, si ça ne te fait rien, que tu ne mêles pas notre mariage à tout ça, étant donné que c'est la dernière chose à laquelle tu penseras sur ton île déserte. Si Mendelssohn, c'est tout ce que tu trouves, je te conseille de leur dire que tu es trop occupé. À moins qu'il ait écrit une « Marche adultère ».

— Trop occupé pour *Desert Island Discs* ? Personne n'est trop occupé pour cette émission. C'est le genre de proposition sur laquelle on se jette. C'est une opportunité de carrière.

— Tu as fait carrière. Jette-toi plutôt sur le bout du tuyau.

Finkler ne parvint pas à déterminer où se trouvait le bout et commença à arpenter de nouveau le jardin comme un détective privé, regardant dans les buissons et se grattant le crâne.

— C'est le bout d'où sort l'eau, imbécile. Cela fait combien de temps que tu habites ici ? Et tu ne sais toujours pas où est le bout de ton tuyau. Ha !

Elle s'esclaffa. Pas lui.

— C'est impensable de ne pas passer à *Desert Island Discs*, continua-t-il en trouvant enfin le tuyau et en se demandant ce qu'il était censé en faire.

— On t'a demandé. Ils sont venus te chercher. En quoi ce serait impensable de refuser ? Je trouve plutôt que ça ferait un bien fou à ta carrière. Ça prouverait que tu n'as pas les dents longues. Donne-moi ça.

— Pas les dents longues ?

— Que tu n'es pas désespéré.

— Tu as dit : les dents longues.

— Et ?

— Les dents longues comme tous les juifs, c'est ce que tu voulais dire ?

— Oh, pour l'amour du ciel, ce n'est pas du tout ce que je voulais dire et tu le sais très bien. Juif aux dents longues, c'est toi qui projettes. Si tu as peur que les gens te voient comme ça, c'est ton problème, pas le mien. Je trouve que tu es ambitieux, point final. De toute façon, c'est moi la juive, dans notre couple, n'oublie pas.

— C'est absurde et tu le sais.

— Récite l'Amida, alors. Cite-moi une seule des Dix-Huit Bénédictions.

Finkler se détourna.

Dans le temps, elle aurait eu envie de l'asperger d'eau, sachant qu'il riposterait et qu'ils finiraient par se bagarrer pour rire, voire par faire l'amour sur la pelouse et scandaliser les voisins. Mais ils n'en étaient plus là...

... si tant est que ça se soit produit. Elle essaya de l'imaginer lui courant après, l'attrapant et collant sa bouche sur la sienne. À son grand effroi, elle se rendit compte qu'elle en était incapable.

Il interrogea ses amis. Pas pour connaître leur opinion ou savoir s'il devait y aller ou non. Il irait. Mais sur les morceaux qu'il prétendrait emporter sur une île déserte. Libor proposa les Impromptus de Schubert. Et quelques concertos pour violon. Treslove lui nota les titres des grands airs tragiques de l'opéra italien.

— Combien il t'en faut ? Six ?

— Un suffira. Ils veulent que ce soit varié.

— Je t'en ai noté six par mesure de sûreté. Ils sont tous très différents. Parfois, c'est la femme qui meurt, parfois c'est l'homme. Et j'en ai même mis un où ils meurent ensemble. Idéal pour conclure l'émission.

Et pour mettre fin à ma carrière, songea Finkler.

Au final, bien que sans avoir oublié d'interroger Alfredo, Finkler fit confiance à son instinct populiste et choisit Bob Dylan, Queen, Pink Floyd, Felix Mendelssohn (choisissant le *Concerto pour violon* suggéré par Libor plutôt que la *Marche nuptiale*), Girls Aloud, une tranche d'Elgar pour l'évidence, Bertrand Russell lisant des extraits de ses mémoires, et Bruce Springsteen, qu'il appela le Boss durant l'émission. Comme livre, il choisit les Dialogues de Platon, mais se demanda s'ils accepteraient de faire une exception en le laissant emporter aussi l'intégrale des *Harry Potter*.

— Par souci de légèreté après toutes ces choses sérieuses ? demanda le présentateur.

— Non, pour ça, j'ai pris Platon, dit Finkler.

Il plaisantait, évidemment, mais il était également sérieux pour ceux qui avaient envie qu'il le soit.

Afin de prouver à son épouse qu'elle n'était pas la seule juive de leur couple, il s'étendit longuement sur les offices auxquels il assistait chaque matin à la synagogue avec son père pour l'écouter dire des prières à la mémoire de ses parents, les grandioses lamentations brûlantes qui l'émouvaient et qui, oui, l'avaient profondément marqué. *Yitgaddal vèyitqaddash...* Le glas de l'antique langue des Hébreux sonnant pour les morts. *Magnifié et sanctifié soit le Grand Nom.* Il avait à son tour prononcé cette prière après le décès de son père. Le philosophe rationaliste reconnaissait Dieu dans des vérités que la raison ne pouvait espérer pénétrer. On aurait entendu une épingle tomber dans le studio, songea-t-il. Sa judéité avait toujours été pour lui d'une importance incommensurable, confia-t-il, une consolation et une inspiration quotidiennes, mais il ne pouvait se taire concernant l'expropriation des Palestiniens.

— En ce qui concerne la Palestine, poursuivit-il avec un trémolo dans la voix, j'ai profondément honte.

— Profondément la grosse tête oui, tu veux dire, corrigea Tyler en entendant l'émission. Comment tu as pu dire un truc pareil ?

— Comment pouvais-je me taire, tu veux dire ?

— Parce que ce n'était pas le propos de l'émission, voilà pourquoi. Parce que personne ne t'a rien demandé.

— Tyler...

— Je sais, c'est ta conscience qui te l'a dicté. Une entité bien commode, ta conscience. Elle est là quand tu as besoin d'elle et absente le reste du temps. Eh bien, j'ai honte de cet étalage public de honte et je ne suis même pas juive.

— C'est précisément pour cela, répondit Finkler.

Finkler fut déçu qu'aucun de ses choix subtilement justifiés ne figure dans le best-of de la semaine, mais il fut flatté de recevoir une lettre, quinze jours après la diffusion, provenant de plusieurs acteurs et universitaires juifs bien connus lui demandant de se joindre à une association qui n'était encore qu'une idée sans direction et qu'ils avaient désormais l'intention de former et rebaptiser en hommage à son courage d'opinion : la Société des juifs honteux.

Finkler fut ému. Les louanges de ses pairs le touchaient presque aussi profondément que les prières qu'il n'avait jamais prononcées à la mémoire de son grand-père. Il détailla la liste. La plupart des professeurs, il les connaissait déjà et il s'en fichait, mais les acteurs représentaient un cran supérieur sur l'échelle de la célébrité. Bien que n'étant pas amateur de théâtre et ayant toujours décliné avec mépris les propositions de spectacles que lui faisait Tyler, il voyait sous un tout autre jour une lettre signée par des comédiens — même s'ils ne les tenaient pas en haute estime. Il y avait aussi dans la liste un chef à la mode et deux comiques de renom international.

— Doux Jésus ! s'écria-t-il en lisant la lettre.

Tyler était dans le jardin, sur une chaise longue cette fois. Une tasse de café à la main et le journal ouvert. Elle dormait, alors que c'était seulement la fin de la matinée. Finkler avait remarqué qu'elle se fatiguait vite.

— Doux Jésus ! répéta-t-il assez fort pour qu'elle l'entende.

Elle ne bougea pas.

— Quelqu'un t'assigne en justice pour rupture de contrat, mon chéri ?

— Apparemment, tout le monde n'a pas eu honte de moi, dit-il avant d'énumérer les plus éminents signataires du courrier. Lentement. L'un après l'autre.

— Et ?

Elle mit autant de temps à prononcer cet unique mot que son mari plus d'une dizaine de noms.

Ses narines palpitèrent.

— Comment ça, « et » ?

Elle se redressa et le regarda.

— Samuel, il n'y a pas une personne dont tu viens de me lire le nom pour qui tu aies la moindre considération. Tu abhorres les universitaires. Tu n'aimes pas les acteurs — tu détestes particulièrement *ceux-là* —, tu n'as aucun temps à consacrer à des cuisiniers people et tu ne supportes pas les comiques, surtout *ceux-là*. Tu dis qu'ils ne sont pas drôles. Affreusement *pas drôles*. Pourquoi irais-je me soucier — non, pourquoi irais-tu *te* soucier de ce qu'ils pensent ?

— Peu importe ce que je pense de leurs talents d'acteurs en l'occurrence, Tyler.

— Alors qu'est-ce qui t'intéresse chez eux ? Leurs talents d'analystes politiques ? D'historiens ? De théologiens ? De philosophes moraux ? Je ne me rappelle pas t'avoir jamais entendu me dire que, bien qu'ils soient des comédiens à chier, tu trouvais que ce sont de grands penseurs. Chaque fois que tu as travaillé avec des acteurs, tu les as décrits comme des crétins incapables de formuler une phrase ou d'exprimer la moitié d'une pensée. Et certainement pas de comprendre les tiennes. Qu'est-ce qui a changé, Samuel ?

— C'est agréable de se sentir soutenu.

— Par n'importe qui ?

— Il ne s'agit pas de *n'importe qui*.

— Non, à t'entendre, ce sont des *moins que rien*. Sauf que ces riens sont en train de chanter tes louanges, là.

Il comprit qu'il ne pourrait pas lui lire la lettre dans son intégralité, lui dire que son « courage » avait inspiré ou du moins ranimé un mouvement — confidentiel, pour le moment, mais capable de s'élever jusqu'à Dieu sait quelles hauteurs —, lui dire que c'était agréable d'être apprécié et qu'elle pouvait aller se faire foutre.

Cependant, il ne pouvait lui laisser le dernier mot.

Aussi fut-il bref.

— Tout est différent quand on est reconnu par les siens.

Elle ferma les yeux. Elle lisait dans ses pensées sans avoir à les ouvrir.

— Putain de bon Dieu, Shmuelly, dit-elle. As-tu oublié que tu n'aimes pas les juifs ? Tu les fuis comme la peste. Tu t'es publiquement proclamé dégoûté des juifs parce qu'ils s'imposent partout et qu'ils prétendent croire à un dieu compatissant. Et maintenant, sous prétexte que quelques quarts de célébrités juives médiocres ont décidé de clamer qu'ils sont d'accord avec toi, tu les adores ! C'est tout ce qu'il te fallait ? Aurais-tu été le meilleur de tous les gentils garçons juifs si seulement les autres garçons juifs t'avaient aimé plus tôt ? Je ne pige pas. Ça n'a aucun sens. Redevenir un juif fervent afin de s'en prendre au judaïsme.

— Ce n'est pas au judaïsme que je m'en prends.

— Oui, bon, c'est sûr que ça n'est pas le christianisme. Les *Juifs honteux* ? Ce serait plus honorable de ta part de traîner avec ce négationniste de David Irving ou de t'inscrire au British National Party. Rappelle-toi ce que tu recherches vraiment, Samuel... Sam ! Et ce que tu recherches, ce n'est pas l'attention des juifs. Ils ne sont pas assez nombreux.

Il ne l'écouta pas. Il monta dans son bureau, les oreilles sifflantes, et rédigea un courrier de remerciement aux Juifs honteux — une lettre pour les remercier de leurs remerciements. Il était honoré de se joindre à eux.

Mais pouvait-il faire une suggestion? En cette époque de petites phrases qui, que cela plaise ou non, était bien la nôtre, un simple acronyme facile à se rappeler valait mille manifestes. Eh bien, au lieu de « Société des juifs honteux », pourquoi ne pas se faire appeler la « Société des juifs honteux anglais et humanistes », qui pouvait ou non former dès à présent ou plus tard l'acronyme SHOAH, sigle dont il n'était pas nécessaire de souligner, étant donné les circonstances, l'attrait particulier ?

Il ne lui appartenait pas — pas plus qu'aux Juifs honteux — de récupérer la tragédie de la Shoah à des fins politiques. D'ailleurs, s'ils avaient honte, n'était-ce pas précisément en partie parce que certains juifs se l'appropriaient dans ce but ? Mais la tragédie du peuple palestinien était une autre Shoah. Et c'était à cela que le nouveau mouvement devait faire allusion.

Une semaine plus tard, il recevait une réponse enthousiaste sur un papier à l'en-tête de la SHOAH.

Il éprouva un grand frisson d'orgueil, mêlé, évidemment, de tristesse pour ceux dont les souffrances avaient rendu nécessaire l'existence de la SHOAH.

Tyler s'était cruellement trompée sur son compte. Il ne cherchait pas ce qu'elle l'accusait de désirer. Sa soif de reconnaissance — ou même d'approbation — n'était pas si aiguë. Dieu lui en était témoin, il se sentait suffisamment reconnu. Ce n'était pas une question d'acceptation. Mais de vérité. Quelqu'un devait la dire haut et fort. Et, désormais, d'autres étaient prêts à mêler leurs voix à la sienne, à parler en son nom.

Si Ronit Kravitz n'avait pas été la fille d'un général israyélien, il l'aurait appelée pour lui proposer de passer un petit week-end triomphal à Eastbourne afin de fêter dignement la création de la SHOAH.

3

Il se trouva que Tyler vint regarder une deuxième fois l'émission de son mari dans l'appartement de Treslove à Hampstead qui n'était pas Hampstead. Et, à intervalles raisonnables, d'autres encore. Elle y voyait une manière de se consoler d'un époux qui passait trop à la télévision. Ce qu'il y avait entre Julian et elle ne déboucha jamais sur une liaison. Ni l'un ni l'autre ne cherchaient cela — du moins, pas Tyler, et Treslove était devenu prudent concernant ce qu'il cherchait — mais ils trouvaient un moyen de se prodiguer mutuellement de la tendresse au-delà des conventions d'un cinq à sept adultère alimenté par la colère et l'envie.

Sa fatigue croissante n'échappa pas à Treslove.

— Tu as l'air pâle, lui dit-il un jour en la couvrant de baisers.

Elle se laissa faire en riant. Son rire discret, pas le rauque.

— Et tu es un peu atone, continua-t-il en l'embrassant toujours.

— Excuse-moi, dit-elle. Je ne suis pas venue pour te déprimer.

— Tu ne me déprimes pas. La pâleur te va bien. J'aime les femmes qui ont l'air tragique.

— Mon Dieu. Tragique, à présent. C'est si grave que ça ?

C'était aussi grave que cela, oui.

Treslove lui aurait bien dit : « Viens mourir chez moi », mais il savait qu'il ne le pouvait pas. Une femme doit mourir chez elle et dans les bras de son mari, même si son amant lui épongerait le front avec plus de considération que ne le ferait jamais l'époux.

— Je t'aime vraiment, tu sais, lui dit-il lors de ce que l'un et l'autre savaient au fond d'eux-mêmes être leur dernier rendez-vous.

Il lui avait dit qu'il l'aimait la première fois qu'ils avaient couché ensemble, en regardant Sam à la télévision. Mais, cette fois, il le pensait. Non qu'il ne l'ait pas pensé la première fois. Mais, là, il le pensait différemment.

— Ne sois pas bête, répondit-elle.

— Si, c'est vrai.

— Mais non.

— Je t'assure que si.

— Je t'assure que non, mais je suis touchée que tu le veuilles. Tu as été adorable avec moi. Je ne me fais aucune illusion, Julian. Je comprends les hommes. Je connais les ressorts étranges de l'amitié masculine. Je ne me suis jamais imaginée différente des autres épouses dans cette situation — un moyen pour vous deux de régler votre rivalité. Je te l'ai dit dès le début. Mais j'ai été contente d'en profiter. Et je te remercie de m'avoir donné l'impression que c'était moi que tu désirais.

— C'était toi que je désirais.

— Je le crois. Mais pas autant que tu désirais Samuel.

Treslove fut horrifié.

— *Moi*, désirer Sam ?

— Oh, pas au plan sexuel. *Moi*, je ne l'ai jamais désiré au plan sexuel. Je doute que ce soit le cas de quiconque. Honnêtement, il n'est pas baisable. Encore que ça n'ait jamais arrêté personne… ni lui ni elles. Mais il a quelque chose, mon mari, pas vraiment une lumière, mais un air secret que l'on a envie de percer, un air de supériorité ou d'érudition qu'on aimerait voir déteindre sur soi. Il est comme ces juifs qu'à une autre époque même le plus antijuif des empereurs ou sultans aurait nommés à une haute fonction. Il a l'air d'avoir de l'entregent, de savoir où il va, et on se dit qu'on gagnerait à se rapprocher de lui. Mais je n'ai pas besoin de te le dire. Tu le sens. Je sais que tu le sens.

— Eh bien, je ne savais pas que je le sentais.

— Fais-moi confiance, tu le sens. Et c'est là que j'entre en scène. Je suis la partie qui déteint sur toi. C'est à travers moi que tu es relié à lui.

— Tyler...

— Ça ne fait rien. Cela ne m'ennuie pas d'être la poussière d'étoile qui fait rejaillir sur toi un peu de sa clarté. Cela me permet de me venger de lui et en même temps d'avoir l'impression que tu veilles davantage sur moi.

Elle lui donna un baiser. De remerciement.

Le baiser, songea Treslove, qu'une femme donne à un homme qui ne l'ébranle pas jusqu'au tréfonds de l'âme. Car c'était ce que « veiller sur elle » dénotait : il était gentil sans être intimidant, ce n'était pas un homme d'influence, pas quelqu'un qui lui ferait connaître l'ascension sociale. Oui, elle venait chez lui, se glissait avec une infidélité angulaire dans son lit et couchait avec lui, mais sans jamais vraiment remarquer sa présence. Même son baiser le frôlait en quelque sorte, comme si elle avait embrassé en réalité un homme qui était derrière lui.

Était-ce vrai, ce qu'elle avait dit ? Coucher avec l'épouse de Sam lui donnait un accès aussi temporaire qu'honoraire à la réussite de Sam ? Si tel était le cas, pourquoi n'en ressentait-il pas les effets ? L'idée que Sam soit imbaisable lui plaisait bien, mais à quoi bon cette information si lui-même était imbaisable ? Pauvre Tyler, qui couchait avec deux hommes imbaisables. Pas étonnant qu'elle ait l'air malade.

Mais pauvre de moi aussi, songea Treslove.

Un moyen de régler leur rivalité, avait-elle dit. *Leur* rivalité — impliquant qu'il y avait aussi quelque chose en jeu pour Sam. Cela voulait-il dire qu'il était au courant ? Se pouvait-il que Tyler, quand elle rentrait chez elle, dise à son mari combien son ami était imbaisable ? Et que cela excite Sam ? Que cela les excite tous les deux ?

Les finklers faisaient-ils cela ?

Pour la première fois, Treslove enfreignit la règle que doivent observer tous les amants sous peine de périr, et se les imagina tous les deux au lit. Tyler, à peine sortie de chez Treslove, souriant à son mari, face à lui comme jamais elle ne l'avait été avec Treslove, tenant son pénis devant elle comme une mariée son bouquet et non comme une difficulté à résoudre dans son dos comme avec Treslove. Elle le regarde, même, peut-être lui donnant un petit nom, l'affronte directement, l'admire, comme elle n'a jamais affronté ni admiré le sien.

— Pendant ce temps, dit-elle en regardant sa montre comme si elle ne voulait pas dire « en cet instant », il s'est trouvé une nouvelle lubie.

Cela intéressait-il Treslove ?

— Quoi ? demanda-t-il.

Elle balaya la question, comme si, maintenant qu'il la posait, elle regrettait de l'avoir mise sur le tapis ou se disait qu'il n'en comprendrait jamais les tenants et les aboutissants.

— Oh, ces histoires d'Israël. Pardon, de Palestine, comme il exige qu'on dise.

— Je sais, je l'ai entendu.

— Tu l'as entendu à *Desert Island Discs* ?

— Je l'ai loupé, mentit Treslove.

Il n'avait rien *loupé* du tout. Il s'était donné un mal de chien pour ne pas l'écouter ni être en contact avec quiconque l'avait écouté. Regarder Finkler à la télévision tout en couchant avec son épouse était une chose, mais *Desert Island Discs*, l'émission culte de BBC 4…

— Tu as bien fait. J'aurais préféré le manquer. En fait, je serais venue ici *afin* de le manquer, mais il a voulu que je l'écoute avec lui. Ce qui aurait dû éveiller mes soupçons. Comment se fait-il que Ronit… ?

De nouveau, Treslove se surprit à penser à Tyler et Sam ensemble au lit, face à face, écoutant *Desert Island Discs*, Tyler admirant le pénis de Sam, roucoulant devant pendant qu'à la radio son mari lui-même débitait son laïus sur la Palestine.

Il ne répondit rien.

— Enfin, bref, c'est là qu'il a tout sorti.

— Sorti quoi ?

— Avoué sa honte.

— Sa honte concernant Ronit ?

— Sa honte concernant Israël, imbécile.

— Oh, ça. Je l'ai entendu dégoiser sur le sujet avec Libor. Ça n'a rien de nouveau.

— C'est nouveau de l'annoncer à tout le pays. Sais-tu combien de gens écoutent cette émission ?

Treslove en avait une idée assez précise, mais il ne voulait pas se lancer dans une discussion de chiffres. La mention de millions lui écorchait l'oreille.

— Alors il regrette, depuis ?

— S'il regrette ! Il est comme un chat qui a dégusté un pot de crème. Il a tout un tas de nouveaux amis. La Société des juifs honteux. Les Garçons perdus de Peter Pan, oui. C'est juste parce que leur mère ne s'est pas occupée d'eux, si tu veux mon avis.

Treslove éclata de rire. À la fois parce qu'il appréciait l'humour de Tyler et pour chasser l'idée que Finkler avait de nouveaux amis.

— Il sait que tu les appelles comme cela ?

— Les Garçons perdus ?

— Non, la Société des juifs honteux.

— Oh, je n'ai rien inventé. C'est eux qui se sont appelés comme ça. C'est un mouvement inspiré, le croiras-tu, par mon mari. Ils adressent des courriers aux journaux.

— Sous le nom de Société des juifs honteux ?

— Sous le nom de Société des juifs honteux.

— Avec un nom comme ça, ils sont mal barrés, non ?

— Comment ça ?

— Eh bien, se jucher sur leur honte… Cela me rappelle les Ellen Jamesiennes.

— Connais pas. Elles sont antisionistes aussi ? N'en parle pas à Sam. Si jamais ce sont des femmes *et* des antisionistes, il adhérera tout de suite.

— Ce sont les féministes dérangées dans *Le Monde selon Garp*. John Irving — tu vois ? Un romancier américain verbeux. Lutteur. Qui écrit un peu comme un pugiliste. L'une de mes premières émissions portait sur les Ellen Jamesiennes. Elles s'étaient coupé la langue par solidarité avec une gamine imaginaire qui avait été violée et mutilée. C'est un peu nul comme geste, étant donné qu'après elles ne pouvaient plus tellement faire entendre leur colère. Une bonne blague antiféministe, je me suis toujours dit, non que je sois, tu sais...

— Bon. Je doute que ceux-là envisagent de se couper la langue. C'est une bande de branleurs qui adorent le feu des projecteurs et s'écouter parler. Sam est pendu au téléphone avec eux. Et puis il y a les réunions.

— Ils tiennent des réunions ?

— Pas publiques, autant que je sache. Pas encore, en tout cas. Mais ils se retrouvent les uns chez les autres. Je trouve ça dégoûtant. Comme des confessions de groupe. « Pardonnez-moi, mon Père, car j'ai péché. » Sam est leur confesseur en chef. « Je te pardonne, mon enfant. Dis trois *j'ai honte* et défense d'aller à Eilat pour les vacances. » Pas question qu'ils viennent chez moi.

— Et c'est cela leur credo ? Ils ont honte d'être juifs, c'est tout ?

— Houlà ! l'arrêta-t-elle d'une main sur le bras. Prends garde. Ce n'est pas d'être juifs qu'ils ont honte. C'est d'Israël. De la Palestine. Ce que tu voudras.

— Ils sont israéliens, alors ?

— Tu sais bien que Sam n'est pas israélien. Il refuse même d'aller en Israël.

— Je parlais des autres.

— Je ne les connais pas tous, mais ce sont des acteurs et des comiques, et ceux dont j'ai entendu parler ne sont sûrement pas israéliens.

— Alors comment peuvent-ils avoir honte ? Comment peut-on avoir honte d'un pays qui n'est pas le sien ? demanda Treslove, réellement intrigué.

— C'est parce qu'ils sont juifs.

— Mais tu as dit qu'ils n'ont pas honte d'être juifs.

— Précisément. Mais ils ont honte *en tant que* juifs.

— Honte *en tant que* juifs d'un pays dont ils ne sont pas citoyens… ?

Tyler posa de nouveau la main sur son bras.

— Écoute, dit-elle, qu'est-ce qu'on en sait ? Je crois qu'il faut en être un pour comprendre.

— Être quoi ? Un des membres de la Société des juifs honteux ?

— Juif. Il faut être juif pour comprendre la honte d'être juif.

— J'oublie toujours que tu ne l'es pas.

— Non, je ne le suis pas. Sauf par adoption et à force de labeur.

— Mais au moins, comme cela, tu n'as pas honte.

— Certainement pas. Je serais plutôt fière. Mais pas de mon mari. De lui, j'ai honte.

— Donc vous avez tous les deux honte.

— Oui, mais pas des mêmes choses. Il a honte parce qu'il est juif, j'ai honte parce qu'il ne l'est pas.

— Et les enfants ?

Tyler s'irrita.

— Ils sont à l'université, Julian, n'oublie pas. Ce qui veut dire qu'ils sont assez âgés pour se faire leur opinion tout seuls… Mais je ne les ai pas élevés en juifs simplement pour qu'ils aient honte. (Elle éclata de rire en s'entendant.) Écoute ce que je raconte : *élevés en juifs*.

Treslove voulut lui dire à nouveau qu'il l'aimait.

— Et ? demanda-t-il.

— Et quoi ?

— Et qu'est-ce qu'ils sont ?

— L'un l'est, l'autre pas, le troisième n'est pas sûr.

— Tu as trois enfants ?

Elle fit mine de le frapper, mais doucement.

— C'est toi qui devrais avoir honte, dit-elle.

— Oh, j'ai honte, ne t'inquiète pas. J'ai honte de la plupart des choses, bien qu'aucune n'ait de rapport avec les juifs. Sauf si je devais avoir honte de *nous*.

Elle lui jeta un long regard, un regard qui évoquait le passé, pas l'avenir.

— Tu n'en as pas marre de nous ? demanda-t-elle comme si elle voulait changer de sujet. Je ne veux pas dire *nous*, je parle des juifs. Tu n'en as pas assez que nous... qu'ils se préoccupent constamment d'eux-mêmes ?

— Je n'ai jamais assez de toi.

— Arrête. Réponds-moi — tu n'as pas envie qu'ils arrêtent de parler d'eux-mêmes ?

— Les Juifs honteux ?

— Tous les juifs. Qui se disputent constamment en public sur la manière d'être juif, s'ils le sont ou pas, s'ils pratiquent ou non, s'ils portent les tsitsits ou mangent du jambon, s'ils se sentent en sécurité ici ou pas, si le monde les déteste ou pas, cette foutue Shoah, cette foutue Palestine...

— Non. Je ne peux pas dire que ça me frappe. Sam, peut-être, oui. Quand il parle de la Palestine, j'ai toujours l'impression qu'il se venge de ses parents. Cela me fait penser au premier gros mot qu'on dit quand on est petit, on met Dieu au défi de nous foudroyer. On veut montrer qu'on fait partie des gosses qui disent déjà des gros mots. Mais je ne comprends pas l'aspect politique. Car, si quelqu'un doit avoir honte, chacun de nous devrait se sentir visé, il me semble.

— Exactement. Quelle arrogance de leur part — SHOAH, nom de Dieu, comme si le monde guettait les découvertes de leur conscience. Voilà ce qui me fait honte...

— En tant qu'israélite.

— Je t'ai dit d'éviter ce mot-là.

— Je sais, dit Treslove, mais ça m'excite.

— Eh bien, il ne faut pas.

— Mon israélite, dit-il, ma princesse israélite qui ne l'est pas et n'a pas honte.

Il l'attira vers lui et la serra. Elle lui parut plus menue dans ses bras que la première fois qu'il s'y était essayé, il y a un an ou plus. Il la trouvait moins vive. Et moins pointue dans sa façon de s'habiller. Au sens littéral : il avait saigné la première fois qu'il l'avait prise dans ses bras. Il y avait encore de la colère en elle, mais guère de combativité. Qu'elle consente à se glisser dans ses bras, et plus encore à ne pas bouger, prouvait qu'elle avait changé. Moins elle avait de substance, plus il la possédait.

— Je le pense, dit-il. Je t'aime vraiment.

— Et je le pensais quand je t'ai remercié de ta gentillesse.

Pendant un moment, il sembla à Treslove qu'ils étaient en dehors, juste tous les deux dans l'obscurité, à l'abri de la meute. Aujourd'hui, il ne voulait pas qu'elle rentre chez elle, retrouve le lit de Sam, le pénis de Sam. Sam avait-il encore honte de son pénis aujourd'hui ? se demanda-t-il.

Au lycée, il s'était vanté d'être circoncis.

— Les femmes adorent ça, avait-il confié à Treslove dans les douches.

— Menteur.

— Sûrement pas. C'est vrai.

— Comment tu le sais ?

— Je l'ai lu. Ça leur donne une plus grande satisfaction. Avec un truc comme ça, tu peux tenir une éternité.

Treslove se renseigna de son côté.

— Tu n'as pas le plaisir que j'ai, dit-il à son ami. Tu as perdu la partie la plus sensible.

— C'est peut-être sensible, mais c'est horrible. Aucune femme ne voudra toucher la tienne. Alors à quoi sert ta sensibilité ? À moins que tu veuilles passer le reste de ta vie à être sensible tout seul.

— Tu n'éprouveras jamais ce que j'éprouve.

— Avec ton truc, tu n'éprouveras jamais rien.

— On verra.

— On verra.

Et à présent ? La honte juive de Finkler s'étendait-elle à sa bite juive ?

Ou bien sa bite était-elle l'unique partie de lui-même qui appréciait d'être exclue de cette honte ? Un juif honteux pouvait-il continuer de satisfaire les femmes plus qu'un goy dépourvu de honte, Palestine ou pas Palestine ?

Cela à condition qu'il y ait jamais eu du vrai là-dedans. Avec les juifs, on ne savait jamais s'ils plaisantaient ou non, et Finkler ne plaisantait pas tant que ça. Treslove mourait d'envie que Tyler le lui dise. Qu'elle résolve le mystère une bonne fois pour toutes. Les femmes avaient-elles une préférence ? Elle était la mieux placée pour comparer. Oui ou non ? Son Shmuelly pouvait-il tenir une éternité ? Était-elle disposée à regarder le pénis de son mari mais pas celui de son amant à cause du prépuce et uniquement de cela ? Treslove, non circoncis, était-il si répugnant ? Les juifs avaient-ils raison au moins sur ce sujet ?

Cela expliquerait, n'est-ce pas, pourquoi elle le tripotait ainsi et de dos. Tentait-elle inconsciemment de lui arracher le prépuce ?

Il ne lui posa pas la question. Il n'en eut pas le courage. Et, selon toute probabilité, il ne voulait pas connaître la réponse. De toute façon, Tyler n'était pas en assez bonne forme pour être questionnée.

On saisit l'occasion quand elle se présente. Treslove n'en eut pas d'autre.

4

— Alors, où elle est ? demanda Libor en lui ouvrant.

Normalement, il aurait appuyé sur l'ouvre-porte, mais cette fois il était descendu par l'ascenseur. Il voulait connaître le premier la mystérieuse furie qui était capable de sentir la religion d'un homme.

Treslove lui montra ses mains. Vides. Puis il désigna son cœur.

— Ici, dit-il.

— Vous êtes sûr qu'elle n'est pas là ? demanda Libor en désignant le crâne de son ami.

— Je peux encore m'en aller.

— Et vous faire agresser de nouveau ? Ne partez pas. Venez faire la connaissance des autres invités. Et, au fait, nous avons organisé un *seder*.

— Qu'est-ce que c'est qu'un *seder* ?

— Un repas de Pessah.

— Je repasserai une autre fois.

— Ne soyez pas bête. Cela vous plaira. Tout le monde aime le *seder*. Il y a même des chansons.

— Je repasserai une autre fois.

— Vous allez monter. La compagnie est intéressante. Âgée, mais intéressante. Et Dieu est censé être présent. Ou du moins Son Ange. Nous lui servons une coupe de vin.

— C'est pour cela que vous êtes si bien mis ? Pour accueillir l'Ange ?

Libor portait un costume gris à fines rayures et une cravate grise d'avocat. Tout ce gris escamotait son visage. Treslove fit semblant de chercher sa veste.

Libor hocha la tête.

— Vous n'êtes pas surpris ?

— Par votre costume ? Si. Particulièrement par le fait que votre pantalon arrive jusqu'à vos chaussures.

— Je rapetisse, c'est tout ce que cela veut dire. Merci d'avoir remarqué. Mais je vous demandais si vous n'étiez pas surpris que nous organisions un *seder* en septembre ?

— Pourquoi ? Ça s'organise quand, d'ordinaire ?

Libor le regarda de biais, comme pour dire *: Et ça se croit juif !*

— Mars, avril — vers la même époque que votre Pâques. C'est une fête lunaire.

— Alors pourquoi la fêtez-vous en avance ? Pour moi ?

— Nous ne la fêtons pas en avance, nous la fêtons en retard. J'ai une arrière-arrière-arrière-quelque chose en train de mourir. Difficile à croire, je sais. Elle doit avoir cent quarante ans. Elle est du côté de la famille de Malkie. Elle était indisposée pour le *seder* de cette année et elle n'est pas sûre de tenir jusqu'au suivant. Alors nous lui en organisons un dernier avant qu'elle nous quitte.

Treslove toucha la manche grise de Libor. L'idée d'un dernier quoi que ce soit le bouleversait toujours.

— Et vous avez le droit de faire ça ?

— D'après les rabbins, peut-être pas. Mais, pour moi, peu importe. On en fait un quand on en a envie. Cela pourrait être mon dernier aussi.

Treslove ne releva pas.

— Vais-je réussir à suivre ?

— En partie. Nous faisons une version accélérée. Rapide, avant qu'ils piquent du nez.

Et du coup, alors que la vieille dame dodelinait durant son dernier *seder*, Treslove, s'inclinant devant les invités, mais restant discret sur le sujet, prit place pour assister à son premier.

Il connaissait l'histoire. Tout le monde la connaît. Treslove, parce qu'il avait chanté dans l'*Israël en Égypte* d'Haendel à l'école, une production inutilement luxueuse que le père de Finkler avait aidé à financer en payant les costumes et en offrant à chaque membre de la troupe un blister de ses pilules miracles (ce que l'on ne précise pas, c'est que les costumes étaient des draps cousus ensemble par la mère de Finkler et que les pilules donnèrent la diarrhée à tout le monde). Ce que Treslove avait chanté lui était resté en tête... Le nouveau pharaon qui ne connaissait pas Joseph et avait nommé d'ignobles contremaîtres pour accabler Israël de fardeaux, les Hébreux soupirant en raison de l'esclavage — il avait adoré qu'ils « soupirent » à cause de l'esclavage dans le chœur —, Moïse et Aaron changeant les eaux en sang, les grenouilles qui recouvrirent l'Égypte et les ulcères bourgeonnant en pustules sur les bêtes et les gens, puis d'épaisses ténèbres qui recouvrirent la terre « au point que l'on puisse les toucher ». Dans le chœur, ils avaient fermé les yeux et tendu les mains comme pour sentir l'épaisseur des ténèbres. S'il fermait les yeux, Treslove pouvait encore les palper. Pas étonnant, songea-t-il, que l'Égypte ait été ravie de voir décamper les Enfants d'Israël « car la terreur qu'ils avaient d'eux les saisissait »... Bon débarras !

Mais, ensuite, il y avait eu la seconde partie, au cours de laquelle les Hébreux rappelaient à Dieu ce qu'Il avait fait pour eux, et combien nul n'était Son égal.

— Est-ce pour cela que votre Dieu vous a abandonnés? se rappelait-il avoir demandé à Finkler après le concert. Parce que vous l'ennuyiez à en crever?

— Notre Dieu ne nous a pas abandonnés, avait répondu Finkler, furieux. Et ne blasphème pas, je te prie.

Ah, quelle époque!

Voir les convives lire autour de lui de droite à gauche rappela à Treslove une fanfaronnade de Finkler dans la cour de récréation : « Nous, on peut lire les livres dans les deux sens », avait-il dit à Treslove, incapable de s'imaginer comment c'était possible à moins d'être versé dans la magie ou la nécromancie. Et pas n'importe quel vieux livre, mais des livres rédigés dans une écriture si ancienne qu'elle aurait dû être gravée avec une pierre dure dans le roc et non écrite à l'envers sur du papier. Pas étonnant que Finkler ne rêve pas — il n'y avait pas de place dans sa tête pour les rêves.

Libor avait discrètement placé Treslove plus ou moins au milieu d'une longue table qui accueillait une vingtaine de personnes, le nez rivé dans des livres, en train de lire de droite à gauche. Il s'installa entre une vieille dame et une jeune — c'est-à-dire jeune par rapport au reste de l'assistance. Malgré les rides de la vieille dame et l'excès de chair de la plus jeune, Treslove devina qu'elles étaient de proches parentes d'après leur manière de se pencher sur la table, comme des oiseaux. Il estima que c'était une grand-mère et sa petite-fille ou peut-être arrière-petite-fille, mais il ne voulut pas les scruter trop longuement alors qu'elles étaient absorbées dans l'histoire de la délivrance des juifs. Cependant, il ne pouvait détacher son regard du livre que lisait la vieille dame. Il semblait s'agir d'un livre pour enfants avec des découpes mobiles et des tirettes. Fasciné, il la regarda transformer sa lecture en jeu de jardin d'enfants : elle tournait une roue indiquant les incessants sévices imposés aux Hébreux travaillant sans relâche, tantôt sous un soleil ardent, tantôt sous une lune glaciale en forme de cimeterre — et, sur la page d'en face, montrant les grenouilles, les ulcères et les ténèbres si épaisses qu'elles étaient palpables.

Quand arriva la traversée de la mer Rouge, la vieille dame tira sur une languette et, hop ! là où les Hébreux avaient traversé à pied sec, les eaux engloutissaient leurs ennemis et « il n'en resta plus un seul ». Elle tira à plusieurs reprises sur la languette, noyant les Égyptiens encore et encore.

C'est d'un disproportionné ! songea Treslove, se remémorant un texte rédigé par Finkler dénonçant le fait que les Juifs prenaient deux yeux pour un seul. Mais, quand il regarda à nouveau de son côté, il vit la vieille dame tirer avec agacement sur une autre languette pour faire disparaître un petit garçon en kippa sous la table et en ressurgir avec un morceau de *matzah*. Et, là aussi, elle recommença le manège inlassablement. La répétition avait pour visée l'amusement, pas la vengeance.

La table de Libor était, cela le frappait, différente de l'époque du vivant de Malkie, ou même de la dernière fois qu'il était venu avec Finkler. Il y avait tellement de finklers, ce soir — bien qu'aucun Sam Finkler —, tellement de mets inconnus, et tellement de vieilles gens absorbées dans une forme de litanie qu'il n'était pas toujours facile de distinguer du bavardage ou de l'assoupissement.

L'instant d'après, on lui demanda, étant le plus jeune homme présent — « Moi ? » s'étonna-t-il —, s'il voulait réciter les Quatre Questions.

— Je le ferais si je le pouvais, répondit-il. En fait, je voudrais poser bien plus que quatre questions. Mais je ne sais pas lire l'hébreu.

— Ce n'est pas le bon ordre, dit la vieille dame sans lever le nez de son livre. Nous avons passé les Quatre Questions. Nous ne faisons jamais les choses dans le bon ordre, dans cette famille. Tout est à l'envers. Qui est-ce, d'ailleurs ? Un autre fils de Bernice ?

— Mère, Bernice est morte il y a trente ans, répondit quelqu'un à l'autre bout de la table.

— Alors il ne devrait pas être là, dit la vieille dame.

Treslove se demanda ce qu'il avait déclenché.

La petite-fille, ou supposée telle, ou bien arrière-petite-fille, posa délicatement la main sur la sienne.

— Ne faites pas attention, chuchota-t-elle. Elle est toujours comme cela durant le *seder*. Elle adore ça, mais cela la met en colère. Je crois que ce sont les plaies. Elle culpabilise. Mais vous n'avez pas besoin de savoir l'hébreu. Vous pouvez poser les Quatre Questions en anglais.

— Mais je ne sais pas lire de droite à gauche, répondit Treslove sur le même ton.

— En anglais, ce n'est pas nécessaire.

Elle ouvrit la Haggada à la bonne page.

Treslove jeta un regard à Libor, qui hocha la tête et dit : « Alors posez les questions. » Il avait froncé le nez pour ressembler à un vieil israélite de comédie. « C'est vous l'enfant juif, posez les questions » : c'est ce que Treslove lut dans son expression.

Et, très gêné, mais le cœur battant, il fit ce qui lui était demandé.

Pourquoi cette nuit est-elle différente des autres nuits ?

Pourquoi en cette nuit devons-nous manger des herbes amères ?

Pourquoi en cette nuit trempons-nous nos aliments par deux fois ?

Toutes les autres nuits, nous pouvons manger assis ou accoudés, mais pourquoi en cette nuit devons-nous manger accoudés ?

Il eut du mal à écouter les réponses. Sa lecture l'avait mis dans l'embarras. Comment avait-il osé poser des questions juives dans une pièce pleine de juifs qu'il ne connaissait pas ? Les questions étaient-elles de pure forme ? Étaient-elles humoristiques ? Fallait-il les poser comme l'auraient fait les comiques Jack Benny ou Shelley Berman, en soulignant les mots « herbes amères » ?

Ou bien fallait-il les prononcer avec emphase pour souligner le calvaire des juifs ? Les juifs étaient un peuple hyperbolique. L'avait-il été suffisamment ?

Aaa... mmmèèères — et s'il avait fallu le prononcer ainsi, avec un chevrotement théâtral, à la manière d'un Donald Wolfit jouant le fantôme du père dans *Hamlet* ?

— Ce n'est pas comme cela qu'on les pose ! s'était écriée la vieille dame avant même qu'il ait achevé la première question.

À part des « chut, mère », personne n'avait relevé. Personne ne l'avait applaudi non plus.

Ce qui ressortait des réponses à ses questions, c'est que l'histoire devait être répétée encore et encore — « Celui qui conte le plus abondamment la sortie d'Égypte mérite des éloges », lut-il. Ce qui était, s'il comprenait bien l'affaire, fort éloigné de la position de Finkler. « Et ça recommence, la Shoah, la Shoah », l'entendait-il dire. Aurait-il dit alors la même chose de Pessah ? « Et ça recommence, l'Exode, l'Exode... »

Treslove aima l'idée de raconter et re-raconter. Cela convenait à son tempérament obsessionnel. Une preuve de plus, s'il en était besoin...

La cérémonie — si c'était bien le terme pour quelque chose d'aussi informe et intermittent — se poursuivit à petite allure. Certains groupes désignaient des passages à d'autres, comme si perdre le fil et se le faire indiquer procédait des festivités ; d'autres sombrèrent dans ce que Treslove prit pour des conversations sans rapport, quelques-uns piquaient du nez ou quittaient la table pour une visite dans l'un des nombreux cabinets de toilette de Libor, certains ne revenant que bien après la sortie d'Égypte, pendant qu'un ou deux fixaient le vide, mais Treslove fut incapable de deviner s'ils se rappelaient la sortie d'Égypte cinq mille ans plus tôt ou s'ils songeaient à leur propre départ prochain.

— Il n'y a pas assez d'enfants, ici, dit un vieil homme assis en face de lui.

Il avait une peau usée et une énorme tignasse de cheveux d'un noir éhonté, de sous lesquels il fusillait du regard la table comme si chacun lui avait causé du tort à un moment ou un autre.

Treslove regarda autour de lui.

— Je crois qu'il n'y en a *pas*, répondit-il.

Le vieil homme lui jeta un regard furibard.

— C'est ce que je viens de dire. Vous n'écoutez pas ce que je dis ? Il n'y a pas d'enfants ici.

La table se ressaisit pour le repas de fête, qui semblait marquer la fin de toute la liturgie. Treslove mangea ce qu'on lui servait, en s'attendant à ne pas apprécier. Des herbes amères flanquées entre deux *matzah* — « Pour nous rappeler les temps amers que nous avons traversés », lui dit quelqu'un qui avait changé de place avec la femme qui l'avait aidé lors des Quatre Questions. « Et que nous traversons toujours, si vous voulez mon avis », ajouta une autre. Explication contredite par une troisième qui déclara : « Foutaises, cela représente le mortier avec lequel nous avons construit les pyramides à mains nues » — suivies d'un œuf trempé dans l'eau salée (« Cela symbolise nos larmes, les larmes que nous avons versées »), puis d'un bouillon de poulet avec des *kneidlach*, puis d'encore du poulet et des pommes de terre qui, d'après ce que put en juger Treslove, ne symbolisaient rien. Cela lui plut. Les aliments qui ne symbolisaient rien étaient plus faciles à digérer.

Libor vint voir comment il s'accommodait de tout cela.

— Vous aimez le poulet ? demanda-t-il.

— J'aime tout, Libor. Vous avez cuisiné vous-même ?

— J'ai une équipe de femmes. Le poulet symbolise le plaisir que prennent les hommes juifs à avoir une équipe de femmes qui cuisine pour eux.

Mais, si Treslove imaginait que la cérémonie se concluait par le repas, il se trompait. À peine la table fut-elle débarrassée qu'elle reprit, avec des actions de grâces pour la bonté éternelle de Dieu, des chants que tout le monde connaissait, des chicanes que personne ne releva, et des perles d'érudition glanées auprès des sages juifs. Rabbi Yehoshua avait dit ceci. Hillel avait fait cela. De Rabbi Eliezer, on racontait que… Ce n'était pas seulement un événement historique que l'on rappelait, c'est toute l'intelligence emmagasinée par un peuple.

Son peuple.

Il se présenta, quand cela parut convenable, à la femme qu'il prenait pour l'arrière-petite-fille de la vieille dame. Elle était revenue à sa place après être allée rendre visite à des gens aux confins les plus éloignés de la pièce. Elle avait l'air d'une voyageuse épuisée revenant d'un long périple.

— Julian, lui dit-il en s'attardant longuement sur la première syllabe.

— Hephzibah, répondit-elle en lui tendant une main potelée et couverte de bagues en argent. Hephzibah Weizenbaum.

Prononcer son nom sembla la fatiguer aussi.

Treslove sourit et le répéta. *Hephzibah Weizenbaum* — trébuchant sur le *ph*, qu'elle prononçait quelque part entre un *h* et un *f*, ce qu'il ne parvint pas à faire pour une raison inconnue — un truc finkler ?

— Hepzibah. Hepzibah, Heffzibah, je n'arrive pas à le prononcer, mais c'est un bien beau prénom.

Il l'amusait.

— Merci, dit-elle en agitant les mains plus qu'il ne trouva nécessaire. Peu importe comment vous le prononcez.

Ses bagues le laissèrent perplexe. Elles semblaient provenir d'une boutique de Hell's Angels. Mais il savait d'où venaient ses vêtements : le Hampstead Bazaar. Il y avait près de son appartement un Hampstead Bazaar où il jetait parfois un coup d'œil quand il rentrait chez lui, se demandant pourquoi aucune des femmes auxquelles il avait proposé le mariage ne ressemblait aux mannequins embobinés de tissu de la vitrine. Hampstead Bazaar fabriquait des vêtements pour les femmes qui avaient quelque chose à cacher, alors que toutes les femmes de Treslove n'avaient que la peau sur les os et rien d'autre à cacher à Treslove. Quelle aurait été sa vie, se demanda-t-il, s'il avait eu un goût différent en matière de femmes ? Une femme plus rebondie serait-elle restée plus longtemps avec lui ? Aurait-il pu trouver le bonheur avec elle ? Se serait-il fixé grâce à elle ?

Hephzibah Weizenbaum était drapée dans une espèce de tente et évoquait le Proche-Orient. Sur Oxford Street, il y avait une boutique arabe qui diffusait du parfum dans la rue. Treslove, quand il errait par là, s'arrêtait parfois pour le respirer. Hephzibah Weizenbaum avait la même odeur — un mélange de fumées de pots d'échappement, de foule et de l'Euphrate où tout avait commencé.

Elle sourit, ne devinant pas à quoi il pensait. Son sourire l'enveloppa comme les eaux chaudes d'une piscine qui porte un nageur. Il eut l'impression de flotter dans ses yeux, plus violets que noirs. Il tapota le dos de sa main sans réfléchir à son geste. De l'autre main, elle tapota la sienne. Les bagues en argent le piquèrent d'une manière qui l'excita.

— Alors ?

— Alors, répondit-elle.

Elle avait une voix chaude, comme du chocolat fondu. Elle était probablement pleine de chocolat, se dit Treslove. Lui qui se méfiait habituellement de la graisse jugea que cela lui allait bien, dissimulée dans toutes ces étoffes comme elle l'était.

Elle avait des traits marqués, de larges pommettes — plus mongoles que moyen-orientales — et une bouche épaisse et mobile. Moqueuse, mais elle ne se moquait ni de lui ni du rituel. Elle était juste moqueuse.

Était-il amoureux d'elle ?

Il en eut l'impression, tout en n'étant pas sûr de savoir comment aimer une femme qui avait l'air en si bonne santé.

— C'est la première fois, alors, dit-elle.

Treslove fut étonné. Comment avait-elle pu deviner qu'elle était sa première femme en bonne santé ?

Elle dut percevoir son trouble.

— Votre premier Pessah, précisa-t-elle.

Il sourit, soulagé.

— Oui, mais j'espère que ce n'est pas le dernier.

— Je penserai à vous inviter au mien, alors, dit-elle en plongeant son regard dans le sien.

— Avec joie, répondit Treslove.

Il espérait qu'elle avait déduit que c'était son premier Pessah en raison de sa méconnaissance du rituel, et non parce qu'il détonait.

— Libor a beaucoup parlé de vous, dit-elle. De vous et de votre ami.

— Sam.

— Oui, Sam. Julian et Sam, j'ai l'impression de bien vous connaître, tous les deux. Je suis l'arrière-petite-nièce de Libor par alliance, c'est-à-dire du côté de Malkie, à moins que je ne sois son arrière-arrière-petite-cousine.

— Est-ce que tout le monde est l'arrière-arrière-petit-cousin de son voisin de table ? demanda-t-il.

— A moins d'avoir un lien de parenté plus proche, oui.

Il désigna du menton la vieille dame.

— C'est votre... ?

— Elle est quelque chose, oui. Mais ne me demandez pas de vous dire précisément quoi. Tous les juifs sont au maximum arrière-petits-cousins. Les six degrés de séparation n'ont pas cours chez nous. Il n'y en a que trois.

— Une grande et heureuse famille ?

— Heureuse, je ne sais pas. Mais famille, oui. Parfois, c'est pénible.

— Ce serait pénible si vous n'aviez jamais eu de grande famille.

— La vôtre ne l'était pas ?

— Un père et une mère, c'est tout.

Soudain, il se sentit orphelin et espéra que le spectacle de sa solitude n'allait pas lui tirer des larmes. Enfin, pas trop.

— Ce que je ne donnerais pas parfois pour avoir eu un père et une mère et c'est tout, le surprit Hephzibah. Mais Dieu sait qu'ils me manquent.

— Ils ne sont pas là ?

— Ils sont morts. Alors je me transforme en une sorte de fille universelle.

(*Et en mère ?* se demanda Treslove.)

— Vous avez des frères et sœurs ?

— Pas vraiment. Alors je me transforme aussi en une sorte de sœur universelle. J'ai des tantes, des oncles, des cousins, des cousins de cousins... Je dépense un mois de salaire en cartes d'anniversaire. Et je ne me rappelle pas la moitié de leurs prénoms.

— Et vous avez des enfants ?

Treslove demanda cela d'un ton négligent, comme s'il parlait de la pluie et du beau temps. *Vous trouvez qu'il fait froid, aujourd'hui ?*

Elle sourit.

— Pas encore. Je ne suis pas pressée.

Treslove, qui n'avait pas été à la hauteur avec les siens, vit ceux qu'ils allaient avoir ensemble car, cette fois, ce serait différent. Jacob, Esther, Ruth, Moïse, Isaac, Rachel, Abraham, Léa, Léopold, Lazare, Miriam… Il commençait à être à court d'inspiration. Samuel — non, pas Samuel —, Esaü, Elisée, Bethsabée, Enoch, Jézabel, Tabitha, Tamar, Judith…

Youdith.

— Et vous ? demanda-t-elle.

— Des frères et sœurs ? Non.

— Des enfants ?

— Deux. Des garçons. Déjà grands. Mais je n'ai pas été essentiel dans leur éducation. Je les connais à peine, en fait.

Il ne voulait pas qu'Hephzibah — Hepzibah… Heffzibah — Weizenbaum se sente menacée ou exclue par ses enfants. Il y avait encore d'autres enfants en lui, il tenait à ce qu'elle comprenne.

— Alors leur mère et vous êtes divorcés ?

— Leurs mères. Oui. Enfin, pas vraiment divorcés. Nous avons seulement vécu ensemble. Séparément, bien sûr. Et pas très longtemps.

Il ne voulait pas non plus qu'elle se sente menacée ou exclue par les mères de ses enfants. Mais il ne voulait pas qu'elle pense qu'il était le genre à s'esquiver. Il s'essaya à un mouvement d'épaules en espérant qu'elle l'interpréterait comme de la peine, mais pas trop.

— Si vous ne voulez pas en parler… dit-elle.

— Non, non. C'est juste que vous avez l'air d'une si grande famille, et que je n'ai pas cela de mon côté — *pas encore*, songea-t-il à ajouter avant de se raviser, entendant comment elle pourrait l'interpréter.

— Ne nous idéalisez pas ! l'avertit-elle en agitant ses mains baguées devant lui.

Nous.

Il se fondit dans le mot.

— Pourquoi ?

— Pour toutes les raisons habituelles. Et ne vous émerveillez pas devant notre chaleur.

Notre.

Treslove la considéra posément, alors qu'il sentait le sol vaciller.

— Je n'en ferai rien, alors, répondit-il chaleureusement. Mais je me demande tout de même, étant donné que Libor a parlé de moi bien des fois, pourquoi il ne nous a jamais présentés. Vous aurait-il gardée sous le manteau ?

Pas terrible question tact, la métaphore vestimentaire.

S'il n'avait déjà rougi en lisant les Quatre Questions, il aurait rougi, là. Mais pas seulement à cause de son manque de tact. À cause de son manque de réserve. « Je vous attends depuis si longtemps » : voilà ce que cela voulait dire.

Elle fit une moue et haussa les épaules. Une expression qu'elle aurait dû éviter, estima Treslove, étant donné les conséquences sur son menton. Il trouverait une manière gentille de le lui dire quand ils seraient mariés.

Puis elle se mit à rire, comme s'il lui avait fallu une minute pour entendre ce qu'il venait de dire.

— Il faudrait un grand manteau, dit-elle en rajustant son châle, sa cape, enfin, cette chose qui l'enveloppait.

— Je suis désolé, dit-il, incapable de dissimuler sa gêne.

— Vous n'avez pas à l'être.

Il croisa son regard et chercha une question dont la réponse rapprocherait leurs visages.

— Hepzibah, dit-il. Heffzibah…

Mais son hésitation sur le prénom l'empêcha de trouver la question.

Cela la fit se rapprocher quand même.

— Écoutez, dit-elle, si c'est trop compliqué à prononcer pour vous…

— Pas du tout.

— Oui, mais au cas où...

Cette fois, il retroussa les lèvres.

— Croyez-moi, ce n'est pas du tout le cas.

— Mais, *au cas où*, mes amis m'appellent Junon.

Treslove se cramponna à son siège.

— Junon ? Junon !

Elle ne sut pas trop pourquoi il était aussi étonné. Elle fit glisser sa main de son cou à ses genoux, comme quelqu'un qui se présente. Sa corpulence. Elle ne se faisait pas d'illusions là-dessus.

— Junon. Junon, la déesse de la guerre, dit-elle en riant.

Il rit à son tour. Ou du moins essaya. Jovialement, comme le dieu de la guerre.

— Mais la vraie raison, se hâta-t-elle d'ajouter, est, hélas, plus prosaïque. J'ai joué Junon dans *Junon et le Paon*, à l'école.

— Junon ? Vous avez dit Junon ? You-oui, You-non.

Elle le regarda avec perplexité.

Eh bien, tant mieux, se dit Treslove. Ils ne jouent pas tous sur les mots. Encore que, pour elle, il se serait volontiers attelé à maîtriser toutes les finesses verbales du répertoire virtuose et abscons des finklers. Les mots avaient une valeur numérique pour eux, il avait lu cela quelque part. Même le nom de Dieu était un jeu de mots. Sans doute que Junon, s'il avait été capable d'en décoder le symbolisme numérologique, aurait signifié « L'Heure de Treslove est Venue ».

Pourquoi cette nuit est-elle différente de toutes les autres nuits ?

La réponse était évidente.

Junon. Junon, doux Jésus !

DEUXIÈME PARTIE

Six

1

Un mercredi sur deux, à condition que le calendrier juif le permette, Finkler se réunissait avec ses confrères de la SHOAH au Groucho Club de Soho. Tous ne rêvaient pas de cribler leur père de coups de poing dans le ventre. Certains éprouvaient encore de la tendresse pour la religion dans laquelle ils avaient été élevés — et étaient du coup contraints de se décommander lorsqu'une soirée de la SHOAH tombait l'un des jours de fête qu'ils étaient encore assez juifs pour appeler *Yom Tov* : Rosh Hashana, Yom Kippour, Souccot, Sim'hat Torah, Shavou'ot, Pourim, Pessah, Hanouka. « Et un raton laveur », ajoutait Finkler.

Dans le cas des membres de la Société des juifs honteux anglais et humanistes comme ceux-là, ce n'était pas du mot en *j* mais de celui en *s* qu'ils avaient honte. C'est pour cette raison qu'il y avait toujours quelques frictions en marge du mouvement concernant leur appellation. N'aurait-il pas été plus juste, pour qualifier l'origine et la nature de leur honte, de changer leur nom en « Sionistes honteux » ?

Pour des raisons d'euphonie, Finkler n'était pas de cet avis. Et, pour des raisons de logique, il n'était pas du tout d'accord. « Faites-vous appeler des Sionistes honteux, disait-il, et vous excluez d'office quelqu'un comme moi qui n'a jamais été sioniste de sa vie. Qui plus est, vous ouvrez le groupe à des non-juifs, étant donné qu'il y a quantité de gens qui, dans leur humanité, ont honte du sionisme. Alors que nous, nous avons honte dans notre humanité de *juifs*. Ce qui constitue notre raison d'être, je pense. »

Un ou deux membres relevèrent qu'il y avait là un racisme implicite, comme si une valeur plus élevée devait être attribuée à la honte juive qu'à toute autre, mais Finkler étouffa ces protestations en déclarant que, s'ils n'avaient pas le monopole de la honte, et qu'ils étaient certainement ouverts à l'idée de faire cause commune avec d'autres qui avaient autant honte qu'eux — lui, personnellement, acceptait volontiers l'œcuménisme jusqu'à un certain point —, seuls des juifs pouvaient être *judaïquement* honteux. C'est-à-dire qu'eux seuls pouvaient exprimer, de l'intérieur, l'impression d'avoir été trahis.

Cela mena à un bref débat : « Juifs trahis » n'aurait-il pas en l'occurrence été l'appellation idéale ? Là encore, Finkler remporta la bataille, arguant que « trahison » était un mot qui connotait trop une bouderie puérile pour qu'ils puissent l'adopter sans laisser entendre qu'ils s'opposaient au sionisme simplement parce qu'ils s'en sentaient exclus ou rejetés, et non parce que c'était un crime contre l'humanité.

Si un ou deux membres de la Société des juifs honteux estimèrent que Finkler était gagnant sur les deux tableaux avec cette pirouette — en faisant une vertu d'une blessure personnelle puis en la décriant —, ils gardèrent leurs réflexions pour eux. Peut-être parce que pour eux aussi leur honte était un accident de biographie tout en ne l'étant pas, un murmure de leur cœur tout en ne l'étant pas, une propriété publique tout en ne l'étant pas, dont le bien-fondé relevait tantôt de la raison, tantôt de la poésie.

Ce fut réglé, du moins temporairement, de la manière suivante : les membres qui étaient seulement partiellement honteux — c'est-à-dire qui avaient honte, en tant que juifs, du sionisme, mais pas, en tant que juifs, de leur judéité — avaient le droit de remiser leur honte lors de Rosh Hashana, Yom Kippour, Hanouka, etc. pour la reprendre une fois revenus à un jour ouvré.

Quant aux autres, ils étaient libres d'être le genre de juifs qu'ils voulaient. Le groupe était tout ce qu'il y a de plus hétérogène. Il comprenait des juifs comme Finkler, dont la honte englobait tout le bataclan juif et qui se fichaient des Jours redoutables comme de leur première kippa, des juifs qui n'y connaissaient rien du tout, qui avaient été élevés en marxistes et athées, ou dont les parents avaient changé de nom, s'étaient établis au fin fond de la cambrousse pour élever des chevaux et n'endossaient leur judéité que pour pouvoir s'en débarrasser aussitôt.

La logique selon laquelle il était impossible pour les juifs qui n'avaient jamais été sionistes de se faire appeler Sionistes honteux ne s'étendait pas aux juifs qui n'avaient jamais été juifs. Être un membre de la Société des juifs honteux ne nécessitait pas d'avoir toujours eu conscience de sa judéité. En fait, l'un d'eux avait seulement découvert qu'il était juif lors d'une émission de téléréalité où il lui avait été annoncé en direct *qui il était réellement*. Dans la dernière image, on le voyait devant le mémorial d'Auschwitz pleurer des ancêtres défunts dont jusque-là il ne soupçonnait pas l'existence. « Cela pourrait expliquer d'où je tiens mon génie comique », déclara-t-il dans une interview à la presse, ayant renégocié entre-temps sa toute récente allégeance. Né juif le lundi, il s'était joint le mercredi aux membres de la SHOAH et avait scandé « Nous sommes tous du Hezbollah ! » devant l'ambassade israélienne le samedi suivant.

C'était Finkler qui avait proposé le Groucho Club comme lieu de réunion lorsque les membres de la SHOAH l'avaient coopté. Auparavant, l'embryon honteux se retrouvait chez les uns et les autres, à Belsize Park ou à Primrose Hill, mais Finkler déclara que cela dénaturait leur combat et risquait de le ghettoïser. À ceux qui répugnaient à discuter de questions si prégnantes dans un repaire de beuveries et de rires (et qui plus est tirait son nom de celui d'un juif tournant en dérision sa judéité), il vanta les mérites de son caractère public. Cela ne tenait pas debout d'avoir honte d'être un membre de la SHOAH. Leur honte, il fallait l'arborer au vu et au su de tout le monde.

D'après Tyler, pour son mari, être un membre de la SHOAH était indissociable de son statut de penseur du show-business. Elle l'avait accompagné au Groucho Club lors de soirées sans rapport avec la Société des juifs honteux et avait vu comment il se comportait — l'ostentation avec laquelle il faisait l'aumône aux clodos et aux sans-abri qui vendaient des journaux devant la porte, l'extravagance avec laquelle il signait le registre, les amabilités dont il gratifiait le personnel, lequel l'en remerciait en lui donnant mielleusement du monsieur Finkler, le plaisir qu'il prenait à côtoyer au bar des réalisateurs de cinéma et d'autres confrères universitaires des médias. Il suffisait à Tyler d'ajouter sa nouvelle importance au sein des membres de la SHOAH pour comprendre précisément ce que ce triomphe lui apportait — l'immodeste délice qu'il prenait à voir son influence s'étendre bien au-delà des arcanes de la philosophie.

Après le décès de Tyler — alors qu'on aurait pu s'attendre à ce qu'un homme que son épouse ne raillait plus en profite pour se vautrer dans l'autosatisfaction — il leva un peu le pied. Il se disait qu'il devait bien cela à sa mémoire. La discrétion vaudrait pour épitaphe.

Qu'elle eût préféré qu'il renonce complètement aux Juifs honteux, il le savait. Mais il ne pouvait aller aussi loin. Le mouvement l'appelait. Les Palestiniens avaient besoin de lui. Le Groucho le réclamait.

Tout n'alla pas comme sur des roulettes. Durant les soirées calmes, une table à l'écart leur accordait juste ce qu'il leur fallait de « publicité », mais, quand le club était bondé, d'autres clients qui surprenaient leur conversation s'imaginaient parfois pouvoir s'y joindre. C'était tolérable tant que ces interventions non sollicitées étaient de leur côté et pas trop bruyantes, mais ce genre de désagrément pouvait dérailler : une bande de convives du show-biz arborant les bracelets de fil rouge de la Kabbale eut vent de la présence des membres de la Société des juifs honteux et tenta de les faire expulser au prétexte qu'ils étaient antisémites. S'ensuivit une aigre altercation durant laquelle le comique Ivo Cohen se retrouva jeté à terre pour la seconde fois dans sa carrière de membre de la SHOAH (la première ayant eu lieu lors d'une manifestation à Trafalgar Square où ils avaient affronté l'association des Chrétiens pour Israël).

— En voilà un bel exemple de spiritualité juive, s'offusqua-t-il en rajustant sa chemise, variation de sa part sur le thème du « En voilà, un bel exemple de spiritualité chrétienne » dont il avait défié ses agresseurs à Trafalgar Square. C'était un homme rond et courtaud qui ne risquait pas de tomber de bien haut. Et comme son numéro était une tarte à la crème de type marxiste (Karl, pas Groucho), et l'obligeait à tomber souvent, personne ne prit l'incident trop au sérieux. Mais le club n'était pas disposé à tolérer ce genre d'incidents et exigea qu'à l'avenir les réunions des Juifs honteux aient lieu ailleurs ou dans un salon privé à l'étage.

N'ayant aucun désir de fâcher les Kabbalistes, dont il appréciait l'aspect pratique et un peu fantaisiste de l'enseignement, et qui comptaient dans leurs rangs Madonna et David Beckham — ces deux derniers ayant, supposait-il, lu ses livres et étant avides de le rencontrer dans leur quête de vérité —, Finkler estima toutefois qu'il ne pouvait pas laisser passer l'occasion de les tancer pour ce scandale qui ne rendait pas service au mysticisme judaïque dont ils se prétendaient les studieux disciples. Quant à l'accusation d'antisémitisme à l'égard de la Société des juifs honteux, déclara-t-il à ses compagnons, le visage fermé, « elle nous laisse froids comme pierre ».

L'expression était empruntée à quelqu'un d'autre, mais Finkler ne se rappelait pas qui. Sans doute quelque antisémite. Encore que cela n'avait pas d'importance. Ce n'est pas celui qui le dit ni ce que cela signifie qui compte, mais la façon de le dire et en présence de qui.

Ravi de l'accueil que firent à cette citation ses camarades de la SHOAH, Finkler resservit la formule — « L'accusation de haine de soi nous laisse froids comme pierre » — dans le brouillon d'une tribune libre qui fut finalement publiée dans le *Guardian* et signée par vingt des plus éminents membres de la SHOAH accompagnés de « soixante-cinq autres ». « Loin d'honnir notre judéité, poursuivait le texte, nous perpétuons là l'illustre tradition juive de justice et de compassion. »

Un membre du groupe reconnut la citation et demanda à ce qu'elle soit supprimée. Une autre craignit que l'expression

« haine de soi » soit sortie de son contexte et retournée contre eux, un peu comme les théâtres extraient pour leurs affiches les mots « un spectacle exceptionnel » de la phrase « Ceci est loin d'être un spectacle exceptionnel ». Un troisième demanda pourquoi lui et plusieurs autres moins connus n'étaient pas nommément cités parmi les signataires et ignominieusement relégués parmi les « soixante-cinq autres ». Et un quatrième contesta le simple fait d'écrire des lettres au *Guardian*.

— Gaza brûle et nous nous chamaillons pour des histoires d'efficacité ! le morigéna Finkler.

Ce sentiment aurait fait l'unanimité si Finkler l'avait lui-même approuvé. En fait, il regrettait de l'avoir exprimé. Gaza avait galvanisé le mouvement comme il avait galvanisé le pays, mais pour lui, peut-être parce qu'il préférait lancer les mouvements plutôt que s'y engouffrer, Finkler aurait sans problème fermé l'œil concernant Gaza. Gaza n'était pas son truc. Le philosophe qu'il était s'affolait en entendant parler de tous ces massacres et meurtres dans les rues. D'après lui, on devait réserver les grands mots sans équivoque aux grandes occasions sans équivoque. Et il n'était pas logique d'accuser de cruauté et de violence gratuites le pays qu'il refusait de nommer tout en déplorant que le bombardement de Gaza ait été disproportionné. Disproportionné, mais par rapport à quoi ? Par rapport à la provocation. Surtout que, en l'occurrence, il n'y avait pas eu de provocation.

Tout aussi logiquement, le concept de disproportion était ubuesque. À quelle aune la mesurait-on ? Fallait-il rendre roquette pour roquette, vie pour vie ? N'est-on pas autorisé, une fois que la provocation est reconnue, à infliger des représailles qui règlent les comptes ?

Il envisageait la question de manière théorique. Les Israyéliens étaient déchaînés, il n'en doutait pas. Mais ce qui est vrai d'un exemple individuel doit l'être de tous. Et on pouvait aisément démontrer que l'opinion qu'en avaient ses camarades était absurde une fois appliquée à d'autres cas de figure. Il fit ce qu'on attendait de lui : il rédigea des courriers et monta sur des tribunes, mais il n'avait pas trop le cœur à cela. Le plus effrayant était qu'il se demandait s'il ne commençait pas à oublier *de quoi* au juste il avait honte. Existait-il une variante d'Alzheimer causée par Gaza ?

Avant Gaza — et Gaza, espérait-il, était son petit secret inavouable — les Juifs honteux s'étaient déclarés amplement satisfaits de sa position de leader *de facto*. Ils estimaient qu'il avait apporté à ce mouvement à peine né un intellectualisme populiste qui justifiait pleinement l'adoration qu'ils lui vouaient au début.

Peu après l'altercation avec la Kabbale, il fut convenu avec le club qu'ils commenceraient par un dîner dans le restaurant, durant lequel ils baisseraient la voix et éviteraient les sujets polémiques, puis monteraient dans un salon à l'étage où ils pourraient bavarder sans craindre d'être entendus ou interrompus. Pas même un serveur ne viendrait les déranger, s'ils le demandaient. Cela donnait une saveur clandestine et délicieusement dangereuse à leurs débats.

Là, au bout de presque deux ans au sein du groupe, pour la première fois depuis qu'il l'avait rejoint — n'ayons pas peur des mots : depuis qu'il l'avait fondé — Finkler sentit poindre une opposition croissante à son influence. Il ne savait pas très bien ce qui la causait. L'envie, probablement. Même les causes les plus nobles sont vulnérables à l'envie. Il avait rédigé trop de courriers pour le groupe. Il s'était mis en avant dans trop d'émissions comme *Newsnight* ou *Today*. Il avait pris au groupe un peu de sa honte et se l'était appropriée. Sam Finkler, *le* Juif honteux.

— Ils s'apercevront bien vite de leur erreur, avait prophétisé Tyler. Avec un salaud cupide comme toi, ils comprendront combien c'est difficile de garder sa part de honte.

Mais, pour Finkler, l'envie se décelait dans le regard des gens qui ne se savent pas observés ; ils ne vous écoutent plus, comme si chacune de vos paroles est une accusation. C'était pour un mécontentement moins personnel et plus idéologique que ces gens secouaient la tête et se frottaient les yeux. Gaza était-elle la cause de leur trouble ? Se doutaient-ils qu'il vacillait ? Il ne pensait pas avoir lâché le morceau. Ses tergiversations le décontenançaient lui, alors eux... Il avait même prêté son nom à l'argument de la disproportion dans un article très remarqué publié sous le titre : « Combien d'yeux, Combien de dents ? »

Il finit par percevoir que le problème, ce n'était pas tant Gaza, mais le « boycott ».

Par « boycott », il fallait entendre le « boycott universitaire et culturel intégral des universités et institutions israéliennes ». Il y avait d'autres boycotts à l'ordre du jour, mais celui-là était le sujet du moment, celui qui reléguait dans l'ombre tous les autres, surtout parce que ses soutiens principaux étaient des universitaires ou des personnalités qui ne concevaient plus cruelle privation que de se voir refuser l'accès aux colloques internationaux ou aux colonnes des revues spécialisées.

Finkler avait méprisé cette initiative, premièrement parce qu'il la jugeait discutable — « Et après qu'est-ce que ce sera ? L'Association philatéliste de Grande-Bretagne interdira le léchage des timbres en Israël ? » avait-il demandé — et deuxièmement parce que cela revenait à clore la conversation au moment où elle avait des chances de porter ses fruits. « Je suis en principe contre tout ce qui empêche le dialogue et le commerce, avait-il dit, mais interdire la communication entre intellectuels, qui sont de tout temps le meilleur espoir de paix, est particulièrement stupide et contre-productif. Cela signifie, entre autres, que nous avons a) décidé une bonne fois pour toutes quelle était notre opinion ; b) fermé nos esprits à celle des autres et c) décidé de ne pas entendre tout ce que nous n'approuvons pas.

— Que devons-nous entendre encore ? interrogea Merton Kugle.

C'était le grand boycotteur du groupe. Il boycottait déjà Israël à titre personnel, vérifiant chaque article dans les rayons des supermarchés pour en connaître l'origine et aller se plaindre au directeur dès qu'il trouvait un paquet ou une boîte suspects. Dans sa quête des « marchandises racistes » — d'après son expérience, généralement dissimulées sur les étagères les plus basses dans les recoins les plus sombres —, Merton Kugle s'était disloqué la colonne vertébrale et usé les yeux.

Pour Finkler, Kugle faisait partie des morts-vivants. Mais, en plus, sa putréfaction était contagieuse. Dès que Kugle prenait la parole, Finkler avait envie de se recroqueviller dans un coin et de mourir.

— Il y a toujours autre chose à entendre, Merton, dit Finkler en se cramponnant à la table pour garder son équilibre. Tout comme il y a toujours autre chose à dire.

— Eh bien, certains d'entre nous n'ont pas le temps de rester assis à t'écouter le dire, répondit Kugle. Pour l'instant, tu nous as demandé de boycotter tous les produits et marchandises israéliens, le tourisme en Israël, sauf quand il peut se révéler un tant soit peu bénéfique pour les Palestiniens, les sportifs israéliens...

— Il n'y en a pas, répliqua Finkler.

—... tout produit cultivé dans les Territoires occupés, de militer pour la suspension du commerce entre l'Union européenne et Israël...

— Tu as oublié de préciser : « sauf quand il peut se révéler un tant soit peu bénéfique pour les Palestiniens ».

—... le retrait des investissements dans les entreprises israéliennes, dans les entreprises qui investissent en Israël ou qui soutiennent d'une manière ou d'une autre l'État illégitime, et voilà que...

Pour mesurer le soutien que Kugle pouvait espérer mobiliser, Finkler balaya la pièce d'un regard désenchanté. Ils n'étaient pas nombreux, les illustres acteurs et comiques — Ivo Cohen n'était pas illustre —, les légendes vivantes de la culture — Merton Kugle n'était pas vivant — dont l'engagement auprès des membres de la SHOAH avait été le moteur principal de son intérêt pour le groupe. Il adorait être la vedette du spectacle, certes, mais il aurait préféré que le casting soit un tantinet plus scintillant. Premier d'entre ses pairs, voilà comment il avait envisagé son rôle, mais où étaient ses pairs ? De temps en temps, on lisait une lettre ou un texte émanant de l'un des grands, retenu par une tournée en Australie ou en Amérique du Sud et souhaitant bon courage au groupe dans son indispensable labeur, et, de temps en temps, arrivait un DVD dans lequel l'éminent musicien ou acteur s'adressait à la Société des juifs honteux comme s'ils étaient le comité Nobel, rappelait qu'il appréciait profondément la confiance qu'ils lui accordaient et regrettait de ne pouvoir venir recevoir sa récompense en personne. En dehors de cela, seuls des universitaires qui n'avaient nulle part où aller assistaient régulièrement aux réunions, ainsi que des écrivains comme Kugle, qui n'avaient jamais rien écrit que l'on veuille publier, un certain nombre d'individus vagues mais aux opinions arrêtées qui se qualifiaient d'analystes ou de porte-parole, un directeur autoproclamé de l'Institut de Rien et des rabbins plus ou moins laïcs au regard inquiet.

Si Finkler s'était lancé dans une carrière d'enseignant pour adultes, voilà le genre de personnes avec qui il aurait passé ses soirées.

Et ils osaient douter de lui ! Eh bien, ils allaient voir ce qu'ils allaient voir : lui aussi avait des doutes sur *eux*.

À certains moments, il se demandait s'il ne s'était pas laissé avoir. Si je ne souhaite pas plus que cela frayer avec des juifs, se disait-il, à quoi cela rime-t-il de frayer avec *ces juifs-là*, uniquement parce qu'ils ne souhaitent pas non plus particulièrement frayer avec des juifs ?

Reuben Tuckman demanda la parole. Tuckman était un rabbin libéral qui portait des costumes d'été hors de prix en toute saison, souffrait d'un léger bégaiement assorti d'un cheveu sur la langue — à moins que ce ne fût une affectation, ce qui n'aurait pas surpris Finkler — et fermait les yeux dès qu'il ouvrait la bouche. Cela donnait à son visage d'esbroufeur une sensualité lascive qui s'accordait mal, avait-il envie de lui dire, avec la sainteté de sa fonction. Tuckman, en congé sabbatique quasi permanent, avait entrepris une veillée solitaire devant le Wigmore Hall où un petit ensemble venu d'Haïfa devait jouer. En fait, les musiciens avaient annulé pour raisons de santé, mais Tuckman avait maintenu tout de même sa manifestation, autant pour faire honte à la salle de concert (et, se disait Finkler, pour montrer son nouveau costume Brioni en lin à tout Marylebone) que pour dissuader le public d'acheter des billets.

— J'aime la mu-mufique comme tout le monde, avait-il déclaré au journaliste, mais je refufe que mon âme f'élève quand le fang d'innofents est verfé.

Plutôt que de se laisser entraîner dans les remous turgides de la conversation de Tuckman, Finkler préféra revenir à Kugle.

— Je veux te demander quelque chose, Merton, dit-il. Ne sommes-nous pas de la même famille ?

— Toi et moi ?

— Ne t'affole pas comme cela. Pas toi et moi en particulier. Nous tous. Nous avons eu cette querelle des milliers de fois, mais de quoi avons-nous honte, sinon des nôtres ? Nous ne nous ferions pas appeler SHOAH si l'objet de nos critiques était la Birmanie ou l'Ouzbékistan. Nous avons honte de notre famille, n'est-ce pas ?

Merton Kugle ne put lui donner son assentiment. Où était le piège ? Les autres eurent l'air tout aussi inquiet.

Reuben Tuckman avait joint les mains à l'horizontale comme pour une prière bouddhiste.

— F-Fam, dit-il avec une douceur appuyée, transformant le nom de Sam en offrande de paix.

Mais Finkler ne pouvait attendre.

— Donc, si nous sommes de la même famille, qu'est-ce que c'est que cette histoire de boycott ? A-t-on jamais vu quiconque boycotter sa propre famille ?

Il avait volé sans vergogne la phrase à Libor. Mais c'est à cela que servent les amis. Cela lui fit plaisir de songer à Libor, un juif qu'il aimait bien.

2

— Papa, comment tu sais qu'une femme est la femme de ta vie ?

— Comment *moi* je le sais, ou comment *on* le sait en général ?

— Comment *moi* je le sais ?

Treslove fut soulagé d'entendre Rodolfo exprimer un quelconque intérêt pour les femmes, et encore plus se demander comment il saurait quand il aurait trouvé la bonne.

— Ton cœur te le souffle, dit Treslove en posant la main sur le sien.

— Excuse-moi, mais c'est des conneries, papa, intervint Alfredo.

Ils n'étaient pas en France, mais en Italie, sur la Riviera, en train de manger du pesto au bord d'une piscine et de reluquer des clientes de l'hôtel. Les vacances que Finkler et Libor lui avaient suggéré de prendre, il les prenait finalement, seul avec ses fils, qui n'en avaient pas soufflé l'idée. C'était entièrement la sienne.

Une excursion de cinq jours, organisée dans la plus grande précipitation, aux frais de papa, durant laquelle ils mangeraient bien, prendraient un peu du soleil d'automne et finiraient par se connaître mieux. Treslove tenterait enfin de se vider la tête de toutes les absurdités dont elle était remplie.

— Et pourquoi ce seraient des conneries ? demanda-t-il.

— Eh bien, regarde celle-là. Ne me dis pas que ça ne te fait pas envie, même si tu es déjà avec quelqu'un.

— Pas *ça*, « elle », rectifia Treslove.

— Oui, elle.

— Non, *elle*.

Alfredo le fixa.

— Tu as dit « ça ». « Ça ne te fait pas envie. » Il faut dire « elle ne te fait pas envie ».

— Bon Dieu, papa. Je croyais qu'on était en vacances. D'accord, *elle*. Mais tu vois ce que je veux dire. Regarde la silhouette. Parfaite. Longues jambes, ventre plat, petits seins. Tu emmènes une femme comme ça et tu te dis que tu n'en regarderas jamais d'autre. Mais, ensuite, tu vois ça — tu vois *celle-là*. Silhouette voluptueuse, gros nichons, cuisses crémeuses, et tu te demandes ce que tu as trouvé à la maigrichonne.

— Tu fais de la philo sans le savoir, dit Treslove. Aurais-tu encore fourré le nez dans le livre d'oncle Sam sur Descartes et la drague ?

— Bon, ne dis pas que tu as fait mieux, intervint Rodolfo. Maman prétend que tu n'es jamais resté plus de quinze jours avec la même femme.

— Eh bien, c'est ta mère qui le dit.

— La mienne dit pareil, fit Alfredo.

— Elles sont d'accord sur bien des sujets, dit Treslove en commandant une autre bouteille de Montalcino.

Il voulait gâter ses fils. Leur donner ce qui leur avait manqué. Et se gâter lui aussi. Se vider la tête. C'était l'expression qu'il utilisait constamment. Se vider la tête.

Il lisait sur une chaise longue — dissimulant son livre quand il pensait qu'on le regardait — pendant que ses fils nageaient et parlaient aux jolies touristes. C'était plaisant. Pas la vue — la vue sur la Riviera italienne était magnifique. Ce qui était plaisant — pas plus que cela, mais suffisamment —, c'était d'être là avec ses fils. Devait-il s'en tenir à cela ? se demanda-t-il. Accepter le rôle de pater familias, emmener ses fils en vacances deux fois par an et oublier le reste ? Il allait bientôt avoir cinquante ans. L'âge de se fixer. Rien d'autre n'allait se passer. Ce qu'il était, il le restait. Julian Treslove. Célibataire de sa paroisse. Gentil. Assez.

Oui, cela suffisait.

En milieu d'après-midi, Rodolfo vint s'asseoir à côté de lui.

Treslove cacha son livre.

— Alors ? demanda Rodolfo.

— Alors quoi ?

— Alors, c'est quoi, la réponse à ma question ? Comment on décide ? Comment on peut être sûr ? Et, si on n'est pas sûr, le truc bien, c'est pas de rien faire ? T'inquiète pas, je te demande pas un conseil ni rien. Je veux juste en parler. Je veux savoir que je suis pas anormal.

Treslove réfléchit au moyen d'aborder la question de la sandwicherie où Rodolfo enfilait un tablier pour préparer ses ingrédients. Pas en cuir ou en plastique. Un tablier à fleurs.

Pendant ces vacances, il avait attaché sa queue-de-cheval avec un ruban en velours noir.

— Tu n'as pas songé que tu pourrais être gay ? l'interrogea finalement Treslove.

Rodolfo bondit de son siège.

— Mais tu es dingue ?

— Je demande, c'est tout.

— Pourquoi tu demandes ?

— Eh bien, en fait, je ne demande rien. C'est toi qui demandes ce qui est normal. Tout est normal, voilà ma réponse, ou bien rien n'est normal. Qu'est-ce que cela peut te faire ?

— Pourquoi tu crois que je suis gay ?

— Je ne crois pas que tu es gay. Et quand bien même tu…

— Je le suis pas. D'accord ?

— D'accord.

Rodolfo retourna à sa chaise longue.

— Elle me plaît, *celle-là*, dit-il après un silence décent, en désignant une jeune femme qui sortait de la piscine.

Treslove en fit autant. Quelle femme n'a pas d'allure en sortant d'une piscine ? Mais, outre cela — une créature qui s'extirpe d'un liquide amniotique gluant —, elle avait un air affamé qui l'excitait. On était bien loin de… eh bien, de ce qui l'attendait chez lui.

Le bas de son bikini détrempé pendait. Il était impossible de ne pas imaginer de glisser une main dedans, paume à plat, les doigts vers le bas, pour chatouiller la fourrure. Sans doute que Rodolfo, maintenant qu'il n'était pas gay, imaginait exactement cela.

À moins qu'il ne fasse semblant pour son père.

— Fonce, mon fils, lâcha Treslove, ravi.

Ce soir-là, on dansa sur la terrasse. Alfredo et Rodolfo s'étaient trouvé des cavalières. Treslove les regarda avec satisfaction. Finalement, tout ne se passait pas si mal. Se comporter en père et y réussir n'était pas si compliqué qu'on le prétendait.

Après avoir dansé, Alfredo vint présenter sa cavalière à son père.

— Hannah, mon père. Papa, Hannah.

— Ravi de faire votre connaissance, dit Treslove en se levant et s'inclinant.

Devant ses belles-filles, sans doute fallait-il se montrer ultra-courtois.

— Vous avez un point commun, dit Alfredo derrière ses lunettes de soleil, avec son petit rire creux de pianiste de restaurant.

— Lequel ?

— Vous êtes juifs tous les deux.

— Mais quelle mouche t'a piqué ? demanda Treslove avant qu'ils rentrent dans leurs chambres.

Les femmes étaient montées. Treslove ne chercha pas à savoir si ses fils avaient l'intention de les rejoindre. Cette génération était plus décontractée sur la question que ne l'avait été la sienne. Ils ne couraient pas. Si les femmes partaient, eh bien elles partaient. À l'époque de Treslove, une femme qui s'en allait, c'était une catastrophe pour l'amour-propre. La fin du monde.

— C'était une soirée sympa, papa.

— Tu sais très bien de quoi je parle. Qu'est-ce qui t'a pris de raconter que je suis juif ?

— Tu ne l'es pas ?

— Si je l'étais, ce serait un problème ?

— Et voilà, tu réponds à une question par une question. Ce n'est pas juif, ça ?

— Je te la repose : où serait le problème si je l'étais ?

— Tu nous demandes si on est antisémites ? demanda Rodolfo.

— Et où serait le problème si on l'était ? ajouta Alfredo.

— Bon, moi, je suis pas antisémite, c'est sûr, dit Rodolfo. Et toi, Alf ?

— Non. Et toi, papa ?

— Tout le monde est antisémite à un certain degré. Regarde ton oncle Sam, et il est juif, lui.

— Oui, mais toi ?

— Qu'est-ce que c'est que cette histoire ? Qu'est-ce qu'on vous a raconté ?

— Qui ça, « on » ? Tu veux dire nos mères ?

— À toi de me le dire. C'est quoi, cette blague ?

— Je suis tombé sur oncle Sam, il y a quelques semaines. Il m'a dit que tu avais été victime d'une agression antisémite. Il a dit aussi d'autres trucs, mais on va s'en tenir au sujet de l'antisémitisme. J'ai demandé comment tu avais pu être victime d'une agression antisémite si tu n'étais pas sémite. Il a dit qu'il t'avait posé la même question et que tu avais répondu que tu l'étais.

— Encore une légendaire simplification de mon ami Finkler.

— Peut-être, mais est-ce que tu l'es ?

Le regard de Treslove passa de l'un à l'autre ; il se demanda s'il les avait déjà vus quelque part et, auquel cas, où.

— Ça ne veut pas dire que vous l'êtes, *vous*, si c'est ce qui vous tracasse. Vous pouvez continuer à être ce que vous voulez. Encore que je ne sache pas ce que c'est. Vos mères ne me l'ont jamais dit.

— Peut-être que tu aurais dû leur demander, fit Rodolfo. Peut-être qu'elles auraient apprécié que tu t'intéresses à notre éducation religieuse.

Il ponctua cela d'un petit rire méprisant.

— N'entrons pas dans ce sujet, dit Alfredo. Tu dis que c'est pas parce que *toi*, tu l'es, que *nous*, on l'est forcément. Mais on peut l'être, non, un chouia ?

— Ça dépend de quel chouia tu parles, ricana Rodolfo.

— On ne peut pas être un chouia juif, dit Treslove.

— Pourquoi pas ? On peut bien être un quart indien ou un dixième chinois. Pourquoi on pourrait pas être un peu juif ? En fait, on le serait à moitié. Et c'est nettement plus qu'un peu. Je trouve que ça fait même beaucoup. Je dois dire que ça me plaît bien comme idée, pas toi, Ralph ?

Rodolfo se lança dans une imitation d'Alec Guinness dans le rôle de Fagin :

— Cela ne m'ennuie pas de l'être, mes chéris, dit-il en se frottant les mains.

Les deux garçons éclatèrent de rire.

— Bonjour, je suis un demi-élu, dit Alfredo en tendant la main à son frère.

— Bonjour, je suis l'autre moitié, répondit Rodolfo.

Non, je ne les ai jamais vus de ma vie, se dit Treslove, pas très sûr de vouloir les revoir.

Mes fils, les goyim.

3

Un beau jour, Libor reçut une lettre d'une dame qu'il n'avait pas vue depuis plus de cinquante ans. Elle voulait savoir s'il écrivait toujours sa chronique.

Il répondit qu'il était ravi d'avoir de ses nouvelles après tout ce temps, mais que sa chronique ne paraissait plus depuis 1979. Il se demanda comment elle avait trouvé son adresse. Il avait déménagé plusieurs fois dans l'intervalle. Elle avait dû se donner un mal fou pour trouver ses coordonnées.

Il ne lui apprit pas que sa femme était décédée. Savait-elle seulement qu'il avait été marié ? Ce n'est pas à des femmes que l'on n'a pas vues depuis cinquante ans, et qui se sont donné beaucoup de mal pour remonter jusqu'à vous, que l'on se met à annoncer qu'on est veuf.

J'espère que la vie vous a été douce, lui écrivit-il. *Elle l'a été pour moi.*

Après avoir envoyé la lettre, il s'inquiéta de ce que son ton mélancolique lui ait donné un indice. *Elle l'a été pour moi* — cette formule avait un côté funèbre. Elle appelait une question : *Continue-t-elle de l'être ?* En plus, elle donnait de lui l'image d'un être frêle, un homme en mal de douceur.

Il se rendit compte qu'il ne lui avait pas demandé le motif de sa question. *Continuez-vous d'écrire votre chronique ?* Pourquoi voulait-elle le savoir ?

Pardonnez-moi de ne pas vous avoir posé la question, écrivit-il sur une carte postale. *Avez-vous une raison de me demander si j'écris encore ma chronique ?*

Après avoir posté la carte — un autoportrait de Rembrandt, l'artiste en vieil homme —, il craignit qu'elle ne pense qu'il l'avait choisie pour susciter sa pitié. Du coup, il lui en envoya une autre représentant le roi Arthur en grande tenue royale et dans la fleur de la jeunesse. Sans message. Juste sa signature. Elle comprendrait.

Oh, et, sans aucun sous-entendu, son numéro de téléphone.

C'est ainsi qu'il se retrouva assis au bar de l'University Women's Club de Mayfair, à boire un verre de champagne avec la seule femme à qui il avait donné son cœur en dehors de Malkie. Un petit peu. Emmy Oppenstein. Il avait compris « Oppenheimer » quand ils s'étaient connus dans les années cinquante. Ce n'était pas la raison pour laquelle il était tombé amoureux d'elle, mais cela avait sans doute joué en sa faveur. Libor n'était pas snob mais, en enfant de l'Empire austro-hongrois, les noms et les titres revêtaient de l'importance pour lui. Le temps qu'il comprenne son erreur, ils avaient déjà couché ensemble et il s'intéressait à elle pour elle-même.

Du moins le pensait-il.

Il ne vit rien dans son visage qui lui rappelât quoi que ce soit et bien entendu rien dans sa silhouette. Une femme de quatre-vingts ans n'a pas de silhouette et il pensait cela sans méchanceté. Il se disait simplement qu'à quatre-vingts ans une femme a acquis la liberté de ne plus être lorgnée pour sa silhouette.

Elle avait été belle dans le genre slave, avec des yeux gris glacier très écartés et des pommettes si saillantes qu'un imprudent s'y serait blessé en quête d'un baiser. Mais ce n'était pas une beauté dont il se souvenait. Serait-ce la même chose d'être assis là avec Malkie, se demanda-t-il, s'il l'avait quittée cinquante ans plus tôt et qu'elle avait été encore en vie ? Malkie avait-elle conservé sa beauté parce que de l'avis général elle était encore réellement belle, ou bien était-ce lui-même qui avait préservé cette beauté en s'en repaissant chaque jour ? Cela signifiait-il que la beauté n'était qu'illusion ?

Emmy Oppenstein n'était pas pour lui. Il le vit au premier instant. Il n'était pas allé la retrouver dans l'idée de lui faire à nouveau la cour. Mais *s'il* y avait pensé, il aurait été déçu. Comme il n'était pas venu dans cette intention, il n'était pas déçu, bien sûr, mais dans le cas contraire...

Pas déçu parce qu'elle avait mal vieilli. Elle était plutôt remarquable pour son âge — alerte, élégante, joliment vêtue d'un tailleur en laine bouclette, un Chanel, reconnut-il grâce à Malkie, et elle portait même des hauts talons. Une femme de son âge n'aurait pu avoir plus belle allure. Mais *de son âge*... Libor ne cherchait pas une femme qui remplace Malkie mais, s'il en avait cherché une, la brutale vérité, c'est que cette femme était, eh bien, trop vieille.

Évidemment, cette idée était absurde. Libor lui-même était petit et maigre, chauve, son pantalon était trop court, ses cravates fanées d'avoir dormi dans des tiroirs depuis plus d'un demi-siècle, il était couvert de taches de vieillesse de la tête aux pieds : pour qui se prenait-il pour trouver une femme trop vieille ? Qui plus est, alors qu'il s'était ratatiné, elle semblait s'être étirée, car il n'avait pas le souvenir d'avoir couché avec une femme d'une telle stature. Pensée qui, il le vit bien à son regard qui le toisait, reflétait exactement la sienne.

Et, tout cela, Libor l'avait songé au moment où ils s'étaient serré la main.

Elle était — avait été — administratrice d'un établissement scolaire, juge de paix, présidente d'une association caritative juive de premier plan, mère de cinq enfants et psychothérapeute spécialisée dans le deuil. Libor remarqua qu'elle avait gardé ce dernier point pour la fin. Était-ce parce qu'elle était au courant pour Malkie ? Était-ce pour cela qu'elle lui avait écrit ? Voulait-elle l'aider à traverser ce moment difficile ?

— Vous devez vous demander... commença-t-elle.

— Oui, je me demande, mais je m'émerveille, aussi, dit Libor. Vous avez l'air en si excellente forme.

— La vie m'a été douce, dit-elle en souriant, comme elle l'a été pour vous, m'avez-vous écrit.

Elle posa sa main — ferme comme le roc — sur la sienne — tremblotante comme de la gelée. Ses ongles étaient impeccablement vernis. Elle portait, à ce qu'il constata, au moins trois bagues de fiançailles. Elle tenait peut-être l'une de sa mère et l'autre de sa grand-mère. À moins que les trois ne fussent les siennes.

Il eut un petit frisson rétrospectif de fierté virile d'avoir couché avec une femme aussi impressionnante. Il regretta de ne pouvoir se le rappeler. Le temps et Malkie, ou peut-être seulement Malkie, avaient effacé tous ses souvenirs érotiques.

Alors, cela voulait-il dire qu'il n'avait pas du tout couché avec elle ? Libor craignit de perdre la vie qu'il avait vécue. Il perdait la mémoire : il oubliait les endroits qu'il avait visités, les gens qu'il avait connus, les pensées qui lui étaient autrefois importantes. Allait-il donc perdre bientôt Malkie ? Et serait-ce alors comme si elle n'avait jamais existé érotiquement *(élotitchment)* pour lui ? Comme si elle n'avait jamais existé du tout ?

Il parla à Emmy de Malkie, imaginant ainsi la garder en vie un peu plus longtemps.

— Je suis désolée, répondit-elle quand il eut terminé. Je l'avais vaguement entendu dire.

— Voudriez-vous vous joindre à moi pour lui porter un toast ? demanda-t-il. Vous ne pouvez pas boire en sa mémoire parce que vous ne la connaissiez pas, mais vous pouvez boire au souvenir que j'ai d'elle.

— Au souvenir que vous avez d'elle.

— Et vous ?

Elle baissa les yeux.

— La même chose.

— Alors je lève mon verre pour vous et vos souvenirs, dit Libor.

Et c'est ainsi qu'ils dégustèrent gentiment leur champagne ensemble, tous les deux en deuil, pendant que des universitaires retraitées, certaines probablement plus âgées que Malkie à sa mort, passaient lentement à côté d'eux, perdues dans leurs pensées, ou gravissaient péniblement l'escalier pour rejoindre leurs chambres et faire une sieste dans leur club londonien.

Joli endroit pour mourir quand on est une femme célibataire, songea Libor. Ou un homme.

— Je suis flatté, entreprit-il après un silence, que vous sachiez que je tenais une chronique, même si vous n'avez pas remarqué que j'avais cessé de l'écrire il y a un siècle.

— C'est difficile de se tenir au courant, répliqua-t-elle, pas du tout gênée.

Avait-elle jamais éprouvé de gêne ? se demanda Libor. Quand il l'avait déshabillée, enfin, s'il l'avait fait ? À en juger par ce qu'il voyait à présent, c'était probablement elle qui l'avait déshabillé.

— Je vais vous dire pourquoi je vous ai contacté, continua-t-elle. J'ai écrit à tous mes amis qui ont une tribune publique.

Elle se redressa sur son siège. Avec grâce. Et secoua les cheveux. Gris, mais pas d'un gris de vieille dame. Gris comme si elle avait choisi cette couleur.

— Dans quel but ? demanda-t-il.

Il perçut en elle la femme qui dirige une œuvre, habituée à mobiliser l'attention des hommes pour les causes qui lui sont chères.

Elle lui expliqua donc, sans larmes, sans faux sentiments, que son petit-fils de vingt-deux ans avait reçu au visage un coup de couteau, qui l'avait laissé aveugle, d'un Algérien qui avait hurlé « Allah est grand » en arabe et « Mort aux juifs ».

— Je suis vraiment désolé, dit Libor. C'est arrivé en Algérie ?

— C'est arrivé ici, Libor.

— À Londres ?

— Oui, à Londres.

Il ne sut ce qu'il fallait demander d'autre. L'Algérien avait-il été arrêté ? Avait-il fourni la moindre explication ? Comment avait-il su que le jeune homme était juif ? Était-ce arrivé dans un quartier réputé dangereux ?

Mais à quoi bon ? Libor avait eu de la chance en amour, mais en politique il était originaire d'une région du monde qui n'attendait rien de bon de personne. La haine du juif était de retour — évidemment qu'elle était de retour. Bientôt, ce serait le fascisme, le nazisme, le stalinisme, ouvertement. Ce genre de choses ne disparaissaient pas. Elles étaient indestructibles, non biodégradables. Elles attendaient tapies dans le grand cloaque qu'était le cœur des hommes.

Finalement, ce n'était même pas la faute de l'Algérien. Il avait simplement fait ce que l'histoire lui dictait. Dieu est grand… Tuez tous les juifs. C'était difficile de s'en offusquer — sauf, évidemment, si le jeune homme aveuglé est son enfant ou son petit-fils.

— Je suis incapable de trouver autre chose à dire que des banalités. C'est affreux.

— Libor, reprit-elle en posant de nouveau sa main sur la sienne. Ce sera encore pire si personne ne s'insurge. Vos confrères, pour commencer.

Il eut envie de rire.

— *Mes confrères ?* Mes confrères interviewent des stars de cinéma. D'ailleurs, je n'exerce plus.

— Vous n'écrivez plus du tout ?

— Plus rien, à part un poème pour Malkie de temps en temps.

— Mais vous devez connaître encore du monde dans la presse, le cinéma.

Il se demanda ce que le cinéma avait à faire là-dedans. Espérait-elle qu'il connaîtrait un metteur en scène prêt à tourner un film sur l'agression de son petit-fils ?

Mais elle avait une autre raison de solliciter un journaliste comme Libor, avec ses relations. Elle cita un réalisateur dont Libor avait entendu parler mais qu'il ne connaissait pas — pas son genre de réalisateur, pas le genre Hollywood et show-biz —, dont les récentes déclarations, estimait-elle, étaient tout à fait scandaleuses. Libor avait dû les lire.

Il ne les avait pas lues. Il ne se tenait pas au courant des derniers ragots.

— Ce ne sont pas des ragots, expliqua-t-elle. Il a déclaré comprendre pourquoi certains individus pouvaient vouloir aveugler mon petit-fils.

— Parce qu'ils sont dérangés ?

— Non, à cause d'Israël. À cause de Gaza, il dit comprendre pourquoi des gens haïssent les juifs et veulent les tuer.

Pour la première fois, sa main se mit à trembler.

— Eh bien, je vois bien pourquoi on pourrait vouloir relier la cause et l'effet, observa Libor.

— Cause et effet ! Où est la cause dans la phrase : « Les juifs sont un peuple d'assassins qui méritent les catastrophes qui leur arrivent » ? Chez les juifs ou chez celui qui la prononce ? Je peux vous parler de l'effet, mais où est la cause, Libor ?

— Ah, Emmy, voilà que vous me parlez de logique.

— Libor, écoutez-moi, poursuivit-elle en posant son regard gris glacier sur lui. Tout a une cause, je le sais. Mais il dit qu'il *comprend*. Que signifie *comprendre*, ici ? Dit-il simplement qu'il voit pourquoi certains finissent par commettre des gestes affreux et répréhensibles ? Ou bien veut-il dire autre chose ? Dit-il qu'il y a une certaine justice dans l'affaire, que l'agression de mon petit-fils se justifie par Gaza ? Ou que Gaza venge d'avance tous les crimes qui seront commis en son nom ? Tout méfait à l'encontre de tout juif de tout âge et en tout lieu trouverait-il donc sa justification avec Gaza ? Ce n'est pas relier un effet à une cause, Libor, mais applaudir à l'effet. Je *comprends* que des gens haïssent les juifs aujourd'hui, dit cet homme cultivé. De là, il découle que je *comprends* tout geste commis pour exprimer cette haine. Mon Dieu, allons-nous maintenant *comprendre* la Shoah en la disant justifiée par la haine des Allemands envers les juifs ? Ou, pire encore, en la justifiant a posteriori en raison de ce que les juifs *allaient* faire à Gaza ? Où va-t-on, avec ces *je comprends* ?

Libor savait où on allait. Où cela finissait toujours.

Il secoua la tête, comme pour chasser les lugubres pensées qui lui venaient à l'esprit.

— Alors je vous demande, continua Emmy Oppenstein, comme à tous vos confrères, de vous élever contre cet homme, qui travaille comme vous dans le domaine de la création, mais qui en pervertit le pacte sacré.

— On ne peut pas dicter sa loi à l'imagination, Emmy.

— Non. Mais on peut exiger qu'elle reste juste et généreuse.

— Non, on ne peut pas, Emmy. La création n'est pas du ressort de la justice. La justice est l'affaire d'un tribunal, et ce sont deux domaines différents.

— Je ne parle pas de ce genre de justice, et vous le savez. Je ne parle pas d'équilibre. Mais à quoi sert l'imagination, si ce n'est à percevoir ce qu'éprouvent ceux qui ne pensent pas comme vous ?

— Mais n'est-ce pas précisément cela que vous ne pardonnez pas à votre cinéaste ?

— Non, Libor, pas du tout. Sa compassion est la simple expression d'une allégeance politique. Il comprend ce que ses vues politiques le conduisent à comprendre. Il est d'accord — c'est tout. Pouf ! (Elle claqua des doigts.) Ce qui signifie que tout ce qu'il comprend, c'est lui-même, et sa propension à haïr.

— Eh bien, c'est déjà quelque chose.

— Ce n'est rien du tout. C'est moins que rien, si on ne dénonce pas cette propension pour ce qu'elle est. Les gens sont antisémites parce qu'ils haïssent les juifs, Libor. Ils n'ont pas besoin d'excuse. L'élément déclencheur, c'est la violence à Gaza. L'élément déclencheur, pour autant qu'il leur en faille un — et beaucoup n'en ont pas besoin —, ce sont les comptes rendus violents, partiaux et provocateurs qu'on en fait. Le déclencheur, c'est l'incitation à la haine.

Il sentit qu'elle lui en voulait. Pas à sa corporation, mais à *lui*.

— Tout récit est une distorsion des faits, Emmy. Le vôtre sera-t-il plus impartial que le sien ?

— Oui. Je vois les méchants de part et d'autre. Je vois deux peuples qui expriment chacun des revendications, certaines justifiées, d'autres non. Il y a des bons et des méchants des deux côtés.

Deux femmes s'installèrent à une table voisine, l'une comme l'autre de deux décennies plus jeunes qu'Emmy, estima Libor. Voilà qu'il comptait en décennies — dix années étaient son unité de base. Elles lui sourirent. Il en fit autant. On aurait dit des doyennes d'université. Une question de longueur de jupe. Deux doyennes venues discuter de leurs universités respectives. Il aurait pu s'établir dans ce club, si on l'acceptait, comme une sorte de mascotte. Il promettrait de ne gêner personne, de ne pas écouter la radio tard le soir et de ne pas parler des juifs. De prendre le thé avec des biscuits en compagnie des professeurs et recteurs. De débattre de la dégénérescence de la langue écrite et parlée. Au moins, elles sauraient qui était Jane Russell, elles.

Il se reprit. Non, elles ne sauraient pas. Et, de toute façon, aucune n'était Malkie.

Des méchants de part et d'autre, oui. Et la parole. Qu'avait-elle dit sur la parole ? Qu'elle avait le pouvoir d'inciter à la haine. Eh bien, jamais cela n'avait été le cas de tout ce qu'il avait écrit. D'exciter, peut-être. D'inciter, jamais. Il n'avait pas assez de gravité.

— Avoir disserté sur la poitrine d'Anita Ekberg ne fait pas de moi un expert en matière de sionisme, lui rappela-t-il, comme s'il avait un peu honte.

Mais elle n'était pas venue discuter de ce genre de subtilités.

— Je vais vous dire où est la grosse différence, Libor. Elle est dans la *compréhension* — ah ! — et dans l'acquittement. Seul Dieu peut donner l'absolution. Vous le savez.

Il voulut dire qu'il compatissait à sa peine, mais il n'y arriva pas. Il n'était pas en mesure de l'aider. Rien de tout cela n'avait d'importance. Mais il était incapable de trouver la bonne manière de le dire à Emmy Oppenstein.

Ce n'est pas la Nuit de Cristal, songea-t-il. Mais il ne pouvait pas dire cela. Il avait connu sa Nuit de Cristal avec la mort de Malkie — et, comme Dieu n'avait absous ni l'une ni l'autre, qu'y avait-il de pire ?

Mais il ne pouvait dire cela non plus.

— Je parlerai à quelques personnes de ma connaissance.

Ce fut tout ce qu'il trouva à répondre.

Elle savait qu'il n'en ferait rien.

En échange — en échange de rien d'autre qu'une ancienne tendresse —, elle lui donna le numéro d'un psychothérapeute spécialisé dans le travail de deuil. Il lui répondit qu'il n'en avait pas besoin. Elle lui prit les joues dans les mains. Ce geste signifiait que tout le monde a besoin d'un conseiller en deuil. Ne considérez pas cela comme une psychothérapie. Dites-vous qu'il s'agit d'une conversation.

Et ça, qu'est-ce que c'était ? C'était bien une conversation, non ?

Un autre genre de conversation, Libor. Et il serait inconvenant, expliqua-t-elle, que ce soit elle qui l'entreprenne avec lui.

Était-il déçu qu'elle refuse de le soigner ? Pour le savoir, il aurait fallu qu'il retrouve en lui l'envie de vivre, et il en était incapable.

Sept

1

L'idée avait été que Treslove emmènerait ses fils en vacances et que l'on verrait ensuite.

Face, il reprendrait son ancienne existence, oublierait toutes les âneries, sortirait en Brad Pitt et rentrerait chez lui, seul, à une heure raisonnable de la soirée, à son appartement de Hampstead qui n'était pas à Hampstead.

Pile, il emménagerait avec Hephzibah.

— Je ne veux pas te faire de la place pour que tu changes d'avis au bout de quinze jours, l'avait-elle averti. Je ne dis pas que c'est pour la vie, Dieu nous préserve, mais, si tu as l'intention de me déranger complètement, dérange-moi parce que tu le veux, pas parce que tu es paumé.

Il lui avait parlé de l'agression, mais elle ne semblait pas y attribuer beaucoup d'importance.

— C'est ce que je voulais dire en parlant de ne pas savoir quoi faire d'autre. On se balade avec la tête dans les nuages, on se fait arracher son téléphone comme tout le monde à un moment ou un autre, et on croit que c'est un signe du ciel. Tu n'es pas assez occupé. Tu as la tête un petit peu trop vide et, d'après ce que je constate, le cœur aussi.

— Libor t'a parlé.

— Cela n'a rien à voir avec Libor. Je le vois très bien toute seule. Je l'ai vu dès le premier instant. Tu attendais que le toit te tombe sur la tête.

Il alla l'embrasser.

— Et c'est ce qui est arrivé, répondit-il avec une courtoisie exagérée.

— Je suis ton toit, maintenant ! s'indigna-t-elle en le repoussant.

Il crut que son cœur allait se briser d'amour pour elle. Elle était tellement juive. *Je suis ton toit, maintenant !* Dire qu'il avait cru que Tyler était l'étalon-or sur la question. Même Tyler ne possédait pas une telle maîtrise. *Je suis ton toit, maintenant !*

C'était *ça*, une juive. Oubliés, les moites et sombres mystères de la féminité. Une juive, c'était une femme qui rendait drôle la ponctuation.

Ah, ces allitérations ! Cet habile jeu de mots ! Était-ce une hyperbole ou une litote ? Était-ce de l'autodérision ou de l'ironie à son égard ? Il décida que tout procédait de l'intonation. Les finklers étaient experts en la matière. Comme pour la musique : peut-être qu'ils ne l'avaient pas inventée, mais ils en maîtrisaient la gamme. Ils en révélaient des strates que ses inventeurs, comme les grands compositeurs — car ni Verdi ni Puccini n'étaient des finklers, Treslove ne l'ignorait pas —, n'auraient pu imaginer. C'étaient des interprètes de génie. Ils démontraient ce que l'on pouvait faire avec le son.

Je suis ton toit, maintenant ! Mon Dieu, elle était merveilleuse.

Il avait eu envie de s'y jeter à corps perdu. Là, tout de suite. Épouse-moi. Je ferai tout ce qu'il faudra. J'étudierai la Torah. Je me ferai circoncire. Épouse-moi et raconte-moi des blagues finklers.

Elle était sa promise, son élue. Et qu'elle ait été l'opposé de tout ce qu'il attendait prouvait encore que des forces bien plus puissantes que ses inclinations étaient à l'œuvre. Bien plus puissantes que ses fantasmes, car elle n'était pas l'écolière qui se baissait dans ses rêves pour renouer ses lacets. Hephzibah n'aurait jamais pu se baisser aussi bas. Quand elle nouait ses lacets, elle posait le pied sur un tabouret. Ce n'était pas son genre de femme. Elle venait d'ailleurs que des provinces de son désir. Donc : elle était un don du ciel.

De son côté elle n'en était pas sûre.

— Moi, tu vois, expliqua-t-elle, je n'ai pas attendu que le toit me tombe sur la tête.

Il tenta de filer la métaphore :

— Je ne suis pas ton toit.

Elle ne releva pas.

Il y mit tout ce qu'il avait — un haussement d'épaules, un *eh bien*, un *à présent* et un point d'exclamation supplémentaire. *Eh bien, je ne suis pas ton toit, à présent !!*

Elle ne rit pas. Était-elle agacée par sa boutade ? Peut-être que l'humour finkler ne fonctionnait pas à la forme négative. Lui, il trouvait cela assez drôle. *Eh bien, je ne suis pas ton toit, à présent !!* Mais il se pouvait que les finklers autorisent seulement d'autres finklers à faire de l'humour finkler.

Elle avait eu deux maris et n'en cherchait pas un troisième. En fait, elle ne cherchait rien.

Treslove n'y croyait pas. Qui ne cherche rien ? Quand on arrête de chercher, on meurt.

Ce dont elle était le moins certaine, c'était de lui. Quand *lui* disait qu'il était sûr de l'aimer, comment pouvait-elle en être certaine ?

— Je suis certain, dit-il.

— Tu as couché une fois avec moi et cela te suffit ?

— Ce n'est pas la question.

— Ça l'est quand on est avec quelqu'un qui a envie de coucher avec d'autres.

Il songea à Kimberley et fut soulagé d'avoir réussi à la choper à temps. Une dernière incartade avant de se ranger des voitures. Même si, avec elle, il n'avait pas été question de coucher non plus.

Mais il avait fait ce qu'on lui demandait. Il était parti sur la Riviera avec ses deux goys de fils et était revenu prêt à emménager avec elle.

— Ma *feygelah*, dit-il en la prenant dans ses bras.

Elle éclata d'un de ses grands rires.

— *Feygelah*, moi ? Tu sais vraiment ce que ça veut dire, *feygelah* ?

— Bien sûr. « Petit oiseau ». Et aussi « tapette », mais je ne t'appellerais pas « tapette ». Je me suis acheté un dictionnaire de yiddish.

— Appelle-moi autrement.

Il avait pris des munitions. Quand il était certain que ses fils ne le regardaient pas, il avait appris par cœur le dictionnaire yiddish au bord de la piscine de Portofino. L'objectif était d'apprendre cent mots yiddish pour lui faire la cour.

— Ma *neshomeleh*, dit-il. Ça veut dire « ma petite chérie ». Ça vient de *neshamah*, qui veut dire « âme ».

— Merci, répondit-elle. J'ai peur que tu te mettes à m'apprendre à être juive.

— Mais oui, si tu me le demandes, *bubeleh*.

Elle avait un appartement en face du Lord's. De sa terrasse, on pouvait regarder les matchs de cricket. Il fut légèrement déçu. Il n'avait pas emménagé avec elle pour regarder des matchs de cricket. Il aurait préféré une terrasse donnant sur le Mur des lamentations.

Il lui restait un autre problème à régler. Elle avait travaillé pour la BBC. D'accord, à la radio et elle n'y était plus, ce qui diluait un peu l'affront, mais elle y avait gardé un certain nombre d'amis.

— Je sortirai quand ils viendront, la prévint-il.

— Tu resteras ici. Tu dis que tu veux être juif — eh bien, la première chose à savoir, c'est que chez nous les hommes ne sortent pas sans leur épouse ou leur petite amie. Sauf s'ils ont une liaison. En dehors de l'appartement d'une autre femme, un juif n'a nulle part où aller. Il ne fréquente pas les pubs, il déteste être seul au théâtre, et il refuse de dîner sans compagnie. Les juifs ont besoin d'avoir quelqu'un à qui parler pendant les repas. Ils ne peuvent pas faire une seule chose à la fois avec leur bouche. Tu apprendras. Et tu apprendras à aimer mes amis. Ils sont charmants.

— *Nisht gedacht*, répondit Treslove.

La bonne nouvelle, c'est qu'elle avait quitté la BBC pour mettre sur pied un musée de la Culture judéo-britannique —

« Nos réalisations, pas nos souffrances ; nos triomphes et non nos avanies » — sur Abbey Road, où les Beatles avaient enregistré certains de leurs plus célèbres albums et où les bus déversaient encore des tombereaux de pèlerins qui arpentaient le fameux passage piéton. Désormais, ils auraient un musée de la Culture judéo-britannique à visiter une fois rendu leur hommage aux Beatles.

Ce n'était pas si tiré par les cheveux. Les Beatles avaient eu un manager juif à leurs débuts. Brian Epstein. Les fans savaient avec quelle intelligence il les avait guidés ; son suicide était-il dû à son amour inassouvi pour John Lennon, non juif et donc fruit interdit ? Il y avait donc un aspect juif tragique dans l'histoire des Beatles. Ce n'était pas la motivation première de la construction d'un musée de la Culture judéo-britannique à Abbey Road, mais c'était une considération pratique.

Et, oui, l'histoire de Brian Epstein y serait représentée en bonne place. Une salle était consacrée à la contribution des juifs à l'industrie britannique du show-biz. Frankie Vaughan, Alma Cogan, Lew Grade, Mike et Bernie Winters, Joan Collins (uniquement par son père, mais une moitié vaut mieux que rien du tout), Brian Epstein et même Amy Winehouse.

Hephzibah avait été recrutée par l'excentrique mécène juif, lui-même producteur de musique, qui avait eu l'idée du musée. Pour lui comme pour sa fondation, c'était la mieux placée pour cette tâche. La seule capable. Et Hephzibah, pour sa part, était ravie de relever le défi.

— Étant donné qu'il estime que la BBC est partiale vis-à-vis du conflit israélo-palestinien, j'ai été un peu surprise qu'il me choisisse, confia-t-elle à Treslove.

— Il sait que tu n'es pas comme toute cette clique, répondit-il.

— Comment ça, clique ?

— Cette clique propalestinienne.

— C'est ce que tu penses ?

— De toi ? Oui.

— Non, je parle de toute cette clique.

— Et de leurs idées convenues à l'égard de ce que ton oncle Libor appelle Isrrrraë ?

— Bien sûr.

— Tu as toujours pensé ça ?

Elle ne voulait pas qu'il change d'opinion politique simplement pour elle. Au final, il lui en voudrait de l'y avoir forcé.

— Non, mais c'est seulement parce que je n'y pensais pas du tout. Maintenant que j'y réfléchis, je me rappelle à quel point ils étaient tous antisémites à la BBC, surtout les juifs.

L'espace d'un instant, il se demanda si c'était la raison pour laquelle cela s'était passé aussi mal pour lui à la BBC — l'antisémitisme.

— Alors à la BBC tu devais connaître des juives bien différentes de celles que je connaissais, dit-elle.

— Celles que je connaissais prétendaient ne pas être juives. C'est pour cela qu'elles entraient à la BBC. Pour obtenir une nouvelle identité. À part se faire baptiser, c'était le meilleur moyen.

— Foutaises, dit-elle. Je n'y suis pas entrée pour avoir une nouvelle identité.

— Parce que tu es l'exception, comme je viens de le dire. Celles que j'ai connues étaient pressées de tourner la page de leur histoire juive. Elles s'habillaient comme des débutantes, s'exprimaient comme des princesses, lisaient le *Guardian* et se ratatinaient avec horreur si on prononçait le mot Isrrrraë. À croire que la Gestapo nous avait mis sur écoute. Alors que j'essayais simplement de les draguer.

— Pourquoi aurais-tu prononcé le mot « Isrrrraë » — et on va arrêter de le dire comme ça — si tu les draguais ?

— C'était pour faire la conversation.

— Peut-être qu'elles se disaient que tu étais incapable de les voir sans penser à l'histoire juive, tu y as songé ?

— Et en quoi cela aurait-il été un problème pour elles ?

— Parce que les juifs n'ont pas envie de se trimballer en permanence avec leur histoire inscrite sur le front et rien d'autre, Julian.

— Ils devraient en être fiers.

— Ce n'est pas à toi de décréter ce qu'ils devraient être ou pas. Mais, quoi qu'il en soit, je dois dire que je n'ai jamais croisé personne qui ressemble à ce que tu décris. Je m'y serais opposée, sans quoi. « Juif » n'est pas le seul mot de mon vocabulaire, mais je ne suis pas disposée à ce qu'on singe ma judéité. Je sais très bien me débrouiller toute seule.

— Je n'en doute pas.

— Cela dit, ça ne veut pas dire que je ne permets pas à d'autres juifs d'être tiédasses concernant leur judéité si ça leur chante. D'accord ?

— D'accord.

Elle l'embrassa. Oui, d'accord.

Mais il remit le sujet sur le tapis un peu plus tard.

— Tu devrais demander à Libor ce qu'il en pense. Ce qu'il a vécu au service international était très proche de ce que j'ai connu.

— Oh, Libor est un vieux réactionnaire tchèque.

En fait, elle avait déjà interrogé Libor, non à propos de l'antisémitisme juif de la BBC, mais sur Treslove. Il était sérieux ? Il se foutait d'elle ? Avait-il vraiment été victime d'une agression antisémite ? Libor pouvait-il se porter garant de lui à tous égards ?

Oui, non, peut-être et tout à fait, avait répondu Libor. Il connaissait Treslove depuis son enfance. Il avait beaucoup d'affection pour lui. Il ferait un bon mari...

— Je ne cherche pas un mari.

... L'avenir le dirait. Mais il espérait qu'ils seraient très heureux. Il n'avait qu'une seule réserve.

Elle s'alarma.

— J'y perds un ami.

— Comment peux-tu le perdre ? Il sera encore plus près de toi, au pire. Et tu peux venir dîner avec nous quand tu veux.

— Oui, mais il ne sera plus libre pour sortir quand je l'appellerai. Et je suis trop vieux pour prendre des rendez-vous à l'avance. À présent, je vis au jour le jour.

— N'importe quoi, Libor.

Mais elle remarqua qu'il n'était pas d'humeur joyeuse.

— D'humeur joyeuse ? Il a presque quatre-vingt-dix ans et il vient de perdre sa femme. C'est un miracle qu'il respire encore.

Treslove se retourna dans le lit pour contempler le miracle qui avait transformé sa vie. Jamais il n'avait partagé un matelas avec une femme aussi plantureuse. Certaines de ses conquêtes étaient si maigres qu'il ne savait pas toujours si elles étaient encore là à son réveil. Il fouillait sous les draps pour les trouver. Et le plus souvent elles étaient parties. Elles avaient filé. Décampé au petit matin sans un bruit, sournoises comme des rats. Il suffisait qu'Hephzibah s'étire pour que l'autre côté du lit tangue comme dans les quarantièmes rugissants. Il devait se cramponner au matelas. Cela ne dérangeait pas son sommeil. Au contraire, il dormait comme jamais, réconforté par cette présence stable — elle pouvait faire tous les bonds de cabri qu'il lui chantait. Elle ne partirait pas.

Il comprenait désormais à quoi avait servi Kimberley. Elle lui avait été accordée pour qu'il s'adoucisse. Pour qu'il se désintoxique des femmes étiolées. C'était la maison-étape sur la voie d'Hephzibah — sa Junon.

Elle n'était pas énorme, sa Junon. Ni même dodue. Elle était simplement faite d'une autre étoffe que celle à laquelle il était accoutumé. Il se souvint de la femme qui sortait de la piscine sur la Riviera, de son bas de bikini trempé et lâche, tout comme sa peau, à la fois chiche et flasque, comme si le peu de chair qu'elle possédait était encore excessif pour son squelette. Hephzibah occupait intégralement sa silhouette. Elle était physiquement en harmonie avec elle-même. Elle se remplissait tout entière. Sans ses vêtements, elle n'était pas aussi grosse qu'il l'avait craint, il n'y avait pas de bourrelets ou de plis de chair excédentaire. Au contraire, elle était ferme et robuste, à part le cou, un tantinet trop épais. En conséquence, elle était plus belle à regarder nue qu'habillée. Il avait redouté ce que ces capes et châles violets et bordeaux du Hampstead Bazaar allaient révéler, mais elle les avait enlevés et, prodige, elle était magnifique ! Younonesque.

La grande surprise était la pâleur de sa peau. Les finklers n'en finissaient pas de le surprendre. Sam Finkler n'était pas un brun aux yeux de fouine, c'était un roux au regard d'aigle. Libor était un dandy, pas un érudit. Et voilà qu'Hephzibah, dont le nom évoquait la danse des sept voiles, les souks et le parfum que répandait la boutique arabe d'Oxford Street, une fois toutes ces couches de vêtements ôtées avait l'air... il avait d'abord songé à polonaise ou ukrainienne, mais, plus il se repaissait de sa nudité, plus il la trouvait scandinave, peut-être balte. Elle aurait pu être la figure de proue d'un chalutier estonien — le *Lembitu* ou le *Veljo* — qui sillonnait le golfe de Riga pour pêcher le hareng. Il avait suivi une UV sur les sagas nordiques à l'université. À présent, il savait pourquoi. Pour se préparer à sa Brunehilde. Tout comme son amitié avec Finkler et Libor était destinée à le préparer à posséder une Brunehilde juive.

Il n'y avait pas de coïncidences. Tout faisait sens.

C'était comme une conversion religieuse. Il se réveillait sur le spectacle d'Hephzibah fondant sur lui et éprouvait une joie incommensurable, comme si l'univers et la conscience qu'il en avait s'étaient miraculeusement réunis, et il n'y avait rien d'inharmonieux en lui ou autour de lui. Il aimait Hephzibah, il aimait le monde entier.

Mon Dieu, être juif, ça en avait, des avantages !

À la demande d'Hephzibah, il renonça à son travail de sosie. Elle trouvait dégradant qu'il joue le rôle d'un autre. À présent qu'il l'avait trouvée, il était temps qu'il joue le sien.

Grâce à des parents prévoyants et à deux divorces réussis, elle n'était pas à court d'argent. Julian pouvait prendre le temps de réfléchir à ce qu'il allait faire. Pourquoi ne pas retourner à l'art et l'administration ? lui suggéra Hephzibah. Chaque ville d'Angleterre, jusqu'au dernier village, avait à présent son festival littéraire ; un homme d'expérience et de savoir tel que lui les intéresserait forcément. Et s'il organisait un festival sur Abbey Road, non loin des studios d'enregistrement et du musée ? Entre les Beatles et les juifs, un Festival des Lettres et Arts de la scène de St John's Wood. Avec une installation permanente consacrée aux atrocités de la BBC ? suggéra-t-il. Hephzibah refusa.

De toute façon, il n'était pas encore acquis à l'idée du festival. Il se rappelait la femme qui faisait l'amour en gardant ses Birkenstock aux pieds. Non, il en avait fini avec l'art.

Il songea à suivre des études pour devenir rabbin.

— Il pourrait y avoir des obstacles, lui dit-elle.

Il fut déçu.

— Et un rabbin laïc ?

Elle n'était pas sûre que le judaïsme reconnaisse la laïcité au sens anglican du terme. Peut-être que le judaïsme libéral avait quelque chose de laïc, mais elle était à peu près sûre qu'il fallait tout de même se soumettre à de stricts critères judaïques. Et il y avait aussi ce courant, le reconstructionnisme, mais il lui semblait que c'était américain, et elle ne voulait pas aller habiter en Amérique avec lui.

D'ailleurs, elle ne voulait pas qu'il devienne rabbin, point final.

— Il y en a qui ont envie de prendre leurs distances avec le folklore juif, expliqua-t-elle.

Il déclara qu'il espérait qu'elle ne l'avait pas choisi pour cette raison.

Elle répondit que non, mais qu'elle avait eu deux maris juifs et, même s'il n'était pas question entre eux d'épousailles, elle était soulagée de ne pas vivre avec un troisième juif. Enfin, pas un juif dans l'acception habituelle du terme, se hâta-t-elle d'ajouter.

C'est alors qu'elle eut une idée lumineuse. Et s'il l'assistait dans la mise en place du musée ? À quelle fonction, elle ne le saurait qu'après en avoir discuté avec le mécène et le conseil d'administration, mais son aide était bienvenue sous quelque forme que ce soit, ne fût-ce que pour lui donner le temps de se retourner.

Il était aux anges. Sans attendre qu'elle parle de lui au conseil d'administration, il lui donna aussitôt l'intitulé de son poste : conservateur adjoint du musée de la Culture judéo-britannique.

Il en rêvait depuis toujours.

2

En revanche Finkler n'attendait pas depuis toujours de se faire habiller pour l'hiver par un comique membre de la Société des juifs honteux.

Et encore moins par Ivo Cohen, pour qui le summum de la drôlerie consistait à s'étaler sur scène.

De sa propre initiative, Finkler avait commencé à appeler les Juifs honteux « membres de la SHOAH ». « Nous, de la SHOAH », avait-il déclaré dans une interview à la presse sur son travail au sein du groupe, avant de répéter l'expression à la radio dans une émission matinale.

— D'abord, il y a déjà une Shoah, dit Ivo Cohen.

Finkler prit l'expression grave de circonstance.

— Je n'ai pas besoin qu'on me le rappelle, dit-il, détachant bien les mots, comme pour les enduire du silence requis par les victimes, toutes obédiences confondues. Mais n'est-ce pas précisément le but de notre mouvement ? « Ne fais point, ni ne permets que l'on fasse, à autrui ce que… »

— Et comment les gens sauront-ils à quelle Shoah nous nous rattachons ? insista Ivo Cohen.

— Historiquement, répondit Finkler avec grandiloquence, nous nous rattachons aux deux.

Quand Finkler sortait du « historiquement », il était difficile de le contredire. Personne n'osait remettre l'histoire en question.

— Tout ce que nous demandons, répondit Merton Kugle, c'est que tu ne changes pas notre nom sans en discuter avec nous auparavant. Ce n'est pas ton mouvement.

Toujours vexé par la question encore irrésolue du boycott, Kugle s'était mis à voler des produits provenant d'Israël dans les supermarchés et s'était fait arrêter.

Merton Kugle, ce type au bout du rouleau selon Finkler, ce bloggeur moribond que personne ne lisait, cet activiste qui n'activait rien, ce rien du tout — ce *nebbish*, ce *nishtikeit*, ce *nebechel* :

parfois, même pour Finkler, il n'y avait que le yiddish qui pouvait servir — ce *gornisht* membre de toutes les associations antisionistes existantes et de plusieurs autres inexistantes, même si certaines étaient financées par des fous furieux islamistes convaincus que le juif Kugle ne rêvait que de dominer le monde, ou encore d'autres animées par des juifs ultra-orthodoxes avec lesquels Kugle n'aurait pas partagé un biscuit dans d'autres circonstances. Du moment que l'expression « antisioniste » figurait dans l'en-tête, le corps du texte, voire le filigrane, Kugle en était.

« Je suis juif car je ne suis pas sioniste », avait-il écrit dans son blog.

Comment peut-on être quoi que ce soit, avait voulu savoir Finkler, en vertu de ce que l'on n'est pas ? Suis-je juif car je ne suis pas Cherokee ?

Finkler croisa le regard de la sociologue orale et sociopsychologue Leonie Leapmann, clignotant sous des paupières rougies. Il l'avait connue à Oxford où cette théoricienne littéraire était célèbre pour ses jupes courtes. À l'époque, elle avait une crinière flamboyante, bien plus incendiaire que ce pâle orange, qu'elle disposait autour d'elle quand elle s'asseyait, ses jambes nues ramenées sous son menton, telle une chatte angora pelotonnée dans sa fourrure. Depuis, elle avait coupé ses cheveux et éteint les feux. Les minijupes avaient elles aussi disparu, remplacées par des leggings ethniques de toutes sortes — cette fois, un jodhpur façon Hare Krishna stercoraire. Pour Finkler, ce look était indéchiffrable. Pourquoi une femme décidait-elle de porter une tenue qui la faisait passer pour un gros bébé ayant souillé sa culotte ? Cela affectait tous ses contacts avec elle, comme si, dès qu'elle parlait, une odeur répugnante s'élevait dans la pièce.

— Oh, je t'en prie, ne recommence pas, supplia-t-elle.

Finkler détourna le nez.

Immanquablement, Leonie Leapmann revenait tout juste des Territoires occupés — ou s'apprêtait à y retourner. Elle y avait beaucoup d'amis de toutes obédiences, y compris des juifs qui étaient aussi honteux qu'elle. On pouvait palper le conflit sur sa personne. La souffrance tournait dans ses orbites épuisées et rougies, comme un poisson rouge dans son bocal.

On aurait dit un film en 3D.

— Ne recommence pas *quoi*, Leonie ? s'enquit Lonnie Eysenbach avec une politesse insupportable.

Lonnie présentait des émissions de télévision pour la jeunesse et écrivait des livres de géographie dans lesquels il oubliait scrupuleusement Israël. Il avait un visage de canasson affamé et des dents jaunies à l'avenant qui causaient de plus en plus de soucis à ses producteurs. Il terrifiait les enfants.

Lonnie et Leonie, aussi irritables que revêches, avaient autrefois été amants et charriaient lors de chaque réunion les braises encore fumantes du ressentiment.

— J'ai des amis là-bas, des deux côtés, qui sont au bord du suicide ou du désespoir meurtrier, répondit Leonie — ce que Finkler prit pour une menace contre sa propre personne, même s'il n'allait pas en faire un fromage —, et nous en sommes encore à discuter de qui nous sommes et du nom que nous devons nous donner.

— Excuse-moi, intervint Kugle. Je n'ai pas l'impression que nous ayons discuté du nom. Je suis démocrate. Je m'incline devant la majorité. C'est Sam avec sa SHOAH...

— Nous pouvons nous faire appeler les Putains de cavaliers de l'Apocalypse, je m'en contrefous, beugla Leonie.

— Les Putains de cavaliers de l'Apocalypse, c'est bien, dit Lonnie. Mais il faudrait que ce soit les Putains de cavaliers et cavalières de l'Apocalypse, non ?

— Je t'emmerde ! lança Leonie.

Détournant le nez, Finkler soupira assez bruyamment pour ébranler les fondations du Groucho Club. À quoi cela servait-il de ressasser les principes premiers à chaque réunion ? Il lui en coûtait d'être d'accord avec Kugle sur quoi que ce soit. Si, pour Kugle, le jour suivait la nuit, Finkler priait pour que l'aube ne se lève jamais.

— Je ne m'incline devant personne dans ma honte juive, dit-il. Mais n'est-il pas important que nous fassions un distinguo ?

Kugle gémit.

— Tu as quelque chose à ajouter ? aboya Finkler.

Kugle secoua la tête.

— Je me raclais la gorge, c'est tout.

— Oh, pour l'amour de Dieu ! hurla Leonie Leapmann.

— Tu ne crois ni à l'amour ni à Dieu, lui rappela Lonnie Eysenbach.

— Attendez, peut-être que je peux vous aider.

Celle qui avait pris la parole était Tamara Krausz, l'universitaire la plus connue de la Société des juifs honteux, dont la calme autorité attirait le respect non seulement en Angleterre, mais aussi en Amérique et au Proche-Orient, dans tous les cercles antisionistes — Finkler ne serait pas allé jusqu'à dire antisémites.

Même Finkler se recroquevillait un peu en sa présence.

— Ne devons-nous pas démontrer, poursuivit-elle — en femme qui ne lâchait jamais prise et que nul n'aurait osé interrompre —, qu'être juif est à la fois une merveille et une diversité, et que cela ne comporte pas plus l'obligation de défendre Israël contre toute critique que de vivre constamment dans la peur ? Nous ne sommes pas un peuple de victimes, n'est-ce pas ? Comme ce courageux philosophe israélien, dit-elle en hochant la tête en direction de Finkler, Avital Avi, l'a récemment exprimé à Tel-Aviv dans un discours vibrant que j'ai eu l'honneur d'entendre depuis l'estrade, c'est nous qui perpétuons la Shoah aujourd'hui, nous qui continuons là où les kapos se sont arrêtés. Oui, bien sûr que c'est dégradant pour les morts d'être oubliés, mais les exhumer afin de justifier un massacre les avilit bien davantage encore.

Sa voix argentine et posée, songea Finkler, semblait adresser un reproche particulier à Leonie Leapmann dont la diction était aussi traînante qu'hésitante. Elle lui faisait tout autant honte par ses tenues. Leonie s'habillait comme une indigène débarquée d'un pays difficile à identifier — la République populaire de l'Ethnikistan, raillait Finkler — alors que Tamara ne paraissait jamais en public autrement qu'en femme d'affaires ou rédactrice de mode, à la fois professionnelle et toute en délicatesse féminine.

Finkler en profita pour la lorgner. Sa silhouette lui rappelait sa défunte épouse, mais elle était à la fois plus ferme et plus fragile. Elle griffait le vide en parlant, remarqua-t-il, serrant le poing sans raison, comme pour étouffer mortellement la moindre idée qui ne venait pas d'elle. Il l'imagina hurlant de plaisir dans ses bras, il ignora pourquoi. Sans doute à cause de son attitude et de l'atmosphère de désintégration morale qu'elle dégageait. D'ailleurs, pour elle, l'histoire moderne d'Israyel relevait précisément de la désintégration morale. La folie dans laquelle la Shoah avait plongé les Israyéliens, sans compter leur passivité et leur impuissance pendant la guerre, se retournait désormais contre les Palestiniens. Finkler ne partageait pas cette théorie de la folie qui engendre la folie, mais avant de le lui dire il préférait avoir eu l'occasion de la posséder et de l'entendre hurler de plaisir entre ses bras.

Lors de son dernier voyage en Palestine, déclara-t-elle — c'était comme si elle racontait ses vacances : d'ailleurs, Finkler se demanda combien de temps il lui faudrait avant de sortir le diaporama —, elle avait rencontré plusieurs représentants du Hamas et leur avait exprimé ses réserves quant à leur récent programme d'islamisation forcée, en vertu duquel on accostait des femmes aux tenues indécentes sur les plages, on harcelait les boutiques qui vendaient de la lingerie occidentale, on séparait les garçons et les filles à l'école et on imposait un peu partout de plus en plus de restrictions sur les droits des femmes. Elle n'avait pas hésité à les avertir que cela aurait un impact négatif sur le soutien que le Hamas pouvait escompter de la part des opinions qui lui étaient favorables en Europe et en Amérique. En extase, Finkler imagina les dirigeants du Hamas frémir devant Tamara et son exquise indignation féministe. Eux aussi l'imaginaient-ils en train de hurler de plaisir dans leurs bras ?

— Pas terrible, dit-il.

— Non, convint-elle. Pas terrible du tout. Et surtout il faut s'attendre à ce que les pro-israéliens se jettent là-dessus comme preuve de l'extrémisme et de l'intolérance inhérents au Hamas. Alors que...

Tamara Krausz inspira longuement. Finkler inspira avec elle.

— Alors que… ?

— Alors que la vérité, c'est que ce qui se passe là-bas est une conséquence de l'occupation illégitime. On ne peut pas isoler un peuple, le couper de son lien naturel avec sa terre, l'humilier et l'affamer, sans songer que cela engendrera l'extrémisme.

— Tout à fait, opina Leonie.

— Certes, coupa Tamara avant que Leonie ait pu poursuivre. Avital, avec qui j'en ai discuté, est même allé jusqu'à suggérer que ces dérives correspondent précisément aux desseins des Israéliens. Afin de forcer Gaza à se replier de plus en plus sur elle-même jusqu'à ce que l'Occident supplie Israël de la reconquérir.

— Tsss, fit Finkler.

— Je sais, murmura-t-elle en croisant son regard.

— Comment va Avital ? demanda-t-il brusquement.

Tamara leva le visage vers lui. Finkler eut l'impression qu'on lui offrait une fleur.

— Pas très bien, dit-elle. Mais il refuse de l'admettre. Il est infatigable.

— Il paraît, dit Finkler. Et Navah ?

— Bien, grâce à Dieu. Bien. C'est son bras droit.

— Tant mieux, sourit Finkler, lui offrant une fleur à son tour.

Savoir que ce moment d'intimité entre eux rendait fous les autres le remplit d'une discrète satisfaction. Il entendait le cœur de Kugle se ratatiner.

Il n'y avait qu'au poker qu'il éprouvait un plaisir comparable.

3

Libor alla voir la psychothérapeute qu'Emmy lui avait recommandée. Une femme brune, très grande, assez imposante pour le prendre sur ses genoux. Elle la ventriloque, et lui la marionnette.

— Jean Norman, dit-elle en tendant un bras assez long pour passer derrière son dos et actionner son mécanisme.

Jean Norman. Quel nom ordinaire pour un personnage aussi exotique, songea-t-il, mais elle avait dû le prendre pour apaiser les endeuillés. De son vrai nom Adelgonda Remedios Arancibia.

Il y était allé pour faire plaisir à Emmy. Autrement, il s'en serait bien passé. Qu'y avait-il à attendre d'une psychothérapie ? Cela devait-il l'amener à se réjouir de ses perspectives d'avenir ?

Il s'en voulait de ne pas avoir été capable de répondre à la requête d'Emmy. Finkler était le personnage public le plus connu de son entourage actuel et il ne risquait pas de s'élever contre le réalisateur qui comprenait qu'on puisse vouloir tuer des juifs. Tant qu'on ne lui aurait pas prouvé le contraire, ces deux-là étaient frères de lait.

C'est pourquoi il s'était résolu à consulter la psychothérapeute.

Jean Norman. De son vrai nom : Adelaïda Inessa Ulyana Miroshnichenkop. Elle habitait à Maida Vale, non loin de chez Treslove, même si celui-ci disait Hampstead, ou plutôt non loin de chez Treslove avant qu'il emménage avec son arrière-petite-nièce.

Il aurait préféré qu'elle ait un cabinet ou une consultation en hôpital, mais elle le reçut sur le pas de la porte de son pavillon...

Elle était à la retraite, expliqua-t-elle. Mais elle continuait son activité de conseil.

Libor crut qu'elle allait lui dire que c'était pour se distraire ou ne pas perdre la main, mais elle laissa la phrase en suspens comme quelqu'un au bout d'une corde...

La maison semblait vaste, mais la pièce où elle fit entrer Libor était minuscule, comme le salon d'une maison de poupée. Il y avait aux murs des lithos de scènes pastorales. Bergers et bergères. Et une collection de dés en porcelaine sur la cheminée. Libor trouva qu'elle était trop grande pour cette pièce.

Elle dut se plier quasiment en trois pour pouvoir se caser dans son fauteuil. Libor se sentit ridicule devant sa taille. Même lorsqu'elle était assise, il était obligé de lever les yeux pour la regarder.

Elle avait un joli nez romain avec des narines larges et sombres que Libor n'eut d'autre choix que de fixer. Malgré son air étranger, elle avait une allure de dame patronnesse dont le charme provincial et corseté aurait eu un succès fou étalé sur un calendrier vendu au profit d'œuvres de bienfaisance. Elle devait avoir de longs seins pendants et un nombril de Sicilienne, profond, sombre et béant, devina Libor.

Il se l'imaginait nue alors qu'elle était couverte des poignets aux chevilles et n'esquissait pas le moindre geste qui pût être qualifié de suggestif... Cela faisait-il partie de la thérapie ?

Ils parlèrent brièvement d'Emmy, laquelle lui avait dit qui était Libor. Elle se rappelait ses articles et en mentionna même un ou deux. Et puis les célèbres photos. Elle se souvenait de certaines, aussi. Libor qui riait avec Garbo. Libor allongé sur un lit avec Jane Russell, Libor paraissant le moins masculin des deux. Libor dansant joue contre joue avec Marilyn Monroe dans une parodie de romance impossible, étant donné tout ce qui les séparait.

— Vous auriez dû me voir danser avec ma femme, dit-il.

Il dit cela pour lui faire plaisir, tout comme il était venu pour faire plaisir à Emmy. Pour lui, c'était son rôle. Faire plaisir et faire son deuil.

À son grand soulagement, elle ne proféra pas de sottise sur les chers disparus — il détestait cette expression : il n'y avait pas de chers disparus, il n'y avait qu'une bien-aimée Malkie — ni sur les étapes du deuil.

Pas davantage — et il lui en fut reconnaissant — elle ne le gratifia de regards compatissants. Elle ne pleurait pas à sa place. Elle le laissait faire.

À mesure que le temps passait, il avait de plus en plus de mal à se concentrer sur ce qu'elle disait. Jean Norman. De son vrai nom Fruzsina Orsolya Fonnyasztó.

Il continua de scruter l'intérieur de ses narines, qui était d'une noirceur apaisante.

Quant à ce qu'il lui déclara, il n'en avait aucune idée. Il mima ses sentiments. Joua le chagrin. Prononça des paroles de veuf éploré. Ajouta même les gestes de circonstance. S'il était resté plus longtemps, il se serait tordu les mains et arraché les cheveux.

Sa gêne le surprit et le consterna. Qu'avait-il besoin de tout cela ? Pourquoi ne laissait-il pas parler son cœur ?

Parce que le cœur ne parle pas, voilà pourquoi. Parce que le langage présuppose l'artificialité. Parce que, au final, il n'y avait rien, absolument rien à dire.

Savait-elle cela, Jean Norman ? De son vrai nom Maarit Tuulikki Jääskelaïnen. Avait-elle conscience que les affligés s'asseyaient devant elle, levaient les yeux vers ses narines et lui mentaient ?

Il aurait dû hurler comme une bête. Cela au moins aurait été une expression sincère de ce qu'il éprouvait. Sauf que ce n'était pas vrai. Il n'y avait aucune expression sincère de ce qu'il éprouvait.

Elle lui réservait une question pour la fin. En la posant, elle parut s'animer davantage que durant tout leur entretien. De toute évidence, c'était la véritable raison, en fait la seule, de sa venue ici. Ce qu'elle allait lui demander, elle en avait eu envie depuis l'instant où il était entré. Non, depuis qu'elle avait su qu'il allait venir la voir.

— À propos de Marilyn, dit-elle.

— Marilyn Monroe ? Quoi donc ?

— Vous l'avez bien connue ?

— Oui.

Elle gonfla les joues et se tapota la poitrine.

— Alors dites-moi...

— Oui ?

— Elle s'est suicidée ou on l'a assassinée ?

4

Treslove et Hephzibah chantent des duos d'amour dans la baignoire.

Finkler perd de l'argent au poker.

Libor est en train de sombrer.

Finkler perd de l'argent au poker, mais ses livres se vendent bien et, au moins, il n'a pas peloté Tamara Krausz.

Libor est en train de sombrer parce qu'il a perdu Malkie. Emmy l'a appelé pour lui donner des nouvelles de son petit-fils. Il ne recouvrera pas la vue. Il y a eu une autre agression sur deux garçons juifs qui portaient des tsitsits, lui annonce-t-elle. Et des pierres tombales d'un cimetière juif du nord de Londres ont été profanées. On y a peint des croix gammées. Que veut-elle donc qu'il fasse ? Qu'il organise une milice de surveillance ? Qu'il monte la garde dans tous les cimetières de Londres ?

Libor a un mal fou à ne pas confondre les émotions que suscite chez lui cette recrudescence d'agressions antisémites dans les rues avec ce qu'il ressent pour Malkie.

Treslove et Hephzibah chantent *O soave fanciulla, Parigi o cara, E il sol dell'anima, Là ci darem la mano*, etc.

Quel que soit l'air qu'il entonne, elle le connaît. Si ça n'est pas étonnant, ça ! s'extasie-t-il.

Tout ce qu'ils chantent revient à se dire bonjour ou au revoir. C'est cela, l'opéra. Treslove chante tous les airs comme des adieux, Hephzibah les chante comme des bonjours. Du coup, même quand ils divergent, ils sont complémentaires et c'est tout bénéfice pour lui.

Elle a une voix forte, plus adaptée à Wagner. Mais ils ne chanteront pas du Wagner, pas même *Tristan und Isolde*. « Ma règle de base, c'est que s'il y a un "und" quelque part, je refuse de chanter », lui dit-elle.

Il commence à comprendre la culture finkler. C'est comme Libor et Marlene Dietrich, si tant est que Libor ait dit la vérité la concernant. Certaines choses ne se font pas. Très bien, Treslove ne les fera pas non plus. Qu'on lui amène un Allemand, il lui flanquera une putain de dérouillée, à ce *mamzer*.

Mamzer, c'est « bâtard », en yiddish. Treslove n'arrête pas d'utiliser le mot.

Même pour lui-même. Si je ne suis pas un veinard de *mamzer*, qu'est-ce que je suis ? demande-t-il.

Afin de fêter sa veine de *mamzer*, Treslove invita Finkler et Libor à dîner. Venez lever votre verre à ma nouvelle vie. Il avait songé à demander à ses fils de venir, mais il s'était ravisé. Il n'aimait pas ses fils. Il n'aimait pas Finkler non plus, tout bien considéré, mais Finkler était un vieil ami. Il l'avait choisi. Il n'avait pas choisi ses fils.

Finkler émit un petit sifflement entre ses dents en sortant de l'ascenseur et en filant droit sur la terrasse de l'appartement d'Hephzibah.

— Tu es retombé sur tes pattes, toi, chuchota-t-il à Treslove.

Grossier *mamzer*, songea Treslove.

— Ah bon ? répliqua-t-il sèchement. Je ne m'étais pas rendu compte que je ne touchais plus terre.

— Allons, je te taquine, dit Finkler en lui donnant un petit coup de poing dans les côtes.

— Ah, c'était ça ? Eh bien, content que tu sois là quand même. Tu peux regarder le cricket.

— Je peux ?

Finkler aimait le cricket. Il se disait qu'aimer le cricket faisait de lui un Anglais.

— Je voulais dire, *on* peut. D'ici, *on* peut regarder les matchs.

Il n'avait aucune intention d'inviter Finkler à venir voir un match. Finkler jouissait déjà de trop d'avantages comme cela. Qu'il achète un billet. Et, faute de quoi, il n'avait qu'à s'installer sur sa terrasse à lui et regarder le parc. Il y avait des tas de choses à voir dans le parc, se souvenait Treslove. Encore qu'il ne se rappelait plus grand-chose de Hampstead, à présent. Il était à St John's Wood depuis trois mois et ne se rappelait pas avoir vécu ailleurs. Ni *avec* quelqu'un d'autre.

Hephzibah occultait son passé.

Il emmena Finkler dans la cuisine pour lui présenter Hephzibah qui cuisinait. Cela faisait longtemps qu'il attendait ce moment.

— Sam, You-oui, You-non ? demanda-t-il.

Pas le moindre tressaillement qui indique que Finkler avait compris ou se souvenait de son jeu de mots vaseux.

Treslove songea à répéter en détachant bien les mots pour lui rafraîchir la mémoire, même s'il lui semblait improbable que Finkler oubliât une phrase de son cru. Finkler ne se séparait jamais d'un calepin où il notait tout ce qu'il entendait et estimait intéressant, principalement ses propres propos. « Ne rien égarer, ne rien convoiter », avait-il dit un jour à Treslove en sortant l'objet. Treslove en avait déduit que Finkler se recyclait régulièrement, conscient de pouvoir tirer un bouquin entier d'un aparté. Treslove aurait donc mis sa main au feu que Finkler se rappelait son You-oui, You-non, mais se refusait à laisser Treslove en tirer une blague à son tour.

Entre-temps, les deux autres s'étaient déjà serré la main, Hephzibah ayant essuyé la sienne sur son tablier.

— Sam.

— Hephzibah.

— Mon délice est en toi, dit Finkler.

Hephzibah inclina gracieusement la tête.

Treslove prit un air perplexe.

— C'est ce que signifie *hephzibah* en hébreu, lui expliqua Finkler. « Mon délice est en toi. »

— Je sais, fit Treslove, vexé.

Ce salaud l'avait encore eu. On ne savait jamais d'où allait partir le coup. On se préparait à une blague finkler et on vous bombardait d'érudition finkler. On ne pouvait jamais leur voler la vedette. Ils avaient toujours quelque chose que vous n'aviez pas, une réserve de munitions verbales ou théologiques dans laquelle ils pouvaient puiser et qui vous laissait sans voix. *Mamzers*.

— Il faut que je m'y remette, dit Hephzibah, sinon, vous ne mangerez pas ce soir.

— Mon délice est dans ta cuisine, dit Treslove sans que personne ne relève.

En fait, aux yeux de Treslove, Hephzibah cuisinait moins qu'elle ne se déchaînait sur les ingrédients ; elle les houspillait et les fouettait jusqu'à ce qu'ils déploient leur saveur. Quoi qu'elle préparât, elle avait toujours au moins cinq casseroles en route, assez grandes pour y bouillir un chat. De la vapeur s'échappait de quatre d'entre elles. De l'huile grésillait dans la cinquième. Toutes les fenêtres étaient ouvertes. Une hotte aspirait bruyamment tout ce qu'elle trouvait. Treslove avait proposé de couper le ventilateur quand les fenêtres étaient ouvertes. Les deux s'annulaient réciproquement, avait-il scientifiquement expliqué, la hotte aspirant la moitié des pots d'échappement de St John's Wood. Hephzibah l'ignorait et continuait d'ouvrir et de claquer les portes des placards, d'empoigner toutes les cuillers et les casseroles qu'elle avait sous la main en haletant dans les flammes et la fumée. La sueur ruisselait sur son front et ses vêtements. Toutes les deux minutes, elle s'arrêtait pour s'essuyer les yeux. Puis elle se remettait à la tâche, tel Vulcain tisonnant les feux de l'Etna. Et, au final, Treslove avait en tout et pour tout une omelette à la ciboulette en guise de dîner.

Bien que déplorant le manque de logique de ses méthodes, Treslove adorait la regarder faire. Une femme juive dans une cuisine juive ! Sa propre mère préparait des repas de cinq plats dans une seule poêle. Tous les trois attendaient en silence que cela refroidisse, puis ils mangeaient en silence. Quant à la vaisselle, il n'y en avait pas. À part la poêle et les trois assiettes.

Finkler flaira les arômes de la cuisine dévastée d'Hephzibah — des Cosaques l'auraient laissée en meilleur état.

— Ahhh ! Mon préféré ! dit-il.

— Tu ne sais même pas ce que je prépare, rit Hephzibah.

— Cela reste mon préféré, répondit Finkler.

— Donne-moi le nom d'un ingrédient.

— *Trayf.*

Treslove savait ce que *trayf* signifiait. *Trayf*, c'était tout ce qui n'était pas casher.

— Pas dans cette cuisine, fit mine de s'indigner Hephzibah. Mon Julian ne mange pas *trayf*.

Mon Julian. Une mélodie, pour les oreilles de Treslove. Schubert joué par Horowitz. Bruch interprété par Heifetz.

Hé, Sam, You-oui, You-non ?

Finkler émit un gargouillement de fond de gorge.

— Tu l'as cachérisé ?

— Il s'est cachérisé tout seul.

Treslove fut déconcerté — son Julian ou pas — de voir les deux finklers continuer de se toiser et de se défier à coups de piques. Il avait l'impression de tenir la chandelle. Hephzibah était sa conquise, sa bien-aimée, sa Junon, mais Finkler avait l'air de croire qu'il avait préséance sur elle. À croire qu'ils parlaient un langage secret. Le langage secret des juifs.

Il faut que je l'apprenne, se dit Treslove. Je dois déchiffrer leur code avant d'être largué.

Dans le même temps, il était fier d'Hephzibah qui réalisait une prouesse dont il était incapable : en vingt secondes, elle avait plongé dans l'âme de Finkler plus loin qu'il n'était jamais allé. Il avait même l'air détendu en sa présence.

Quand Libor arriva, Treslove se sentit succomber sous le nombre. Hephzibah exerçait une influence inattendue sur ses deux invités : elle dissolvait leurs différends juifs.

— *Nu ?* demanda Libor à Finkler.

Treslove hésitait. Est-ce qu'on demande *Nu à* quelqu'un ? Ou bien faut-il dire : *Nu ? demanda-t-il*. Et est-ce même une question dans le sens courant ? *Nu, dit-il*. Était-ce mieux ? *Nu*, au sens de « comment ça va ? », mais aussi de « je sais comment ça va ».

Tant de nuances à maîtriser.

À sa grande surprise, la réponse de Finkler fut du même tonneau. En dehors de la présence d'Hephzibah, il avait l'habitude de réprimander Libor pour ses barbarismes juifs, tandis que là il pétillait comme un rabbin.

— *A halber emes izt a gantser lign*, dit-il.

— Une demi-vérité est un mensonge entier, souffla Hephzibah à Treslove.

— Je sais, mentit-il.

— Alors, qui t'a dit des demi-vérités ? demanda Libor.

— Qui n'en dit pas ? répondit Finkler.

Mais il n'était pas disposé à aller plus loin.

Nu, donc, n'était pas interrogatif. On n'était pas obligé de répondre. Il autorisait la tergiversation au nom de notre imperfection humaine.

J'ai compris, se dit Treslove.

Mais, au dîner, Libor aiguillonna Finkler comme dans le temps.

— Pas vos amis juifs antisémites ?

— Pas mes amis juifs antisémites quoi ?

D'ordinaire, releva Treslove, Finkler niait que ses amis juifs fussent antisémites.

— Ils ne vous disent pas de mensonges ?

— Ils sont faillibles comme nous tous.

— Ils vous cassent déjà les pieds ? C'est extra.

— Ce qui est extra, c'est ceci, dit Finkler.

Il se resservit de tout. Harengs au vin rouge, harengs au vin blanc, harengs à la crème, à la crème aigre, au vinaigre, harengs farcis aux olives et piqués d'un cure-dents, harengs hachés d'une manière qu'on disait innovante, et aussi hachés de manière traditionnelle — des harengs frais rapportés de la mer du Nord par le chalutier dont Hephzibah était la figure de proue, un sein découvert — puis le *pickelfleisch*, le pastrami, le saumon fumé, l'œuf et l'oignon, le foie haché, et ce fromage qui n'avait aucun goût ; blinis, *tzimmes, cholent*. Il n'y avait que le *cholent* — ce ragoût façon shtetl à base de viande, haricots et orge perlé qu'Hephzibah appelait ragoût tchèque en l'honneur de Libor qui adorait venir en manger — qui soit chaud. Tant de flammes rugissantes, de casseroles fumantes — et, au final, ce qui arrivait sur la table, à part le *cholent*, était froid.

Treslove était émerveillé. Que de miracles accomplissait son épouse, même si ce n'était pas encore son épouse.

— Je le savais, dit Finkler quand il arriva au *cholent*. Du *helzel* ! Je savais que j'avais senti du *helzel*.

Treslove le savait aussi, mais seulement parce que Hephzibah le lui avait dit. Le *helzel* était du cou de volaille farci. Selon elle, nul *cholent* digne de ce nom ne se préparait sans *helzel*. De toute évidence, Finkler était du même avis.

— Tu as mis de l'origan dans la farce, dit-il en se pourléchant. Brillante idée. Ma mère ne pensait jamais à l'origan.

La mienne non plus, songea Treslove.

— C'est une version sépharade ? interrogea Finkler.

— C'est *ma* version, sourit Hephzibah.

— Tu es un sacré veinard, dit Finkler à Treslove.

Un veinard de *mamzer*.

Treslove acquiesça avec un sourire en savourant le *helzel*. Du cou de volaille farci, nom de Dieu ! Toute l'histoire d'un peuple dans un cou de volaille farci.

Et Finkler le philosophe, Finkler le Juif honteux, qui se léchait les babines comme s'il n'avait jamais quitté Kamenetz Podolsky.

Après le *cholent*, le coup de torchon.

Hephzibah avait dressé une table élégante et chargé Treslove de briquer les verres et l'argenterie, mais en matière de textile on se serait cru dans une cafétéria de gare. Devant chaque convive trônait un distributeur de serviettes en acier inoxydable. La première fois que Treslove avait dressé la table, il avait plié les serviettes comme sa mère le lui avait appris, en forme de petits navires, une pour chacun. Hephzibah avait loué sa dextérité en dépliant la serviette pour l'étaler coquettement sur ses genoux, mais, quand il avait voulu faire de même ce soir, il avait trouvé les distributeurs à la place des serviettes. « Je n'encourage pas la gloutonnerie, avait expliqué Hephzibah, mais je ne veux pas qu'à ma table on ait l'impression de devoir se retenir. »

Hephzibah elle-même utilisa une dizaine de serviettes en papier, et encore d'autres après le *cholent*. La mère de Treslove lui avait appris à laisser le moins de marques possible sur sa serviette, afin qu'elle puisse être repliée en forme de navire et réutilisée. Désormais, à l'exemple d'Hephzibah, il en utilisait une pour chaque doigt.

Tout était différent. Avant Hephzibah, il mangeait uniquement avec sa bouche. Maintenant, il mangeait de toute sa personne. Et il lui fallait beaucoup de serviettes en papier pour que toute sa personne reste propre.

— Alors, ce musée... dit Finkler quand la table fut débarrassée. (Hephzibah inclina la tête dans sa direction.) N'en avons-nous pas déjà assez ?

— Des musées en général, tu veux dire ?

— Des musées juifs. Partout où tu vas, maintenant, dans la moindre ville, le moindre shtetl, on trouve un musée de la Shoah. Nous en faut-il un de plus à Stevenage ou à Letchworth ?

— Je serais surprise qu'il y en ait un à Letchworth. Mais ce n'est pas un musée de la Shoah, de toute façon, c'est un musée de la Culture judéo-britannique.

— Parce que ça existe, la culture judéo-britannique ? s'esclaffa Finkler. On y rappellera que nous avons été expulsés en 1290 ?

— Bien sûr. Et qu'on nous a rouvert les portes en 1655.

Finkler haussa les épaules, comme devant un public déjà convaincu de ce qu'il pensait.

— Toujours la même chanson, dit-il. Tu finiras par la Shoah, simplement il y aura écrit au-dessus : « Attitude des Anglais pendant ». Tu afficheras des photos des chambres à gaz, je te le dis. Comme tous les musées juifs. S'il faut à tout prix exposer nos souffrances, pourquoi ne pas au moins changer de registre de temps en temps ? Pourquoi pas un musée des Pogroms russes ? Ou un musée de l'Exil de Babylone ? Ou, dans ton cas, puisque tu as déjà le site, un musée de Toutes les saloperies que les Anglais nous ont fait subir ?

— Souligner la méchanceté des Anglais ne figure pas dans notre cahier des charges, répondit Hephzibah.

— J'en suis fort aise.

— Ni, intervint Treslove, le fait de souligner celle de quiconque. Notre musée ne parlera même pas de la Shoah.

Finkler le fusilla du regard. *Notre ? Qui t'a sonné, toi ?* disait son expression.

Libor s'étira. D'une voix insouciante, mais oraculaire, il annonça :

— Le petit-fils d'une de mes amies vient de se faire crever les yeux.

Finkler ne sut trop quelle contenance prendre. Était-ce une blague ? *Et alors ?* avait-il envie de demander. *Quel est le rapport avec notre conversation ?*

— Oh, Libor, qui donc ? demanda Hephzibah.

— Tu ne connais pas le petit-fils ni la grand-mère.

— Alors que s'est-il passé ?

Libor leur fit donc un résumé de la situation, sans mentionner qu'en d'autres temps Emmy et lui avaient été amants.

— Et vous trouvez que c'est une raison suffisante pour qu'on érige un musée de la Shoah dans toutes les paroisses du pays !

— Je remarque que tu as dit « paroisse », dit Treslove. Ce sarcasme reconnaît une incongruité que l'on ne peut expliquer que par le manque d'hospitalité des chrétiens envers les juifs.

— Oh, mais, merde, Julian ! Mon sarcasme, comme tu dis, ne reconnaît rien de tel. Je vois que Libor est bouleversé. Je ne veux pas lui manquer de respect. Mais le geste d'un détraqué ne justifie pas qu'on se torde les mains en hurlant que les nazis sont de retour.

— Non, et je ne prétends rien de tel, répondit Libor.

Hephzibah se leva et alla le rejoindre. Elle se planta derrière sa chaise et lui prit les joues dans les mains comme si c'était son petit garçon. Ses bagues étaient plus grosses que ses oreilles. Libor se laissa aller en arrière. Elle posa ses lèvres sur son crâne chauve. Treslove craignit que le vieil homme ne se mette à pleurer. Mais c'était peut-être seulement parce qu'il redoutait *lui-même* de fondre en larmes.

— Je vais bien, dit Libor. Je suis aussi bouleversé par mon impuissance que par ce qui est arrivé au petit-fils de cette amie, que je n'ai jamais rencontré et dont j'ignorais l'existence il y a encore deux mois.

— Eh bien, tu ne peux rien y faire, dit Hephzibah.

— Je le sais. Mais ce n'est pas ne rien pouvoir faire qui me bouleverse, c'est ne rien éprouver.

— Je me demande si nous n'éprouvons rien, dit Finkler, précisément parce que nous répétons nos sentiments sur ce sujet trop librement et trop fréquemment.

— Nous crions au Loubavitch, c'est de ça que tu parles ? lâcha Hephzibah avec un rire tonitruant.

Mon Dieu, que je l'aime, songea Treslove.

— Tu crois que nous ne le faisons pas ? insista Finkler.

— Je crois que nous ne le pouvons pas.

— Tu ne crois pas qu'à force de tirer pour rien la sonnette d'alarme, plus personne ne fera attention ?

— Comment peut-on distinguer une vraie d'une fausse alerte ? insista Hephzibah.

Treslove vit que Finkler était sur le point de répondre : « Quand c'est Julian qui la donne. » Mais il déclara :

— Il me semble que nous créons un climat d'angoisse inutile, a) en nous posant constamment en victimes et b) en ne parvenant pas à comprendre pourquoi les gens peuvent de temps en temps penser avoir une bonne raison de nous détester.

— Et d'aveugler nos enfants, dit Hephzibah, les mains toujours sur les joues de Libor.

Libor les prit dans les siennes, comme pour se boucher les oreilles.

— Comme dans « Je comprends très bien l'antisémitisme », dit-il, imitant le réalisateur compréhensif.

— Et ça recommence, fit Hephzibah.

Finkler secoua la tête comme pour signifier qu'il n'y avait rien à tirer d'eux.

— Alors ton musée de la Culture judéo-britannique est finalement un musée de la Shoah.

Quel *yutz*, songea Treslove. Quel *groisser putz*. Quel *shtick drek*.

Finkler et Libor allèrent boire un whisky pendant que Treslove et Hephzibah faisaient la vaisselle. Normalement, elle laissait cela au lendemain. Elle entassait tout dans l'évier, si bien qu'il était impossible de remplir ne serait-ce qu'une bouilloire. Et ce que l'évier ne pouvait accueillir restait sur la table de la cuisine. Des casseroles et des couverts en nombre suffisant pour une centaine de personnes. Treslove adorait cela chez elle. Elle se souciait peu qu'il faille nettoyer après les agapes. Il n'y avait pas de prix à payer pour le plaisir.

Elle ne laissait pas non plus la vaisselle pour que ce soit *lui* qui la fasse. Elle la laissait, c'est tout. Il trouvait cela fataliste. Une nonchalance acquise grâce aux Cosaques. Quand on ne sait pas où on sera le lendemain, ni d'ailleurs si on sera vivant ou mort, pourquoi se soucier de vaisselle ?

Mais, ce soir, elle l'entraîna dans la cuisine. Et ni Finkler ni Libor ne se proposèrent pour les aider. C'était comme si deux couples s'étaient mutuellement accordé un peu d'intimité.

— Notre ami semble très heureux, dit Libor.

— En effet. Il rayonne, répondit Finkler.

— Et ma nièce aussi. Je crois qu'elle lui convient bien. Apparemment, c'est une mère qu'il fallait à Julian.

— Depuis toujours, dit Finkler. Depuis toujours.

Huit

1

Finkler avait hâte de faire une petite partie de poker en ligne avant de se coucher et il fut donc déçu en arrivant chez lui de trouver sur son répondeur un message de sa fille Blaise. Immanuel, le plus jeune de ses deux fils, avait été mêlé à un incident antisémite. Il n'y avait absolument pas de quoi s'inquiéter. Il allait très bien. Mais Blaise voulait que son père l'apprenne d'abord d'elle, plutôt que d'une autre source éventuellement malveillante.

La ligne étant mauvaise, Finkler ne put distinguer tous les détails. Alors qu'il le réécoutait, il songea que ce message était peut-être un canular — monté par Julian, Libor et Hephzibah, qui étaient encore en train de boire quand il était parti et qui voulaient lui donner une petite leçon. Tu vas voir ce que ça fait quand ça t'arrive, monsieur le philosophe juif honteux. Mais c'était incontestablement la voix de Blaise. Et, même si elle déclarait qu'il n'y avait absolument aucune raison de s'inquiéter, il y en avait manifestement une, sinon pourquoi aurait-elle téléphoné ?

Il la rappela, mais Blaise ne décrocha pas, comme souvent. La ligne d'Immanuel était constamment occupée. Peut-être ces salauds lui avaient-ils volé son téléphone. Il essaya son autre fils, Jerome, mais il était dans une université plus rouge, plus coriace que celle de Blaise et d'Immanuel, et était enclin à ironiser sur les faits et gestes de ses frère et sœur. « Un attroupement d'antisémites devant Balliol ? J'y crois pas, papa. »

Comme il était trop tard pour appeler son chauffeur et qu'il avait trop bu pour conduire, Finkler appela son service de limousines.

— Pour Oxford, déclara-t-il à la réceptionniste. Immédiatement.

Il dut demander au chauffeur de baisser la radio, puis de l'éteindre complètement. L'homme s'en offusqua tellement, prétendant en avoir besoin pour connaître l'état de la circulation, que Finkler eut peur d'être à son tour mêlé à un incident antisémite. L'état de la circulation ! À minuit ! Une fois sortis de Londres et sur des routes plus calmes, Finkler se rendit compte que l'homme avait en fait besoin de la radio pour rester éveillé.

— Peut-être devriez-vous la rallumer, finalement, lui dit-il.

Il se sentit en proie à toutes sortes d'angoisses irrationnelles. Il avait irrité la personne qui l'emmenait voir son fils. Pour autant qu'il sût, il avait aussi agacé son fils de mille manières. Son fils s'était-il battu contre des antisémites à cause de son père ? Honteux ou pas, Finkler était un éminent juif anglais. On ne pouvait attendre de la racaille raciste qu'elle comprenne la subtilité de l'antisionisme juif. *Ah, alors c'est toi le fils de Sam Finkler, espèce de petit youpin ? Prends ça dans le pif.*

Ou bien c'était pire qu'un coup de poing dans le nez.

Il se recroquevilla dans un coin de la Mercedes et fondit en larmes. Qu'aurait dit Tyler ? Il avait l'impression de l'avoir trahie. Elle lui avait fait promettre que les enfants seraient sa priorité. « Pas ta saloperie de carrière, pas ta maîtresse juive à gros nibards, pas les barjots avec qui tu traînes au Groucho, mais tes fils et ta fille. Tes fils et ta fille, Shmuelly. Promets ! »

Il avait promis et il était sincère. Aux obsèques, il avait pris ses fils par les épaules et ils étaient restés longtemps à contempler la tombe de Tyler, trois hommes éperdus. Blaise s'était tenue à l'écart. Elle était avec sa mère. Contre tous les hommes, éperdus de chagrin ou pas. Les trois étaient restés avec lui une semaine, puis ils étaient retournés à leurs universités. Il leur écrivait, leur téléphonait, les invitait à des premières et à des projections. Certains week-ends, il roulait tantôt jusqu'à Oxford, tantôt jusqu'à Nottingham, réservait dans le meilleur hôtel possible et leur payait des dîners somptueux. Il se disait qu'il avait bien fait, en ces occasions, de ne pas emmener de femme avec lui. Surtout quand il avait séjourné au Manoir aux Quat'Saisons de Raymond Blanc dans l'Oxfordshire, un hôtel-restaurant d'une discrétion qui appelait la maîtresse. Mais une promesse est une promesse. Il faisait passer sa progéniture en premier.

Il aimait ses enfants. Ils lui rappelaient, chacun à sa manière, sa pauvre épouse — des garçons vifs et susceptibles, une fille caustique. Aucun n'avait choisi d'étudier la philosophie. Il en était heureux. Blaise faisait du droit. Immanuel, moins stable, était passé de l'architecture aux langues et envisageait de changer encore. Jerome voulait être ingénieur.

— Je suis fier de toi, lui avait dit Finkler. Un beau métier pas du tout juif.

— Qu'est-ce qui te fait croire que je n'irai pas en Israël construire des murs quand je serai diplômé ? avait répondu le garçon.

Mais son père s'était tellement alarmé qu'il avait dû lui expliquer qu'il plaisantait.

Les deux garçons avaient des petites amies auxquelles ils étaient, pensait-il, ennuyeusement fidèles. Blaise, plus capricieuse, n'avait personne. Comme sa mère. Jerome n'était pas sûr d'avoir déjà trouvé la femme de sa vie. Immanuel pensait l'avoir. Il voulait déjà des enfants. Finkler l'imaginait faire le tour de l'Ashmoléenne en poussant des landaus, se pencher pour vérifier ci ou ça et s'extasier sur leurs petites personnes. L'homme nouveau. Jamais il n'avait réussi à être ce genre de père. Trop de choses captaient son attention en dehors de ses enfants — et de sa femme, tiens, aussi. Mais il essayait de se racheter, à présent.

Et s'il était trop tard ? Et si sa négligence avait contribué d'une certaine manière à cette agression ? Avait-il rendu ses enfants vulnérables, incapables de se débrouiller seuls et insuffisamment conscients du danger ?

Et puis il y avait eu cette conversation dans la soirée. Il avait écouté sans compatir l'histoire du jeune homme aveuglé simplement parce qu'il était juif. Avait-il défié le ciel ? Finkler ne croyait pas à une telle hypothèse, mais elle lui traversait l'esprit tout de même. Avait-il défié le Dieu juif ? Et le Dieu juif avait-Il décidé, pour la première fois depuis des millénaires, de Se secouer et de ramasser le gant ? Une idée terrible lui vint : et si Immanuel avait été aveuglé ?

Et plus terrible encore : était-ce sa faute ?

Finkler le parieur rationaliste prit une résolution entre deux sanglots. Si Immanuel avait souffert d'une grave blessure, il irait dire aux membres de la SHOAH d'aller se faire voir. Et dans le cas contraire... ?

Finkler n'en savait rien.

Cela ne rimait à rien de mêler les Juifs honteux à cette affaire. Ils n'étaient responsables de rien. Ils existaient, c'est tout. Tout comme les antisémites existaient. Mais on ne peut pas prendre les passions primales à la légère. Cependant, il ne savait pas trop, recroquevillé dans le coin de la voiture comme il était, priant pour que les kilomètres défilent plus vite, s'il était encore possible d'user du mot « juif » dans un lieu public. Après tout ce qui était arrivé, n'était-ce pas devenu un mot strictement réservé à la consommation personnelle ? En public, dans ce monde d'enragés, c'était comme allumer la mèche de toutes sortes de violence et d'extrémisme. C'était le sésame pour la folie. Juif. Un petit mot dépourvu de raison. Dire « juif » revenait à lancer une bombe.

Immanuel avait-il fait étalage de sa judéité ? Et, auquel cas, pourquoi ? Pour rendre la monnaie de sa pièce à son père ? Pour exprimer sa déception ? *Mon père a peut-être honte d'être juif, mais moi, je peux te dire que non*. Et, là-dessus, *paf !*

Tout lui revenait. Il avait beau tourner la question dans tous les sens, c'était lui, le responsable. Mauvais époux, mauvais père, mauvais exemple, mauvais juif — auquel cas, mauvais philosophe aussi.

Mais ce raisonnement ne valait guère mieux que de la superstition. Finkler était un amoraliste bardé de principes. Ce que l'on faisait, on le faisait, sans rendre des comptes à une quelconque autorité suprême. Oui, il y a des causes et des effets matériels. On conduit mal, on a un accident. Mais il n'y a pas de causes et d'effets moraux. Votre fils n'est pas aveuglé par un antisémite parce que vous trompez votre femme, ou parce que vous n'avez pas pris la menace de l'antisémitisme avec le sérieux qu'y attachent vos amis juifs les plus hystériques.

À moins que...

Ce n'était pas la première fois, se morigéna Finkler, que des maîtresses enrayaient le fonctionnement de son esprit hautement rationnel. On prend une maîtresse et on a un accident de voiture. Évidemment que Finkler n'y croyait pas. Sauf au plan matériel. On prend une maîtresse qui vous fait une gâterie pendant qu'on roule sur l'autoroute et on peut perdre le contrôle du véhicule. Ce n'est pas une question de moralité, mais de concentration. Alors pourquoi, quand il roulait avec une maîtresse, se sentait-il moins en sécurité que lorsqu'il conduisait avec son épouse ? Les hommes et les femmes, estimait-il, n'étaient pas faits pour vivre en monogames. Ce n'était pas un crime contre nature de coucher avec plus d'une femme. C'était un crime contre l'esthétique, peut-être, de promener en ville le vertigineux décolleté de Ronit Kravitz pendant que son élégante épouse l'attendait à la maison, mais aucun paiement n'était réclamé ni par Dieu ni par la société pour un crime contre l'esthétique. Alors, d'où venait son appréhension ?

Cela dit, il était toujours rempli d'appréhension, chaque fois qu'il commettait un crime sexuel qui à ses yeux n'était pas un crime. La voiture allait avoir un accident. L'hôtel allait brûler. Et, oui — car c'était aussi primitif que cela —, sa bite allait se dessécher et tomber.

Il pouvait l'expliquer. La terreur prenait le pas sur la raison. Même à notre époque scientifique, les hommes avaient encore un peu de cette ignorance préhistorique dont la peur était le produit. Que Finkler comprenne les causes et les conséquences des événements ne faisait pas un poil de différence. Le soleil pouvait bien ne pas se lever un matin à cause de quelque chose qu'il avait fait ou de quelque rituel qu'il avait manqué d'observer. Il avait peur, comme un homme né un demi-million d'années avant lui aurait eu peur, peur d'avoir désobéi aux décrets des dieux et qu'en retour ceux-ci se soient vengés sur son fils.

Il arriva au logement d'Immanuel peu après 1 heure du matin. Il n'y avait personne. Il essaya d'appeler, mais la ligne était toujours occupée. Blaise non plus ne répondait pas. Il dirigea le chauffeur vers Cowley Road, où elle habitait. La lumière était allumée dans le salon. Finkler frappa inutilement à la fenêtre. Quelqu'un qu'il ne reconnut pas écarta les rideaux, puis Blaise se montra. Elle parut étonnée de le voir.

— Ce n'était pas nécessaire, dit-elle en le faisant entrer. Je t'ai dit qu'il n'a rien.

— Il est là ?

— Oui, il s'est couché dans ma chambre.

— Il va bien ?

— Je te l'ai dit : il va bien.

— Laisse-moi le voir.

Il trouva son fils assis sur le lit de Blaise en train de lire un magazine people en buvant un rhum-Coca. Il avait un sparadrap sur la joue et le bras en écharpe. En dehors de cela, il avait l'air parfaitement indemne.

— Oups, fit-il.

— Comment ça, « oups » ?

— Oups, c'est ce que tu disais quand on tombait.

— Alors c'est ça, tu es tombé ?

— Oui, à la fin.

— À la fin ? Qu'est-ce que tu veux dire ?

— Papa, tu comptes continuer à me demander ce que je veux dire ?

— Raconte-moi ce qui s'est passé.

— Il y a une question à poser avant ça, papa.

— Laquelle ?

— Comment vas-tu, Immanuel ?

— Pardon. Comment vas-tu, Immanuel ?

— Raisonnablement bien, merci, papa. Comme tu peux le voir. Il y a eu une chamaillerie, voilà tout. Devant le syndicat étudiant. Il y avait un débat — *ce groupe estime qu'Israël a compromis son droit à exister*, ou quelque chose de ce genre. Je suis d'ailleurs surpris que tu n'aies pas été invité à participer.

Finkler aussi, maintenant qu'il l'apprenait.

— Et... ?

— Et tu sais comment ça se passe. Les gens s'énervent un peu. On a échangé des mots, et l'instant d'après on en est venus aux mains.

— Tu es blessé ?

— J'ai mal au bras, mais je doute qu'il soit cassé, dit Immanuel en haussant les épaules.

— Tu es allé à l'hôpital ?

— Pas la peine.

— Tu es allé voir la police ?

— Elle est venue me voir.

— Quelqu'un a été inculpé ?

— Oui, moi.

— Toi !

— Enfin, c'est envisagé, en tout cas. Ça dépend des autres mecs.

— Pourquoi envisagerait-on de t'inculper ? Le monde est devenu fou, ou quoi ?

À cet instant, Blaise entra en apportant du café pour tout le monde. Finkler la regarda d'un air affolé.

— J'étais là, dit-elle. C'est ton enragé de fils qui a tout déclenché.

— Comment cela, « tout déclenché » ?

— On passe pas un oral, papa, lança Immanuel depuis le lit.

Il avait repris sa lecture. Son père et sa sœur n'avaient qu'à se débrouiller. Après tout, c'était elle qui l'avait appelé.

— Blaise, tu m'as dit qu'il y avait eu un incident antisémite. Comment on « déclenche », avec les antisémites ? On trépigne sur place en criant : « Je suis juif, attrapez-moi » ?

— Il ne s'en est pas pris à des antisémites. Tu as tout compris de travers.

— Comment ça, « de travers » ?

— C'étaient des juifs.

— Qui étaient des juifs ?

— Ceux avec qui il s'est bagarré.

— Immanuel a déclenché une bagarre avec des juifs ?

— C'étaient des sionistes. Des vrais *meshuggeners* avec les chapeaux noirs et les tsitsits. On aurait dit des colons.

— Des colons ? À Oxford ?

— Le genre colon.

— Et il a déclenché une bagarre avec eux ? Qu'est-ce qu'il a dit ?

— Pas grand-chose. Il les a accusés de voler le territoire d'autres gens...

Elle marqua une pause.

— Et... ?

— Et de pratiquer l'apartheid...

— Et... ?

— Et de massacrer des femmes et des enfants.

— Et... ?

— Il n'y a plus de « et ». C'est tout.

— C'est tout ? C'est tout ce qu'il a dit ? Immanuel, tu as dit tout ça ?

Son fils leva les yeux. Il rappela à Finkler sa défunte épouse, quand elle le défiait. Il avait la même expression ironique et sans illusion que l'on prend quand on connaît trop bien quelqu'un.

— Oui, c'est ce que j'ai dit. Tu as déjà dit la même chose.

— Pas à quelqu'un en particulier, Immanuel. C'est une chose d'énoncer une vérité politique générale, c'en est une autre de déclencher une bagarre de rue.

— Eh bien, je ne suis pas philosophe, papa. Je n'énonce pas des vérités politiques générales. Je leur ai juste dit ce que je pense d'eux et de leur petit pays de merde et, quand l'un d'eux s'est approché, je l'ai traité de raciste.

— De raciste ? Qu'est-ce qu'il t'avait dit ?

— Rien. Ce n'était pas de lui que je parlais, mais du pays.

— C'était un Israélien ?

— Comment tu veux que je sache ? Il portait un chapeau noir. Il était là pour s'opposer à la motion.

— Et cela fait de lui un raciste ?

— Eh bien, comment tu l'aurais qualifié, toi ?

— Je peux trouver d'autres termes.

— Moi aussi, je peux. Mais on n'était pas en train de jouer au Scrabble.

— Et, ensuite, que s'est-il passé ?

— Je lui ai arraché son chapeau.

— Tu as arraché le chapeau d'un juif.

— C'est si grave que ça ?

— Doux Jésus, mais bien sûr que c'est grave. On ne fait ça à personne, et surtout pas à un juif.

— Surtout pas à un juif ! Quoi ? On est une espèce protégée, maintenant ? Ce sont des gens qui rasent les villages palestiniens au bulldozer. C'est quoi, un chapeau, à côté ?

— Tu l'as blessé ?

— Pas assez.

— C'est une agression raciste, Immanuel.

— Papa, comment ça peut être une agression raciste, alors que c'est eux les racistes ?

— Je ne vais pas prendre la peine de répondre.

— J'ai l'air d'un raciste ? Regarde-moi.

— Tu as l'air d'une petite saloperie d'antisémite.

— Comment je peux être antisémite ? Je suis juif.

Finkler se tourna vers Blaise.

— Depuis combien de temps durent ces conneries ? demanda-t-il.

— Depuis combien de temps c'est une petite saloperie d'antisémite ? Ça va, ça vient, ça dépend de ses lectures.

— Tu es en train de me dire que c'est ma faute ? Ce n'est pas de moi qu'il tire ces idées sur l'apartheid et les racistes. Je refuse d'entrer dans ce débat.

Blaise soutint son regard. Dans ses yeux aussi, il vit son épouse vengeresse.

— Non, je ne te dis pas ça. Je doute qu'il lise un mot de ce que tu écris, en fait. Mais il y a des tas d'autres gens qu'il peut lire.

— J'ai un esprit aussi, figure-toi, dit Immanuel.

— J'en doute, dit Finkler. Je doute que tu puisses appeler ce que tu as un esprit.

S'il avait su comment s'y prendre et s'il n'avait pas fait cette solennelle promesse à Tyler, il aurait tiré son fils du lit et lui aurait cassé l'autre bras.

2

Au titre de conservateur adjoint du musée de la Culture judéo-britannique, Julian Treslove n'avait pas vraiment grand-chose à faire. Ce serait différent après l'ouverture, lui assura Hephzibah, mais à ce stade il n'était question que d'architectes et d'électriciens. Le mieux que Treslove pût faire pour le musée, et pour elle, c'était ruminer. Réfléchir à qui et à quoi il fallait rendre hommage. Une suggestion qu'elle regretta à peine elle l'eut faite. Ce n'était pas juste pour lui. Les juifs disposaient peut-être d'un almanach débordant de fêtes juives, d'un *Who's Who* juif remontant jusqu'au premier homme et à la première femme, mais Treslove n'était pas censé savoir à tout instant Qui l'était et Qui ne l'était pas, Qui avait changé de nom, Qui avait épousé un juif ou un goy. Qui plus est, il n'aurait aucun instinct en la matière. Il y a des choses qu'on ne peut acquérir. Il faut être né ou élevé chez les juifs pour voir la main des juifs partout. Ou bien être né et élevé chez les nazis.

Le musée était situé dans un grandiose manoir de style victorien gothique construit sur le modèle d'une forteresse des bords du Rhin. Il avait des pignons en pointe, de fausses fortifications, des cheminées de fantaisie et même un rempart où on pouvait monter. Sur le côté se trouvait un joli jardin où Hephzibah imaginait qu'un jour on servirait le thé.

— Le thé juif ? avait demandé Libor.

— Qu'est-ce que c'est, le thé juif ?

— C'est comme un thé anglais, mais il y en a deux fois plus.

— Libor ! l'avait grondé Hephzibah.

Mais l'idée de servir des collations typiquement juives séduisait Treslove, qui avait appris à appeler les gâteaux *kuchen* et les crêpes fourrées à la crème ou à la confiture des *blintzes*.

— Laisse-moi rédiger le menu, dit-il.

Hephzibah accepta.

Le seul souci de Treslove était que l'emplacement du musée empêcherait le genre de commerce de passage qu'exigent un salon de thé ou un musée, tiens, pour prospérer. Il n'était pas loin des anciens studios, mais ce n'était pas un itinéraire que l'on prenait spontanément. Se garer serait difficile. Le stationnement était interdit partout et, à cause de la légère pente de la rue où se dressait la forteresse rhénane, les bus ralentissaient à cet endroit, détournant l'attention des automobilistes qui chercheraient le musée. Et puis, il y avait un rideau d'arbres.

— Les gens ne le verront pas, avertit-il Hephzibah. Ou bien ils auront un accident à force de le chercher.

— Eh bien, c'est rassurant, dit-elle. Qu'est-ce que tu veux que je fasse ? Que je demande qu'on aplatisse la rue ?

Treslove se vit en train de régler la circulation en tenue de conservateur.

Il nourrissait une autre inquiétude qu'il préféra passer sous silence. Le vandalisme était monnaie courante dans les environs. Presque tous les touristes qui visitaient les Studios d'Abbey Road griffonnaient des messages sur les façades. La plupart du temps, ils étaient positifs — *X aime Y, On vit tous dans un sous-marin jaune, Paix à ton âme, John !* — mais, un jour que Treslove passait, il remarqua un nouveau graffiti tracé à la bombe en arabe. Peut-être était-ce un message d'amour — *Imagine there's no countries, it isn't hard to do* — mais si c'était un message de haine — Imagine un monde sans Israël, sans juifs… ?

Il n'avait aucune raison de supposer ce genre de choses. C'est en partie pour cela qu'il garda son inquiétude pour lui. Il n'empêche, le texte en arabe avait l'air agressif. On aurait dit qu'il raturait tout ce qui avait déjà été écrit sur les murs, qu'il niait l'esprit du lieu.

Ou bien était-ce le fruit de son imagination.

Bien qu'il fût blessé par sa condescendance, la suggestion d'Hephzibah — le meilleur service qu'il pouvait lui rendre était de gamberger pour le moment — lui convenait parfaitement. Il y avait beaucoup de sujets de réflexion et il était heureux d'y penser de façon semi-professionnelle. Tantôt il réfléchissait à la maison depuis le bureau qu'Hephzibah lui avait aménagé dans une pièce où elle avait stocké les châles du Hampstead Bazaar auxquels elle avait pratiquement renoncé, mais dont elle avait du mal à se débarrasser. (Treslove fut ravi d'observer que, lorsqu'il avait fallu choisir entre lui et les châles, ces derniers avaient perdu.) Tantôt il réfléchissait dans la bibliothèque du musée encore inachevé — l'avantage étant que cela lui donnait accès à des livres juifs. L'inconvénient étant les coups de marteau des ouvriers et le graffiti suspect qu'il devait lire en y allant.

Il choisit de rester dans la pièce aux châles. De temps en temps, il s'installait pour lire sur la terrasse donnant sur le Lord's et, sur la gauche, quelques bâtiments plus loin, sur une synagogue, ou du moins sa cour. Il avait espéré y voir des juifs barbus chanter et danser, porter leurs enfants sur leurs épaules, couper cérémonieusement leurs cheveux comme il l'avait vu dans un documentaire télévisé, ou arriver solennellement pour une fête religieuse, châle de prière sous le bras, le regard levé vers Dieu. Mais ce n'était apparemment pas ce genre de synagogue. Soit il regardait au mauvais moment, soit la seule personne qui la fréquentait était un robuste juif (il ressemblait à Topol, c'est ainsi que Treslove sut qu'il était juif), qui allait et venait sur une grosse moto noire. Treslove ignorait si c'était un ouvrier d'entretien — il avait trop de prestance pour un ouvrier — ou le rabbin — mais il n'avait pas trop l'air d'un rabbin non plus. Il n'y avait pas que la moto qui contredise la thèse du rabbin, mais le keffieh de l'OLP qu'il portait et dont il s'emmitouflait le visage, comme un guerrier prêt au combat, avant de coiffer son casque et de partir sur sa moto pétaradante.

Jour après jour, Treslove s'installait sur la terrasse et attendait l'arrivée du juif à moto. Il était si peu discret que, jour après jour, le juif à moto se mit à le guetter à son tour. Il levait la tête pour lui lancer un regard noir, Treslove baissait la sienne et en faisait autant. Pourquoi portait-il un keffieh, se demandait-il. Et, qui plus est, pourquoi s'en enveloppait-il comme si cela et cela seul définissait son identité ? Dans une synagogue !

Treslove reconnaissait que, sous la tutelle de Libor, il était de plus en plus obsédé par le keffieh. Ce foulard l'effrayait. Couvre-chef idéal pour les climats impitoyables — Abraham et Moïse devaient sans doute porter quelque chose de ce genre —, il avait pris une énorme signification symbolique, même si l'OLP était à présent le cadet des soucis d'Isrrrraë, comme le lui avait expliqué Libor. Un keffieh était le signe ostentatoire d'une opinion politique, indépendamment de l'état de la situation sur le terrain. Fort bien si on était palestinien, disait toujours Libor ; un Palestinien a bien le droit de se plaindre. Mais, chez un Anglais, cela ne trahissait jamais que la volonté de vampiriser la cause d'un autre, alliée à une nostalgie simpliste, ce qui ne pouvait que faire frémir d'horreur un réfugié des horreurs du gauchisme. Du coup, Treslove, simple réfugié de Hampstead, frémissait avec lui.

Mais ce motard vieillissant qui s'empressait de s'emmitoufler dans un keffieh n'était pas simplement un Anglais se repaissant des cadavres des opprimés, c'était un juif et, qui plus est, un juif qui semblait avoir élu domicile dans un lieu de prières juif ! « Expliquez-moi cela, Libor. » Mais Libor en était incapable. « Nous sommes devenus un peuple malade », c'est tout ce qu'il avait répondu.

À la fin, Treslove n'avait eu d'autre choix que d'interroger Hephzibah, qu'il avait voulu épargner.

— Oh, je fais exprès de ne jamais regarder là-bas, lui dit-elle quand il eut enfin mentionné qu'il observait les lieux depuis des semaines.

À l'entendre, on ne pouvait, comme Sodome, jeter un œil sur l'endroit qu'au risque de finir en statue de sel.

— Pourquoi ? demanda-t-il. Qu'est-ce qui s'y passe ?

— Oh, pas grand-chose sans doute. Mais ils font un peu étalage de leur humanité.

— Eh bien, je suis tout à fait pour l'humanité, s'empressa de clarifier Treslove.

— Je sais que tu l'es, mon chéri. Mais l'humanité qu'ils étalent est censée ne pas nous englober. Par *nous*, je veux dire...

Treslove balaya sa gêne d'un geste.

— Je comprends ce que tu veux dire. Mais ne pourraient-ils pas éviter d'aller jusqu'à porter ce keffieh ? Ne peut-on désirer mieux de la part des siens sans pour autant acclamer son ennemi ? Par *son*, je veux dire...

Elle lui embrassa la nuque. Par cela, elle voulait lui signifier qu'il lui restait beaucoup à apprendre.

Aussi resta-t-il à la maison pour essayer d'apprendre. Il sentit qu'Hephzibah préférait ne pas l'avoir dans ses jambes au musée. Et lui aussi le préférait ; il gardait l'appartement pendant son absence, se conduisait en fier époux juif, y respirait, baigné de son odeur, et attendait qu'elle rentre en haletant à cause de son excès de poids, ses bagues en argent tintant comme celles d'une danseuse du ventre sur ses doigts.

Il aimait le ton plein d'espoir avec lequel elle l'appelait en entrant. « Julian ! Bonsoir ! » Cela lui donnait l'impression d'être désiré. Dans le temps, quand les autres criaient son nom, c'était dans l'espoir qu'il soit sorti.

C'était un soulagement de l'entendre. Cela voulait dire que son apprentissage du jour était terminé. Il regrettait de ne pas avoir pris une ou deux unités de valeur en études juives à l'université. Peut-être une sur le Talmud, et une sur la Kabbale. Et puis peut-être une autre où il aurait appris pourquoi un juif peut avoir envie d'arborer un keffieh. Démarrer de rien, ce n'était pas facile. Libor avait suggéré qu'il apprenne l'hébreu et pouvait même lui recommander un professeur, un monsieur remarquable qui avait presque dix ans de plus que lui et avec qui, de temps en temps, il savourait sans se presser un thé au citron au restaurant Reuben's de Baker Street.

— Par « sans se presser », je veux dire qu'il met trois heures à le boire avec une paille, expliqua Libor. Il m'a appris le peu d'hébreu que je sais à Prague, avant que les nazis n'arrivent. Il faudra que vous alliez le voir et vous risquez de ne pas pouvoir comprendre grand-chose de ce qu'il vous dira, son accent est encore très prononcé. Il est originaire d'Ostrava et, au fait, comme il n'entend plus, c'est inutile de lui poser la moindre question, et vous devrez vous accommoder d'un bizarre spasme du cou — le sien, je veux dire, pas le vôtre — et il vous toussera beaucoup dessus, peut-être qu'il versera une ou deux larmes en se rappelant sa femme et ses enfants, mais il parle un magnifique hébreu classique pré-israélien.

Mais Treslove considéra que l'apprentissage de l'hébreu, même s'il pouvait trouver quelqu'un encore en vie pour le lui dispenser, était au-dessus de ses forces. C'était plus à l'histoire qu'il s'intéressait. Dans le sens de l'histoire des idées. Et puis au don de penser à la juive. Pour cela, Hephzibah lui avait recommandé *Le Guide des égarés* de Maimonide. Elle ne l'avait pas lu, mais elle savait que c'était un texte très estimé du XIIe siècle, et, comme Treslove admettait être égaré et avoir besoin d'un guide, elle ne voyait pas ce qu'il pourrait trouver de mieux.

— Tu es sûre que ce n'est pas pour que je ne sois pas dans tes pattes ? vérifia-t-il une fois qu'il eut vu la table des matières et la taille des caractères.

On aurait dit le genre de livre qu'on commence durant l'enfance et qu'on finit dans une maison de retraite, allongé dans un lit à côté du professeur d'hébreu de Libor.

— Écoute, en ce qui me concerne, tu es parfait tel que tu es. Je t'aime égaré. C'est ce que tu ne cesses de dire que tu veux.

— Tu es sûre que tu m'aimes égaré ?

— Je t'adore égaré.

— Et incirconcis ?

C'était un sujet qu'il remettait souvent sur le tapis.

— Combien de fois va-t-il falloir que je te le répète, dit-elle. Tout ça est immatériel pour moi.

— Tout *ça* ?

— Immatériel.

— Eh bien, ce n'est pas vraiment immatériel pour moi, Hep.

Il proposa de parler à quelqu'un. Il n'était jamais trop tard. Elle ne voulut rien entendre.

— Ce serait barbare, dit-elle.

— Et si nous avons un fils ?

— Nous ne prévoyons pas d'en avoir un.

— Mais si nous le décidons.

— Ce serait différent.

— Ah, alors ce qui serait bien pour lui ne serait pas bon pour moi. Déjà, il y a des rivalités de virilité dans cette maison.

— Qu'est-ce que la virilité a à voir avec ça ?

— C'est ce que je te demande.

— Eh bien, va chercher la réponse auprès d'une autorité supérieure. Lis Maimonide.

Il redouta de se lancer dans Maimonide et de se cogner soudain à cette muraille aveugle d'incompréhension qui le guettait à peu près au même endroit, presque à la même page, de tous les ouvrages de philosophie qu'il avait jamais tenté de lire. C'était si délicieux de se baigner dans la clarté limpide des prémices d'un penseur, et ensuite si décourageant, quand la lumière décroissait, que l'eau devenait un peu saumâtre et qu'il se noyait à moitié dans une mangrove empêtrée de racines. Ce ne fut pas le cas avec Maimonide. Il se noya dès la fin de la première phrase : « Il y a eu des gens qui croyaient que *zelem*, dans la langue hébraïque, désignait la figure d'une chose et ses linéaments, et ceci a conduit à la pure corporification [de Dieu], parce qu'il est dit [dans l'Écriture] : Faisons un homme à notre image selon notre ressemblance [Genèse, I, 26]. Ils croyaient donc que Dieu avait la forme d'un homme, c'est-à-dire sa figure et ses linéaments, et il en résultait pour eux la corporification pure qu'ils admettaient comme croyance. »

En dehors de tout contexte, Treslove pensait qu'il aurait pu faire quelques progrès avec ces distinctions raffinées concernant la corporalité du divin mais, avant, il devait s'assurer du statut exact du mot *zelem* et, là, il était chez les mystiques et les rêveurs. Bon, littéralement, le terme signifiait ce que Maimonide disait — une image ou une ressemblance — mais, à l'oreille de Treslove, il avait un son étrange, troublant, celui d'une incantation magique, et, quand il tenta de trouver ceux dont Maimonide discutait l'« opinion » — car il fallait connaître l'étendue de son propre égarement afin de pouvoir en sortir à l'aide d'un guide —, il se retrouva dans un monde où les commentaires s'amoncelaient en strates de références et de désaccords aussi anciens que l'univers lui-même — au point de ne plus savoir qui débattait avec qui ni pourquoi. Si l'homme avait vraiment été créé au *zelem* de Dieu, alors Dieu devait être incompréhensible à Lui-même.

Cette religion est trop ancienne pour moi, se dit Treslove. Il se sentait comme un enfant perdu dans une forêt d'élucubrations.

Hephzibah remarqua l'abattement qui l'avait gagné. Elle l'attribua d'abord à son oisiveté forcée.

— Dans quelques mois, nous serons à pied d'œuvre, lui dit-elle.

Les responsabilités qui incomberaient à Treslove une fois le musée à pied d'œuvre n'avaient jamais été sérieusement discutées. Parfois, il s'imaginait en majordome de la culture judéo-britannique, il accueillerait les visiteurs au musée, leur montrerait le chemin des expositions, leur expliquerait ce qu'ils voyaient — le Judéo comme le Britannique —, faisant lui-même montre de cet esprit de curiosité libre et non schismatique et d'échange interculturel que l'établissement comptait promouvoir. Et il se pouvait qu'Hephzibah ne soit pas allée plus loin que cela de son côté.

La question du rôle de Treslove — aux sens professionnel, religieux, voire conjugal — restait encore sans réponse.

— Tout va bien entre vous deux ? avait demandé Libor à son arrière-petite-nièce.

— Parfait, avait-elle répondu. Je crois qu'il m'aime.

— Et toi ?

— Pareil. Il a un peu besoin qu'on s'occupe de lui, mais moi aussi.

— J'ai beaucoup d'affection pour vous deux, dit-il. Je veux que vous soyez heureux.

— Je nous souhaite d'être moitié aussi heureux que toi et tante Malkie l'étiez, dit-elle.

Libor lui tapota la main et se sentit vide.

Hephzibah s'inquiétait pour lui. Mais, comme Treslove l'avait remarqué le soir où elle l'avait aidé avec les Quatre Questions, s'inquiéter pour les hommes était dans sa nature. C'était un autre des traits finklers qu'il admirait. Les femmes finklers savaient les hommes fragiles. Seulement les finklers ou bien tous les hommes ? Il n'aurait su le dire. Quoi qu'il en soit, elle ne perdait pas une occasion de lui témoigner sa sollicitude. Quand elle le voyait abattu, elle le prenait dans ses bras, le griffait par inadvertance avec ses bagues — cela faisait mal, mais tant pis ! — et l'enveloppait dans ses châles. Le symbolisme ne lui échappait pas. Quand sa mère le trouvait déprimé, elle lui déposait un petit baiser sur la joue et lui donnait une orange. Ce n'était pas d'amour qu'il manquait, c'était d'enveloppement. Emmitouflé dans Hephzibah, il connaissait la paix véritable. Il était mieux là — en elle, dans un sens non érotique, même si ce n'était pas sans érotisme — qu'ailleurs.

— Tu n'as pas de doutes ? lui demanda-t-elle en le voyant affalé dans un fauteuil, les yeux au plafond.

— Nous concernant ? Absolument aucun.

— Concernant quoi, alors ?

— Ta religion est dure, dit-il.

— Dure ? C'est toi qui dis toujours que nous sommes remplis d'amour.

— Intellectuellement dure. Vous n'arrêtez pas les envolées métaphysiques.

— Ah bon ?

— Pas toi en particulier. Cette religion. Cela me prend la tête, comme dit l'un de mes fils — ne me demande pas lequel.

— C'est parce que tu tiens à la comprendre. Tu n'as qu'à te contenter d'essayer de la vivre.

— Mais je ne sais pas quelles parties vivre.

— Maimonide ne t'aide pas ?

Il fit une grimace de lassitude.

— Je me doute bien que personne n'a jamais promis que le processus de guidage serait facile.

Mais, dans son for intérieur, il se demandait si la tâche ne le dépassait pas. Il avait de la peine pour Hephzibah. S'était-il fait passer pour quelque chose qu'il ne pourrait jamais être ? Il courait le risque de retomber dans ses habitudes et ne voyait qu'une fin possible : Hephzibah expirant dans ses bras tandis qu'il lui disait combien il l'aimait. Verdi et Puccini chantaient dans sa tête, même quand il se colletait avec Moïse Maimonide. *Le Guide des égarés* devenait pour lui un opéra romantique se terminant comme tous ses opéras préférés, avec Treslove en sanglots et seul en scène. Sauf que, cette fois, il était juif.

C'est-à-dire, à condition qu'il réussisse jamais à l'être.

Il avançait à l'aveuglette d'un chapitre à l'autre. « Du nom tétragramme en particulier et de deux autres dont parle le Talmud et qui sont composés l'un de douze lettres et l'autre de quarante-deux lettres », « Sept méthodes employées par les philosophes pour démontrer la création du monde et subséquemment l'existence de Dieu », « Examen d'un passage des Pirke de Rabbi Eliezer à propos de la Création ».

C'est alors qu'il arriva à la circoncision et, ragaillardi, retrouva le courage de réfléchir.

Concernant la circoncision, avait écrit Maimonide, *j'estime que l'un de ses objets est de limiter l'acte sexuel.*

Il relut la phrase.

Concernant la circoncision, j'estime que l'un de ses objets est de limiter l'acte sexuel.

Et la relut encore et encore.

Nous ne sommes pas obligés de répéter à chaque relecture.

Bien entendu, il lisait chaque phrase de Maimonide au moins trois fois, mais c'était pour chercher la clarté. Là, il n'y avait rien d'obscur. La circoncision, disait Moïse Maimonide, « contrarie l'excès de désir », « affaiblit l'excitation sexuelle » et « diminue parfois le plaisir naturel ».

Une telle thèse méritait d'être lue et relue pour elle-même. Et aussi pour lui-même, si jamais il devait aller au bout de l'identité des finklers et de ce qu'ils voulaient vraiment.

Parmi les nombreuses pensées qui assaillaient Treslove, il y avait celle-ci : cela voulait-il dire qu'il avait eu plus de plaisir que Finkler — Sam Finkler lui-même — depuis le début ? Au collège, Finkler se vantait d'avoir été circoncis. « Avec un truc comme ça, tu peux tenir une éternité », lui avait-il confié avec fierté. Et Treslove avait rétorqué sur la foi de ce qu'il avait lu, et qui lui paraissait tout à fait logique, à savoir que Finkler avait perdu la partie la plus sensible de lui-même. Verdict que soutenait sans équivoque Moïse Maimonide. Non seulement Finkler avait perdu la partie la plus sensible de lui-même, mais elle lui avait été retirée précisément pour qu'il n'éprouve pas ce que Treslove éprouvait.

Une grande tristesse, pour Tyler, s'abattit soudain sur lui. Il l'avait savourée davantage que Finkler. C'était indubitable. Il en avait eu les moyens.

Mais s'ensuivait-il qu'elle l'avait savouré plus que Finkler ? Il n'en avait pas eu l'impression sur le moment. « Aucune femme ne voudra toucher la tienne », lui avait dit Finkler au collège, et l'apparente réticence de Tyler à le regarder semblait le corroborer. Mais était-ce de la réticence ou une sorte de crainte respectueuse ? Avait-elle eu peur de poser le regard sur la source de tant de plaisir ? Avait-il été pour elle d'une nature divine ?

Car ce qui lui donnait plus de plaisir ne pouvait qu'en donner davantage à Tyler aussi. Un homme rendu réticent par sa circoncision devait en toute logique communiquer cette réticence à sa partenaire. L'« affaiblissement de l'excitation sexuelle » devait opérer dans les deux sens. Ce qui contrariait l'« excès de désir » chez l'un devait contrarier l'« excès de désir » chez l'autre, sinon cela n'en valait pas la peine. Pourquoi mutiler l'homme pour limiter l'acte sexuel si la femme continuait de le réclamer avec la même ferveur ?

D'ailleurs, c'est ce que disait Maimonide. *Il est difficile pour une femme, avec laquelle a couché un homme non circoncis, de se séparer de lui.* Les femmes n'avaient eu aucun mal à se séparer de Treslove, mais cela pouvait être attribué à d'autres causes. Et, au départ, il s'était toujours raisonnablement bien débrouillé — « Si tu t'imagines que je vais te laisser me baiser le premier soir, lui disait-elle en le laissant la baiser le premier soir, tu te fourres le doigt dans l'œil » —, ce qui suggérait que le problème n'était pas le prépuce, mais le reste de sa personne.

Il se sentit détenteur d'un pouvoir étourdissant et insoupçonné. Il était *incirconcis*. Un homme dont les femmes avaient du mal à se séparer.

Physiquement, voulait dire Maimonide, en ce sens que l'homme non circoncis restait collé à la femme comme cela arrive pour les chiens ? Ou bien émotionnellement, dans le sens où l'infatigable appétit sexuel de l'homme non circoncis l'enivrait ?

Les deux, estima-t-il.

Il était *incirconcis* et il avait parlé. Les deux.

Rétrospectivement, il retomba amoureux de Tyler, sachant désormais qu'elle avait dû l'aimer plus qu'elle ne l'avait jamais avoué. Et qu'elle avait eu peur de poser les yeux sur l'objet de sa lubricité.

Pauvre Tyler. Folle de lui. Ou tout au moins folle de sa bite.

Et pauvre de lui, qui ignorait à l'époque ce détail exquis.

Si seulement il avait su.

Si seulement il avait su, que se serait-il passé ? Il ne savait pas très bien. Si seulement il avait su, c'est tout.

Tout n'était pas que regret. Il était également excité par la découverte de son pouvoir érotique. Hephzibah avait de la chance, au moins.

À moins qu'elle ne se lasse ou ne se dégoûte de son infatigable appétit sexuel. Et que, selon un principe ethno-religieux, elle eût préféré qu'il soit coupé.

3

Il appela Finkler.

— As-tu lu Moïse Maimonide ? demanda-t-il.

— C'est la raison de ton appel ?

— Cela et demander de tes nouvelles.

— J'ai connu des jours meilleurs, merci.

— Et Moïse Maimonide ?

— Je pense qu'il a connu des jours meilleurs aussi. Mais si je l'ai lu ? Bien entendu. Il m'a beaucoup inspiré.

— Je ne pensais pas que la pensée juive t'inspirait.

— Alors tu penses mal. Il rend accessible une pensée abstruse à l'homme ordinaire doué d'intelligence. Il en dit constamment plus que ce dont il a l'air. Lui et moi, nous creusons le même sillon.

Mais oui, songea Treslove. *Le Guide des égarés* et *John Duns Scotus et l'estime de soi : un manuel de la menstruation.*

— Alors quelle est ton opinion sur ce qu'il écrit au sujet de la circoncision ? préféra-t-il demander.

Finkler éclata de rire.

— Pourquoi tu ne poses pas la question directement, Julian ? Hephzibah veut que tu te fasses circoncire, c'est ça ? Eh bien je ne vais pas la contredire. Mais, entre toi et moi — ha ! —, je trouve que tu es peut-être un petit peu trop vieux. Si je me souviens bien, Maimonide la déconseille passé le huitième jour. Toi, tu es un petit peu plus vieux. À peine.

— Non, Hephzibah ne veut pas que je me fasse circoncire. Elle m'aime tel que je suis. D'ailleurs, c'est compréhensible. Maimonide dit que la circoncision refrène l'acte sexuel. Je ne m'impose aucune limite.

— Je suis heureux de l'entendre. Mais l'objet du débat, c'est toi ou Maimonide ?

— Ce n'est pas moi. Je me demande simplement ce que toi, philosophe qui creuse le même sillon, tu penses de la théorie de Maimonide.

— Que la circoncision refrène l'ardeur ? Eh bien, c'est certainement là pour nous faire peur, et nous faire craindre le sexe en fait partie.

— Tu m'as toujours dit que les juifs éprouvent un plaisir sexuel sans égal.

— J'ai dit ça ? Ce devait être il y a longtemps. Mais, si tu me demandes si le recours à la circoncision comme moyen d'inhiber la pulsion sexuelle est spécifiquement juif, je répondrai que non. D'un point de vue anthropologique, ce n'est pas lié au sexe, de toute façon, sauf dans la mesure où l'ensemble des cérémonies d'initiation ont un lien avec le sexe. L'idée est de couper le cordon avec les parents. Ce qui *est* juif, c'est d'interpréter le rite de la circoncision comme le fait Maimonide. C'est lui — le philosophe juif médiéval — qui prêche la retenue, et se sert de la circoncision à cette fin. Mais je peux te dire que cela n'a jamais marché pour moi.

— Jamais ?

— Pas que je me souvienne. Et je crois que je m'en rappellerais. Cela dit, je connais quelqu'un qui croit avoir été privé de plaisir et s'apprête à revenir sur l'opération.

— On peut le faire ?

— Certains le pensent. Lis le blog d'Alvin Poliakov. Tu devrais le trouver à l'adresse http://www.sicenestmaintenant.com. Je peux même te le présenter. Il est tout à fait affable, il ne veut parler de rien d'autre, et il pourrait même te montrer sa bite si tu lui demandes gentiment. Apparemment, ça progresse. Il a fait la moitié du chemin pour ne plus être juif.

— C'est l'un de tes Juifs honteux, j'imagine.

— Bien sûr. On ne peut pas être plus honteux que cela.

— Tu n'as pas honte de la tienne, alors ?

— Tu estimes que je devrais ?

— Je demandais juste. Tu en étais très fier, au collège.

— J'essayais sûrement de t'embêter. Je suis comme je suis, c'est tout, Julian. Je suis veuf. Être circoncis ou pas est le cadet de mes soucis, en ce moment.

— Pardon.

— Je t'en prie. Je suis heureux pour toi que ta vie soit bitocentrée en ce moment.

— Je parlais d'un point de vue philosophique, Sam.

— Je sais, Julian. Je n'en attends pas moins de toi.

Treslove se rappela une autre question à la dernière seconde :

— Juste pour information, demanda-t-il. Tes fils sont circoncis ?

— Demande-leur, répondit Finkler avant de raccrocher.

Les conversations avec Libor étaient plus agréables.

Les craintes de Libor de voir moins Treslove maintenant qu'il n'était plus célibataire étaient infondées. S'il y avait du changement, c'était chez le vieil homme lui-même. Il sortait moins. Mais il prenait encore un taxi de temps en temps pour aller chez Hephzibah l'après-midi quand elle était au musée, et Julian et lui s'attablaient alors dans la cuisine pour boire du thé blanc.

Ils aimaient bien que le fantôme d'Hephzibah hante la pièce en train de faire bouillir une dizaine de chaudrons de sorcière pour cuire un œuf. Ils la respiraient et se souriaient, complices, incorrigibles amateurs de femmes qu'ils étaient.

Désormais, Libor marchait avec une canne.

— J'en suis là, dit-il.

— Cela vous va bien, protesta Treslove. Cela rappelle l'ancienne Bohême. Vous devriez avoir une canne-épée.

— Pour me protéger des antisémites ?

— Pourquoi vous ? C'est moi qui me suis fait agresser.

— Alors c'est à vous d'acheter la canne-épée.

— À propos de lame, enchaîna Treslove, quelle est votre position sur la circoncision ?

— Inconfortable.

— Cela vous a causé des problèmes ?

— Cela en aurait été un si cela en avait posé à Malkie. Mais elle n'a jamais rien dit. Elle aurait dû ?

— Cela ne vous a pas empêché d'apprécier le sexe ?

— Je crois que c'est ce que vous avez encore qui m'aurait empêché d'apprécier le sexe. Ne vous méprenez pas — sur vous, je suis sûr que c'est très joli mais, sur moi, cela n'aurait pas fait très bien. Esthétiquement, je n'ai aucune raison de me plaindre. J'ai l'air de ce que je suis censé avoir l'air. Ou étais censé. C'est d'esthétique qu'il est question ?

— Non, pas vraiment. J'ai lu que la circoncision diminue l'excitation sexuelle. Je me renseigne.

— Eh bien, cela va sûrement diminuer la vôtre si vous décidez d'y passer à votre âge. Pour moi, j'ai toujours été ainsi. Et je n'ai jamais songé à m'en plaindre. Pour être franc avec vous, je n'aurais pas voulu être plus excité sexuellement que je ne l'étais.

J'ai eu ma dose, merci. En fait, plus que ma dose. Cela répond-il à votre question ?

— Oui, je suppose.

— Vous supposez seulement ? (Treslove le dévisageait, les yeux mi-clos.) Je sais ce que vous vous dites.

— Et qu'est-ce que je me dis ?

— Vous pensez que je fais trop de protestations. Que, si je n'avais pas été circoncis, j'aurais eu beaucoup plus de mal à résister à Marlene Dietrich. Vous être trop poli pour le dire, mais vous vous demandez si c'était seulement l'alliance de Dieu avec Abraham qui m'a permis de tenir la Teutonne à bonne distance.

— Enfin, vous avez toujours clamé que vous étiez le plus fidèle des époux, malgré des tentations que la plupart des hommes n'imaginent même pas...

— Et vous me demandez si c'est grâce à un pénis désensibilisé que je serais resté fidèle ?

— Je ne formulerais jamais cela d'une manière aussi grossière, Libor.

— Sauf que c'est exactement ce que vous venez de faire.

— Pardonnez-moi.

Libor s'affaissa sur sa chaise et se frotta le crâne. Un sourire mélancolique venu de très loin éclaira son visage. Un ancien sourire.

— C'est ma faute, dit-il. Peut-être que j'ai été trop soucieux de me présenter sous un certain jour et peut-être que vous avez été trop empressé de me croire. Je vais vous demander une seule faveur : quand vous parlerez de moi une fois que je serai parti, dites que j'étais un mari aimant, mais ne me présentez pas comme un modèle de chasteté. Accordez-moi au moins un petit coup à côté.

— Concernant le petit coup à côté, dit-il avant de partir.

Il voulait que Treslove comprenne qu'il avait réfléchi et s'inquiétait de s'être confié.

— Oui ?

— C'est pour Malkie aussi que je le demande

Treslove rougit.

— Vous voulez dire que Malkie… ?

— Non, non, pas que je sache, je ne veux pas savoir. Je veux dire que c'est aussi sa réputation que je vous demande de protéger. Une femme ne doit pas être mariée toute sa vie à un homme entièrement fidèle.

— Pourquoi ?

— C'est dégradant pour elle.

Treslove rougit de plus belle, cette fois pour lui-même.

— Je ne comprends pas, Libor.

Sans rien ajouter, Libor l'embrassa sur la joue.

Mais Treslove déchiffra son silence : « Vous ne comprenez pas, parce que vous n'êtes pas des nôtres », devina-t-il.

4

En général, Hephzibah prenait une douche dès qu'elle rentrait du musée. C'était encore un chantier et elle ne pouvait pas se détendre tant qu'elle ne s'était pas débarrassée de la poussière. Elle appelait Treslove pour qu'il sache qu'elle était rentrée et soit il servait deux verres de vin — elle aimait le geste, mais elle en buvait rarement une goutte —, soit, s'il était d'humeur plus priapique que bachique ce soir-là, il allait la rejoindre dans la douche.

Ce n'était pas toujours ce qu'elle voulait. Une douche était un lieu intime pour Hephzibah, d'autant qu'elle occupait presque toute la place. Mais elle prenait soin de ne pas repousser les ardeurs de Treslove, et elle était parfois heureuse du massage qu'il lui faisait quand il devenait évident qu'il ne cherchait rien de plus.

« Oh, que c'est bon », disait-elle, tandis que lui adorait sentir son dos se détendre sous ses doigts dans les gouttelettes fumantes.

Il y avait quelque chose dans sa manière de prononcer le mot « bon », selon ce qu'il lui faisait — que ce soit dans la phrase « Oh, c'est bon », ou « Oh, que c'est bon », ou « Tu es très bon » dans le sens de doué —, qui donnait à Treslove l'impression d'avoir trouvé son créneau en tant qu'homme.

En tant qu'homme ?

Eh bien, il savait qu'elle était toujours à un poil de dire, tout comme lui l'était d'entendre : « Tu es bien bon. » Le genre de chose qu'on dit à un brave garçon ou à un bon chien. Il n'en faisait pas tout un plat. C'était elle qui dirigeait les débats et il se satisfaisait de cet état de fait. Mais ce n'était pas la mère ou la maîtresse du chien qu'il admirait en elle. C'était — enfin, il ne fallait pas que cela devienne trop un fantasme — la force créatrice juive ou, si l'on veut, le Créateur Lui-même : *Dieu appela le sec terre, et il appela l'amas des eaux mers. Dieu vit que cela était bon.*

Bon dans ce sens : c'était ce que Treslove entendait quand Hephzibah le félicitait de ses efforts. *Bon* signifiant plus que bon — *bon* signifiant conforme, parfait, harmonieux.

Bon comme expression de l'absolue justesse de l'univers.

Lui qui avait été un homme de mésaventures était désormais un homme de qualités. Tout était en place. Il était un homme bon dans un monde bon. Avec une femme bonne.

Plus le temps passait et plus ce qui était bon en elle ne cessait de changer. Il avait d'abord vu cela comme un truc de finkler. Une question de fécondité, pas dans le sens de procréation, mais d'abondance. Une abondance d'affection et de fidélité, une abondance d'amis et de famille, de passé et d'avenir. Seul, Treslove avait l'impression de tourner inutilement autour de l'univers comme un fragment de planète oubliée. Hephzibah était son firmament. Son firmament finkler. Il avait sa place en elle. Il se sentait densément peuplé, dans son orbite.

Il ne savait pas si c'était après tout un truc de finkler. Oublions le finkler, alors. À ses yeux, elle était *humainement* importante, même si cela ne voulait rien dire. Et il l'en idolâtrait. Le soleil n'irradiait pas d'elle : *elle* était le soleil.

Après cela, vous pouviez toujours essayer de lui dire qu'il n'était pas juif.

Puis, un soir, elle rentra à la maison, s'assit à la table de la cuisine, et non seulement lui demanda de lui servir un verre, mais le but — et fondit en larmes.

Il se précipita pour l'étreindre, mais elle l'arrêta d'un geste.

— Mon Dieu, dit-il. Qu'y a-t-il ?

Elle se cacha le visage dans les mains et fut secouée de sanglots, ou de fou rire, il n'aurait su dire.

— Hep, qu'est-ce qui se passe ?

Quand elle lui montra son visage, il ne put toujours pas trancher s'il s'était passé quelque chose de trop affreux ou de trop risible pour l'exprimer.

Elle se ressaisit, demanda un autre verre de vin — le vin, c'est vraiment ce qui le troubla : deux verres par an, c'était la dose d'Hephzibah — et elle lui raconta :

— Tu sais, les portes en chêne qu'on vient d'installer ? Peut-être que tu n'es pas au courant. Ce sont les portes de l'entrée de côté. Qui donnent là où sera ton salon de thé. Je t'ai montré les photos des poignées que nous avons commandées en forme de *shofar* — une corne de bélier —, tu te souviens ? Eh bien, bon, ne te mets pas dans tous tes états, mais elles ont été profanées. Cela a dû se faire pendant que j'étais à l'intérieur avec l'architecte en fin d'après-midi, parce qu'elles étaient intactes quand je suis sortie déjeuner, mais, quand je suis partie ce soir, je les ai vues. Mais enfin, merde, Julian, qui irait faire ça ? Pourquoi ?

Des croix gammées, songea Treslove. Il avait lu dans les journaux qu'on en voyait partout depuis quelque temps. Il en avait parlé à Finkler, qui lui avait répondu de le rappeler quand on recommencerait à massacrer des juifs dans les rues. Putain de croix gammées !

— Comment elles étaient, alors ? demanda-t-il. Peintes dessus ?

Il redoutait qu'elle lui dise « avec du sang ». Le sang et les excréments étaient des classiques. Le sang, les excréments et le sperme. Hephzibah avait déjà reçu des lettres écrites avec un mélange de merde et de sang.

— Je n'ai pas fini de te raconter.

— Alors vas-y.

— C'était des tranches de bacon.

— C'était quoi ?

— Du bacon. Ils — j'imagine qu'ils étaient plusieurs — avaient enroulé des tranches autour des poignées. Il y en avait bien pour deux ou trois paquets — ils n'ont pas regardé à la dépense.

Elle parut sur le point de recommencer à pleurer.

Il se précipita de nouveau sur elle, cette fois avec détermination.

— Quelle horreur ! s'écria-t-il. C'est abject !

Elle secoua la tête, le visage toujours caché dans les mains. Il la prit par l'épaule.

— Seigneur, dit-il, qui sont ces gens ? Cela donne envie de les tuer.

C'est là qu'il s'aperçut qu'elle était en train de rire.

— Ce n'est que du bacon, dit-elle.

— Que du bacon ?

— Je ne dis pas que c'est bien. Tu as raison, c'est ignoble. Avoir eu une idée pareille est ignoble. Mais c'est tellement pitoyable, comme geste. Qu'est-ce qu'ils s'imaginent ? Que nous allons faire nos valises et décamper ? Tout arrêter à cause de quelques tranches de bacon ? Vendre la propriété ? Quitter le pays ? C'est trop absurde. On est bien obligé de rire du ridicule de l'affaire.

Treslove essaya.

— Oui, sans doute, dit-il. Oui, tu as tout à fait raison. C'est risible.

Et il essaya de rire aussi.

Hephzibah sécha ses larmes.

— D'un autre côté, cela te force à te demander ce qui se passe dans le monde. Tu lis que ce genre de choses est arrivé dans le Berlin des années vingt et tu te demandes pourquoi ils n'ont pas compris le message et filé.

— Peut-être parce qu'ils n'y ont pas vraiment cru, dit Treslove. Peut-être parce qu'ils ont seulement vu le ridicule.

Il était redevenu solennel.

— Surtout à St John's Wood, soupira Hephzibah. Inimaginable.

— Il n'y a plus d'endroit sûr, maintenant, dit Treslove, se rappelant ce qu'on lui avait fait, à lui, presque sur le seuil de la BBC.

Youpin...

Ils se turent, imaginant des hordes d'antisémites maraudant dans tout le West End londonien.

Puis Hephzibah éclata de rire. Elle revoyait les tranches de bacon laborieusement enroulées autour des poignées en forme de corne. Et les boules de viande et de gras— elle n'avait pas eu le courage de le lui raconter — enfoncées dans les serrures. Elle imaginait les vandales allant chez Marks & Spencer acheter le nécessaire, payer à la caisse, peut-être avec une carte de fidélité, puis, comme des miliciens, des miliciens armés de jambon — la pire profanation qu'ils aient pu concevoir —, fondre sur le musée de la Culture judéo-britannique, qui n'avait pas d'enseigne et qui, à strictement parler, n'existait pas encore.

— Ce n'est pas seulement qu'ils aient surestimé notre horreur du porc, dit-elle en s'essuyant les yeux. Je suis sûre, par exemple, qu'ils ignorent à quel point j'adore les sandwichs au bacon, mais il n'y a pas que cela. Ils exagèrent l'importance de notre présence. Ils nous trouvent avant que nous nous trouvions nous-mêmes. Il n'y a aucun endroit à l'abri de ces gens parce que eux-mêmes n'ont aucun endroit à l'abri de nous.

Treslove avait du mal à suivre ses sautes d'humeur. Il se rendit compte qu'elle ne passait pas de la peur à l'amusement et vice versa, mais qu'elle éprouvait les deux en même temps. Pour elle, ce n'étaient pas deux émotions contraires. Chacune faisait partie de l'autre.

Il n'en était pas capable. Il ne possédait pas cette souplesse émotionnelle. Et il n'était pas très sûr de le vouloir. Cela lui semblait irresponsable. Comme rire au moment où Violetta meurt dans les bras d'Alfredo. Une pensée qui lui parut impensable alors même qu'il essayait de se la représenter.

Treslove eut l'impression d'avoir échoué à un examen. Ce n'était pas la première fois depuis quelques jours.

Neuf

1

Libor avait l'esprit qui tournait au fétide. C'était son propre diagnostic.

Dans les premiers mois après le décès de Malkie, la mélancolie du matin lui était intolérable. Il se réveillait en espérant la découvrir auprès de lui. Il imaginait voir les draps remuer de l'autre côté du lit. Il lui parlait. Il ouvrait les portes de sa penderie et s'imaginait l'aider à choisir ses vêtements. S'il arrivait à se représenter mentalement une tenue, peut-être apparaîtrait-elle ainsi vêtue.

Ses souvenirs étaient douloureux car ils étaient très doux. À présent, son chagrin était d'une autre nature. Tant de malheurs lui étaient arrivés, à eux et entre eux par voie de conséquence. Il avait fâché ses parents. Il l'avait privée d'une carrière de musicienne. Ils n'avaient pas réussi à avoir d'enfant, ce qui n'était pas insupportable ni pour l'un ni pour l'autre, mais il y avait eu une fausse-couche qui les avait bouleversés précisément parce qu'elle ne les bouleversait pas. Elle ne l'avait pas accompagné à Hollywood, sous prétexte de ne pas aimer les avions ou faire de nouvelles connaissances. La seule compagnie qu'elle voulait, prétendait-elle, c'était la sienne. Seul lui l'intéressait. Mais, maintenant qu'il y pensait, cela n'avait-il pas été affreux pour elle, et un fardeau intolérable pour lui ? Il était soumis à des tentations qu'il aurait surmontées avec moins de difficultés si elle avait été près de lui. Infatigable compagnon qui rentrait de voyage avec de merveilleuses histoires à lui raconter, homme qui lui rendait son amour et lui montrait qu'elle ne l'aimait pas en vain, époux condamné à justifier la confiance absolue qu'elle lui accordait, il n'avait jamais osé la décevoir.

Aucune de ces pensées ne le montait contre elle. Mais elles changeaient l'atmosphère qui enveloppait son souvenir d'elle, comme si un halo doré s'était non pas estompé, mais assombri. C'est peut-être pour le mieux, se dit-il. C'était la nature qui l'aidait à traverser cette épreuve. Mais s'il n'avait pas envie d'aide ? Pour qui se prenait-elle, la nature, pour décider à sa place ?

Et, le pire de tout, c'étaient les sombres événements qu'il ressassait, qui avaient gâché leur vie commune, qu'ils l'aient compris ou non à l'époque. Il y avait une expression yiddish que ses parents utilisaient et qui, croyait-il, signifiait « il y a longtemps ». *Ale shvartse yorn* — « toutes les années noires ». Toutes ces années noires étaient à présent *leurs* années noires — à lui et Malkie. Les événements qui les souillaient, ces antimythes de leur histoire d'amour, peuplés de monstres, prouvaient qu'ils n'avaient pas du tout vécu ensemble au paradis, mais — bien que ce ne fût pas leur faute — dans un lieu qui était plus proche de l'enfer.

Les parents de Malkie, les gutturaux Hofmannsthal, étaient des propriétaires juifs allemands. Pour Libor — dont le sens politique était désespérément, tchécoslovaquement, confus — cela faisait d'eux la pire espèce de juifs qui fût, et à double titre. Ils avaient été si déçus du choix amoureux de leur fille qu'ils l'avaient tout bonnement déshéritée, traitant Libor comme un moins que rien, refusant d'assister au mariage et l'excluant de toutes les réunions familiales, y compris les obsèques. « Ils croient peut-être que je danserai sur leurs tombes ? » lui avait-il demandé.

Ils avaient eu raison de s'en inquiéter. Il l'aurait fait.

Son péché ? D'être pauvre. D'être journaliste. D'être un Sevcik, pas un Hofmannsthal, d'être un juif tchèque, pas un juif allemand.

Ils ne pouvaient pas déshériter entièrement leur fille. Ils devaient léguer leurs biens à quelqu'un. Ils lui laissèrent un petit immeuble résidentiel à Willesden. Willesden ! Devant leur snobisme, s'était dit Libor, on aurait pu penser qu'ils étaient des aristocrates, alors que c'étaient simplement les misérables petits propriétaires d'appartements délabrés à Willesden.

— Heureusement que je suis juif, avait-il déclaré à Malkie, sinon ta famille aurait fait de moi un fasciste.

— Ils t'auraient peut-être mieux aimé si tu n'avais pas été juif, avait répondu Malkie, entendant par là : s'il avait été musicien ou avait possédé quelque bien.

— Et puis, qu'est-ce qu'il avait, Horowitz ? Une datcha à Kiev ?

— Il était célèbre, mon chéri.

— Je suis célèbre.

— Pas comme ils l'entendaient. Et tu n'étais pas célèbre quand je t'ai épousé.

Mais, s'il méprisait ses parents allemands et leur propriété, il méprisait encore plus leurs locataires, avec lesquels Malkie et lui, désormais propriétaires, n'avaient d'autres choix que de souiller leur âme en faisant commerce. C'était le nid de toute une humanité miséreuse, malveillante, geignarde et voleuse. Ces locataires, à qui il n'aurait en aucune autre circonstance accordé un abri, même pas un carton, connaissaient à la lettre toutes les lois qui les protégeaient, et enfreignaient toutes les autres. Ils dégradaient les lieux et, quand ils partaient, volaient tout ce qu'ils pouvaient avec une mesquinerie minutieuse — les moindres interrupteur, ampoule, serrure ou poignée, jusqu'au dernier fil de la moquette.

« Débarrasse-toi de tout cet immeuble, avait-il conseillé, il ne vaut pas toutes ces vexations. » Mais elle se sentait liée à ses parents. Ils avaient refait leur vie à Londres et vendre Willesden serait revenu à effacer une deuxième fois leur histoire. « Saleté de juive assoiffée d'argent », criaient les locataires quand elle ne cédait pas à leurs menaces. Et ils avaient raison, car elle avait été salie par leur contact.

Vermine humaine, se disait Libor, tout amoureux de l'Angleterre qu'il était. Sauf que la vermine était probablement plus respectueuse de son habitat. À présent, dans son imagination, il mélangeait ces ennuis de locataires avec la maladie de Malkie, alors qu'elle avait depuis longtemps suivi son conseil et tout vendu. Comment osaient-ils insulter ainsi une femme de santé fragile? Que c'était affreux qu'en pareil moment elle ait été forcée de côtoyer l'animal humain dans ce qu'il a de plus répugnant. Toutes les années noires. Oui, ils avaient été heureux ensemble. Ils s'étaient aimés. Mais, s'ils pensaient avoir échappé à la contamination, ils s'étaient fait des illusions. C'était comme si des araignées avaient couru sur le ventre de sa belle et chère Malkie tandis qu'elle dormait dans la terre.

Il appela Emmy et lui demanda de prendre le petit déjeuner avec lui. Elle fut surprise de sa requête. Pourquoi le petit déjeuner? « Le matin, expliqua-t-il, je suis dans mon humeur la plus sombre. — Et quel avantage y a-t-il à cela? demanda-t-elle. — Aucun, répondit-il. C'est pour moi. » Elle éclata de rire.

Ils se retrouvèrent au Ritz. Il s'était mis sur son trente et un pour elle. David Niven en personne. Mais avec le triste sourire vaincu d'Alexander Dubček durant le Printemps de Prague.

— Vous n'allez pas me courtiser là-bas une fois de plus? demanda-t-elle.

Il n'y avait aucune raison de ne pas le faire. C'était une femme élégante avec de belles jambes et Libor n'avait ni vœu ni souvenir à protéger. Le passé était infesté d'araignées noires. Mais qu'elle ait utilisé les mots « là-bas » et « une fois de plus » l'intriguait.

— C'est là que vous m'avez amené la dernière fois.

— Pour le petit déjeuner?

— Enfin, pour le petit déjeuner au lit. Je vois que vous avez oublié.

Il s'excusa. Il allait dire que cela lui était sorti de l'esprit, mais l'expression paraissait mal choisie en la circonstance, comme si son esprit n'avait conservé que les bons moments. Et elle aurait pu juger insultant qu'il n'ait pas classé ce souvenir parmi les bons moments.

— Envolé, dit-il en se frappant le front. Comme à peu près tout le reste.

L'avait-il vraiment amenée là et avait-il pris le petit déjeuner au lit avec elle? Comment avait-il pu se payer le Ritz il y avait si longtemps, dans cette époque sans le sou d'avant Malkie? Ou, alors, il n'y avait pas si longtemps et auquel cas... Auquel cas, mieux valait qu'il n'en ait pas gardé le souvenir.

Cependant, comment avait-il pu s'envoler ?

Elle lui laissa le temps de penser ce qu'il pensait — ce n'était pas difficile de deviner quoi — puis elle lui demanda où il en était du côté de la psychothérapie.

La psychothérapie ? Puis il se rappela.

— Envolé, dit-il en se frappant de nouveau le front. Je vous ai demandé de venir ici, continua-t-il, un, parce que je me sens seul et que j'avais envie de la compagnie d'une belle femme, et, deux, afin de vous dire que je ne peux rien faire.

Elle ne comprit pas.

— Je ne peux rien faire concernant votre petit-fils. Ni contre le réalisateur antisémite. Ni quoi que ce soit d'autre. Je ne peux rien faire dans tout cela.

Elle lui fit un sourire compréhensif en joignant ses deux mains manucurées. Ses bagues étincelèrent dans la lumière des lustres.

— Ah, bon. Si vous ne pouvez pas, vous ne pouvez pas, dit-elle.

— Je ne peux pas et je ne veux pas.

Elle sursauta comme s'il avait voulu la frapper. À la table voisine, un couple de Russes se retourna pour les dévisager.

— Vous ne voulez pas ?

Libor soutint le regard des Russes. Un oligarque clinquant et une prostituée au fard blême. Des Russes, quoi. On ne s'assoit pas à côté d'un Praguois quand on est russe, on sait ce qu'on risque, songea Libor.

— Je ne veux pas, parce que cela ne sert à rien, dit-il en se retournant vers Emmy. C'est ainsi que sont les choses. Et peut-être ainsi qu'elles devraient être.

Il fut surpris lui-même par ce qu'il venait de dire, d'entendre ses paroles comme prononcées par quelqu'un d'autre, mais il savait tout de même ce que voulait dire cet autre. Que tant qu'il y aurait dans le monde des juifs comme les parents de Malkie, il y aurait des gens pour les haïr.

Emmy Oppenstein secoua la tête comme si elle voulait en effacer Libor.

— Je m'en vais, dit-elle. Je ne sais pas de quoi vous voulez me punir — je vous assure qu'il n'y a rien que nous ayons fait vous ou moi pour le mériter — mais je comprends pourquoi il vous est nécessaire de le faire. Je détestais tout le monde à la mort de Theo.

Elle se leva, mais Libor l'arrêta.

— Écoutez-moi simplement cinq minutes encore, dit-il. Je ne vous déteste pas.

Il se demanda si les Russes pensaient que lui aussi était un oligarque en train de se quereller avec sa prostituée, même si l'un et l'autre étaient octogénaires. Emmy se rassit. Libor admirait ses mouvements. Quand elle se levait d'une table, c'était une juge qui se retirait du tribunal. À présent, elle revenait pour énoncer son verdict.

Mais il l'admirait avec une portion de son cerveau qui ne fonctionnait pas correctement.

Il se pencha en avant et lui prit les mains.

— J'ai découvert en moi un besoin profond, dit-il, de penser du mal des autres juifs.

Il attendit.

Elle ne dit pas un mot.

Il aurait aimé lire de la peur ou de la haine dans son regard, mais il n'y vit qu'une patiente curiosité. Peut-être pas même de la curiosité. Peut-être seulement de la patience.

— Je ne leur *souhaite* pas du mal, comprenez-moi, continua-t-il. Je *pense* seulement du mal d'eux. Du coup, il m'est difficile de me soucier de ce qui leur arrive. Cela fait trop longtemps que cela dure. Qu'est-ce que c'est, cette expression qu'on lit parfois dans les journaux — « las de compatir », c'est cela ?

Elle cligna des yeux.

— Sauf que je n'ai jamais éprouvé de compassion. La compassion vient d'ailleurs. On ne peut pas l'éprouver envers soi-même ou les siens. C'est un sentiment bien plus protecteur que cela. Quand un juif était agressé, j'étais agressé. *Ce sont les générations d'Adam*... Nous avons tous le même père. *J'étais* le gardien de mon frère. Mais c'est trop lointain. Trop lointain pour nous comme pour ceux qui ne sont pas nous. Il y a forcément prescription. Assez de ces affaires juives. Nous ne voulons plus rien entendre de personne sur le sujet, surtout de la part de vous, les juifs. Un peu de dignité. Reconnaissons que quand c'est terminé, c'est terminé.

Il attendit qu'elle acquiesce. *Oui, Libor, c'est terminé pour moi.*

Elle le laissa attendre. Puis, baissant la voix :

— Les Russes, Libor, les Russes écoutent. Mais ce que vous décrivez, poursuivit-elle, n'a rien à voir avec le fait de « penser du mal ». J'avais peur que vous ne disiez que nous méritons notre sort. Que c'est la faute de mon petit-fils s'il a été aveuglé. La logique de notre ami le réalisateur. Un juif exproprie un Arabe en Palestine, donc un autre juif doit être aveuglé à Londres. Ce que le peuple juif sème, le peuple juif le récolte. Je ne pense pas vous avoir entendu dire cela.

Maintenant, c'était elle qui lui tenait les mains.

— Les parents de ma chère épouse, dit-il, qui devaient avoir quelque chose de bon dans leur âme, sans quoi ils ne lui auraient pas donné naissance, étaient des gens méprisables. Je peux vous dire ce qui les rendait ainsi, je peux imaginer des circonstances qui, à une époque — disons des centaines, voire des milliers d'années plus tôt —, en auraient fait une autre sorte de gens. Mais je ne peux pas continuer à invoquer de telles excuses. Je ne peux pas continuer à me dire que l'escroc américain que l'on vient de condamner à une peine équivalant à cent vies est seulement juif par hasard, pas plus que cet homme d'affaires juif à la sale tête que nous voyons à la télévision se vanter de son argent et de son avidité sans scrupules — je ne peux pas me convaincre, et les autres encore moins, que c'est seulement par hasard que de tels hommes ressemblent à tous les archétypes du mal juif que l'histoire chrétienne ou musulmane a vomis. Quand des juifs de cette espèce jouissent d'une telle éminence, comment pouvons-nous imaginer pouvoir vivre en paix ? Si nous sommes revenus à l'époque médiévale, c'est parce que le juif médiéval lui-même est de retour. Et a-t-il jamais disparu, Emmy ? Ou bien a-t-il survécu dans les décombres de la destruction et dans les interstices comme un cafard ?

Elle resserra ses mains sur ses doigts, comme pour extirper cette laideur de lui.

— Je vais vous dire quelque chose. Ce que vous voyez, ce n'est pas ce que voient les non-juifs. Pas ceux qui sont justes, et c'est le cas de la plupart. L'affairiste juif dont vous parlez, à condition que je sache qui c'est — et cela n'a pas d'importance, parce que oui, bien sûr, je connais ce genre-là —, vous hérisse plus qu'il ne hérisse les goys. Certains l'aiment bien, certaines l'admirent, certains n'ont aucun avis sur lui. Vous seriez surpris d'apprendre combien rares sont ceux qui voient l'archétype du juif chaque fois qu'il apparaît. Ou qui savent même qu'il est juif. Ou qui s'en soucient. C'est vous l'antisémite, pas eux. Vous êtes celui qui voit le juif dans le juif. Et qui ne supportez pas de regarder. C'est vous que cela concerne, Libor.

Il lui fit cette justice de réfléchir à ce qu'elle venait de dire.

— Je ne serais pas si prompt à voir le juif dans le juif, dit-il enfin, si le juif dans le juif n'était pas si prompt à se montrer. Doit-il parler de sa richesse ? Doit-il fumer le cigare ? Doit-il être photographié en train de monter dans sa Rolls ?

— Nous ne sommes pas les seuls à fumer le cigare.

— Non, mais nous sommes précisément ceux qui ne devraient pas.

— Ah.

La syllabe portait en elle une telle force de révélation que Libor crut entendre le Russe et sa traînée y faire écho. Comme si même eux pouvaient le voir pour ce qu'il était.

— *Ah* quoi ? demanda-t-il, autant à eux qu'à elle.

— Ah, vous avez laissé entrevoir votre jeu. C'est vous qui dites que le juif doit mener une vie différente des autres. C'est vous qui faites de la ségrégation dans votre tête. Nous avons autant droit aux cigares que n'importe qui. Vous avez une mentalité d'étoile jaune, Libor.

— Je vis en Angleterre depuis longtemps, sourit-il.

— Moi aussi.

Il lui accorda cela, avant de poursuivre :

— Vous n'êtes pas, j'espère, en train de m'accuser d'exprimer tout au plus ma haine de moi-même. J'ai un ami intelligent dont on pourrait dire cela. Et je ne lui ressemble aucunement. Cela ne me chagrine pas que des juifs fassent la loi au Proche-Orient pendant une brève période. Je ne suis pas de ceux qui sont à l'aise uniquement quand des juifs sont dispersés et soumis au pouvoir d'autrui. Ce qui arrivera, quoi qu'il en soit, assez vite. Cela n'a aucun rapport avec Israël.

En présence d'Emmy, il ne roulait pas les *r* ni n'oubliait le *l*. Ce n'était pas nécessaire.

— Je le sais, dit-elle.

— J'aime Israël, continua-t-il. C'est l'une des meilleures choses que nous ayons faites au cours des deux derniers millénaires ou, du moins, ça l'aurait été si le sionisme s'était rappelé ses origines laïques et s'était tenu à distance des rabbins.

— Alors allez-y. Mais vous n'échapperez pas aux juifs à cigare à Tel-Aviv.

— Ils ne me gêneraient pas à Tel-Aviv. Tel-Aviv est l'endroit où ils devraient fumer le cigare. Mais, comme je l'ai dit, cela n'a aucun rapport avec Israël. D'ailleurs, ce que la plupart des critiques disent sur Israël a très peu de rapport avec Israël.

— Très bien, alors pourquoi en parlez-vous ?

— Parce que je ne suis pas comme mon ami intelligent, l'antisioniste enragé. Je veux penser du mal des juifs à ma façon et pour des raisons qui me sont propres.

— Eh bien vous regardez en arrière, Libor. Je dois regarder en avant. J'ai des petits-enfants.

— Envoyez-les au catéchisme ou dans une madrasa. Je ne veux plus de juifs.

Elle secoua la tête et se leva. Cette fois, il ne l'arrêta pas.

Il lui traversa l'esprit de lui demander de prendre une chambre avec lui. Cela aurait été dommage de ne pas profiter du Ritz.

Mais il était trop tard.

2

Un soir qu'il avait perdu plus de deux mille livres au poker en ligne, Finkler alla se chercher une prostituée. Peut-être Libor, assis à côté d'une pute dans le hall du Ritz, lui avait-il transmis l'idée comme par magie. Ils étaient proches, même s'ils n'étaient pratiquement jamais d'accord sur rien.

Finkler n'était pas en manque de sexe, il avait besoin de faire quelque chose. Les seuls arguments contre la prostitution qui avaient jamais eu prise sur lui, l'amoraliste rationnel, étaient le prix et la chtouille. Un homme est libre de faire ce qu'il entend de son corps mais, ce faisant, il ne doit ni ruiner ni contaminer sa famille. Cependant, quand on a perdu deux mille livres au poker, trois cents de plus pour une heure avec une prostituée à peu près correcte ne risque pas de changer grand-chose, philosophiquement parlant. Et, quant à la chtouille, il ne lui restait plus personne à infecter.

Il y avait un autre facteur à prendre en compte. Les gens connaissaient son visage. Il était peu probable qu'une prostituée le reconnaisse. D'autres hommes à la recherche d'une prostituée pourraient l'identifier et il ne pouvait compter sur la solidarité des déchus. En quelques minutes, il figurerait sur le Facebook d'un pékin, en train de traquer une proie aux alentours de Shepherd Market, même si le pékin en question en avait autant à se reprocher.

Il aurait pu aller au bar de l'un des hôtels de Park Lane, où la transaction était plus discrète, mais c'était la traque qui lui plaisait. Elle ressemblait à la recherche infructueuse du visage ou du souvenir cachés à quoi se résume toute quête de bonheur sexuel. La traque, c'était le degré zéro du romantisme. Vous pouviez tourner et rentrer bredouille tout en vous disant quand même que la nuit avait été bonne. *Meilleure*, dans le cas de Finkler, étant donné qu'il ne se rappelait pas avoir jamais trouvé une prostituée à son goût ; seulement, ce qu'il aimait, c'était le visage ou le souvenir cachés dont la fonction était de le rester éternellement.

En fait, il n'aurait pas plus dit non à une gentille fille juive avec des seins dignes des gorges de Manawatu qu'à une autre de ces Polaks sveltes comme des pics à glace, mais il ne lui aurait probablement pas dit oui non plus.

Du coup, se disait-il, il ne courait aucun risque à traîner dans les rues. Un homme aux désirs aussi visiblement tièdes ne pouvait être soupçonné de chercher du sexe.

Il sursauta donc quand il entendit quelqu'un l'appeler par son prénom.

— Sam ! Oncle Sam !

La sagesse aurait été d'ignorer le cri et de continuer son chemin. Mais il savait qu'ayant levé la tête, poursuivre sa route aurait éveillé les soupçons. Il se retourna et vit Alfredo devant la Market Tavern, auprès d'un groupe de gens, buvant une Corona au goulot.

— Salut, Alfredo.

— Salut, oncle Sam. Tu faisais quelque chose de spécial ?

— Ça dépend de ce que tu appelles spécial, répondit Finkler en consultant sa montre. Je dois retrouver un producteur dans une minute et je suis déjà en retard.

— C'est pour une autre série d'émissions ?

— Oui, enfin, les pourparlers.

— Ce sera sur quoi ?

Finkler fit de grands gestes vagues et profonds.

— Oh, Spinoza, Hobbes, la libre parole, les caméras de surveillance, tout ça.

Alfredo ôta ses lunettes de soleil, les remit et se massa le cou. Finkler sentit l'alcool dans son haleine. Était-il lui aussi en quête d'une prostituée ? se demanda-t-il. Et buvait-il pour s'en donner le courage ?

Si c'était le cas, il en avait fait un peu trop. Aucune prostituée n'approcherait une telle quantité de courage.

— Tu sais ce que je pense de ces conneries de caméras de surveillance, oncle Sam ? demanda Alfredo.

Finkler détestait qu'Alfredo lui donne du « oncle ». Ce petit merdeux sarcastique.

— Dis-moi, fit-il en regardant sa montre.

— Je trouve que c'est génial. J'espère qu'on nous filme en ce moment. J'espère qu'on nous filme tous.

— Pourquoi cela, Alfredo ?

— Parce qu'on est tous des enfoirés de menteurs, de trompeurs, de voleurs !

— C'est une analyse très aigrie. Quelqu'un vient-il de te faire subir une ou plusieurs avanies ?

— Oui, mon père.

— Ton père ? Qu'est-ce qu'il a fait ?

— Qu'est-ce qu'il a pas fait, tu veux dire.

Finkler se demanda si Alfredo n'allait pas tomber à la renverse, tellement il titubait.

— Je croyais que tu t'entendais bien avec lui. Vous n'êtes pas partis en vacances ensemble, récemment ?

— Ça fait des siècles. Et j'ai pas eu de nouvelles depuis, et il paraît qu'il a emménagé avec une femme.

— Hephzibah, oui. Je suis surpris qu'il ne t'en ait rien dit. Sans doute le fera-t-il. Voulais-tu dire que des caméras supplémentaires dans les rues auraient permis de le surprendre en train d'emménager avec elle ?

— Ce que je veux dire, oncle Sam, ce que je veux dire, c'est que mon père, comme tu l'appelles, invite à l'amitié un jour et te parle plus le lendemain.

Finkler songea à dire qu'il comprenait de quoi parlait Alfredo mais, brusquement, le rôle de père par procuration ne le réjouissait pas. Que Julian se débrouille tout seul avec ses gosses.

— Julian a beaucoup de préoccupations en tête, en ce moment, dit-il.

— Et dans son lit aussi, il paraît.

— Je dois filer, dit Finkler.

— Moi aussi, répondit Alfredo.

Il hocha la tête, comme pour dire qu'il les rejoignait, vers un groupe de jeunes ; il sembla à Finkler que deux d'entre eux portaient des keffiehs, mais c'était difficile d'en être sûr de nos jours, étant donné que beaucoup de foulards à la mode avaient la même allure et étaient portés de la même façon.

Il se demanda s'il y avait eu une manifestation dans la journée à Trafalgar Square. Auquel cas, il se demanda pourquoi on ne l'avait pas invité à prononcer un discours.

— Alors on se verra quand on se verra, dit-il. Où joues-tu, en ce moment ?

— Ici et là, un peu partout. (Il prit la main de Finkler et l'attira vers lui.) Oncle Sam, dis-moi — tu es son ami —, c'est quoi, toutes ces merdes juives ?

Avec sa voix pâteuse, le mot « juif » sonna plutôt comme « jésuite », mot qu'Alfredo n'aurait jamais pu proférer, même sobre. L'autre chose qu'il paraissait ne pas savoir ou avoir oubliée, c'est que Finkler était aussi une merde juive.

— Pourquoi tu ne lui demandes pas ?

— Non, mais écoute — je veux dire, tout ça. J'ai lu que rien de tout ça est arrivé, tu vois de quoi je parle…

— Rien de tout quoi, Alfredo ?

— Ces conneries. Les camps et tout. Un gros pipeau.

— Et où as-tu lu cela ?

— Dans des bouquins, tu vois. Et puis des potes m'ont dit. Il y a un batteur juif avec qui je bosse. (Alfredo mima le geste avec deux baguettes imaginaires au cas où Finkler n'aurait pas su ce que faisait un batteur.) C'est que des conneries, il dit. Alors pourquoi il dirait ça si c'était pas vrai ? Il était genre soldat dans l'armée israélienne ou je sais pas quoi et maintenant il joue de la batterie comme Gene Krupa. Il dit que c'est des conneries et du pipeau pour qu'on ferme les yeux sur ce qui se passe.

— Qu'on ferme les yeux sur quoi ?

— Les trucs qui se passent là-bas. Les camps de concentration et tout.

— Des camps de concentration ? Et où ils sont, ces camps de concentration ?

— Je sais pas, c'est pas grave. Les nazis, ces putains de chambres à gaz, sauf que c'est pas arrivé, pas vrai ?

— Arrivé où ?

— En Israël, en Allemagne, j'en sais rien, putain. Mais c'est que des…

— Il faut vraiment que je m'en aille, dit Finkler en se dégageant. Sinon, je vais être en retard pour mon producteur. Mais, écoute, ne crois pas tout ce que les gens te racontent.

— Qu'est-ce que tu crois, toi, oncle Sam ?

— Moi ? Je crois en ne rien croire.

Alfredo voulut l'embrasser.

— Avec moi ça fait deux. Je crois en rien non plus. C'est que des conneries. C'est comme dit ce putain de batteur.

Il tambourina dans le vide avec ses baguettes imaginaires.

Finkler prit un taxi et rentra chez lui.

3

C'est étrange comme on peut avoir le sentiment de bien connaître quelqu'un, songeait Treslove, grâce à un simple nom, à un mot et à quelques photos de son pénis.

Treslove pouvait se permettre d'être généreux, il possédait ce qu'Alvin Poliakov désirait depuis toujours : un prépuce.

Treslove avait appris de sa lecture du blog d'Alvin Poliakov tout ce qu'il y avait à savoir sur la restauration du pénis. Sauf, comme l'explique Alvin Poliakov, qu'on ne peut pas restaurer un prépuce. Une fois supprimé, il est parti. L'ingéniosité humaine a néanmoins réussi à fabriquer un faux prépuce de substitution. Alvin Poliakov s'assoit devant une caméra tous les jours pour le prouver.

Par intérêt, et pour se changer les idées de Maimonide, et puis Hephzibah est souvent sortie en ce moment pour régler les problèmes au musée, Treslove le regarde.

Alvin Poliakov, fils d'une prof d'hébreu dépressive, célibataire, culturiste, naguère ingénieur radio et inventeur, membre fondateur de la Société des juifs honteux, commence sa matinée par tirer sur la peau de son pénis, afin de la détendre. Il fait cela pendant deux heures, s'interrompt le temps d'un thé de mi-matinée et d'un biscuit digestif au chocolat, puis se remet à la tâche. C'est un processus lent, très lent. Dans l'après-midi, il prend des mesures, note les résultats de la matinée et rédige son blog.

Je parle, confie-t-il à ses lecteurs, *au nom des millions de juifs mutilés du monde entier, qui éprouvent ce que j'ai éprouvé toute ma vie. Mais pas seulement pour les juifs, car il y a des millions de gentils qui ont été circoncis au fallacieux prétexte médical que l'on se porte mieux sans prépuce qu'avec.*

Il ne dit pas : « Les juifs induisent encore le monde en erreur », mais seul un imbécile soumis et heureux de ne pas avoir de prépuce ne ferait pas la corrélation.

Alvin Poliakov écrit comme parlaient les commentateurs des actualités diffusées au cinéma dans les années quarante, comme quelqu'un qui se méfie de la technologie et pense qu'il faut crier pour être entendu.

Depuis l'aube de la civilisation, dit-il, *les hommes cherchent à récupérer ce qui leur a été volé, en violation de leurs droits, avant d'être assez âgés pour donner leur avis sur le sujet. Ce qui les a conduits à agir ainsi est une sensation d'incomplétude, la conscience d'une souffrance aussi handicapante que l'amputation.*

Il cite la souffrance des juifs dans la Grèce et la Rome antiques, cherchant à s'intégrer et à se pavaner, mais incapables de fréquenter les bains et de montrer à d'autres hommes leurs pénis, de peur d'encourir des moqueries. (Combien de juifs voulaient vraiment faire cela ? se demande Treslove.) Cela a conduit d'innombrables juifs désespérés à chercher un remède dans la chirurgie, souvent avec des conséquences tragiques. (Treslove frémit.) La seule méthode éprouvée pour restaurer un simulacre tout au plus passable de prépuce, est celle que le bloggeur pratique lui-même.

Regardez, bonnes gens.

N'espérez pas trop. Mais ne vous contentez pas de trop peu. Telle est la philosophie d'Alvin Poliakov.

Quant à la méthodologie...

Faites provision de papier collant, de Scotch chirurgical ou d'adhésif de bureau (Treslove se surprend à penser au Scotch d'emballage avec lequel Josephine, la mère de l'un de ses enfants, il ne se rappelle plus très bien lequel, réparait ses bottes), des bretelles, des élastiques, des poids et une chaise en bois bien solide.

Tous les matins, Alvin Poliakov photographie son pénis sous divers angles afin de publier les clichés sur le web plus tard dans l'après-midi, avec les schémas détaillés des procédures qu'il a entreprises durant la journée — fabrication de colliers en carton, application du Scotch, lubrification de la peau douloureuse, les heures passées penché en avant sur sa chaise en bois à tirer la peau vers le bas, toujours le bas, et le système de poids qu'il a conçu avec des bijoux en cuivre, des plaques provenant d'un xylophone d'enfant et une paire de petits chandeliers en bronze qui, explique-t-il gravement, peuvent se trouver à très bon prix sur n'importe quel marché ou dans les boutiques vendant de la bimbeloterie indienne.

Apôtre du déni de soi il reste assis, crâne rasé, gonflé de muscles, la tête entre les genoux, tel un charmeur de serpent qui sait que la bête ne pointera pas le nez avant des années, si tant est qu'elle se montre. Il n'y a aucune lubricité dans cette technique. S'il y avait du sexe dans la tête d'Alvin Poliakov, cela fait longtemps qu'il a disparu au service des adhésifs, colliers et poids. C'est parce qu'il se sentait privé du plaisir qu'Alvin Poliakov s'est lancé dans ce travail, mais le plaisir n'est plus le nœud du problème. Le nœud du problème, ce sont les juifs.

En accompagnement des photos et schémas, Alvin Poliakov publie une diatribe quotidienne au sujet de la religion au détriment de laquelle, si l'on peut dire, il consacre désormais son énergie. Le crime de mutilation sexuelle, avance-t-il, n'est que l'un des crimes contre l'humanité que commettent les juifs. Chaque jour, il publie le nom d'un autre bébé juif dont l'intégrité a été compromise et dont le droit à une sexualité pleine et entière a été tragiquement entamé.

D'où ces noms proviennent-ils, Treslove n'en a pas la moindre idée. Les puise-t-il dans le carnet des naissances des journaux juifs ? Il est impossible d'imaginer que des parents culpabilisés les lui aient donnés. Auquel cas, Alvin Poliakov n'est-il pas lui-même coupable de voler à un enfant quelque chose qu'il est trop jeune pour donner de son plein gré ?

Ou bien les a-t-il tout simplement inventés ?

Imperturbable, car il ne peut entendre les objections de Treslove et n'y prêterait aucune attention dans le cas contraire, Alvin Poliakov, haletant comme un athlète, tire sur la peau de son pénis pour former un prépuce. Chaque soir, il croit le voir apparaître, chaque matin, tout est à recommencer. À l'exception des soirs où il assiste aux réunions de la SHOAH, il reste chez lui. Une sœur aînée lui fait les courses. Elle s'est récemment convertie au catholicisme. Il n'est pas clair qu'elle sache à quoi son frère passe ses journées, mais il n'est pas homme à garder pour lui-même les causes qu'il défend. Et elle doit se demander ce qu'il fait sur sa chaise en bois à se triturer le pénis. Mais il se peut qu'elle se méprenne sur la nature de son geste.

Il écoute la radio, notant avec quelle rareté on y parle des souffrances des juifs mutilés ou des non-juifs mutilés à leur place. Que la BBC soit projuive, il n'en doute pas le moins du monde. Sinon, pourquoi entendrait-on si peu parler de ceux dont la vie a été gâchée par les sionistes et la circoncision ?

Il a d'ailleurs écrit une pièce radiophonique sur cette tragédie. Mais la BBC, bien que l'en ayant remercié, ne l'a jamais diffusée. Censure.

Ce rituel barbare, soutient Alvin Poliakov, est analogue à la tonsure que subissent les jeunes hommes à leur incorporation dans l'armée, et sert une fonction identique. Il est là pour anéantir l'identité et soumettre l'homme à la tyrannie du groupe, qu'il soit religieux ou militaire. Il est donc irréfutable, selon le point de vue d'Alvin Poliakov, qu'il existe un lien direct entre le rituel juif de la circoncision et les massacres sionistes. Le bébé juif sans défense et le Palestinien désarmé ne font plus qu'un dans le sang innocent que les juifs n'ont aucun scrupule à répandre.

La tête entre les genoux, Alvin Poliakov imagine des dédicaces adressées aux victimes des brutalités sionistes. Il aime en publier une nouvelle quand il peut, au-dessus de la dernière photographie en date de son pénis violenté, afin de bien faire comprendre le lien. Le jour où Treslove décide de cesser de consulter ce blog, la phrase qui s'étend au-dessus du pénis d'Alvin Poliakov, d'où pendent des poids de différentes tailles et autres objets assortis, déclare : *Aux mutilés de Chatila, Nebateya, Sabra, Gaza. Votre combat est mon combat.*

— Formulons cela ainsi, dit Treslove en décrivant le blog à Hephzibah, qui avait refusé qu'il lui envoie le lien par e-mail. Si tu étais palestinienne...

— Mais oui, c'est cela. Avec des amis comme lui...

— Mais pas seulement. C'est de la récupération...

— Absolument.

— Et pour une cause aussi ordinaire.

— Pas ordinaire pour lui, de toute évidence.

— Non, mais, toutes les autres questions mises à part, les musulmans ne sont-ils pas circoncis aussi ?

— À ce que je sais, oui, répondit-elle en se détournant, ne souhaitant pas l'encourager dans sa nouvelle lubie.

— Alors... ?

— Oui, précisément.

— Et, pourtant, cet Alvin Poliakov reçoit des félicitations de gens qui se prétendent palestiniens.

— Comment tu le sais ?

— Il les publie.

— Chéri, il ne faut pas croire tout ce que tu lis sur Internet. Mais, même si ces lettres sont authentiques, c'est compréhensible. Nous fermons tous les yeux sur un problème pour en régler un autre. Ce sont des gens désespérés.

— Comme tout le monde, non ?

Elle lui demanda de fermer les yeux. Puis elle lui embrassa les paupières.

— *Pas toi*.

Il y réfléchit. Non, il n'était pas désespéré. Mais il était agité.

— Ce sont des trucs bizarres, dit-il. Du coup, je ne me sens pas en sécurité.

— *Toi*, pas en sécurité ?

— Et si les idées étaient comme des virus ? Et si on était en train de nous contaminer tous ? Cet Alvin Poliakov, il n'aurait pas été infecté à un moment ou un autre ?

— N'y prête pas attention, dit-elle en commençant à préparer le dîner et à sortir sa batterie de casseroles. Ce type est un *meshuggener*.

— Comment tu peux ne pas y prêter attention ? Que ce soit l'œuvre d'un *meshuggener* ou pas, ce qu'il fait circule. Cela vient de quelque part. Cela va quelque part. L'opinion ne s'évapore pas. Elle demeure dans l'univers.

— Je ne pense pas. En tant que société, nous ne croyons pas aujourd'hui ce que nous croyions hier. Nous avons aboli l'esclavage. Nous avons accordé le droit de vote aux femmes. Nous ne faisons pas danser des ours savants dans les rues.

— Et les juifs ?

— Oh, chéri, les juifs !

Sur ce, elle embrassa de nouveau ses paupières closes.

4

Elle l'aimait bien. Décidément, oui. Il la changeait. Il semblait sans ambition, ce dont n'avaient jamais manqué ses maris. Il l'écoutait quand elle parlait, ce que les autres ne faisaient pas. Et il paraissait vouloir être heureux avec elle, la retenait au lit le matin, pas pour le sexe — pas *que* pour le sexe —, et la suivait partout dans l'appartement, ce qui aurait pu être agaçant, mais ne l'était pas.

Sa morosité l'inquiétait davantage. Plus encore, sa soif de morosité, comme s'il n'en avait pas assez en lui pour le satisfaire et qu'il était venu boire toute la sienne. Était-ce au bout du compte tout ce à quoi se résumait en fait son délire juif ? se demanda-t-elle. La quête d'une identité marquée par un abattement plus profond, plus viscéral que n'était capable d'en secréter son propre bagage génétique ? La foutue tragédie juive tout entière, était-ce cela qu'il voulait ?

Il n'aurait pas été le premier, bien sûr. Le monde se répartissait entre ceux qui voulaient tuer les juifs et ceux qui voulaient être juifs. Les pires époques étant celles au cours desquelles les premiers étaient plus nombreux que les seconds.

Mais c'était sacrément culotté. Les vrais juifs devaient se donner du mal pour souffrir ; et voilà que Julian Treslove s'imaginait qu'il pouvait pointer le bout de son museau quand l'envie le prenait pour se sentir immédiatement déprimé.

Et elle n'était même pas sûre qu'il aimât les juifs autant qu'il le prétendait. Elle ne doutait pas de ses sentiments à son égard. Il l'avait dans la peau, l'embrassait avec gratitude dès qu'il ouvrait les yeux. Mais elle ne pouvait pas être pour lui la juive absolue qu'il espérait. Pour commencer, elle n'était pas assez juive, du moins de son point de vue. Elle n'ouvrait pas l'œil en disant : Bonjour le monde, voici une nouvelle journée juive, ce que, soupçonnait-elle, Julian aurait voulu l'entendre dire et allait bientôt se mettre à clamer à sa place. Bonjour, voici une nouvelle journée juive, sauf que...

Le « sauf que » ne représentait que la moitié des trucs auxquels elle avait tenté de l'initier, à son insistance. « Je veux les rites, lui avait-il dit. Je veux la famille, je veux le tic-tac quotidien de la pendule juive. » Mais à peine les lui avait-on donnés qu'il avait battu en retraite. Elle l'avait emmené à la synagogue — évidemment pas celle d'à côté où on priait avec le keffieh — et cela ne lui avait pas plu. « Ils ne font rien d'autre que remercier Dieu de les avoir créés, se plaignit-il. Mais à quoi cela sert d'avoir été créé si tout ce qu'on fait de sa vie, c'est remercier Dieu ? »

Elle l'avait emmené à des mariages, des fiançailles et des barmitsva, mais cela ne lui avait pas plu non plus.

— Pas assez sérieux, avait-il déploré.

— Tu veux qu'ils remercient Dieu encore plus ?

— Peut-être.

— Tu es difficile à contenter, Julian.

— C'est parce que je suis juif, déclara-t-il.

Et, il avait beau délirer sur la famille juive et la chaleur juive, à peine l'eut-elle présenté à sa famille qu'il s'enferma dans son mutisme — sauf avec Libor — et se comporta comme s'il détestait tout le monde — en lui affirmant le contraire — et l'embarrassa par son manque de... eh bien, de chaleur.

— Je suis timide, dit-il. Je suis déconcerté par toute cette vitalité.

— Je croyais que tu appréciais la vitalité.

— J'adore la vitalité. Je n'y arrive pas, c'est tout. Je suis trop *nebbishy*.

Elle l'embrassa. Elle n'arrêtait pas.

— Un *nebbish* ne sait pas qu'il est un *nebbish*, dit-elle. Tu n'es pas un *nebbish*.

Il lui rendit son baiser.

— Tu vois combien c'est subtil, répondit-il. « Un *nebbish* ne sait pas qu'il est un *nebbish*. » C'est trop sophistiqué pour moi. Vous êtes trop futés.

— On est bien obligés, dit-elle. On ne sait jamais quand il va falloir faire ses valises.

— Je les porterai. C'est mon rôle. Je suis le *schlepper*. À moins qu'un *schlepper* ne sache pas qu'il est un *schlepper* ?

— Oh, un *schlepper* sait très bien qu'il en est un. Contrairement au *nebbish*, le *schlepper* se définit par sa conscience de lui-même.

Il l'embrassa de plus belle. Ces finklers ! Et, voilà, il en avait quasiment épousé une. Il en était presque un. Dans son cœur, sans conteste. Il n'y avait que dans la pratique qu'il avait des lacunes. Et, pourtant, le chemin semblait encore si long.

— Ne me quitte jamais.

Il aurait voulu ajouter : « Ne pars pas avant moi. Promets-moi que tu ne partiras pas avant moi. » Mais il se rappela que c'était ce qu'avait dit Malkie à Libor, et répéter ces paroles lui paraissait sacrilège.

— Je n'irai nulle part, dit-elle. Sauf si on m'y oblige.

— Auquel cas, je serai ton *schlepper*.

Il ne l'avait pas encore présentée à ses fils. Comment était-ce possible ? Il lui expliqua, puisqu'elle avait demandé, avec raison, pourquoi il ne les aimait pas beaucoup.

— Où est le problème ?

— Eh bien, pourquoi voudrais-je qu'ils entrent en contact avec toi, que j'aime beaucoup ?

— Julian, ton raisonnement est absurde pour tout un tas de raisons que je n'ai pas la force d'énumérer. Peut-être que si tu les voyais avec moi, tu les aimerais plus.

— Ils sont une partie de ma vie avec laquelle je veux couper les ponts.

— Tu m'as dit que tu avais coupé les ponts avec eux avant même de les avoir connus.

— C'est vrai. Et c'est la partie de ma vie avec laquelle je veux couper les ponts : couper les ponts avec des gens.

— Et en quoi ne pas me les présenter te garantit cela ?

— Cela ne marcherait pas. Tu ne les aimerais pas. Et puis je serais obligé de couper les ponts encore une fois.

— Tu es sûr que ce n'est pas parce que tu crois qu'ils ne m'apprécieraient pas ?

Il haussa les épaules.

— Ils pourraient ne pas t'apprécier. Quelle importance ? Leur opinion m'indiffère profondément.

Elle se demanda si c'était vrai.

Elle n'aurait pas su dire s'il voulait un enfant d'elle. Il avait soulevé la question au cours de l'une de ses interminables conversations sur la circoncision — était-il assez beau pour elle, en faisait-il trop, était-il trop sensible, que feraient-ils s'ils avaient un fils, serait-il comme son père ou comme Moïse ? — mais tout cela avait été surtout hypothétique. Elle-même ne pensait pas aux enfants. « Rien ne presse », lui avait-elle dit. Ce qui revenait à dire gentiment : « Ça ne m'intéresse pas. » Mais verrait-il cela comme un échec entre eux ? À l'entendre, il était le pire père de l'histoire. Il le lui répétait constamment. Voulait-il prouver qu'il était capable de s'améliorer ?

Elle lui posa la question.

— Quoi ? Être un père juif, cette fois ? Je ne pense pas. À moins que tu...

— Non, absolument pas. C'est à toi que je...

Concernant son obsession juive en général, au début cela l'avait amusée, mais maintenant cela l'inquiétait. Avait-il réussi à la vider de cela en même temps que de la morosité ? Elle eut peur qu'il ait confondu les deux.

— Les juifs peuvent être joyeux, tu sais, lui dit-elle.

— Comment puis-je oublier que je t'ai rencontrée à un dîner de Pessah ?

— Bon, se rappeler notre esclavage en Égypte n'était peut-être pas joyeux au sens où je l'entendais. Peut-être le mot était-il mal choisi. Je voulais dire exubérants, vulgaires, crus.

En le disant, elle se rendit compte qu'elle était beaucoup moins tout cela depuis qu'elle le connaissait. Il lui imposait une certaine forme de retenue. Il voulait qu'elle soit un certain genre de femme et elle ne voulait pas le décevoir. Mais, certains soirs, elle aurait préféré regarder un feuilleton idiot à la télévision plutôt que discuter de la circoncision ou de Maimonide. C'était éreintant d'être la représentante de tout un peuple pour un homme qui avait décidé de l'idéaliser. Ce n'était pas seulement lui qu'elle ne voulait pas décevoir, c'était cinq millénaires d'histoire et de péripéties.

— Alors faisons quelque chose de tapageur, dit-il. Il y a un orchestre *klezmer* avec des danses juives au Centre culturel juif au bout de la rue. Et si on y allait ?

— Je crois que je préférerais encore porter ton enfant, répondit-elle.

— C'est vrai ?

— Je blague.

Elle entendit les rouages bourdonner sous son crâne. Fallait-il qu'elle lui explique que, pour les finklers, une telle réplique c'était forcément de l'humour ?

Par-dessus tout, elle ne voulait pas l'inquiéter. Les vandales au bacon étaient revenus. Cette fois, ils avaient bombé *Mort aux juifistes*. « Juifistes », c'était l'expression préférée des musulmans racistes. Dans les médias, il était de plus en plus question de jeunes enfants traités de « juifistes » dans les écoles. Hephzibah considérait que c'était une évolution bien plus grave et menaçante que les croix gammées dont la racaille d'extrême droite profanait les cimetières juifs. Il y avait un manque d'imagination paresseux dans les croix gammées. C'était plus un souvenir de la haine que la haine elle-même. Alors que le mot « juifiste » avait une consonance affreuse, pour elle. On eût dit des créatures rampantes, viles et visqueuses à cause de leur religion. Si on leur marchait dessus, le juifisme suinterait d'elles. C'était une injure qui allait plus loin que « youpin » ou « sale feuj ». Elle n'était pas dirigée vers les juifs en tant qu'individus, mais vers l'essence juive. Et, évidemment, elle provenait d'une partie du monde où le conflit était déjà ruisselant de sang, où les haines étaient profondes et peut-être impossibles à éradiquer.

Libor aussi lui avait dit des choses qu'elle aurait préféré ne pas entendre. Il lui avait raconté ces histoires de violences et de malveillances comme si c'était pour lui la seule manière de s'en vider l'esprit.

— Tu sais ce qu'écrivent les journaux suédois ? lui demanda-t-il. Que les soldats israéliens tuent des Palestiniens pour vendre leurs organes sur le marché international. Cela ne te rappelle rien ?

Hephzibah se mordit la lèvre. Elle avait déjà eu cette conversation au travail. Mais Libor n'avait pas de collègues avec qui partager ses craintes.

— C'est de la pure calomnie, lui dit-il, comme si elle ne le savait pas.

— Oui, Libor.

— On nous accuse de nouveau de nous repaître de sang. Et d'en tirer d'immenses profits. On se croirait au Moyen Âge. Mais que peut-on attendre d'autre de la part des Suédois, qui n'ont jamais quitté le Moyen Âge !

Elle ne voulait pas l'entendre, mais elle y avait droit tous les jours. L'énumération des crimes juifs. Et le défilé des actes de violence en représailles.

Rien que la veille, un vigile du Musée juif de Washington avait été abattu. Cela avait provoqué un petit vent de terreur parmi les dirigeants d'institutions juives de par le monde. On s'échangeait des e-mails de solidarité pleins d'angoisse. Ils étaient une cible désignée — tel était le consensus. Il n'y avait aucun moyen d'empêcher un malade mental de frapper n'importe où, évidemment. Mais les malades mentaux avaient tellement de quoi faire, avec la haine d'Israël qui régnait en ce moment. Un conflit régional avait débouché sur une haine religieuse, il n'y avait pas à en douter. Les juifs étaient de nouveau le problème. Après une période de calme exceptionnel, l'antisémitisme redevenait ce qu'il avait toujours été : un train de la surenchère, lancé à tombeau ouvert, que n'importe qui pouvait prendre en marche.

En n'en parlant pas à Treslove, ni du vigile tué, ni des e-mails, ni des histoires de Libor — bien qu'il fût impossible d'empêcher Libor de les lui raconter lui-même —, Hephzibah s'aperçut qu'elle le protégeait comme un parent ou un enfant. Plutôt un parent, d'ailleurs, car elle ménageait les susceptibilités juives. Elle en aurait fait autant pour son père s'il avait été encore en vie. « N'en parle pas à ton père, cela le tuerait », aurait dit sa mère. Tout comme son père aurait dit : « N'en parle pas à ta mère, cela la tuerait. »

C'était ce que faisaient les juifs. Ils gardaient pour eux les mauvaises nouvelles. Et voilà qu'elle agissait de même avec Treslove.

5

Finkler, qui ne rêvait pas, fit un rêve.

Des gens donnaient des coups de poing dans le ventre de son père.

Au début, c'était gentiment. Son père était dans la boutique avec des clients. Allez, tapez plus fort, plus fort. Si je sens quelque chose ? Ça ne me chatouille même pas. Et j'ai eu un cancer il y a deux ans. Incroyable mais vrai. Ha, ha !

Puis l'atmosphère changeait. Son père ne blaguait plus. Et ses clients ne riaient plus avec lui. Ils l'avaient jeté à terre dans la boutique et il gisait parmi des cartons de lunettes de soleil déchirés et de caisses de déodorants éventrées. La pharmacie avait toujours l'air d'avoir tout juste reçu une livraison : les cartons demeuraient entassés des semaines durant. Brosses à dents, baigneurs, peignes, flacons de lotions restaient là où ils étaient tombés ou à l'endroit où les livreurs les avaient déposés. « À quoi bon des étagères quand on a un bon vieux plancher ? » disait le comique-pharmacien en blouse tout en fouillant à quatre pattes pour trouver ce qu'un client lui demandait. C'était son théâtre, pas une pharmacie. Il s'y produisait. Mais, cette fois, le désordre n'était pas de son fait. Ces gens qui ne le frappaient plus vidaient les étagères. Pas pour piller, juste pour balancer tout comme s'ils estimaient que cela ne valait pas la peine d'être volé.

Ils lui avaient arraché son feutre, aussi, même si, dans la réalité, il ne le portait pas dans son officine. Le feutre, c'était pour aller à la synagogue.

Finkler, tapi dans un coin de son rêve, attendait que son père appelle au secours.

Samuel, Samuel, *gevald* !

Il était curieux de voir ce qu'il allait faire. Mais il n'y eut aucun cri.

Lorsque les coups recommencèrent, Finkler se réveilla.

Il n'était même pas dans son lit. Il s'était endormi devant son ordinateur.

Il fut pris d'angoisse devant la journée qui s'annonçait. Il avait rendez-vous avec Tamara Krausz et deux autres rhéteurs pour un débat qui aurait lieu à Holborn. Le sujet habituel. Deux contre, deux pour. Normalement, il faisait cela les yeux fermés. Mais fermer les yeux n'était pas conseillé en ce moment. Il savait ce qu'il allait dire à la réunion. Et il n'y avait pas grand-chose à craindre de ses adversaires. Ni du public. Les gens avaient toujours soif d'entendre parler Finkler, quel que soit le sujet, simplement parce qu'il passait à la télévision et, concernant la Palestine, ils gobaient tout. Ce qui ne signifiait pas qu'ils n'avaient pas d'opinion. Ils s'en étaient fait une. Mais ils recherchaient auprès de Finkler une forme de confirmation. Un penseur juif qui s'en prend aux juifs, cela valait de l'or. Les gens payaient pour l'entendre. Il n'y avait donc pas de raison de s'inquiéter de ce côté-là. C'était Tamara Krausz qui le troublait.

Il se méfiait de ses réactions en sa présence. Pas d'un point de vue sexuel. Elle était plus le genre de Treslove que le sien. Il se rappela son ami débitant la liste de toutes les femmes affligeantes dont il était tombé amoureux. On aurait dit la section des cordes d'un orchestre féminin, ou plutôt un orchestre féminin qui n'aurait eu qu'une section de cordes. Il avait grincé rien qu'en entendant les descriptions de Treslove. « Pas pour moi », avait-il dit en se mordant la lèvre. Et voilà que, maintenant, il laissait Tamara Krausz jouer de l'archet sur ses nerfs.

Il se demanda s'il y aurait moyen de lui demander de le laisser tranquille. Elle nierait évidemment qu'elle lui ait fait quoi que ce fût. Il se flattait s'il s'imaginait qu'elle l'avait remarqué en dehors de son rôle professionnel de collègue chez les Juifs honteux. Elle ne lui avait pas fait d'avances. S'il l'imaginait en train de hurler de plaisir dans ses bras, c'était lui qui s'était fait son cinéma tout seul.

Non, les cris qu'il redoutait ne devaient pas être confondus avec ceux qu'un petit coq rêve d'arracher à une femme frustrée. Les cris qu'il entendait avant l'heure étaient idéologiques. C'était le sionisme, son démon amoureux, pas Finkler. Dans sa haine mêlée de fascination, et pas tout à fait réciproque, du sionisme, elle était incapable de penser à autre chose. Il en est ainsi quand on est amoureuse.

C'était la faute de Finkler si Tamara n'avait qu'à prononcer les mots « Cisjordanie » ou « Gaza » pour lui mettre les nerfs à vif. Sa faute, si les mots « occupation » ou « traumatisme », sur les lèvres incongrûment soumises de Tamara Krausz — humides comme celles d'une catin au milieu de son petit visage anxieux —, le rendaient fou de rage. Si, par malheur ou sur un malentendu, ils échouaient ensemble dans un lit et qu'elle hurlait à son oreille ses arguments antisionistes : il jouirait en elle six ou sept fois et ensuite il la tuerait. Il lui couperait la langue et lui trancherait la gorge.

Et c'était peut-être bien ce à quoi elle faisait allusion quand elle parlait de l'effondrement de l'esprit juif, la Solution finale ayant rendu fous les juifs au point d'enclencher à leur tour une solution finale, la violence engendrant la violence. En fait, Finkler ne ferait rien de plus qu'illustrer ses propos.

N'était-ce pas précisément ce qu'elle cherchait ? Tue-moi, salaud de juif dément, ça me donnera raison.

Le plus étrange dans tout cela, c'est qu'elle n'avait pas encore — de vive voix ou dans aucun de ses articles — proféré un mot avec lequel il ne fût pas d'accord. Elle était certes plus acquise que lui à la cause de la désintégration morale des juifs et elle se fiait davantage que lui aux ennemis d'Israël — Finkler se sentait capable d'invectiver l'État juif sans pour autant être ami avec les Arabes : en tant que philosophe, il jugeait la nature humaine entachée d'imperfections de part et d'autre dans n'importe quel conflit — mais, en dehors de cela, leurs diagnostics convergeaient sur tous les points. Ses formules avaient le don de tout à la fois l'irriter et l'exciter. Cela tenait aux accents de sa voix. Et à sa méthodologie, qui consistait à faire la liste de tous ceux qui la soutenaient, puis à les ignorer quand ils la contredisaient.

Là encore, en tant que philosophe, Finkler était voué à condamner ce type de pratique. Il convient de citer la totalité de la pensée d'un individu dans un argument, pas de récupérer des balles perdues d'opinion qui se trouvent simplement converger vers la vôtre. Du coup, il se méfiait aussi d'elle personnellement. Il suffisait qu'on lui chuchote quelque chose sur un sujet pour qu'elle le cite contre soi dans un autre. S'il lui disait au cœur de la nuit : « Je ne pense qu'à toi, je n'entends que toi, je ne vois que toi », elle aurait été fichue de dénoncer lors d'une réunion de la SHOAH son manque croissant de concentration et d'engagement.

On aurait dit une vengeance de cour de récré. Comme si elle avait eu vent de quelque horreur que le peuple juif avait dite à son propos — dans le dortoir après l'extinction des feux — et qu'elle était désormais bien décidée à le lui faire payer, à la loyale ou pas.

Il endossa un costume noir et mit une cravate rouge. D'habitude, il parlait depuis une estrade, col de chemise déboutonné. En cette occasion, il voulait être aussi redoutable par son apparence que par ses propos. Ou bien il se souciait de protéger sa gorge, la confondant avec celle de Tamara Krausz.

Ils prirent place l'un à côté de l'autre sur l'estrade. Il fut surpris de remarquer que, sous la table, il n'y avait pas grand-chose de sa personne ; elle avait les jambes courtes et de petits pieds. Alors qu'il inspectait ses jambes, il vit qu'elle en faisait autant avec les siennes. Elle devait se demander combien elles mesuraient, et s'il avait de grands pieds. Son regard le mit mal à l'aise. Il espéra qu'elle se sentait minuscule sous le sien.

À l'autre bout de la table étaient assis deux juifs de l'establishment. Des administrateurs d'œuvres de bienfaisance et de synagogues, chiens de garde de la communauté, protecteurs de la famille juive et du nom d'Israël, et en conséquence ennemis naturels de Finkler. Ils ne se mélangeaient pas, les chiens de garde juifs et les insurgés juifs. L'un d'eux lui rappela son père en dehors de sa boutique, quand il priait ou parlait à d'autres juifs partageant ses soucis communautaires. Il semblait doté d'un solide bon sens, allié à l'innocence du croyant persuadé que Dieu continue de s'intéresser particulièrement au sort du peuple juif. Tantôt le protégeant comme Il ne protégeait nul autre, tantôt le châtiant plus férocement qu'Il ne punissait aucune autre de Ses créatures. Le solipsisme communautaire des juifs. Ces hommes aveuglés par ce genre de miracles étaient dans le même temps très durs en affaires.

Tamara Krausz se pencha vers lui.

— Je vois qu'ils ont sorti les plus hystériques, chuchota-t-elle.

Son mépris s'insinua dans son oreille comme une huile de qualité supérieure.

« Hystérique » était un mot très apprécié des Juifs honteux. Quiconque n'avouait pas sa honte était voué à l'hystérie. L'accusation remontait au temps de la superstition médiévale du juif efféminé, qui abritait une étrange et secrète blessure et saignait comme la femme. Le nouveau juif hystérique était une femme du fait qu'il demeurait dans un état de terreur bien peu virile. Partout où il regardait, il ne voyait que des antisémites devant lesquels son âme frissonnait.

— Ils ont sorti les plus *quoi* ? demanda Finkler.

Il avait bien compris, mais il voulait l'entendre encore.

— Les plus hystériques.

— Ah, hystériques... Ils sont hystériques ?

Tous les nerfs de son corps se contractèrent au point qu'il aurait suffi qu'il bouge une omoplate pour que ses doigts se referment et qu'il serre le poing.

Elle n'eut pas le temps de répondre. Le débat avait commencé.

Finkler et Tamara Krausz le remportèrent, évidemment. Finkler avança qu'on ne pouvait revendiquer le droit à l'autodétermination d'un peuple tout en le refusant à un autre. Le judaïsme est essentiellement une religion morale, déclara-t-il. Ce qui le rend fondamentalement contradictoire, n'en déplaise à Kierkegaard, car il est impossible d'être à la fois moral *et* religieux. Le sionisme avait été l'occasion rêvée pour le judaïsme d'échapper à sa religiosité. D'échanger avec d'autres dans un esprit d'ouverture. Mais, au gré des victoires militaires, l'éthique juive avait succombé au triomphalisme irrationnel de la religion. Seul un retour à la morale pouvait désormais sauver les juifs.

Tamara défendit une opinion quelque peu différente. Pour elle, l'idéal sioniste était criminel dès le départ. À l'appui de son argument, elle cita des gens qui estimaient principalement le contraire. Les victimes de ce crime n'étaient pas seulement les Palestiniens, mais les juifs eux-mêmes. Les juifs de partout. Même dans cette salle. Elle s'exprimait froidement, comme si elle défendait un client qu'elle ne croyait pas tout à fait, jusqu'au moment où elle arriva à la question de « ce que l'Occident appelle terrorisme ». Puis, comme le remarqua Finkler assis auprès d'elle, son corps commença à s'échauffer. Ses lèvres enflèrent, comme sous les baisers de son démon amoureux. Il y a une sorte d'érotisme dans la violence, déclara-t-elle à l'assemblée fascinée. On peut serrer contre son cœur ceux que l'on tue. Comme on peut étreindre ceux qui vous tuent. Mais les juifs ayant trop aimé les Allemands, s'étant laissés mener passivement vers la mort, s'étaient fermés à Éros, avaient vidé leur cœur de tout amour et tuaient désormais avec une froideur qui vous glaçait les sangs.

S'agissait-il de poésie, de psychologie, de politique ou de pitreries ? Finkler n'aurait su dire. Mais toutes ces histoires de tueries le décontenançaient. Avait-elle deviné d'une manière ou d'une autre le sort qu'il comptait lui faire subir ?

Les juifs communautaires n'étaient pas de taille contre elle. C'est dire qu'ils n'étaient vraiment pas grand-chose. Ils n'auraient pas été à la hauteur face à un clown comme Kugle. Même s'ils avaient été les seuls orateurs, ils auraient réussi à perdre le débat. Ils se prenaient tout seuls les pieds dans le tapis. Finkler soupira en les entendant débiter des arguments déjà éculés quand son père les invoquait trente ans plus tôt — et Israël était minuscule, et ses droits sur cette terre étaient très anciens, et très peu de Palestiniens étaient autochtones, et Israël n'avait offert au monde que des efforts de paix repoussés par les Arabes, et un Israël aux frontières sûres était plus que nécessaire dans un monde où l'antisémitisme ne faisait que croître...

Pourquoi ne l'engageaient-ils pas pour rédiger leur plaidoyer ? Ils auraient gagné la partie. On gagne en comprenant ne serait-ce qu'un peu ce que pense l'adversaire, et eux ne comprenaient rien.

Par « gagner », il entendait gagner dans tous les sens du terme. Gagner le débat et gagner le Royaume de Dieu.

C'était son plus ancien motif de dispute avec son père : le peuple juif censé se rappeler l'étranger et lui offrir de l'eau, pour qui la vertu cardinale était d'aimer son prochain comme soi-même, n'écoutait plus que lui-même. Il ne supportait pas les clowneries de son père dans la boutique mais, au moins, il était démocrate et humaniste ; tandis que revêtu de son manteau noir et coiffé de son feutre assorti, quand il parlait politique en rentrant de la synagogue, son visage était aussi résolument fermé que son esprit.

— Ils se sont battus et ils ont perdu, disait-il. Ils nous auraient rejetés à la mer, mais ils se sont battus et ils ont perdu.

— Ce n'est pas une raison pour ne pas se mettre dans la peau des perdants, répondait le jeune Finkler. Les Prophètes n'ont pas dit que nous ne devions témoigner de compassion qu'à ceux qui la méritent.

— Ils ont ce qu'ils méritent. Nous leur donnons ce qu'ils méritent.

Et c'est ainsi que Finkler avait jeté sa kippa et rogné son prénom.

— Toujours le même refrain, toujours, murmura-t-il à Tamara.

— Comme je disais : hystériques, répondit-elle à mi-voix.

Le poing de Finkler se serra tellement qu'il sentit sa main remonter dans son épaule.

Vint le moment des questions du public et la soirée s'anima. Des gens de chaque bord braillaient des anecdotes personnelles qu'ils confondaient avec des preuves du bien-fondé de leurs opinions. Une non-juive au visage chagrin se leva et, comme dans un confessionnal, raconta qu'on lui avait appris à respecter et admirer ce que le professeur Finkler — il n'était pas professeur, mais il ne releva pas — avait appelé la sublime morale juive — il n'avait rien dit de tel, mais passons — et que, depuis, elle était allée en Terre sainte et avait découvert un pays dirigé par des racistes où régnait l'apartheid. Elle avait une question pour les messieurs sur l'estrade qui déploraient qu'Israël soit le seul État auquel on reprochât de pratiquer la censure : quel autre pays se définit lui-même et ses ressortissants sur la base de critères raciaux ? Est-ce pour cette raison que cet État est critiqué entre tous, car il est raciste comme aucun autre ?

— Quelle leçon pour nous, dit Tamara Krausz de sa voix soyeuse.

C'était comme écouter une femme qu'on ne veut pas aimer retirer ses dessous devant vous, songea Finkler.

— Comment cela ? demanda-t-il.

— C'est un cœur meurtri qui nous parle.

Fut-ce cela qui empêcha Finkler d'attendre la réponse des messieurs à qui la question avait été posée ? Ou la certitude qu'ils allaient y répondre fort mal ? Il n'en savait rien. Mais, lorsqu'il intervint, ce fut avec un cœur meurtri. Le mystère était : à qui appartenait-il ?

6

Et ce que Finkler déclara fut :

Comment osez-vous ?

Un instant s'écoula avant qu'il poursuive. Pas facile de laisser une phrase en suspens dans le brouhaha d'une fin de réunion, quand tout le monde tient à se faire entendre. Mais Finkler, naguère professeur exhibitionniste à Oxford et désormais philosophe expérimenté en télévision, n'était pas dépourvu d'une certaine maîtrise des astuces de l'éloquence. Et, en tant qu'époux naguère aimé de Tyler et désormais veuf éploré, en tant que père, naguère fier, aujourd'hui déçu, et que meurtrier potentiel de Tamara Krausz, il possédait aussi quelques astuces en matière de gravité.

« Comment osez-vous ? » était complètement inattendu de sa part — politiquement d'abord, ensuite comme réponse à une femme tourmentée, ex-thuriféraire de la morale juive qui parlait désormais au nom de l'âme d'une humanité souffrante, et enfin par la violence de son ton. Un coup de pistolet n'aurait pas moins effrayé la salle.

Il laissa la déflagration résonner — un dixième de seconde, une demi-seconde, une seconde un quart, une éternité — puis, d'une voix pas moins choquante par le calme raisonnable et pédagogue dont il l'avait emmaillotée, poursuivit :

— Comment osez-vous, vous, une non-juive — et je précise que cela ne m'impressionne pas du tout que vous ayez été élevée dans le respect de l'éthique juive, tant vos propos me glacent — comment osez-vous ne serait-ce que penser que vous pouvez dire aux juifs dans quel genre de pays ils peuvent vivre, alors que vous et vos semblables, les non-juifs d'Europe, avez rendu indispensable la création d'un État réservé aux juifs ?

Par quel raffinement pervers de raisonnement chassez-vous des gens de votre pays et vous estimez-vous en droit de stipuler vertueusement où ils peuvent aller et comment ils peuvent organiser leur existence future maintenant que vous vous en êtes débarrassée ? Je suis anglais, j'aime l'Angleterre, mais croyez-vous donc que ce pays n'est pas raciste ? Connaissez-vous des pays dont l'histoire récente n'est pas entachée par les préjugés et la haine ? Qu'est-ce qui autorise des racistes à flairer le racisme chez d'autres ? Les juifs consentiront à recevoir des leçons d'humanité d'un monde dont ils estimeront ne rien avoir à redouter. En attendant, que l'État juif offre un abri aux juifs du monde entier — oui, les juifs d'abord — n'est peut-être pas équitable, mais ne peut raisonnablement passer pour du racisme. Je peux comprendre qu'un Palestinien trouverait cela raciste, bien que lui aussi ait hérité d'un mépris ancestral pour les personnes d'autres confessions que la sienne, mais pas vous, madame, qui vous présentez comme un cœur meurtri, une représentante à la conscience torturée de ce même monde des non-juifs que les juifs, bien malgré eux, ont fui pendant des siècles...

Il jeta un regard circulaire. Pas d'ovation. À quoi s'attendait-il ? Certains applaudirent avec enthousiasme. D'autres le sifflèrent, plutôt. S'il n'avait pas dégagé autant d'autorité, il y aurait eu, présuma-t-il — et il l'espérait sacrément —, des huées. Les démagogues aiment les huées. Mais ce qu'il vit surtout, c'était une humanité prise au piège de ses certitudes, comme des rats dans une souricière.

Ceux qui partageaient ses vues virent la même chose que lui. Ceux qui ne les partageaient pas ne le virent pas. Et les seconds étaient plus nombreux.

Et merde, pensa-t-il. Ce fut en cet instant la somme totale de sa philosophie. *Et merde.*

Il se tourna vers Tamara Krausz.

— Alors, qu'en penses-tu ? s'enquit-il.

Un étrange sourire se peignit sur son visage, comme si elle lui avait soufflé tout son monologue.

— Hystérique, répondit-elle.

— Cela te dirait de t'allonger dans mes bras et de me le hurler, des fois ? demanda-t-il de son ton le plus aguicheur.

Dix

1

Avec le temps, Treslove en vint à croire qu'il aurait pu avoir de bonnes raisons de penser que Finkler avait jeté son dévolu sur Hephzibah. Si cette formulation paraît alambiquée, c'est que les soupçons de Treslove étaient eux-mêmes tordus.

En fait, il n'avait aucune raison de croire que Finkler avait jeté son dévolu sur Hephzibah, mais il décida de s'en méfier. Il n'avait rien vu, rien entendu ni de la part de Finkler ni de celle d'Hephzibah ; c'était juste une impression. Et, dans la jalousie, impression constitue raison.

Il reconnaissait que cette impression puisse être simplement née de son amour. Quand on aime intensément une femme, on est condamné à imaginer que tous les autres hommes doivent l'aimer tout autant. Mais il ne s'inquiétait pas de la concupiscence ou du désir de tous les hommes. Juste de Finkler.

À n'en pas douter, Finkler avait changé. Il était moins arrogant. Son maintien était différent. Quand il venait dîner avec Libor, il se taisait et ne se laissait plus entraîner vers Isrrrraë. D'après Hephzibah, et elle était professionnellement bien placée pour le savoir, il s'était querellé avec ses amis Juifs honteux sur la question du boycott des universités. Quant à la gravité de la brouille, elle ne pouvait se prononcer.

— Parce qu'il ne veut pas perdre une tournée de conférences tous frais payés à Jérusalem, Tel-Aviv et Eilat, supputa Treslove.

— Julian ! dit Hephzibah.

(Vous voyez !)

— Julian quoi ?

— Est-ce que tu en es sûr ?

Treslove concéda que non. Mais il connaissait son ami.

— Eh bien, parfois je me le demande, dit Hephzibah.

(Vous voyez !)

Avec Treslove aussi, Finkler était moins combatif, comme s'il était sensible aux changements qu'avait opérés sur lui l'influence d'Hephzibah. Mais cela voulait-il dire qu'il voyait Treslove différemment ou simplement qu'il convoitait le bonheur de Treslove ?

Cependant, Hephzibah n'était pas le genre de Finkler, s'il fallait en juger d'après Tyler. Treslove savait que Finkler avait toujours eu des maîtresses. Juives, aussi, lui avait dit Tyler. Mais il était incapable de se les représenter. L'abîme ténébreux entre les seins de Ronit Kravitz, par exemple, lui aurait causé un choc s'il avait pu le voir. Quand il tentait d'imaginer les maîtresses de Finkler, il se représentait des versions juives de Tyler, qu'il avait d'ailleurs toujours crue juive. Des femmes sveltes taillées à la serpe, au visage étroit, plus portées sur les tailleurs-pantalons couture que sur les châles et les capes. Des femmes qui frappaient le sol à pas pressés, en jupes plissées et talons-aiguilles, pas des femmes qui flottaient dans des kilomètres d'étoffe. Donc, personne qui ressemble même de loin à Hephzibah. Ce qui signifiait, au choix : soit Finkler convoitait Hephzibah afin de se venger de Treslove pour une raison ou une autre, soit il avait été séduit par une femme totalement extérieure à ses préférences et à son expérience, et auquel cas il pouvait être dangereusement épris. Tout comme l'avait lui-même été Treslove. Tout comme Treslove l'était encore. La question à mille francs était ce qu'éprouvait Hephzibah. Était-elle éprise elle aussi ?

Deux jours plus tard, il souleva la question au lit où, contrairement à leurs habitudes, ils n'avaient pas échangé un mot. Ce qu'il ignorait, c'est qu'elle se taisait pour lui dissimuler la deuxième agression contre le musée.

— Veux-tu que nous invitions Sam à dîner un de ces soirs ? demanda-t-il. Avec Libor ? Je crois qu'il se sent seul.

— Libor ? Bien sûr qu'il se sent seul.

— Non, Sam.

Hephzibah but une gorgée de thé.

— Si tu veux.

— Non, seulement si *tu* veux.

— Oui, je veux bien.

— Lui ou l'idée du dîner ?

— Explique-toi.

— Ce que tu veux, c'est avoir un invité à dîner, que ce soit Sam ou pas, ou bien spécifiquement Sam ?

Elle posa sa tasse et roula vers lui. Il adorait les ondulations du matelas quand Hephzibah effectuait une manœuvre de rapprochement. Tout était énorme, avec elle. Dès le début, la terre avait bougé sous son corps, les océans s'étaient soulevés et les cieux s'étaient refermés et couverts. Faire l'amour avec elle, c'était comme survivre au déchaînement des éléments. Et, certaines nuits, ne pas en réchapper lui aurait été bien égal. Mais les matins aussi étaient chargés de promesses. Quelque chose était dit. Quelque chose se passait. Pas un jour ne s'écoulait sans qu'Hephzibah ne soit un événement.

Elle était si différente des mères de ses enfants, dont il n'avait même pas remarqué les grossesses.

Mais, à vrai dire, elles l'avaient quitté avant de se découvrir enceintes.

Mais, à vrai dire, il aurait dû remarquer qu'elles l'avaient quitté.

— Quel est le problème ? demanda Hephzibah en s'immobilisant enfin dans le petit coin du lit qui était le sien.

— Rien. Je me demandais juste si tu voulais organiser un dîner.

— Avec Sam.

— Ah, alors tu veux dîner avec Sam ?

— Julian, où veux-tu en venir ?

— Je me demande si tu as une liaison avec lui.

— Avec *Sam* ?

— Ou du moins si tu envisages d'avoir une liaison avec lui.

— Avec *Sam* ?

— Voilà : tu vois, tu ne peux pas t'empêcher de prononcer son prénom.

— Julian, pourquoi aurais-je ou voudrais-je avoir une liaison avec quiconque ? J'en ai une avec toi.

— Ce n'est pas ce qui retient les gens.

— Ça ne te retiendrait pas, toi ?

— Moi, oui. Mais je ne suis pas pareil.

— C'est vrai, dit-elle. Mais il faut dire que moi non plus. Tu devrais le croire.

— Alors je le crois.

Elle le força à la regarder.

— Sam Finkler m'indiffère. Je ne le trouve pas intéressant ni séduisant. C'est le genre d'homme juif que j'ai fui toute ma vie.

— Et c'est quel genre ?

— Arrogant, sans cœur, égocentrique, ambitieux, et convaincu que son intelligence le rend irrésistible.

— Le portrait, d'après ce que tu m'en as dit, des deux hommes que tu as épousés.

— Exactement. Entre ces deux mariages, je les ai fuis. Et, depuis ces mariages, je les fuis.

— Mais on ne fuit que ce qu'on redoute, c'est évident. Tu as peur de Sam ?

Elle éclata de rire. Trop fort peut-être ?

— Eh bien, sans aucun doute il adorerait que j'en aie peur, mais ce n'est pas le cas. C'est une curieuse question, cela dit. Serait-il possible que ce soit toi qui aies peur de Sam ?

— Moi ? Pourquoi devrais-je en avoir peur ?

— Pour la même raison que moi.

— Mais tu as dit que tu n'as pas peur de lui.

— Et tu ne sais pas si tu peux me croire. Vous avez fait des trucs ensemble, au collège ?

— Moi et Sam ? Mon Dieu, mais non.

— Ne sois pas aussi horrifié. C'est bien ce que font les garçons, non ?

— Pas ceux que je connaissais, non.

— Alors peut-être auriez-vous dû. Autant se débarrasser de tout ça de bonne heure. Mes deux maris ont fait des trucs au collège.

— Ensemble ?

— Non, imbécile. Ils ne se connaissaient pas. Avec d'autres garçons.

— Oui, et ni l'un ni l'autre ne t'ont rendue heureuse.

— Pas à cause de cela. Je t'attendais depuis toujours.

— Moi, le goy ?

Elle l'enveloppa d'un bras immense et l'attira sur son giron.

— Question goy — je suis obligée de te le dire — tu es un peu décevant. La plupart des goys que je connais ne passent pas leur temps à lire Maimonide et à mémoriser des petits surnoms en yiddish.

Il se laissa secouer par son océan tumultueux. Quand elle le tenait comme cela, il ne voyait rien, mais la couleur de cet aveuglement était celle de vagues qui se brisent.

— *Neshomeleh*, s'étouffa-t-il entre ses seins.

Mais il ne put en rester là. Le lendemain, devant l'omelette qui avait nécessité cinq casseroles, il demanda :

— Il y a un lien particulier ?

— Entre ?

— Les juifs.

— Ça dépend des juifs.

— C'est comme chez les gays ? Est-ce que vous avez un radar juif qui vous permet de vous repérer les uns les autres ?

— Là encore, ça dépend. Je pense rarement que quelqu'un est juif quand il ne l'est pas, mais il arrive très souvent que je ne pense pas qu'il soit juif alors qu'il l'est.

— Et qu'est-ce que tu cherches à repérer ?

— Je ne cherche rien du tout.

— Qu'est-ce que tu reconnais, alors ?

— Je ne peux pas l'expliquer. Ce n'est pas un détail, c'est un ensemble. Des traits, une expression faciale, une manière de parler, de bouger.

— Donc tu fais des calculs raciaux ?

— Je ne les qualifierais pas de raciaux, non.
— Religieux ?
— Non, sûrement pas religieux.
— Alors quoi ?
Quoi, elle ne savait pas.
— Mais tu établis un lien.
— Là encore, ça dépend.
— Et avec Sam ?
— Comment ça, avec Sam ?
— Tu fais un lien ?
Elle soupira.

Elle soupira quand Treslove en reparla. Et la fois suivante aussi. Elle pensait avoir apaisé ses soupçons. Mais, la troisième fois, ce ne fut pas seulement pour cela qu'elle soupira. Fait étrange, Sam vint la voir dans l'après-midi au musée, ce qu'il n'avait jamais fait. Quand elle le vit, ce fut comme s'il s'était matérialisé à la suite de leur conversation, voire grâce à la simple volonté de Treslove.

Il dut lui-même être surpris tellement elle était bouche bée.

— À quoi dois-je l'honneur de ta visite ? demanda-t-elle en lui tendant la main.

Elle connaissait la réponse. Elle la devait aux craintes de son amant.

— Oh, je passais par là et je me suis dit que j'allais entrer, dit-il. Voir comment ça se passe. Julian est là ?

— Non. Il a arrêté de venir. Il n'y a pas grand-chose à faire pour lui tant que nous sommes en chantier.

Il jeta un regard autour de lui. Les placards achevés, les fresques, les rangées d'ordinateurs et de téléphones. Sur le mur opposé, il lui sembla apercevoir une photo de Sir Isaiah Berlin et de Frankie Vaughan. Pas ensemble.

— Je trouve que c'est bien avancé, moi.

— Oui, mais rien n'est branché.

— Alors je ne vais pas pouvoir faire mon arbre généalogique ?

— J'ignorais que tu en avais envie.

Il haussa les épaules. Qui pouvait dire ce qu'il voulait ?

— J'ai droit à une visite guidée, demanda-t-il, ou tu es trop occupée ?

Elle regarda l'heure.

— Je t'accorde dix minutes, dit-elle. Mais seulement si tu promets de moins ironiser sur nous que lors de notre dernière conversation. Je te rappelle que ce n'est pas un musée de la Shoah.

Il lui décocha un sourire. Il n'était pas sans charme, songeat-elle.

— Oh, je ne verrais rien à y redire si c'était le cas, répondit-il.

2

Quand Treslove avait confié à Hephzibah qu'il pensait que Finkler avait l'air de se sentir seul, il avait oublié de préciser d'où il tirait cette idée. En dehors, précisons-le, de sa propre peur de la solitude. Elle venait d'un texto qu'Alfredo lui avait envoyé : *Vu ton cinglé de pote chercher une pute surpris que t'étais pas avec lui.*

Treslove répondit : *À quoi sait-on qu'un homme cherche une pute ?*

Il fallut plusieurs jours à Alfredo pour trouver une réponse : *Il avait la langue pendante.*

Treslove rédigea : *Tu n'es plus mon fils*, mais renonça à l'envoyer. Il ne voulait pas donner à Alfredo l'occasion de l'accuser de négligence paternelle.

Concernant Finkler, sans y mêler Hephzibah, Treslove eut de la peine pour lui, si la supposition d'Alfredo se révélait vraie, et encore plus si elle ne l'était pas, mais Finkler avait tout bonnement l'air de quelqu'un qui n'a nulle part où aller ni d'épouse sur qui veiller.

C'était terrible de perdre la femme qu'on aime.

3

— Vous devez vous faire des idées, dit Libor.

Treslove l'avait emmené manger un sandwich au pastrami au Nosh Bar nouvellement rouvert sur Windmill Street. Libor y avait convié Treslove et Finkler. Dans le cadre de son introduction des deux jeunes gens aux délices cachés de la ville que Libor adorait plus que les autres. À l'époque, un sandwich au pastrami à Soho avait été pour Treslove comme une descente dans le monde souterrain de la dépravation cosmopolite. Il avait eu l'impression de vivre les derniers jours de l'Empire romain, même si les Romains ne connaissaient pas le sandwich au pastrami. Désormais, Treslove se demandait s'il était en train de vivre ses derniers jours.

Libor aussi, lui sembla-t-il. Le vieil homme sépara laborieusement la viande du pain de seigle, car il avait du mal à digérer ce dernier, puis il ne toucha pas au bœuf. Il avait demandé sans moutarde. Il n'avait pas voulu de cornichon.

Il ne mangeait plus ce qu'on lui servait, il se contentait de déconstruire.

Dans le temps, il aurait regardé par la vitrine et savouré le défilé des débauchés. Aujourd'hui, il regardait comme à travers des persiennes. Je ne lui ai pas rendu service en l'amenant ici, songea Treslove.

Mais il faut dire que la sortie n'avait pas été organisée pour faire plaisir à Libor. C'était une nécessité pour Treslove.

— Pourquoi me ferais-je des idées ? demanda-t-il. Je suis heureux. Je suis amoureux. Je crois que je suis aimé. Où serais-je allé chercher cette crainte ?

— À l'endroit habituel, répondit Libor.

— C'est trop tchèque pour moi, Libor. Où se trouve l'endroit habituel ?

— La source de toutes nos craintes. Où nous casons notre pulsion de mort.

— C'est encore plus tchèque. Je n'ai pas de pulsion de mort.

Libor lui sourit et posa une vieille main tremblante sur la sienne. Hormis le « vieille » et le « tremblante », ce geste lui rappela Hephzibah. Pourquoi tout le monde voulait lui tapoter la main ?

— Mon ami, depuis tout le temps que je vous connais, vous êtes en mal de catastrophe. Vous avez vécu dans cette attente, au bord des larmes, toute votre vie. Malkie l'avait remarqué. Elle ne savait pas trop si elle devait même jouer du Schubert quand vous étiez là. Il n'a pas besoin d'encouragement, celui-là, disait-elle.

— D'encouragement pour quoi faire ?

— Pour vous jeter dans les flammes. N'est-ce pas pour cela que vous êtes avec ma nièce et que vous lisez Maimonide ?

— Je ne considère pas Hephzibah comme du feu.

— Ah bon ? Alors qu'est-ce qui vous angoisse tant ? Je crois que vous obtenez ce que vous êtes allé chercher là-bas. Tout le *gesheft* juif. Vous imaginez que c'est le chemin le plus court vers la catastrophe. Et je ne vais pas vous dire que vous avez tort.

Il voulut répondre que c'étaient des conneries, Libor. Mais on n'invite pas un vieil homme à aller manger un sandwich au pastrami qu'il est incapable de digérer pour lui dire qu'il raconte des conneries.

— Je ne me reconnais pas dans ce que vous décrivez, préféra-t-il dire.

Libor haussa les épaules. Si vous ne vous y reconnaissez pas, vous ne vous y reconnaissez pas. Il n'avait pas la force de discuter. Mais il voyait que Treslove avait besoin de plus que cela.

— La Chute, le Déluge, Sodome et Gomorrhe, le Jugement dernier, Massada, Auschwitz — vous voyez un juif et vous pensez à l'Armageddon, dit-il. Nous racontons de belles histoires de création, mais nous faisons encore mieux question destruction. Nous sommes au début et à la fin de tout. Et tout le monde veut sa part. Ceux qui ont hâte de nous pousser dans les flammes à coups de fourche et ceux qui veulent s'y précipiter avec nous. C'est l'un ou l'autre. Votre tempérament vous contraint à choisir l'autre.

— On croirait entendre votre arrière-petite-nièce.

— Rien d'étonnant. Nous sommes du même sang, vous savez.

— Mais tout cela n'est-il pas un solipsisme, Libor, comme dirait Sam ? À vous entendre, personne ne peut échapper aux juifs.

Libor écarta son assiette.

— Personne ne peut échapper aux juifs, dit-il.

Treslove regarda par la vitrine. De l'autre côté de l'étroite rue, une grosse fille en minijupe pas gâtée par la nature tentait de faire entrer des hommes dans une boîte où seuls un dérangé ou un désespéré auraient pénétré. Le voyant la regarder, elle lui fit signe de venir. Amenez votre ami, disait le geste. Prenez votre sandwich. Il baissa les yeux.

— Et vous pensez, dit-il en suivant le raisonnement de Libor, que je m'imagine Hephzibah avec Sam afin de précipiter ma fin ?

Libor agita les mains devant ses yeux.

— Je n'ai pas tout à fait dit cela. Mais ceux qui s'attendent au pire voient toujours le pire.

— Je n'ai rien *vu*.

— Précisément.

Treslove posa les coudes sur la table.

— Libor, puisque vous me dites qu'Hephzibah est de votre sang, quel est votre opinion ? Pensez-vous qu'elle ferait cela ?

— Avec Sam ?

— Avec n'importe qui.

— Eh bien, le fait que nous soyons parents ne la rend pas différente de toutes les autres femmes. Bien que je n'aie jamais partagé l'opinion selon laquelle les femmes sont par nature inconstantes. Malkie ne m'a jamais trompé.

— En êtes-vous sûr ?

— Évidemment que j'en suis sûr. Si elle m'a permis de croire qu'elle ne m'a jamais trompé, c'est qu'elle ne m'a jamais trompé. On ne juge pas de la fidélité aux seuls actes ; c'est le désir de dire que vous êtes fidèle et le désir d'être cru.

Cela ne peut pas être vrai, Libor. En dehors de Prague.

— Nous ne vivons pas à Prague. Ce que je dis, c'est qu'une incartade n'a pas d'importance. C'est l'intention générale de fidélité qui compte.

— Donc Hephzibah pourrait vouloir m'être fidèle mais coucher tout de même avec Sam.

— J'espère que non.

— C'est *moi* qui espère que non.

— Et je doute qu'elle le fasse. La question est : pourquoi avez-vous des doutes, si vous n'avez rien vu qui puisse les justifier ?

Treslove réfléchit.

— Il faut que je commande un autre sandwich, dit-il, comme si la justesse de la réflexion en dépendait.

— Prenez le mien, dit Libor.

Treslove secoua la tête et pensa à Tyler. « Prends la mienne, avait dit Finkler, plus laconiquement. Prends la mienne, je suis occupé ailleurs. »

Il n'avait jamais parlé à Libor de ses soirées avec Tyler devant les émissions de Finkler. Il n'en avait jamais parlé à personne. Elles lui appartenaient autant qu'à Tyler. Et, dans un sens, à Finkler. Mais il regrettait de ne pas pouvoir parler à Libor de cette liaison, si tant est que c'en eût vraiment été une. Cela aurait contribué à expliquer quelque chose, même s'il ne savait pas quoi. Mais comment saurait-il quoi s'il ne s'entendait pas formuler lui-même la question ? Libor était âgé. À qui en parlerait-il ? Le secret que Treslove emporterait dans la tombe, Libor l'emporterait encore plus vite.

Alors, sur un coup de tête, il s'épancha.

Libor écouta sans un mot. Quand ce fut terminé, à la surprise de Treslove, il pleura. Il n'éclata pas en sanglots : une larme ou deux perlèrent au coin de l'œil vitreux du vieillard.

— Je suis désolé, dit Treslove.

— J'espère bien.

Décontenancé, Treslove ne sut que répondre. Libor était un homme du monde. Glissez un petit coup à côté quand vous raconterez ma vie, avait-il dit à Treslove. Les hommes et les femmes se comportaient ainsi. *Une incartade n'a pas d'importance* — Libor lui-même venait de le lui affirmer.

— Je n'aurais pas dû vous en parler, dit Treslove. J'ai eu tort.

Libor fixa ses mains.

— Oui, vous avez eu tort de m'en parler, dit-il, comme s'il ne parlait pas du tout à Treslove. Probablement plus tort de m'en parler que de l'avoir fait. Je ne veux pas le fardeau de ce savoir. Je préférerais me rappeler Tyler différemment. Et vous. Sam, cela n'a pas beaucoup d'importance. Il peut se débrouiller tout seul. Mais j'aurais préféré ne rien savoir de la fausseté de votre amitié. Vous rendez le monde plus laid, Julian, et il est déjà bien assez laid comme ça, croyez-moi. Pourquoi m'avoir mis dans la confidence ? C'est cruel de votre part.

— Je ne sais pas. Et je vous répète que je suis sincèrement désolé. Je ne sais pas ce qui m'a pris.

— Vous le savez. On sait toujours pourquoi on parle. Vous en êtes fier, peut-être ? Comme d'une folle épopée ?

— Mon Dieu, non.

— Une conquête, alors ?

— Mon Dieu, non.

— En êtes-vous fier parce que vous avez remporté une manche sur Sam ?

Treslove savait qu'il lui fallait réfléchir à sa réponse. *Mon Dieu, non* tout le temps ne suffirait pas.

— Pas remporté une manche, Libor. J'espère que ce n'est pas ça. Plutôt avoir pénétré *dans* son monde. Leur monde.

— Dont vous vous sentiez exclu ?

Il avait le devoir de réfléchir à cela aussi.

— Oui.

— Parce qu'ils étaient un couple glamour qui a réussi ?

— Je suppose, oui.

— Mais Sam était votre ami. Vous avez grandi ensemble. Vous continuiez de le fréquenter. Il n'évoluait pas dans un univers qui vous était inaccessible.

— J'ai grandi avec lui, mais il a toujours été différent de moi. Un mystère, d'une certaine manière.

— Parce qu'il était futé ? Parce qu'il était célèbre ? Parce qu'il était juif ?

Le sandwich au pastrami de Treslove était arrivé, ruisselant de moutarde comme il avait appris à l'apprécier. Accompagné non pas d'un seul mais de deux cornichons coupés en fines tranches.

— C'est une question difficile, dit-il. Mais oui, d'accord, pour toutes ces raisons.

— Alors, quand vous étiez allongé dans les bras de son épouse, vous étiez, l'espace d'un moment, aussi futé que lui, aussi célèbre et aussi juif.

Treslove ne précisa pas qu'il n'avait jamais été allongé dans les bras de Tyler ni elle dans les siens. Il ne voulait pas que Libor sache qu'elle lui tournait le dos.

— Je suppose.

— Plus l'un des trois que l'autre ?

Treslove soupira. Un soupir venu des tréfonds de sa culpabilité et de ses craintes.

— Je ne saurais dire.

— Alors laissez-moi le dire pour vous. C'était le côté juif qui comptait le plus pour vous.

Treslove se pencha en avant pour l'arrêter.

— Avant que vous poursuiviez, dit-il, vous savez que Tyler n'était pas juive. Je croyais qu'elle l'était, mais il s'est trouvé que non.

— Vous avez l'air déçu.

— Je l'ai été, un peu.

— Voilà qui me donne d'autant plus de raisons de penser que c'était le côté juif. Et je sais que c'est ce que vous craignez à présent pour Sam et Hephzibah.

Treslove le regarda, ce vieil homme qui ne pouvait plus digérer et parlait par énigmes.

— Je ne vous suis pas.

— Vous soupçonnez Sam et Hephzibah de quoi ? De coucher ensemble. Et sur la foi de quoi ? De rien, sauf que vous supposez que c'est ce qu'ils vont faire parce qu'ils ont un point commun. Ils sont juifs, pas vous, en conséquence ils couchent ensemble.

— Oh, voyons, Libor.

— Comme vous voudrez. Mais vos soupçons ne reposent sur rien d'autre ! Vous ne serez pas le premier gentil à accuser les juifs de lubricité. Nous avions des cornes, autrefois, et une queue, comme les boucs ou le diable. Nous nous reproduisions comme la vermine. Nous polluions les femmes chrétiennes. Les nazis...

— Libor, arrêtez... C'est idiot et insultant.

Le vieil homme s'adossa de nouveau à sa chaise et se frotta le crâne. Autrefois, il avait une épouse qui le frottait pour lui, et qui riait en le polissant comme une ménagère enchantée par ses corvées. Mais c'était il y a bien longtemps.

Insultant ? Il haussa les épaules.

— J'ai profondément honte de vous avoir dit cela, murmura Treslove.

— Vous avez profondément honte ? Alors voilà autre chose que vous avez tous les deux en commun.

— Par pitié, fit Treslove.

— Julian, c'est vous qui avez tout déclenché, reprit Libor. Vous m'avez invité pour parler de vos craintes concernant Sam et Hephzibah. Je vous demande sur quoi sont fondés vos soupçons. Vous me parlez d'une peur indéfinissable. Je suis votre ami, alors je m'efforce de la définir pour vous. Vous leur attribuez un étrange et secret pouvoir sexuel, voilà pourquoi vous avez peur. Vous pensez qu'ils ne peuvent pas s'en empêcher parce qu'ils sont gouvernés par une frénésie sexuelle irrépressible, de juif à juif, et vous pensez qu'ils ne s'arrêteront pas parce qu'ils sont sans scrupules, de juif à gentil. Julian, vous êtes antisémite.

— Moi ?

— N'ayez pas l'air aussi étonné. Vous n'êtes pas le seul. Nous sommes tous antisémites. Nous n'avons pas le choix. Vous. Moi. Tout le monde.

Il n'avait pas mangé une seule bouchée.

4

Ils allèrent au théâtre ensemble — Hephzibah, Treslove et Finkler. C'était l'anniversaire de Treslove et Hephzibah avait proposé une sortie plutôt qu'une fête, étant donné que chaque jour en était une pour eux. Ils avaient invité Libor, mais il n'avait pas été inspiré par le thème de la pièce.

Aucun d'eux ne l'avait été. Mais, comme disait Finkler, si on ne va pas au théâtre quand la pièce ne paraît pas inspirée, quand va-t-on au théâtre ? En plus, elle ne restait à l'affiche qu'une semaine, c'était une pièce d'agitprop qui faisait les beaux jours des courriers des lecteurs de la presse nationale. Londres ne bruissait que de cela.

— Tu es sûr que cela ne va pas te gâcher ton anniversaire ? demanda Hephzibah, inquiète.

— Je ne suis pas un enfant, répondit Treslove.

Il n'ajouta pas que tout gâchait son anniversaire et que ça ou autre chose...

La pièce s'intitulait *Les Fils d'Abraham* et décrivait les souffrances du Peuple élu, de l'Antiquité jusqu'à la période actuelle, où il avait décidé de les infliger à d'autres. La scène finale était un tableau de chaos tout en fumées et grondements de tonnerre, avec musique wagnérienne, sur laquelle les membres du Peuple élu dansaient au ralenti tels des démons, en hurlant et en criant à l'hallali, les mains trempées dans le sang qui coulait comme du ketchup des cadavres de leurs victimes dont un bon nombre étaient des enfants.

Finkler, assis de l'autre côté d'Hephzibah par rapport à Treslove, découvrit dans le programme que Tamara Krausz n'avait ni écrit ni mis en scène cette pièce. Cette représentation lui donnait pourtant l'impression qu'elle était quelque part dans la salle. Pas tout à fait à côté de lui. C'était Hephzibah qui y était. Mais pas loin. Il sentait le charme putassier de son intelligence vindicative, étalant sa beauté de fille d'Hébron afin que les ennemis de son père s'en repaissent.

Dans les dernières secondes de la pièce, un cliché aérien d'une fosse commune à Auschwitz fut projeté sur un rideau de mousseline avant de passer en fondu enchaîné sur une photo des décombres de Gaza.

Du pur Tamara.

Ovation debout. Ni Hephzibah ni Treslove ne se levèrent. Finkler rit bruyamment en se retournant pour que les gens puissent bien le voir. Treslove fut surpris de sa réaction. Non seulement par le jugement qu'elle sous-entendait, mais par sa nature histrionique. Finkler avait-il pété un câble ?

Un certain nombre des Juifs honteux étaient dans la salle, mais ils réservèrent à Finkler un accueil qu'il trouva glacial. Seul Merton Kugle vint le voir.

— Alors ? demanda-t-il.

— Superbe, répondit Finkler. Tout simplement superbe.

— Alors pourquoi ris-tu ?

— Je ne riais pas, Merton. C'étaient des convulsions de chagrin.

Kugle hocha la tête et sortit.

Finkler se demanda s'il était passé dans un supermarché sur le chemin du théâtre et avait empli ses poches de boîtes de conserve d'esturgeon israélien proscrites.

Les gens quittèrent la salle sans un mot, perdus dans leurs pensées. Le genre de pensées profondes réservées à ceux qui savent déjà ce qu'ils pensent. Un public issu du milieu associatif et du monde du spectacle, estima Finkler. Il lui sembla reconnaître des personnes qu'il avait aperçues dans des manifestations à Trafalgar Square. Elles avaient l'allure d'habituées. *Assez de massacres ! Arrêtez l'entreprise génocidaire des Israéliens !* À une autre époque, il leur aurait serré la main, avec une joie austère, comme entre survivants d'un raid aérien.

Il proposa d'aller prendre un verre pour fêter l'anniversaire de Treslove au bar du foyer du théâtre. Cela leur rappelait à tous leurs années estudiantines. Des bières à la pression. Du houmous et du taboulé avec de la pita. De vieux divans drapés de rideaux noirs pour discuter pendant des heures. Finkler paya les consommations, trinqua avec Treslove et Hephzibah puis se mura dans le silence. Pendant dix minutes, personne ne pipa mot. Treslove se demanda si le silence dénotait un érotisme refoulé chez ses deux compagnons. Il était extrêmement surpris que Finkler ait accepté leur invitation — c'est-à-dire l'invitation d'Hephzibah — de les accompagner au théâtre. Il devait se douter qu'ils réagiraient différemment de lui à la pièce et que la soirée pourrait même peut-être finir en dispute. Il y avait donc une autre raison pour qu'il ait accepté de venir. Du coin de l'œil, Treslove surveillait les échanges de regards et les gestes. Il ne vit rien.

Finalement, ce fut une autre personne qui interrompit ce que Treslove prenait pour une impasse idéologique.

— Hé ! quelle surprise de te trouver là !

Treslove entendit la voix avant de voir son propriétaire.

— Abe !

Hephzibah, empêtrée dans la tenture du canapé, se leva dans un enchevêtrement de châles.

— Julian, Sam, je vous présente Abe, mon ex.

Avec lequel des deux, spécula Treslove, Abe pense-t-il qu'elle est maintenant ? Julian ou Sam ?

Abe leur serra la main et se joignit à eux. Bel homme, l'air mi-ange mi-voyou, avec des cheveux noirs bouclés semés de blanc comme des rais de lumière, un nez aquilin et des yeux rapprochés. Il a un visage qui marque, songea Treslove, un visage qui laisse une empreinte et non qui inquiète. Un visage de prophète ou de philosophe — pensée qui lui plut, car du coup Finkler serait jaloux et non lui.

Hephzibah lui avait évidemment parlé de ses deux maris, Abe et Ben, mais il dut se creuser la cervelle pour se rappeler lequel était l'avocat et l'autre l'acteur. Étant donné le lieu, son allure et le tee-shirt noir qu'il portait, il déduisit qu'Abe devait être l'acteur.

— Abe est avocat, précisa Hephzibah.

Elle rougissait, elle était agitée, même, songea Treslove, d'être l'objet d'attention de tant d'hommes. Son passé, son présent, son avenir…

— Pourquoi donc avez-vous dit que vous étiez surpris de voir Hep ici ? demanda Treslove, établissant par là un droit de propriété qu'un homme plus sûr de lui aurait considéré comme déjà établi.

Abe luisait comme les braises d'un feu qui vient seulement de s'éteindre.

— Ce n'est pas son genre de pièce, dit-il.

— J'ai un genre de pièce ? s'enquit Hephzibah.

Minaudante, trouva Treslove, qui remarquait tout.

— Enfin, pas ce genre.

— Tu as entendu parler de mon musée ?

— Oui.

— Alors tu ne devrais pas t'étonner que je cherche à me tenir au courant de ce qui se fait.

— Peut-être pas en tombant aussi bas, dit Finkler.

— Tu n'as pas aimé ? s'étonna Treslove.

C'était donc cela qu'il faisait, se demanda-t-il. Il voulait se rendre *intéressant* devant Hephzibah ?

Finkler se tourna vers Abe.

— Julian et moi avons fait nos études ensemble, dit-il. Il croit savoir ce que j'aime.

Treslove se défendit.

— Tu es un membre de la Société des juifs honteux anglais et humanistes. Tu es Sam le Magnifique de la SHOAH. Tu étais forcé d'apprécier. C'était écrit pour toi. Tu aurais même pu l'écrire, *toi*. Je t'ai entendu dire la même chose.

— Ces choses-là, tu ne me les as jamais entendu dire. Je ne fais pas dans l'analogie avec le nazisme. Les nazis étaient les nazis. Quoi qu'il en soit, m'as-tu entendu dire que je n'avais pas aimé ? J'ai adoré. J'aurais aimé qu'il y ait plus de chants et de danses. Ça manquait d'un numéro délirant comme « Springtime for Hitler » des *Producteurs*, c'est tout ce que je regrette. Je n'ai pas pu taper des mains. Franchement, tu as entendu des gens fredonner pendant les passages de Wagner ?

— Laisse-moi comprendre, dit Treslove. C'est une question de bon ou de mauvais goût pour toi, n'est-ce pas ?

— Ça ne l'est pas pour toi ?

— Pas au sens musical, non.

Finkler le prit par l'épaule.

— Je crois que je vais vous laisser continuer à en débattre. Je vais aller chercher d'autres boissons. Abe ?

Abe ne buvait pas. Ou du moins pas ce soir. D'une certaine manière, leur apprit-il, il travaillait.

— Tu travailles tout le temps, dit Hephzibah, exerçant un privilège d'ex.

— À quoi ? demanda Treslove.

— Cette fois, mon job consistait à regarder la pièce et à évaluer l'accueil qui lui était fait. L'un des auteurs est mon client.

— Tu es venu voir s'il était fondé à réclamer des dommages et intérêts au peuple juif ? continua Hephzibah en lui pinçant le bras.

Treslove eut l'impression d'avoir là un aperçu de leur mariage et le regretta.

Avec deux verres de vin, plus que sa dose annuelle, Hephzibah avait, à son avis, dépassé sa dose annuelle de minauderies.

— Eh bien, si vous êtes là pour évaluer l'accueil, je serais heureux de vous donner mon avis, dit-il.

Mais il avait parlé trop tard et personne ne l'écouta.

— Abe a toujours su comment extorquer jusqu'au dernier sou d'un adversaire, lui dit Hephzibah.

— Ce n'est pas tout à fait cela, dit Abe.

— Quoi alors, les juifs lui font un procès ?

— Non, pas les juifs. Et ce n'est pas non plus une question d'argent. Il vient juste de se faire virer de son université. Il est biologiste marin quand il n'écrit pas des pièces. Il a été viré alors qu'il était en plongée. J'essaie de lui récupérer son poste.

— Viré pour avoir écrit la pièce ?

— Pas exactement. Pour avoir dit qu'Auschwitz était plus un camp de vacances qu'un enfer pour la plupart des juifs qui s'y trouvaient.

— Et là où il n'y a pas d'enfer, il n'y a pas de diable — c'est cela l'idée ?

— Eh bien, je ne peux pas parler à sa place de théologie. Ce qu'il prétend, et il assure pouvoir le prouver sans l'ombre d'un doute, c'est qu'il y avait des casinos, des salons de massage et des prostituées. Il a des clichés de juifs vautrés dans des piscines pendant que des hôtesses du camp leur font manger des fraises.

Hephzibah s'esclaffa.

— Alors, selon les termes de sa pièce, Gaza est un camp de vacances. Il ne peut pas avoir le beurre et l'argent du beurre. Ce n'est pas la peine de traiter les juifs de nazis si les nazis se révèlent avoir été des bienfaiteurs pourvoyeurs de plaisirs.

— Peut-être que Sam avait raison dans ce cas et que nous venons seulement d'assister à une comédie romantique, dit Treslove, qui tomba à plat une fois de plus.

— Je crois que ta conception de l'analogie est franchement trop littérale, dit Abe, s'adressant à Hephzibah et non à Treslove.

Mais c'est lui qu'il regarda, d'homme à homme, de mari à mari. Ce qu'elles peuvent être littérales, ces femmes !

— Alors, en tant que juif, qu'est-ce que vous pensez, vous ? demanda Treslove, passant à la vitesse supérieure.

— Eh bien, en tant qu'avocat...

— Non, en tant que juif, qu'est-ce que vous pensez ?

— De la pièce ? Ou de mon client ?

— De tout. La pièce, le client, le lido d'Auschwitz.

Abe écarta les mains.

— En tant que juif, je pense que tout argument a un contre-argument.

— C'est pour ça qu'on fait de si bons avocats, rit Hephzibah en les pinçant tous les deux.

Ces gens ne savent pas comment se défendre, songea Treslove. Ils sont voués à l'échec.

Il alla aux toilettes. Les toilettes le mettaient toujours en colère. C'étaient des endroits qui le renvoyaient à lui-même. Sans illusion, il se regarda dans le miroir. Ils ont renoncé à leur capacité à se révolter, dit-il à son reflet en se lavant les mains.

Quand il revint, il vit que Sam s'était rassis. Sam, Hephzibah, Abe. Une aimable coterie de finklers. Ou bien c'est moi qui suis voué à l'échec, songea Treslove.

Onze

1

En se rendant au musée une semaine plus tard, Hephzibah songea : j'en ai par-dessus la tête de tous ces bonshommes.

Elle ne savait pas si Finkler la draguait. Mais Abe, son ex, oui, clairement. Il l'avait appelée deux ou trois fois après leurs retrouvailles fortuites aux *Fils d'Abraham*. Pas question, avait-elle dit. Je suis heureuse.

Il avait répondu qu'il voyait bien qu'elle était heureuse, qu'elle ne méritait pas moins, mais qu'il voulait savoir si son bonheur pouvait concevoir qu'elle le retrouve pour prendre un verre.

— Je ne bois pas.

— Nous avons bu, l'autre soir.

— C'était une occasion particulière. On venait de m'accuser d'infanticide. Dans ce cas, on boit.

— Je t'accuserai d'infanticide.

— Ne blague pas avec cela.

— Très bien, tu ne bois pas. Mais tu causes.

— Nous causons, là.

— J'aimerais que tu me parles du musée.

— C'est un musée. Je t'enverrai un prospectus.

— C'est un musée de la Shoah ?

Mon Dieu, encore un, se dit-elle.

Un de perdu, un de retrouvé. Finkler avait cessé d'ironiser sur le musée. Il ne lui avait pas rendu d'autre visite surprise, mais il réussissait d'une manière ou d'une autre à être plus souvent dans ses parages, surgissait là où on l'attendait le moins et, même lorsqu'il n'était pas là en personne, parvenait à faire sentir sa présence en apparaissant à la télévision ou dans une conversation, comme quand Abe, tentant de la convaincre, lui déclara qu'il avait été ravi de faire la connaissance de Sam Finkler au théâtre car il l'admirait depuis toujours. Bien qu'étant dépourvue d'assurance sexuelle — elle abusait trop des châles pour cela —, elle ne croyait pas vraiment à la curiosité qu'exprimait Finkler concernant son travail. La curiosité n'était pas naturelle chez lui. Mais, au moins, les sarcasmes avaient cédé la place à la politesse. Quant à ce que dénotait cette politesse, elle se refusait de trancher, car les appréhensions de Treslove obscurcissaient son jugement.

Elle en avait donc par-dessus la tête d'elle-même aussi. Tout en voyant le monde tel que l'homme qu'elle aimait le voyait.

Peut-être toute cette irritation dissimulait-elle, tel un écran de fumée, une colère ou une tristesse tout autres. Julian l'inquiétait. Cet homme ne savait que faire de sa personne. Libor non plus, d'ailleurs. Elle l'avait peu vu ces dernières semaines et, ces rares fois, il ne l'avait pas fait rire. Or, Libor sans blagues, ce n'était pas Libor.

Sans parler des nouvelles qui inondaient son bureau — les accusations continuelles d'apartheid et de purification ethnique, les ONG humanitaires et des Droits de l'homme qui parlaient de crimes de guerre et appelaient au boycott, le bourdonnement incessant des rumeurs et des reproches dans les oreilles des juifs, une démoralisation qui n'était pas moins efficace bien qu'aléatoire (elle priait le ciel qu'elle le fût), ne faisaient qu'alimenter son trouble. Hephzibah n'était pas une sioniste fervente et sa judéité empiétait peu sur les questions de territorialité. Le quartier de St John's Wood lui convenait très bien. Elle regrettait seulement de ne pouvoir trouver dans la Bible une référence à l'alliance entre Dieu et les juifs anglais leur promettant St John's Wood High Street. Mais on ne pouvait pas passer sous silence les hauts faits du sionisme dans un musée consacré à la culture judéo-britannique, étant donné la contribution particulière des juifs anglais au sionisme, même dans un musée situé à quelques pas du passage piéton qu'avaient rendu célèbre les Beatles. La question dont elle devait se dépêtrer était : dans quelle mesure fallait-il évoquer les errements du sionisme ?

Les incidents antisémites connaissaient un répit. Voilà des semaines qu'on n'avait pas souillé de bacon les poignées des portes, ni bombé les murs de graffitis réclamant vengeance et mort. (La vengeance, à St John's Wood !) Les choses s'étant calmées au Proche-Orient, du moins dans les médias britanniques, la fureur qui colle aux basques de l'information avait temporairement diminué. Oui, *Les Fils d'Abraham* l'avaient ravivée en partie chez les lecteurs du *Guardian* et les amateurs de théâtre, où, lui semblait-il, elle couvait comme un feu qui refuse de s'éteindre, mais pour l'heure les juifs n'étaient plus l'unique sujet des conversations des intellos. Le problème, c'est que le calme paraissait plus menaçant que la tempête. Que faudrait-il, quelle action contre Gaza ou le Liban, voire l'Iran, quel geste d'agression ou de représailles, quel événement à Wall Street, quelle conséquence d'une pernicieuse influence juive sur Downing Street, suffirait à tout relancer, cette fois avec plus de violence et de virulence encore après cette accalmie ?

Elle ne dormait pas très bien depuis une éternité et ce n'était pas seulement parce que Treslove couchait dans son lit. Elle n'allait pas au bureau l'esprit léger. Elle ne retrouvait pas ses amis l'esprit léger. Une angoisse s'était abattue comme une fine pellicule de poussière sur tout ce qu'elle faisait et sur tous ceux qu'elle fréquentait — sur tous les juifs, du moins. Eux aussi regardaient avec méfiance — pas vraiment par-dessus leur épaule, mais vers un avenir fragile et incertain qui hélas ressemblait trop à un passé trop certain.

N'était-ce pas de la paranoïa ? Cette interrogation était devenue ennuyeuse. Pourtant, ne se pose-t-on pas naturellement cette question quand on se rend au travail dans le soleil hivernal en contournant un terrain de cricket désert et en regrettant de ne pas être de ceux qui noient tous leurs soucis dans le sport, et qu'on est remplie d'angoisse à la perspective de ce que l'on va trouver en arrivant au musée ? *Est-ce que je deviens paranoïaque* ? Elle modula son allure au rythme de la question.

L'idée que le musée soit une cible potentielle l'effrayait. Mais elle avait tout aussi peur de sa crainte. Les juifs étaient censés avoir mis tout cela derrière eux. « Plus jamais ça », etc. Bien sûr, il était difficile de s'imaginer en déportée, dans une petite robe fleurie, avec une valise, les yeux écarquillés de terreur, alors qu'elle déambulait sous les arbres de St John's Wood dans un tintement de bijouterie, avec un sac à quinze cents livres à l'épaule. Mais la femme aux yeux écarquillés et à la robe fleurie n'avait-elle pas eu aussi en son temps du mal à imaginer son destin ?

Alors, était-ce de la paranoïa ? Elle n'en savait rien. Personne ne le savait. D'aucuns prétendent que le paranoïaque fabrique ce qu'il craint. Mais comment cela pouvait-il être possible ? Comment la peur de la haine peut-elle engendrer la haine ? Les nazis ignoraient-ils qu'ils étaient nazis avant que les juifs manifestent leur inquiétude ? L'odeur de l'appréhension juive les avait-elle envoyés chez les tailleurs en quête de chemises brunes et de bottes noires ?

La vieille *foetor judaicus*. Elle avait toujours imaginé qu'elle était sulfureuse, pour accompagner les cornes et la queue, preuve irréfutable que le juif était l'ami du diable et que son habitat naturel était l'enfer. Une vitrine de son musée présenterait la *foetor judaicus* aux côtés d'autres superstitions chrétiennes sur les juifs, désormais reléguées depuis longtemps dans les poubelles de la haine médiévale, pour rappeler le long chemin que les juifs avaient parcouru dans ce pays.

Long, vraiment ?

Et si la *foetor judaicus* n'était pas du tout d'origine infernale ? Et si l'odeur que les chrétiens du Moyen Âge flairaient sur le corps velu et cornu des juifs avait tout simplement été celle de la peur ?

Auquel cas — si des gens peuvent vous massacrer parce qu'ils sont excités par l'odeur de votre peur — le concept d'antisémitisme est-il un aphrodisiaque, une incitation érotique à la haine ?

Possible. Elle-même détestait le mot « antisémitisme ». Il avait une consonance médicale et antiseptique. C'était quelque chose qu'on range dans son armoire à pharmacie. Elle s'était juré depuis longtemps de ne jamais l'ouvrir. Si on le peut, autant fermer les yeux ; si on le peut, autant ne pas utiliser ce terme. Antisémite, antisémite, antisémite — son manque de mélodie lui écorchait les oreilles et sa banalité la dégradait.

S'il y avait quelque chose qu'elle ne pouvait pardonner aux antisémites, c'était de l'obliger à les appeler « antisémites ».

Deux musulmans, peut-être arrêtés pour bavarder sur le chemin de la mosquée de Regent's Park, la dévisagèrent d'une façon qui la mit mal à l'aise. Ou bien était-ce sa manière de regarder qui les avait mis mal à l'aise ? Elle s'arrêta pour chercher ses clés dans son sac. Les deux hommes poursuivirent leur route. De l'autre côté de la rue, un ado parlait au téléphone. Il tenait son portable d'une manière suspecte, trop appuyée, comme s'il faisait semblant de parler. Était-ce une caméra ?

Ou un détonateur ?

2

Treslove chercha à voir Finkler. Ils devaient discuter de choses tous les deux. Où était-il ? Comment se portait-il ?

Et la pièce. C'était très bien que Finkler fasse le pitre à ce sujet, mais il fallait dire quelque chose. Peut-être écrire une pièce en réponse. *Les Fils d'Ishmaël* ou *Les Enfants de Jésus*. Treslove aurait bien été disposé à s'y essayer, mais il n'était pas écrivain. Sans compter qu'il ne connaissait pas grand-chose au sujet, déclara-t-il à Hephzibah, même si, convinrent-ils, cela n'avait pas arrêté les auteurs des *Fils d'Abraham*. Finkler, en revanche, était une fabrique de mots ambulante. Et semblait être devenu plus souple côté politique. Plus souple quelque part, en tout cas.

— Ne compte pas dessus, dit Hephzibah.

Ce que Treslove interpréta d'une dizaine de manières, toutes aussi troublantes pour sa tranquillité d'esprit.

Il n'avait pas l'intention d'aborder le sujet Hephzibah. Mais Finkler pourrait le faire. Et, qu'il le fasse ou non, une phrase ou un regard trahiraient sûrement quelque chose.

Et puis il y avait la question des prostituées. Il n'avait pas l'intention de le sonder ou de lui donner des conseils. Il n'en avait pas à donner. Mais il était censé être l'ami de Finkler. Et, si Finkler était en détresse, eh bien...

Il l'appela.

— Viens jouer, dit-il.

Mais Finkler n'était pas d'humeur.

— J'ai depuis peu perdu toute gaieté, répondit-il.

Ils avaient concocté une formule standard à cette réponse depuis le collège.

— Je la retrouverai pour toi.

— C'est gentil de ta part, mais je doute que tu saches où chercher. Remettons cela à une autre fois, si tu veux bien.

Il n'avait pas dit qu'il avait des prostituées à aller voir. Ou une partie de poker en ligne à jouer. Ni que ce qu'il avait « depuis peu perdu » était en fait son argent. Il n'avait pas dit non plus : « Embrasse Hephzibah pour moi. » Était-ce significatif ?

Le texto d'Alfredo sur la prostituée continuait d'inquiéter Treslove. À tout le moins concernant Alfredo. Pourquoi la malveillance ? Pourquoi la méchanceté ? Ou bien tentait-il de dire à son père qu'il en était réduit à aller voir des prostituées lui aussi à cause d'un père absent dans son enfance ? Tu as été un père tellement merdique que je me console auprès des putes.

Treslove lui souhaita d'attraper la vérole. Et retira aussitôt son vœu. Tous ces efforts pour être juif alors qu'il aurait pu être un meilleur père.

Il ne comprenait pas que l'on veuille chercher du réconfort chez les putes. Lui-même ne pouvait désirer sans amour. Et il n'avait aucune raison de penser que Finkler était différent. Donc, soit il n'était tellement plus lui-même qu'il était impossible de savoir ce qu'il ferait, y compris draguer Hephzibah, soit il avait déjà dragué Hephzibah, qui l'avait repoussé et contraint à se rabattre sur les prostituées comme Treslove se rabattait sur l'opéra.

À moins qu'il n'ait dragué Hephzibah, qui se serait laissée faire, et qu'il ne se soit ensuite rabattu sur les prostituées pour : a) apaiser sa culpabilité ou b) exprimer son trop-plein de joie. Cela, Treslove le comprenait : une femme pouvait faire naître en vous un tel délire qui vous pousse à aller en voir une seconde.

Mais pas une prostituée. Pas après Hephzibah !

Treslove ne voulait surtout pas envisager cela. Ni concernant son ami qui, selon toute probabilité, était simplement encore dans le profond abattement du veuvage. Ni à propos d'Hephzibah, qui se rongeait les sangs à cause de l'imminente ouverture du musée et n'aurait pas remercié Treslove de l'accabler avec des accusations infondées d'adultère. Ni sur lui-même. Il voulait être heureux. Ou, s'il était heureux, il voulait l'être davantage. Sain d'esprit. Ou, s'il l'était déjà, plus encore.

Il ne croyait pas vraiment à ses soupçons. La jalousie n'était pas dans sa nature. Il essayait de fabriquer de toutes pièces une passion pour Finkler ou Abe ou quiconque Hephzibah croisait au musée — l'architecte, le contremaître, l'électricien, la personne chargée d'enlever les tranches de bacon sur les poignées de porte, la personne qui les avait profanées, même — mais il n'arrivait pas à éprouver une fureur ou une peine durables. Treslove se sentait exclu, pas jaloux. Et, bien qu'apparentés, ces sentiments étaient distincts. La jalousie l'aurait mis en colère contre Hephzibah, elle aurait même pu l'exciter ; or il ressentait de la solitude et du rejet.

Tel un enfant parmi des adultes ; il n'était pas privé d'affection, mais d'attention. Au mieux, on lui faisait plaisir. Il n'était pas des leurs, voilà à quoi cela se résumait. Non seulement il n'était pas juif, mais il était un objet de dérision pour les juifs.

La famille d'Hephzibah en était l'exemple même. Chaque fois que Treslove rencontrait un demi-petit-cousin ou une tante par alliance au troisième degré, toujours entourée de neveux et nièces et des enfants des neveux et nièces qui ressemblaient trait pour trait à ceux qu'il avait rencontrés la fois précédente mais qui n'étaient pas les mêmes, il se retrouvait assiégé, tel un enfant sauvage qu'on vient de découvrir tout nu et incapable de parler dans la jungle de Bornéo. Chacun voulait être le premier à lui expliquer les complexités des relations familiales dans le monde civilisé, information dont il aurait certainement été reconnaissant si elle ne lui avait pas été communiquée comme si, enfants uniques de parents drogués et divorcés, les goys ne comprenaient rien aux relations familiales.

On le gavait dans le même esprit, on remplissait son assiette comme s'il n'avait pas fait de repas depuis qu'on l'avait abandonné chez les sauvages vingt ans plus tôt, qu'il ignorait le nom de tout aliment en dehors de l'herbe et n'était pas préparé à d'autres saveurs que la noix de coco. « Attention, ça pique ! » lui criait-on quand il étalait du raifort sur une tranche de langue, alors qu'il estimait que le mélange de purée de banane et de pêche dont l'un des bébés lui couvrait le visage piquait bien davantage. Suivi d'un : « Vous risquez de ne pas aimer, c'est de la langue, ce n'est pas du goût de tout le monde. »

Pas du goût de *tout le monde* ? Devenait-on *tout le monde* dès l'instant où ils posaient les yeux sur vous ?

Ils ne pensaient pas à mal, il le savait. Bien au contraire. Et Hephzibah trouvait tout cela très drôle, elle se précipitait sur lui à chaque fois pour lui ébouriffer les cheveux. Mais cela l'épuisait. Cela n'arrêtait pas. Pas une seule fois ils n'ouvraient la porte en disant : *Julian, quel plaisir de vous voir, entrez, nous n'avons pas de plats à tester sur vous ni d'autres secrets de notre culture et ça ne nous dérange pas plus que vous soyez un gentil que vous que nous soyons juifs.*

Il restait une curiosité à leurs yeux. Toujours un peu le barbare qu'il fallait acheter avec de la verroterie. Il s'accusa d'ingratitude et de manque d'humour. Chaque fois qu'il trébuchait sur le chien, il se jurait qu'il ferait mieux la prochaine fois. Mais il n'apprit jamais. On ne le laissait pas faire. On ne le laissait pas entrer dans ce cercle fermé.

Et puis le jour où on le laissa y entrer...

3

L'incident du visage peint.

À l'époque de la fac, Treslove avait rencontré une très belle hippie, authentique et svelte enfant de la nature et de la marijuana, vêtue d'une version adulte de la chemise de nuit de petite fille. C'était lors d'une soirée gestalt dans l'East Sussex. Ils jouaient le rôle de leurs parents tels qu'ils imaginaient qu'ils avaient été. Mais ils le faisaient pour de vrai, en ce sens qu'ils avaient un objectif écologique.

Bien que suivant des cours sur la pollution et la préservation, Treslove n'avait pas vraiment d'objectif écologique. Mais il était heureux que les autres en aient un. Cela pimentait la soirée.

C'était une nuit de début d'été et il y avait de la douceur dans l'air. Tout le monde était assis par terre sur des coussins et disait aux autres ce qu'il pensait d'eux. C'était très rare que quiconque exprime autre chose qu'une profonde affection envers un membre de l'assemblée. Il y avait des bougies dans le jardin, de la musique, on s'embrassait, on faisait des découpages qu'on accrochait dans les arbres et on se peignait mutuellement le visage.

Treslove n'avait que peu d'aptitudes pour l'art, et en matière de peinture du visage il n'en avait absolument aucune. La jolie hippie flotta gracieusement vers le banc de jardin où il fumait de l'herbe.

— *Peace*, dit-il en lui tendant son joint.

Elle apportait de la peinture.

— Peins-moi, demanda-t-elle.

— Je ne peux pas, je suis nul, répondit-il.

— Nous savons tous peindre, dit-elle en s'agenouillant devant lui et lui offrant son visage. Laisse les couleurs s'exprimer.

— Les couleurs ne s'expriment pas avec moi, expliqua-t-il. Et je ne trouve jamais de sujet.

— Peins le moi que tu vois, dit-elle en fermant les yeux et en ramenant ses cheveux en arrière.

Alors Treslove peignit un clown. Pas un clown tragique ou élégant. Pas un clown blanc ou une Colombine, mais un Auguste avec un nez rouge absurde et de grosses taches blanches cernées de noir autour de la bouche et au-dessus des yeux, et des taches écarlates sur les joues. Un gros clown baveux et dégoulinant.

Elle pleura quand elle vit le résultat. Le maître de maison le pria de partir. Tout le monde regardait. Y compris Finkler, qui était descendu d'Oxford pour le week-end et que Treslove avait emmené à la fête. Finkler avait dans les bras une fille dont il avait peint le visage d'exquises volutes nébuleuses, dans le style de Chagall.

— Qu'est-ce que j'ai fait? interrogea Treslove.

— Tu m'as ridiculisée, répondit la fille.

Pour rien au monde Treslove n'avait songé à la ridiculiser. En fait, il était tombé amoureux d'elle pendant qu'il la peignait. C'est juste que tout ce qu'il avait trouvé à peindre, c'étaient un nez rouge, une grande bouche blanche et des taches écarlates sur les joues.

— Tu m'as humiliée, gémit la fille en sanglotant dans un Kleenex.

Les larmes qui coulaient sur la peinture la rendaient encore plus grotesque. Elle était hors d'elle tellement elle était effondrée.

Treslove chercha du regard le soutien de Finkler. Celui-ci secoua la tête comme devant quelqu'un avec qui on a fait preuve d'une infinie patience jusqu'ici, mais à qui on ne peut plus pardonner. Il serra la fille dans ses bras pour ne plus avoir à regarder ce que son ami avait fait.

— Pars, dit le maître de maison.

Il fallut longtemps à Treslove pour se remettre de cet incident. Cela le désignait, à ses propres yeux, comme quelqu'un qui ne savait pas comment s'y prendre avec autrui, en particulier les femmes. Par la suite, il hésita quand on l'invitait à des fêtes. Et sursautait, un peu comme les gens qui tombent sur une araignée, dès qu'il voyait une boîte de peintures ou des gens se peindre le visage dans des soirées.

Que la fille qu'il avait peinte en clown ait pu être la Judith qui s'était vengée sur lui devant la vitrine de J.P. Guivier lui avait bien entendu traversé l'esprit. Tout traversait l'esprit de Treslove. Mais, pour que cela ait bien été elle, il aurait fallu qu'elle ait considérablement changé avec les années, question physique et caractère.

Était-il possible aussi qu'elle ait nourri sa rancune, non seulement durant plus d'un quart de siècle, mais au point de retrouver la trace de Treslove et de le suivre dans les rues de Londres ? Non. Mais il faut dire qu'il est impossible de calculer l'ampleur des séquelles d'un traumatisme. Se pouvait-il qu'il ait, avec une boîte de peintures, fait d'une gentille jeune fille une furie démente et incapable de pardon ?

Ce n'étaient que des questions de pure forme maintenant qu'il était devenu un finkler. Le passé était le passé. D'ailleurs, il ne s'était rappelé l'incident que lorsque Hephzibah l'avait emmené à un anniversaire familial au cours duquel était apparue la boîte de peintures. Bien que les enfants ne remarquent généralement pas beaucoup Treslove, cette petite fille-là — il ne savait pas très bien quelle était sa parenté avec Hephzibah et estima que ce devait être une arrière-petite-nièce : c'était cela ou une arrière-grand-tante — cette petit fille-là, donc, le remarqua.

— Tu es le mari d'Hephzibah ? demanda-t-elle.

— C'est une façon de dire, répondit-il.

— Une façon de dire oui ou non ?

Treslove était mal à l'aise quand il parlait à des enfants, ne sachant s'il devait s'adresser à eux comme à une version plus jeune ou très vieille de lui-même. Comme c'était une finkler et qu'elle était donc, présuma-t-il, d'une intelligence surnaturelle, il opta pour la seconde solution.

— Une façon de dire les deux, expliqua-t-il. Aux yeux de Dieu, sinon aux yeux de la société, je suis son mari.

— Mon papa dit que Dieu n'existe pas, répondit la fillette.

Cela amena Treslove à ses limites en matière de conversation avec les enfants.

— Eh bien, voilà, conclut-il.

— Tu es drôle, lui dit la fillette.

Il y avait chez elle une précocité inimaginable. On aurait cru qu'elle flirtait presque avec lui. Cette impression était renforcée par ses vêtements, qui faisaient très adultes. Ce n'était pas la première fois qu'il remarquait cela chez les filles finklers. Leurs mères les habillaient au dernier cri de la mode adulte, comme si on ne devait négliger aucune occasion de leur trouver un mari.

— Drôle dans quel sens ?

— Dans le sens de différent.

— Je vois.

Par différent, voulait-elle dire pas finkler ? Les enfants eux-mêmes le percevaient-ils ?

C'est à ce moment qu'Hephzibah arriva avec la boîte de peintures.

— Vous avez l'air de bien vous entendre, dit-elle.

— Elle sait que je ne suis pas *unserer*, dit Treslove à mi-voix. Elle m'a identifié comme un *anderer*. C'est stupéfiant.

Unserer, dans la famille d'Hephzibah, signifiait juif. L'un des nôtres. *Anderer*, c'était l'un des autres. L'ennemi. L'étranger. Julian Treslove.

— C'est absurde, chuchota Hephzibah.

— Pourquoi vous parlez tout bas ? demanda la fillette. Mon papa dit que c'est malpoli.

Malpoli de parler bas, songea Treslove, mais pas malpoli d'être une fichue athée à sept ans.

— Je sais, répondit Hephzibah. Et si tu demandais à Julian gentiment de te peindre le visage ?

— Julian Gentiment, tu veux bien me peindre le visage ? demanda la fillette, ravie de sa blague.

— Non, dit Treslove.

La petite fille resta bouche bée.

— Julian ! dit Hephzibah.

— Je ne peux pas.

— Pourquoi ?

— Je ne peux pas, n'insiste pas.

— C'est parce que tu es convaincu qu'elle sait que tu n'es pas un *unserer* ?

— Ne sois pas ridicule. C'est juste que je ne peins pas les visages.

— Fais-le pour moi. Regarde, elle est contrariée.

— Je suis désolé que tu sois contrariée, dit-il à la fillette. Mais il vaut mieux que tu te fasses à l'idée qu'on n'obtient pas toujours ce qu'on veut dans la vie.

— Julian ! répéta Hephzibah. Ce n'est qu'un jeu. Elle ne te demande pas de lui acheter une maison.

— *Elle* ne me demande rien, dit Julian. Toi, si.

— Alors c'est *moi* qui dois me mettre dans la tête qu'on n'obtient pas toujours ce qu'on veut dans la vie ?

— Je ne donne aucune leçon à personne. C'est juste que je ne peins pas les visages.

— Même quand deux jeunes femmes sont affreusement contrariées que tu refuses ?

— Ne fais pas ta maligne, Hephzibah.

— Et toi, ne sois pas déplaisant. Peins-lui le visage, merde !

— Non. Combien de fois faut-il que je le répète ? Non. Je déteste ça. D'accord ?

Ce sur quoi, d'une manière qu'Hephzibah décrivit plus tard comme un accès d'exaspération bien peu masculine, il quitta la pièce et la maison aussi. Quand Hephzibah rentra quelques heures plus tard, elle le trouva dans leur lit, le visage tourné contre le mur.

Hephzibah n'était pas femme à laisser les silences s'installer.

— Alors, qu'est-ce que c'était que cette histoire ? demanda-t-elle.

— Tu le sais très bien. Je ne peins pas les visages.

Hephzibah estima que c'était une manière de dire : « Je n'aime pas ta famille. »

— Très bien. Dans ce cas, veux-tu s'il te plaît cesser de répéter que tu nous trouves merveilleux ?

Treslove estima que « nous » signifiait « les finklers ».

Il ne promit pas qu'il cesserait. Mais il ne lui déclara pas non plus qu'elle avait mal interprété sa réaction. Tout cela était trop pour lui — les enfants, les fêtes, les peintures, les familles, les finklers.

Il avait eu les yeux plus gros que le ventre.

4

Et, pourtant, n'était-il pas plus eux qu'ils ne l'étaient eux-mêmes ? Il compatissait à leur sort, il se reconnaissait dans leurs valeurs, plus qu'eux-mêmes. Il ne serait pas allé jusqu'à dire qu'ils avaient besoin de lui, mais c'était bien le cas, non ? Ils avaient *besoin* de lui.

Il avait quitté le théâtre fulminant de rage. À la place d'Hephzibah. De Libor. De Finkler, quoi qu'éprouvât ou prétendît éprouver celui-ci concernant cette pièce empoisonnée. Mais, enfin, il était même disposé à fulminer de rage à la place d'Abe, dont le client qualifiait la Shoah de « colonie de vacances » et ne comprenait pas pourquoi il avait perdu son job pendant qu'il faisait de la plongée en Méditerranée.

Il fallait que quelqu'un éprouve ce qu'il éprouvait, car eux, qu'éprouvaient-ils pour eux-mêmes ? Pas assez. Hephzibah savait qu'il était en colère et malheureux, mais elle préférait ne pas s'en mêler. Finkler trouvait que c'était de la blague. Libor s'était détourné de tout et de tout le monde. Il n'y avait plus que lui, Julian Treslove, fils d'un marchand de cigares mélancolique et sans amis qui se cachait pour jouer du violon. Julian Treslove, ancien de la BBC, ancien administrateur artistique, bref amant de toute une bande de filles désespérément décharnées qui portaient trop de soutiens-gorge, père d'un homosexuel refoulé préparateur de sandwichs et d'un pianiste opportuniste et antisémite. Julian Treslove, finklérophile et finkler en devenir, sauf que les finklers, dans leur séparatisme ethno-religieux — ou Dieu sait comment cela s'appelait —, s'en foutaient royalement.

Difficile de prendre fait et cause pour un peuple qui se comportait avec vous exactement comme on l'accusait de se comporter avec tout le monde précisément à cause des accusations qui vous scandalisaient à sa place. Difficile, mais pas impossible. Treslove voyait où cela l'entraînait et refusait de poursuivre sur cette pente. Un principe de vérité — politique et artistique — se dressait derrière ces trahisons et déceptions personnelles. Une pièce comme *Les Fils d'Abraham*, comme beaucoup de choses du même genre, était un travestissement de la pensée dramatique parce qu'elle était incapable d'imaginer l'altérité, parce qu'elle accordait à sa vertueuse indignation le monopole de la vérité, parce qu'elle prenait la propagande pour de l'art, parce qu'elle était démagogique — et Treslove se devait à lui-même, nonobstant l'apathie de ses amis, de ne pas être démagogue Il aurait aimé pouvoir produire de nouveau une émission artistique. Il aurait adoré, à 3 heures du matin, montrer aux *Fils* — comme on devait sans doute l'appeler au sein de la confrérie — de quei bois il se chauffait.

La contribution de Treslove à l'honneur et à l'authenticité.

« Mais êtes-vous en train de dire que le sionisme est exempt de toute critique ? Niez-vous ce que nous avons vu de nos propres yeux à la télévision ? » lui auraient demandé les pontes de la BBC lors de la réunion d'évaluation des programmes, comme si lui, Julian Treslove, fils d'un marchand de cigares mélancolique et sans amis, etc., était soudain devenu le porte-parole du sionisme, ou si la vérité avait dû être appréhendée en dix secondes pas plus dans une émission de débats, ou si l'humanité avait été incapable de régler un drame sans en produire un autre.

Il savait ce qu'il pensait. Il pensait que rien ne serait réglé tant qu'il n'y aurait pas une autre Shoah. Il s'en rendait bien compte, parce qu'il était un observateur extérieur. Il pouvait se permettre de voir ce qu'ils — ses amis, la femme qu'il aimait — n'osaient voir. On ne laisserait pas les juifs prospérer en dehors des domaines où ils avaient toujours prospéré, en marge, dans les salles de concert et les banques. *Point barre*. Comme disaient ses fils. On ne tolérerait rien d'autre. Un courageux combat d'arrière-garde dans des conditions impossibles, c'était une chose. Une victoire et la paix ou quelque chose d'approchant, c'en était une autre. Mais pour cela on ne pouvait compter sur personne : ni les musulmans, pour qui les juifs étaient des faux frères timorés qu'il fallait remettre à leur place, ni sur les chrétiens, pour qui ils étaient un anathème, ni sur eux-mêmes, pour qui ils représentaient une gêne perpétuelle.

Telle était la somme des découvertes de Treslove après un an dans la peau d'un finkler adoptif à ses yeux sinon aux yeux des autres : ils étaient foutus.

Exactement comme lui.

Du coup, au moins, ils étaient ensemble dans la mouise.

La « mouise », c'était une expression qu'affectionnait son père, homme qui était principalement sans expression. S'en souvenant récemment, Treslove pensa que le mot devait être hébreu et le fait que son père l'utilisât était la preuve que quelque chose de juif tentait de percer en lui. Mouise, cela sonnait hébreu, comme Moïse, et cela voulait dire quelque chose — une sorte de pétrin, de malchance — que seul l'hébreu pouvait exprimer convenablement ; mais il ne trouva le mot dans aucun des dictionnaires hébraïques du musée. La preuve de son ascendance juive était toujours aussi récalcitrante. Mais, en cela au moins, il était juif : il était dans la mouise.

5

Les pires moments, se rappelait Libor, c'étaient les matins. Pour elle et pour lui, mais c'était à elle qu'il pensait.

Il n'y avait pas de paix possible. Ni l'un ni l'autre n'ayant la foi, ils rejetaient toute fausse consolation, mais il y avait une heure durant laquelle la lumière était encore douce, où il restait allongé à côté d'elle, lui caressait les cheveux ou lui tenait la main, sans savoir si elle était réveillée ou encore endormie — il pensait à elle, pas à lui — une heure où, éveillée ou endormie, elle semblait avoir accepté ce qu'elle n'avait d'autre choix que d'accepter, et l'idée de retourner à la terre, voire à rien, troublait le calme de l'acceptation.

Il lui arrivait de sourire, la nuit, quand la douleur s'estompait. Il lui arrivait de plonger son regard dans le sien, lui faire signe de s'approcher et lui murmurer à l'oreille quelque parole mémorable, qui se révélait être scabreuse, obscène même. Elle voulait qu'il rie, parce qu'ils avaient si souvent ri ensemble. Le rire avait été le plus beau cadeau qu'il lui avait fait. Son humour était la raison — l'une des raisons — pour laquelle elle l'avait préféré à

Horowitz. Le rire n'avait jamais été en conflit avec les émotions plus tendres qu'elle avait en elle. Elle pouvait rugir de rire tout en restant douce. Et, maintenant, elle voulait que le rire soit son dernier cadeau pour lui.

Dans ces furtifs enchaînements de cochonceté et de douceur, quelque part entre le réveil et le sommeil, la clarté et l'obscurité, ils trouvaient — elle trouvait, elle trouvait — un *modus mortis.*

C'était supportable, à l'époque. Ni une paix ni une résignation, mais un entrelacs de la mort et de la vie. Bien qu'elle fût mourante, ils vivaient encore, ensemble. Il éteignait la lumière, revenait à son côté pour l'écouter s'assoupir et il savait qu'elle vivait avec sa mort.

Au matin, l'horreur revenait. Pas seulement l'horreur de la souffrance et de la dégradation physique, mais l'horreur de la conscience.

Si seulement Libor avait pu la lui épargner ! Il serait mort à sa place, sauf que cela l'aurait affligée, l'assurait-elle, d'une autre et plus grande douleur. Il ne supportait pas, quand venait l'aube, qu'elle s'éveille et affronte une réalité peut-être oubliée dans son sommeil. Il imaginait la plus infime division du temps, le millionième de millionième de seconde de pure souffrance mentale lorsque lui revenait la terrible et incontestable évidence de la fin de sa vie. Pas de rires ni d'obscénités lénifiantes dans les premières minutes du matin. Pas d'affliction partagée non plus. Elle restait allongée toute seule, refusant de l'entendre, inaccessible, à fixer le plafond — comme si c'était le chemin qu'elle allait prendre à la fin — où elle voyait la certitude glacée qu'elle allait bientôt n'être plus rien.

Le matin l'attendait toujours. Où qu'ils en fussent restés la veille, même s'il pensait qu'elle avait accepté l'illusion calme et résignée de vivre avec la mort, le matin la fracassait.

Dès lors, le matin attendait toujours Libor aussi. Le matin où il attendait qu'elle se réveille. Et, maintenant, le matin où il attendait de se réveiller.

Il regrettait de ne pas avoir été croyant. Il regrettait qu'ils ne l'aient pas été tous les deux, même si peut-être l'un des deux aurait entraîné l'autre. Mais la foi comportait des doutes, aussi, il ne pouvait en être autrement. Le sens des choses pouvait bien vous apparaître dans la nuit, le visage de Dieu, même, si vous aviez de la chance — la *shekhina :* il avait toujours adoré ce concept, ou du moins la sonorité du mot, la splendeur de Dieu —, mais le lendemain, ou le surlendemain, il avait disparu. La foi n'était pas un mystère pour lui : le mystère, c'était de s'y cramponner.

Il embrassait ses paupières le soir et tentait de s'endormir avec espoir. Cela ne s'améliorait pas; cela empirait, précisément parce que aucun procédé d'amélioration, d'acceptation, de soumission, d'accommodement — le mot juste lui échappait — ne survivait à la nuit. Rien n'était jamais fixé. Rien n'était jamais scellé. Le jour se levait et l'horreur s'abattait avec autant de violence que la première fois sur elle.

Et sur lui.

6

La vie de Tyler s'était achevée bien plus rapidement. Sèche et vive en toute circonstance, y compris dans l'adultère, elle avait géré la mort comme une femme d'affaires. Elle avait organisé ce qui devait l'être, laissé des instructions, soutiré certaines promesses à Finkler, fait à ses enfants des adieux les moins larmoyants possible, avait serré la main de Finkler comme on scelle un accord qui n'a pas merveilleusement marché mais pas trop mal non plus, puis elle était morte. Finkler avait failli la secouer et lui demander : « C'est tout ? »

Avec le temps, il avait découvert des choses qu'elle avait voulu lui dire, des questions qu'elle avait voulu aborder, mais dont elle s'était abstenue, de crainte de le contrarier ou de se contrarier elle-même. Pas des questions tendres ou sentimentales — même s'il continuait de trouver des lettres qu'il lui avait écrites et des photos de couple ou de famille qu'elle avait joliment réunies avec un ruban et rangées dans des endroits qu'il présumait sacrés — mais des questions d'ordre pratique et même polémique, des souvenirs de leurs désaccords, comme les documents relatifs à sa conversion au judaïsme, et bon nombre d'articles de sa plume qu'elle avait, à son insu, annotés et classés, ainsi qu'un enregistrement de *Desert Island Discs*, l'émission au cours de laquelle il avait déclaré publiquement sa honte, ce qu'elle avait juré de ne jamais lui pardonner — et cela pour l'éternité.

Dans une boîte étiquetée *À ouvrir par mon mari quand je serai partie*, que de prime abord il crut qu'elle avait préparée avant de s'en aller dans un sens plus trivial — avait-elle *sérieusement* songé à le quitter ? se demanda-t-il —, il trouva des photos de lui en gentil garçon juif lors de sa bar-mitsva, des photos de lui en gentil jeune marié juif et des photos de lui en gentil père juif aux bar-mitsva de ses fils (celles-ci dans une enveloppe portant un énorme point d'interrogation, comme pour demander : pourquoi, mais pourquoi, Shmuelly, as-tu consenti à toutes ces cérémonies si tu avais l'intention de chier dessus ?) ainsi qu'une collection d'articles sur la religion juive et le sionisme, certains de lui, et également lourdement annotés, certains d'autres journalistes et universitaires, et un dernier, plus court, tapé à la machine, plein de remontrances et de trop de ponctuations, rangé dans une chemise en plastique, comme un devoir, et dont l'auteur n'était autre que Tyler Finkler, son épouse.

En le découvrant, Finkler fut plié en deux et saisi de larmes.

Elle était trop tendue pour être douée de sa plume, avait-il toujours estimé. Finkler lui-même n'était pas un styliste, mais il savait composer une phrase bien rythmée. Un critique de l'un de ses premiers livres de développement personnel — Finkler hésita entre le coup de griffe et le compliment et opta pour le second — avait écrit que le lire, c'était comme voyager en train avec quelqu'un qui était peut-être un génie mais qui pouvait aussi bien être un demeuré. L'écriture de Tyler n'oscillait pas entre ces extrêmes. La lire, c'était comme voyager en train avec quelqu'un d'indubitablement brillant qui avait consacré sa vie à rédiger des cartes de vœux. Ce qu'un critique avait reproché à l'un des premiers best-sellers de Finkler, *Le Flirt socratique : la Raison au service de la vie sexuelle.*

Tyler avait soudain ouvert les yeux sur son mari et c'était ce qui l'avait conduite à coucher ses idées sur le papier. Il était trop juif. Il ne souffrait pas d'une insuffisance de pensée ou de tempérament juifs, au contraire. C'était leur cas, à tous ces *shande* juifs (*shande* juifs, c'était ainsi qu'elle appelait les Juifs honteux. *Shande* signifiant « honte » et « lamentable » en yiddish, et c'était ce qu'elle pensait d'eux. Qu'ils *attiraient* la honte). Mais lui, ce connard prétentieux, plus que les autres.

Le problème avec mon mari, écrivait-elle (comme si elle s'était adressée à un avocat spécialiste des divorces), *c'est qu'il pense avoir sauté par-dessus la clôture juive que son père avait dressée autour de lui, mais qu'il voit tout d'un point de vue ENTIÈREMENT juif, y compris les juifs qui le déçoivent. Où qu'il regarde, à Jérusalem, Stamford Hill ou Elstree, il voit des juifs qui vivent comme tout le monde. Et, comme ils ne sont pas exceptionnellement bons, il s'ensuit — selon sa logique juive extrémiste — qu'ils sont exceptionnellement mauvais ! Tout comme le juif conventionnel qu'il méprise pour mieux se venger de son père, mon mari adhère avec arrogance au principe que les juifs n'existent que pour être la « lumière des nations » (Isaïe, 42:6), sinon ils ne méritent pas d'exister du tout.*

Finkler pleura encore. Pas à cause des accusations de son épouse, mais de la conscience enfantine avec laquelle elle citait la Bible. Il la voyait penchée sur la page, concentrée. Cherchant peut-être une bible pour vérifier les références d'Isaïe. Il se la représenta petite fille au catéchisme, lisant l'histoire des juifs en mordillant son crayon, ignorant qu'un jour elle en épouserait un et qu'elle deviendrait juive, quoique pas assez juive aux yeux des juifs orthodoxes comme le père de Finkler. Et peut-être pas non plus à ceux de Finkler lui-même.

À aucun moment il n'avait soutenu les aspirations juives de Tyler. Il n'avait pas besoin d'épouser une juive. Il était assez juif — du moins, de par son ascendance — pour deux. Très bien, avait-il dit quand elle lui avait fait part de ses intentions. Il avait cru qu'elle voulait un mariage juif. Quelle femme ne rêvait pas d'un mariage juif? Très bien.

Elle alla donc consulter des rabbins et, quand elle lui annonça son intention d'embrasser le judaïsme réformé, il opina sans écouter. Elle aurait aussi bien pu lui parler d'un trajet en bus. Il lui faudrait un an, déclara-t-elle, peut-être plus, parce qu'elle partait de zéro. Très bien, dit-il. Prends tout ton temps. Ce n'était pas parce que cela lui donnait tout loisir de voir ses maîtresses. Il n'avait pas encore épousé Tyler — elle ne voulait se marier qu'une fois devenue juive — et les maîtresses n'étaient donc pas encore à l'ordre du jour. C'était un homme de scrupules. Il n'allait pas prendre maîtresse tant qu'il n'était pas marié. Une autre femme, oui, une autre maîtresse, non. Il était philosophe : les dénominations avaient de l'importance pour lui. Il n'y avait donc aucune raison à son indifférence. Il était incapable de s'imaginer Tyler étudiant la Torah, tout bonnement parce qu'il s'en fichait complètement.

Elle suivit des cours une fois par semaine pendant quatorze mois. Elle devait y apprendre l'hébreu, se disait-il, Dieu sait quoi sur la Bible, les interdits alimentaires, vestimentaires, vernaculaires, comment tenir une maison juive et être une mère juive, comparaître devant un tribunal rabbinique, se faire immerger (à sa propre demande) dans l'eau et — miracle! — voilà qu'il avait une fiancée juive. Il n'écoutait pas quand elle rentrait et essayait de l'intéresser à ce qu'elle avait appris. Sa vie à *lui* était plus intéressante. Il hochait la tête, attendait qu'elle ait terminé, puis lui disait qu'il était allé voir un éditeur. Il n'avait pas encore écrit de livre, mais il sentait qu'il lui fallait un éditeur. Il était lancé. On commençait à le remarquer. Elle voulait un Moïse qui la conduise en Terre promise? Il était Moïse. Elle n'avait qu'à le suivre.

Il s'intéressa si peu à ses études qu'elle aurait aussi bien pu le tromper avec l'un des rabbins. Cela arrivait. Les rabbins aussi étaient de chair et de sang. Et l'enseignement était… Eh bien, Finkler savait mieux que quiconque ce qu'était l'enseignement.

Il ne lui en aurait pas voulu si elle en avait eu une. À présent qu'elle était morte, il voulait qu'elle ait eu une vie meilleure que celle qu'il lui avait offerte. Un mari n'est jamais plus magnanime, songea-t-il, que lorsqu'il devient veuf. Il y avait là matière à une monographie.

C'est dans son cours de judaïsme, sans doute, qu'elle avait appris l'aspiration juive à être « la lumière des nations ». Lui avait-on — le rabbin qu'il espérait épris d'elle et qui l'avait emmenée en secret dans des restaurants cachers pour lui apprendre à manger les *lokshen* — était-ce lui qui lui avait appris à mettre entre parenthèses les sources qu'elle citait ?

Pauvre Tyler.

(Tyler Finkler 49 :3) L'âge auquel elle était décédée et le nombre d'enfants qu'elle avait laissés orphelins.

Cela lui brisait le cœur. Mais cela ne voulait pas dire qu'il avait envie de continuer sa lecture. La dernière chose qu'il voulait se rappeler, c'était le galimatias hébraïque qu'avait appris son épouse. Il rangea le petit texte dans sa chemise, y souffla un baiser et replaça la boîte au bas de la penderie, là où elle mettait ses chaussures.

C'est seulement le soir où il rentra de la représentation des *Fils d'Abraham* que le prit l'envie de tout lire. Il n'aurait su dire pourquoi. Peut-être se sentait-il seul sans elle. Peut-être avait-il désespérément envie d'entendre sa voix. Ou bien il avait simplement besoin de quelque chose, n'importe quoi, pour se retenir d'allumer son ordinateur et de jouer au poker en ligne.

Ses arguments étaient conformes à son souvenir, mais il en concevait une certaine tendresse. Il faut parfois du temps à un mari pour découvrir que les paroles de son épouse valent la peine d'être écoutées.

Elle avait mis le doigt sur un paradoxe.

(Quand on y pensait : Tyler mettant le doigt sur un paradoxe ! Les choses dont un mari ignore son épouse capable !)

Le paradoxe était le suivant :

Les shande *juifs avec lesquels mon mari passe ses soirées (quand il ne les passe pas avec sa maîtresse) accusent les Israéliens et ceux qu'ils appellent les « compagnons du sionisme » de penser qu'ils peuvent jouir d'un statut moral* spécial *qui leur donne le droit de traiter tous les autres comme de la merde ; mais cette accusation est elle-même fondée sur l'idée que les juifs jouissent d'un statut moral spécial et sont au-dessus de la mêlée. (Te rappelles-tu ce que tu disais aux gosses, Shmuel, quand ils se plaignaient d'être grondés alors qu'ils se comportaient comme tous les autres gosses ? « Je vous juge selon des critères plus exigeants », leur disais-tu. Pourquoi ? Pourquoi juges-tu — toi, surtout — les juifs selon des critères plus exigeants ?)*

Son « sage » époux lui avait dit que l'État d'Israyel — un État dont il ne supportait pas de prononcer le nom sans y ajouter un *y* ironique — avait été fondé sur un acte d'expropriation brutal. *Et alors, quel pays n'était pas dans ce cas ?* demandait Tyler, citant les Indiens d'Amérique et les Aborigènes d'Australie.

C'est ainsi que je vois les choses...

Le toupet qu'elle avait ! *C'est ainsi qu'elle voyait les choses.* Tyler Gallagher, petite-fille de ferrailleurs irlandais, qui avait remporté un prix au catéchisme à huit ans pour avoir dessiné le petit Jésus tendant ses menottes potelées pour recevoir les cadeaux des trois Rois Mages. Elle lui disait comment elle voyait les choses.

Car, pogrom après pogrom, les juifs ont baissé la tête et tenu bon. Puisque Dieu les avait élus, Dieu allait les aider. La Shoah — oui, oui, voilà que ça recommence, Shmuelly, la Shoah, la Shoah ! — la Shoah a changé la donne POUR TOUJOURS. *Les juifs se sont réveillés et se sont retrouvés tout seuls. Ils ont dû se débrouiller. Et, pour cela, il fallait avoir leur propre pays. En fait, ils l'avaient déjà, mais n'entrons pas dans ce débat, Mister Palestine. Il fallait qu'ils aient leur État et, quand on a son État à soi, on se comporte différemment qu'avant d'avoir son État à soi. On devient comme tout le monde ! Il n'y a que* toi *et* tes copains *qui refusent qu'ils soient comme les autres, parce que pour toi, Shmuel, ils sont toujours obligés d'obéir à Dieu (auquel tu ne crois même pas !) et d'être un exemple pour le monde !*

Explique à ta pauvre épouse inculte qui voudrait être juive pour quelle autre raison tu ne peux pas laisser tranquilles les juifs du pays que je t'ai même entendu appeler Canaan, pauvre con pervers ? Crains-tu que, si tu n'y vas pas de ton grain de sel critique dès maintenant, ce sera pire venant d'ailleurs ? Es-tu si tordu que, par patriotisme, tu pratiques la tactique de la terre brûlée avec des territoires que tu as peur de voir tomber dans des mains ennemies ?

Réponds-moi : pourquoi tu ne t'occupes pas de tes foutues affaires, Shmuel ? Tu ne seras jugé avec les Israyéliens que si tu choisis de l'être. Tu as ton pays, ils ont le leur — en fait, pour te citer à propos de notre mariage, cela « n'invite ni à une sympathie exceptionnelle ni à une critique exceptionnelle ». À présent, ce ne sont que des salauds ordinaires, qui ont à moitié raison, à moitié tort, comme le reste *d'entre nous.*

Parce que même toi, mon faux jeton de bien-aimé mari, même toi tu n'as pas ENTIÈREMENT *tort.*

Cette fois, il ne replia pas le petit texte, mais resta assis un moment à le contempler. Pauvre Tyler. Et il savait très bien que, en jargon finkler, cela revenait à dire : pauvre de lui. Elle lui manquait. Ils s'étaient querellés sans cesse, mais en toute amitié. Il n'avait jamais levé la main sur elle ni elle sur lui. Ils avaient toujours résolu leurs problèmes en discutant, le son de leur voix était pour l'un comme pour l'autre la source quotidienne d'un plaisir qu'ils ne remarquaient pas. Il aurait aimé l'entendre, à présent. Que n'aurait-il donné pour pouvoir sortir dans leur jardin abandonné avec elle et poser le doigt sur le petit morceau de ficelle de jardinage verte qu'elle lui demandait de l'aider à nouer.

Ils n'avaient pas été ensemble assez longtemps pour que ce soit une grande aventure conjugale, de celle qu'avaient connue Libor et Malkie, mais ils avaient fait ensemble un agréable petit bout de chemin. Et ils avaient élevé trois enfants intelligents, même si certains étaient plus intelligents que d'autres.

Il pleura un peu. Les larmes, c'était bien parce qu'elles ne faisaient pas de discrimination. Il n'avait pas à savoir pour qui ou quoi il pleurait. Il pleurait pour tout.

Il appréciait que Tyler ait écrit qu'il était un patriote qui brûlait ce qu'il craignait de perdre. Il ignorait si c'était vrai, mais cette idée lui plaisait. Tamara était-elle pareille ? Tous les Juifs honteux tuaient-ils la chose qu'ils aimaient le plus au monde de peur qu'elle ne tombe entre les mains de l'ennemi ?

L'idée de Tyler n'était pas pire qu'une autre. Il fallait bien que quelque chose explique la haine passionnée et saugrenue de ces gens. La haine de soi n'y parvenait certainement pas. Ceux qui se détestent se complaisent dans l'isolement et la bouderie, mais les Juifs honteux cherchaient la compagnie de leurs semblables et s'acclamaient mutuellement. Exprimer leurs sentiments était pour eux une activité collective, comme des soldats à la veille d'une bataille. Il était fort possible que ce soit, dans ce cas, exactement comme cette pauvre Tyler l'avait décrit, une autre version de cette bonne vieille mentalité de juif assiégé. L'ennemi demeurait celui qu'il avait toujours été. Les *autres*. C'était simplement la dernière tactique en date d'une guerre vieille comme le monde. Tuer les siens avant que les *autres* ne le fassent.

Certes, Finkler n'était pas sorti une seule fois de leurs réunions sans éprouver exactement la même chose que lorsqu'il accompagnait son père à la synagogue : le monde était trop juif pour lui, trop ancien, trop communautaire dans le sens anthropologique, presque primitif du terme — trop lointain, trop profond, trop autrefois.

Il était un penseur qui ne savait pas ce qu'il pensait, sauf qu'il avait aimé et trahi une épouse qui désormais lui manquait, et qu'il n'avait pas échappé à ce qui l'oppressait dans le judaïsme en rejoignant une association juive qui se réunissait pour discuter avec passion de l'oppression d'être juif. Discuter avec passion de sa judéité, *c'était* être juif.

Il veilla tard devant la télévision, essayant de ne pas s'approcher de son ordinateur. Le poker, cela suffisait.

Mais le poker avait une fonction. T.S. Eliot avait déclaré à Auden qu'il faisait des réussites nuit après nuit, parce que c'était ce qui se rapprochait le plus d'être mort.

Les réussites, le poker… Du pareil au même.

Douze

1

On pensait que Meyer Abramsky souffrait d'une grave dépression. Il avait sept enfants et son épouse était grosse du huitième. L'armée israélienne lui avait dit de se préparer à quitter la colonie qu'il avait fondée, en accord avec la promesse faite à Dieu seize ans plus tôt. Il était venu de Brooklyn avec sa jeune épouse afin de tenir sa parole. Et on allait le chasser ! On l'aiderait à retrouver un logement et on prendrait en considération l'état de sa femme. Mais la colonie devait disparaître. Ainsi parlait Obama.

Ils convinrent tous que personne ne s'en irait en silence. Partir sans un mot aurait confiné au blasphème. C'était leur terre. Ils n'avaient pas à la partager, ils n'avaient pas à signer un contrat pour l'acquérir, elle était à eux. Il pouvait montrer le verset de la Torah qui le disait. Là, la promesse ; là, l'endroit. Tiens, en regardant bien et en lisant comme il fallait, la maison de Meyer Abramsky était mentionnée. Là. À l'endroit où la page était usée à force de la relire.

Après avoir menacé de se barricader avec sa famille dans la maison et de tirer sur quiconque tenterait de les faire partir — peu importait que ce soient des juifs en face ; des juifs n'expulsent pas leurs frères de la Terre sainte —, Meyer Abramsky lut ce qu'on disait de lui dans les journaux. On disait qu'il avait succombé à la « mentalité d'assiégé ». *Mentalité d'assiégé !* Ils s'attendaient à quoi d'autre ? Meyer Abramsky n'était pas le seul en état de siège, tout un peuple était comme lui.

Il ne mit jamais à exécution sa menace de tuer les soldats israéliens venus l'expulser. Au lieu de cela, il monta dans un bus et abattit une famille arabe. Une mère, un père, un bébé. Une, deux, trois balles. Une, deux, trois victimes. Ainsi parlait le Seigneur.

2

On ignorait si Libor avait lu cette affaire et en était affecté. Cela paraissait improbable. Libor n'avait pas lu le journal depuis des semaines.

On ignore également s'il acheta un journal dans le train pour Eastbourne. Auquel cas, il aurait certainement vu les photos de Meyer Abramsky en première page. Mais Libor avait déjà pris sa décision. Sinon pourquoi aurait-il pris le train pour Eastbourne ?

Dans le train, il se retrouva assis en face du fils de Treslove, Alfredo, sans que l'un ne reconnaisse l'autre. C'est seulement plus tard que ce fait apparut, amenant Treslove à dérouler une chaîne de causes improbables au bout de laquelle il trouva sa culpabilité. Si Treslove avait été un meilleur père et ne s'était pas fâché avec Alfredo, il aurait pu l'inviter à dîner chez Hephzibah, où il aurait pu faire la connaissance de Libor, et, s'il avait fait sa connaissance, il l'aurait reconnu dans le train, et…

C'était donc Treslove le coupable.

Alfredo se rendait à Eastbourne avec dans son sac sa veste de smoking. Il ne lui restait plus qu'une soirée à passer dans le meilleur hôtel d'Eastbourne où il jouerait *Happy Birthday* et les autres airs du même acabit qu'on lui réclamerait.

Le vieil homme assis en face de lui avait le teint jaune. Il devait avoir dans les cent ans, décréta-t-il. Alfredo n'aimait pas beaucoup les vieillards. Ce genre de chose se déclenche probablement avec les pères et Alfredo n'aimait pas son père. Quand on lui demanda si le vieil homme assis en face de lui avait paru angoissé ou déprimé, il répéta qu'il avait dans les cent ans — à cet âge-là, comment voulez-vous avoir un autre air qu'angoissé ou déprimé ? Il ne parla pas au vieil homme, hormis pour lui offrir un bonbon à la menthe — qu'il refusa — et lui demander où il allait.

— À Eastbourne, répondit le vieillard.

Oui, Eastbourne, évidemment, mais où, plus précisément ? Se rendait-il chez de la famille ? Dans un hôtel ? (Alfredo espérait que ce ne serait pas celui où il jouait et où la clientèle était déjà assez âgée comme cela.)

— Nulle part, répondit le vieil homme.

Libor donna des instructions plus précises au chauffeur de taxi en arrivant à Eastbourne.

— Bitchiyed, dit-il.

— Vous voulez dire Beachy Head ? demanda le chauffeur.

— Qu'est-ce que je viens de dire ? répondit Libor. Bitchiyed !

Voulait-il qu'on le dépose quelque part en particulier ? Au pub ? Au point de vue panoramique... ?

— Bitchiyed.

Le chauffeur, qui avait un père aussi et savait que les vieillards deviennent irritables avec l'âge, expliqua qu'il pouvait attendre s'il le lui demandait. Sinon, Libor pouvait lui téléphoner pour qu'il vienne le rechercher.

— Ou bien il y a un bus, dit-il. Le 12 A.

— Pas nécessaire, dit Libor.

— Eh bien, si vous avez besoin de moi, insista le chauffeur en lui tendant sa carte.

Libor la fourra dans sa poche sans y jeter un regard.

3

Il but un whisky dans le pub aux dalles en ardoise, assis à une petite table ronde face à la mer. Il se dit qu'elle était identique à celle où ils s'étaient assis, Malkie et lui, le jour où ils étaient venus ici, il y avait bien longtemps, pour mettre leur courage à l'épreuve, mais peut-être qu'il se trompait. Cela n'avait pas d'importance. La vue était la même, la côte qui se déroulait vers l'ouest, couleur de silex, antique, la mer incolore, hormis une mince ligne d'argent sur l'horizon.

Il but un autre whisky, puis il quitta le pub et monta lentement la colline courbé comme les arbres et les buissons. Sans soleil, les falaises grisâtres avaient l'air d'une masse de craie sale qui s'écroule dans la mer.

— Il faudrait du courage pour faire cela, se rappela-t-il avoir dit à Malkie.

Malkie s'était tue, pensive.

— De nuit, ce serait mieux, avait-elle répondu enfin alors qu'ils se promenaient, bras dessus, bras dessous. J'attendrais qu'il fasse nuit et je continuerais simplement à marcher.

Il passa le petit monticule de pierres qui ressemblait à un autel qu'Isaac ou Jacob auraient pu élever, avec la plaque où était gravé le Psaume 93. *Plus que la voix des grandes, des puissantes eaux, Des flots impétueux de la mer, L'Éternel est puissant dans les lieux célestes.*

Il lui sembla qu'il y avait moins de croix de bois plantées çà et là que dans son souvenir. Il s'attendait au contraire à en voir plus. À moins qu'on ne les enlevât au bout d'un certain temps.

Qu'est-ce que c'était, une période raisonnable ?

Cette fois encore, attaché à un reste de clôture, il vit un bouquet de fleurs. Celui-là venait de chez Marks & Spencer, et avait encore son étiquette. 4,99 livres. On ne fait pas de folies, songea-t-il.

L'endroit n'était pas désert. Un car avait déversé un groupe de retraités. Des gens promenaient leurs chiens et jouaient au cerf-volant. Regardaient en bas. Frissonnaient. Un couple de randonneurs le salua. C'était très silencieux, avec le vent qui emportait les voix vers la mer. Il entendit un mouton bêler. Ou bien était-ce une mouette. Et cela lui rappela chez lui.

Malkie avait nourri la conviction bizarre qu'il faudrait à son époux bien-aimé un temps excessivement long pour arriver en bas. Bien qu'elle ait été convaincue d'avoir épousé un homme exceptionnel, il ne vola ni ne flotta. Il tomba tout droit et coula à pic comme tous les autres.

4

C'est de la mère de son fils que Treslove apprit qu'Alfredo s'était trouvé assis face à Libor dans le train pour Eastbourne. Alfredo avait vu la photo de Libor aux informations télévisées régionales — un ancien journaliste se précipite dans une chute mortelle à Beachy Head, troisième suicide en un mois — et s'était rendu compte qu'il s'agissait du centenaire auquel il avait parlé dans le train. Il en avait parlé à sa mère, et celle-ci avait pris la peine d'en faire part à Treslove lorsqu'elle avait lu le nom de l'homme dans le journal et l'avait reconnu.

— Étrange coïncidence, dit-elle du ton très BBC qu'elle employait pour exposer ses concepts d'intention et faire tourner Treslove chèvre.

— Étrange à quel point de vue?

— Alfredo et ton ami dans le même train.

— C'est une coïncidence. Qu'est-ce qui la rend étrange?

— Deux personnes de ton passé qui se retrouvent ensemble.

— Libor n'appartient pas à mon passé.

— Tout le monde appartient à ton passé, Julian. C'est là que tu mets les gens.

— Va te faire foutre, répondit Treslove avant de raccrocher.

Il n'avait pas appris la mort de Libor ainsi. Sinon, il ignorait de quelle violence il aurait été capable à l'égard d'Alfredo et de Josephine. Leurs prénoms n'étaient pas dignes d'être cités dans la même phrase que celui de ce pauvre Libor, ils n'auraient pas dû partager un fragment d'existence avec lui. Son imbécile de fils aurait dû voir que quelque chose n'allait pas, il aurait dû engager la conversation, en parler à quelqu'un. Ce n'était pas n'importe quel vieux train. On était censé scruter les gens qui voyageaient seuls vers Eastbourne parce qu'il n'y avait qu'une raison pour un homme seul de se rendre là-bas.

Le chauffeur de taxi lui inspirait des sentiments analogues. Qui dépose un vieillard solitaire sur un lieu de suicide bien connu en fin d'après-midi ? En fait, le chauffeur avait pensé exactement la même chose une heure après avoir transporté Libor et avait appelé la police, mais il était déjà trop tard. Cela, tout comme le reste, plongea Treslove dans la détresse : son ami avait passé ses derniers instants sur cette terre à regarder ce crétin d'Alfredo avec son petit chapeau pork-pie et à discuter du temps avec un abruti de chauffeur de taxi d'Eastbourne.

Mais il ne pouvait pas continuer à accuser les autres. C'était sa faute, et à bien plus d'égards qu'il n'aurait pu le dire. Il avait délaissé Libor ces derniers mois en ne pensant qu'à lui-même. Et, quand il passait du temps avec lui, ce n'était que pour parler de jalousies sexuelles. On ne parle pas de cela — non, vraiment, si on a un semblant de tact ou de discrétion, on ne parle pas de quoi que ce soit de sexuel à un vieil homme qui pleure la femme de sa vie. C'était grossier. Et plus grossier encore — pire que grossier : brutal — d'accabler Libor en lui confiant sa liaison avec Tyler. Treslove aurait dû emporter ce secret dans la tombe, comme Tyler l'avait sans doute fait. Et Libor aussi.

Il n'était pas inconcevable que cette confession inopportune ait, entre autres raisons, conduit Libor à se supprimer — afin de ne plus avoir à porter la turpitude de son ami. Le visage de Libor s'était assombri quand Treslove s'était vanté — appelons un chat un chat, il s'était vanté — de ces après-midi volés en compagnie de l'épouse de Finkler ; la lumière avait quitté le regard du vieil homme. Cette vilenie lui avait semblé intolérable. Treslove avait souillé, discrédité, profané l'histoire de la longue amitié des trois hommes, transformé la confiance qui les liait, quels que fussent leurs différends, en une fiction, une illusion, un mensonge.

La fausseté contamine tout. Peut-être que ce n'était pas seulement le caractère romanesque de leur amitié que Treslove avait profané ; peut-être était-ce l'idée même de romanesque. Une fois qu'une illusion chérie disparaît, qu'est-ce qui empêche la dispari tion des autres ? Le comportement immoral de Treslove et Tyler avait-il tout empoisonné ?

Non, cela en soi n'aurait pas pu tuer Libor. Mais qui pouvait prétendre que cela n'avait pas affaibli son désir de vivre ?

Treslove aurait voulu avouer tout cela à Hephzibah, la supplier de lui accorder l'absolution dans ses bras, mais pour cela il aurait dû lui parler de Tyler et c'était impossible.

Elle traversait une mauvaise passe. Bien que ce fût Libor qui les ait présentés, Treslove avait fait en sorte que Libor compte plus pour elle qu'auparavant. Il y avait toujours eu de l'affection entre eux, mais les arrière-petites-nièces sont rarement proches de leurs arrière-grands-oncles. Pendant qu'elle était avec Treslove, cependant, cette affection ancienne et formelle s'était épanouie en amour, au point qu'elle n'arrivait plus à se rappeler une époque où il n'était pas là, proche d'elle, à lui rappeler tante Malkie et à faire presque passer pour une affaire de famille sa relation avec Julian. Elle aussi s'en voulait d'avoir laissé d'autres soucis monopoliser son attention. Elle aurait dû garder l'œil sur Libor.

Mais ces autres soucis ne la laissaient pas en paix. Le meurtre de cette famille arabe dans un bus était un événement insupportable. Elle ne connaissait personne qui n'en soit pas horrifié. Horrifié pour les Arabes. Horrifié *pour* eux. Mais, oui aussi, horrifié par avance des conséquences. Les juifs étaient dépeints partout comme des monstres assoiffés de sang, quelle que soit la manière dont on expliquait l'histoire du sionisme. Ils étaient assoiffés de sang dès l'instant où ils s'étaient emparés d'une terre qui n'était pas la leur, ou en conséquence d'événements qui les avaient petit à petit rendus étrangers à la compassion. Pourtant aucun juif n'acclamait la mort de cette famille arabe, ni dans les rues ni dans l'intimité de leurs maisons, aucune femme juive n'en retrouvait d'autres près d'un puits pour ululer sa jubilation, aucun homme juif n'allait à la synagogue pour remercier le Tout-Puissant en dansant. Tu ne tueras point. Ils pouvaient dire ce qu'ils voulaient, les calomniateurs et les marchands de haine, stigmatiser les juifs comme racistes, tu ne tueras point était gravé dans le cœur des juifs.

Et des soldats juifs ?

Bon, Meyer Abramsky n'était pas un soldat juif. Il n'irritait son sens moral en aucune manière. Dommage qu'il ait été lapidé à mort. Elle aurait voulu qu'il comparaisse en justice et que les juifs le reconnaissent mille fois coupable. *Il n'est pas l'un des nôtres*.

Et qu'ensuite il soit lapidé à mort par ceux dont il avait souillé le caractère moral.

Un monument serait finalement érigé à son nom, évidemment. Il fallait que les colons aient leurs héros. Qui étaient ces gens ? D'où avaient-ils surgi ? Ils étaient étrangers à son éducation et à sa culture. Ils n'avaient rien à voir avec sa propre judéité. C'étaient les enfants d'une déraison universelle, de la même engeance que les terroristes kamikazes et les fanatiques de la Fin des Temps et de l'Apocalypse, pas les enfants d'Abraham, dont ils ternissaient le nom. Essayez de dire cela à ceux qui étaient de nouveau descendus dans les rues et sur les places de Londres, prêts à brandir sur l'instant leurs slogans et leurs pancartes, comme si leur raison de vivre était d'appeler à la violence contre le seul pays au monde dont la population était majoritairement juive et qui étaient déçus quand l'aube se levait sans que rien ne justifie leurs manifestations.

De toute façon, cela avait recommencé. Elle recevait de nouveau des flots d'e-mails répertoriant une recrudescence de menaces et d'insultes. Une brique fut jetée contre une fenêtre du musée. Un juif orthodoxe sexagénaire fut tabassé à un arrêt de bus à Temple Fortune. Des graffitis refirent leur apparition sur les murs des synagogues, l'étoile de David barrée de croix gammées. L'Internet bouillonnait de rage. Elle ne supportait plus d'ouvrir un journal.

Fallait-il ou non s'en émouvoir ?

Pendant ce temps, on allait ouvrir une enquête sur la mort de Libor. Et ceux qui l'avaient aimé devaient trouver dans leurs cœurs les réponses à certaines questions.

Son opinion était faite. Elle pensait que Libor était parti se promener au crépuscule — une promenade solitaire et mélancolique, mais rien de plus — et était tombé. Les gens tombent, cela arrive. Tout n'est pas forcément prémédité.

Libor était tombé.

5

— Le plus dur, déclara Finkler à Treslove, est de ne pas être défini par ses ennemis. Ce n'est pas parce que je ne fais plus partie de la SHOAH que j'ai renoncé à mon droit à avoir honte.

— Pourquoi mettre de la honte partout ?

— On croirait entendre ma pauvre épouse.

— Ah bon ? fit Treslove, en baissant la tête, écarlate.

Heureusement, Finkler ne le remarqua pas.

— « Qu'est-ce que ça peut te faire ? me demandait-elle souvent. En quoi ça rejaillit sur toi ? » Mais c'est bien ce qui se passe. Cela rejaillit sur moi parce que j'ai placé la barre très haut.

— N'est-ce pas de la prétention ?

— Ha ! Encore ma femme. Tu n'en as pas parlé avec elle, n'est-ce pas ? Je demande, mais je sais bien que non. Non, je ne pense pas que ce soit de la prétention de prendre pour soi ce que ce dément d'Abramsky a fait. Si la mort d'un homme, quel qu'il soit, me diminue, parce que j'appartiens à l'humanité, alors le meurtre de n'importe quel homme produit le même effet.

— Alors sens-toi diminué en tant que membre de l'humanité. La prétention, c'est de se sentir diminué en tant que juif.

Finkler lui assena une tape dans le dos.

— Je serai dédommagé en tant que juif, quoi que tu en penses.

Il eut un faible sourire en voyant Treslove coiffé de sa kippa. Les deux hommes s'étaient écartés, laissant la famille de Libor se recueillir seule devant sa tombe. La cérémonie était terminée, mais Hephzibah et quelques autres voulaient se recueillir à l'écart des fossoyeurs et des rabbins. Quand ils seraient partis, le moment viendrait pour Treslove et Finkler.

Ils auraient préféré ne pas parler d'Abramsky. Sur Abramsky, il n'y avait rien de civilisé à dire. Mais ils se retenaient de parler de Libor, parce qu'ils avaient peur de s'épancher. Treslove, en particulier, était incapable de regarder le sol dans lequel Libor — encore chaud, c'était ainsi qu'il l'imaginait, encore accablé de chagrin — avait été inhumé. À côté de lui se trouvait la tombe de Malkie. L'idée qu'ils reposent côte à côte, muets pour l'éternité, sans rires, sans obscénités ni musique, lui était insupportable.

Lui et Hephzibah seraient-ils... ? Aurait-il le droit de reposer dans un cimetière juif? Ils s'étaient renseignés. Cela dépendait de beaucoup de choses. Si elle voulait être inhumée là où se trouvaient ses parents, dans un cimetière administré par des orthodoxes, Treslove n'aurait probablement pas le droit de reposer à côté d'elle. Cependant, si... C'était si compliqué quand on partageait la vie d'un juif, comme l'avait découvert Tyler. Dommage qu'elle ne soit plus là pour qu'il lui demande. « En matière de droits de découchage, Tyler... ? »

Libor et Malkie avaient voulu être inhumés dans la même tombe, l'un au-dessus de l'autre, mais il y avait eu des objections, car il y en a pour tout, dans la mort comme dans la vie, bien que personne ne sût si c'était pour des raisons religieuses ou simplement parce que la terre était trop caillouteuse pour creuser une tombe assez profonde. Et de toute façon, avait plaisanté Malkie, ils finiraient par se chamailler pour savoir qui serait dessus. Ils reposaient donc démocratiquement, côte à côte, dans leur grand lit ornementé.

Hephzibah fit signe que sa famille et elle s'en allaient. Elle avait une allure magnifique, songea Treslove, avec son voile et son châle noirs, comme une veuve victorienne. Une relique majestueuse. Treslove lui répondit qu'ils restaient un peu. Les deux hommes se prirent par le bras. Treslove en fut soulagé. Ses jambes allaient se dérober sous lui. Il n'était pas taillé pour les cimetières. Ils exprimaient trop clairement la fin de l'amour.

S'il avait regardé autour de lui, il aurait été frappé par le manque d'expression statuaire. Un cimetière juif est un lieu muet et nu. Comme si, le temps qu'on y parvienne, il n'y a plus rien à dire. Mais il gardait les yeux fixés au sol, espérant ne rien voir.

Les deux hommes restaient sans rien dire, comme des pierres tombales.

— À quelque utilité de base que nous puissions retourner, dit Finkler au bout d'un moment.

— Pardon, dit Treslove. Je ne peux pas jouer. Pas aujourd'hui.

— C'est juste. Je ne cherchais pas à faire de l'esprit.

— Je sais, dit Treslove. Je ne t'accuserais pas de cela. Je ne doute pas que tu l'aimais autant que moi.

De nouveau le silence. Puis :

— Alors, qu'est-ce que nous aurions pu faire différemment ? demanda Finkler.

Treslove fut surpris. Ce genre de question lui appartenait, d'habitude.

— Nous aurions pu veiller sur lui.

— Il nous aurait laissés faire ?

— Si nous nous y étions pris comme il fallait, il n'aurait rien remarqué.

— Étrange, dit pensivement Finkler sans pour autant en disconvenir. Mais j'ai eu l'impression qu'il nous abandonnait.

— Eh bien, c'est ce qu'il a fait, c'est sûr.

— Je veux dire, plus tôt.

— Plus tôt, c'est-à-dire ?

— Quand Malkie est décédée. Tu n'as pas pensé qu'il avait renoncé quand Malkie est morte ?

Treslove réfléchit.

— Non, ce n'est pas l'impression que j'ai eue.

Pour Treslove, le décès d'une femme était un commencement. Il était un homme fait pour le deuil. Il s'était toujours imaginé plié en deux, comme le vieux Thomas Hardy, en train de revenir sur les lieux de l'amour. Pour dire vrai, il avait trouvé Libor un rien plus vigoureux après la mort de Malkie. Lui aurait été plus tourmenté, désemparé.

— Pour moi, continua-t-il, il est parti quand je me suis mis avec Hephzibah.

— Alors là, qui se gargarise ? Tu t'imagines qu'il s'est dit qu'il avait accompli son œuvre sur terre, ou quoi ?

Si Finkler trouvait cela prétentieux, comment aurait-il réagi s'il avait appris que Treslove attribuait le suicide de Libor à l'annonce de son aventure avec Tyler ? Mais ça, il ne l'apprendrait jamais. À condition, évidemment, qu'il ne le sache pas déjà.

— Non, bien sûr, pas cela. Mais mon nouveau commencement, pour ce que c'est… (Pourquoi ai-je dit cela ? se demanda Treslove, pourquoi m'excuser ?), mon nouveau commencement avec Hephzibah l'a peut-être amené à penser qu'il n'y aurait pas de nouveau commencement pour lui.

— Dans ce cas, il aurait pu me voir plus souvent, dit Finkler. Nous nous serions tenu compagnie, question absence de nouveaux commencements.

— Oh, arrête.

— *Oh, arrête* rien du tout. Nous ne pouvions pas rivaliser avec toi. Ton nouveau commencement signait la fin de tous les commencements. Tu n'étais pas veuf. Tu n'étais même pas divorcé. Tu es parti de rien. Nouvelle femme, nouvelle religion. Moi et Libor, nous étions des morts habitant une religion morte. Tu nous as pris nos âmes sur les deux tableaux. Bonne chance à toi. Nous n'en avions pas l'utilité. Mais tu ne peux pas prétendre que, tous les trois, nous étions dans le même bateau. Nous n'étions pas les Trois Mousquetaires. Nous sommes morts pour que tu puisses vivre, Julian. Si ce n'est pas une pensée trop chrétienne pour un lieu comme celui-ci. À toi de me le dire.

— Qu'est-ce que je sais, à part que tu n'es pas mort, Sam.

À moins que… Sam le Mort. Treslove n'osa pas relever le nez vers son ami. Il ne l'avait pas vu depuis qu'ils étaient arrivés ici. Il n'avait vu rien ni personne — sauf Hephzibah, bien sûr, qu'il ne pouvait manquer.

— Eh bien, de nous deux… commença Finkler.

Il ne put achever. Une troisième personne était arrivée devant la sépulture. Elle resta sans rien dire, soucieuse de ne pas déranger leur conversation. Au bout d'un moment, elle se baissa, ramassa une poignée de terre et la répandit en pluie sur la tombe.

Le silence des deux hommes la gêna.

— Excusez-moi, dit-elle. Je reviendrai.

— N'en faites rien, dit Finkler. Nous allions partir dans une minute.

Avant qu'elle se redresse, Treslove la détailla. Une dame d'un certain âge, mais pas vieille, élégante, coiffée d'une écharpe légère, calme, familière des cimetières et obsèques juifs, pensa Treslove. Il avait au moins appris cela : la religion juive effrayait même les juifs. Rares étaient ceux qui étaient à l'aise dans toutes les cérémonies. Cette femme n'avait pas peur, même de la mort.

— Vous êtes de la famille ? demanda Finkler.

Il voulut lui dire que la famille était repartie et que si elle voulait les rejoindre...

Elle se releva sans peine et secoua la tête.

— Juste une amie de longue date.

— Nous aussi, dit Treslove.

— Triste journée, dit-elle.

Elle avait l'œil sec. Bien plus sec que Treslove. Il n'aurait su dire ce qu'il en était pour Finkler.

— D'une tristesse à briser le cœur, enchérit-il.

Finkler opina.

Ils se retrouvèrent à quitter la tombe ensemble.

— Je m'appelle Emmy Oppenstein, dit la femme.

Les deux hommes se présentèrent. Il n'y eut pas de poignées de main. Cela plut à Treslove. Chez les juifs, aucune occasion ne ressemblait à une autre, songea-t-il. Le protocole l'inquiétait, mais il l'admirait. C'est bien de distinguer les choses. Pourquoi cette nuit est-elle différente des autres nuits ? Mais ces distinctions étaient-elles vraiment bénéfiques ? Elles marquaient leur différence jusqu'à la tombe.

— Depuis combien de temps ne l'aviez-vous pas vu ? s'enquit Emmy Oppenstein.

Elle voulait savoir comment il se portait avant sa mort. Elle ne l'avait pas vu depuis des mois, mais ils s'étaient parlé au téléphone récemment.

— Parce que vous vous voyiez souvent ? demanda Treslove.

Ennuyé pour Malkie.

— Non, pas du tout. Une fois tous les demi-siècles.

— Ah.

— Je l'ai contacté après tout ce temps parce que j'avais besoin de son aide. Sans doute aurais-je voulu entendre que ce n'est pas moi qui lui ai fait endosser un fardeau trop lourd pour lui.

— Eh bien, il n'a rien dit, répondit Treslove.

Il voulut ajouter que Libor n'avait jamais ne fût-ce que mentionné son existence, mais il ne pouvait pas être aussi cruel avec une femme de cet âge.

— Et il vous a aidée ? demanda Finkler.

Elle hésita.

— J'ai eu droit à sa compagnie. Mais son aide, non, je ne peux pas dire qu'il ait été en mesure de me l'accorder.

— Cela ne lui ressemble pas.

— Non, c'est ce que je me suis dit. Même si, bien sûr, après tout ce temps, je n'étais pas en mesure de savoir comment il était. Mais il m'a semblé que cela lui faisait de la peine de refuser. Le plus étrange, c'est que j'ai eu l'impression qu'il voulait que cela lui fasse de la peine. Et, bien sûr, l'idée d'avoir causé la moindre souffrance m'attriste profondément.

— Nous nous punissons tous avec cette tristesse, dit Finkler.

— Vous aussi ? Je suis navrée de l'apprendre. Mais c'est un sentiment naturel pour les amis. Je ne l'étais pas depuis assez longtemps pour avoir ce droit, en fait, je n'avais aucun droit de me considérer comme une amie. Mais j'avais besoin d'un service.

Elle leur expliqua finalement de quoi il s'agissait. Elle leur parla de son travail, de ses craintes, de la haine des juifs qui commençait à contaminer le monde qu'elle habitait depuis toujours, le monde où les gens s'enorgueillissaient naguère de réfléchir avant de juger, et de son petit-fils, aveuglé par un individu qu'elle n'avait aucun scrupule à qualifier de « terroriste ».

Les deux hommes furent ébranlés par ce récit. Libor l'avait aussi été, dit-elle, mais, la dernière fois qu'elle l'avait vu, il avait semblé ne rien vouloir savoir. C'était ainsi qu'étaient les choses, lui avait-il dit. C'était ce qui arrivait aux juifs Changez de disque.

— Libor a dit cela ? demanda Treslove.

Elle hocha la tête.

— Alors il était dans un pire état que je ne pensais, dit-il.

L'émotion qui lui embrumait les yeux depuis qu'il avait vu le cercueil de Libor descendre en terre commençait à le suffoquer.

Finkler aussi eut du mal à trouver ses mots. Il se rappelait toutes ses disputes avec Libor sur le sujet. Et cela ne lui plaisait pas du tout que Libor ait rendu les armes. Il y a certaines disputes qu'on n'entame pas forcément pour gagner.

Finkler et Emmy Oppenstein se souhaitèrent mutuellement une longue vie en prenant congé. Hephzibah avait parlé à Treslove de cet usage. À des obsèques, les juifs se souhaitaient une longue vie. On se souhaite devant la mort que la vie se poursuive.

Il se tourna vers Emmy Oppenstein

— Je vous souhaite une longue vie dit-il en relevant la tête.

6

Treslove, rêveur perpétuel, rêve qu'on lui fait signe d'entrer dans une chambre de la mort. La pièce est sombre et il y flotte une odeur. Pas de mort, mais de nourriture. Des côtelettes d'agneau oubliées depuis trop longtemps. Pour être précis, c'est l'odeur suave de la graisse d'agneau qu'il sent. Étrange, parce qu'il se rappelle Libor lui disant qu'il ne supportait pas de manger de l'agneau parce qu'il avait eu comme animal de compagnie en Bohême un agneau qui paissait dans un champ derrière sa maison. « Bêêê », disait l'agneau au petit Libor. Et « Bêêê », répondait Libor. Une fois que l'on a conversé avec un agneau, on ne peut le manger, avait expliqué Libor. Il en est de même avec tout autre animal.

Dans son rêve, Treslove se demande ce que saint François trouvait à manger.

Il est venu rendre hommage à Libor, mais il redoute de le voir. Il a peur de la mort.

À son horreur, il entend une voix faible qui s'élève du lit. « Julian… Julian… Un mot. » Ce n'est pas la voix de Libor. C'est celle de Finkler. Faible, mais clairement la sienne. Treslove sait ce qu'il va entendre. Finkler joue à leur petit jeu de pédants. « Si jamais je fus cher à ton cœur, va-t-il dire, diffère encore l'instant de ta félicité. » Et Treslove de répondre : « Félicité ? Qui est Félicité ? » Il s'approche du lit. « Plus près », dit Finkler d'une voix soudain plus forte. Treslove obéit. Quand il est assez près pour sentir l'haleine de Finkler, celui-ci se redresse et lui crache au visage un torrent répugnant — pus, vin aigre, graisse d'agneau, vomi. « C'est pour Tyler », dit-il.

Depuis le temps, Treslove connaît ses rêves. Il ne prend donc pas même la peine de se demander si c'était vraiment un rêve ou l'expression d'une crainte.

C'étaient les deux.

Ni si cette crainte est un demi-désir.

Toutes les craintes ne sont-elles pas des demi-désirs ?

Cette absurde sensation de vide recommençait à le travailler au réveil. Il s'interrogeait sur la vive déception qu'il éprouvait et l'attribuait à une catastrophe sportive : un joueur de tennis dont il se fichait avait perdu face à un autre dont il n'avait jamais entendu parler ; l'équipe de cricket anglaise avait été vaincue sur le sous-continent indien ; un match de football, n'importe lequel, se concluait sur une grossière injustice ; même un golfeur qui perdait patience au dernier trou — alors que le golf était un sport auquel il ne jouait pas et qu'il ne regardait jamais.

Ce n'était pas que le sport lui permît de détourner sa mélancolie ; le sport *exprimait* sa mélancolie. La vacuité des attentes du sport correspondait à la vanité de ses attentes.

Il avait décelé quelque chose de juif là-dedans, un désir avide d'accumuler les échecs et les frustrations, comme les amis juifs d'Hephzibah qui soutenaient les Tottenham Hotspur, mais, à présent, il n'en était plus sûr.

Il voyait trop souvent l'aube. L'aube ne convenait pas à Treslove.

— Toi, tu préférerais que l'aube se lève vers midi, avait plaisanté Hephzibah.

Elle, elle adorait voir le soleil se lever et, durant les premiers mois de leur relation, elle le réveillait pour qu'ils regardent l'aube surgir. L'un des avantages de son appartement avec terrasse en étage élevé, c'est qu'elle pouvait sortir de sa chambre et contempler le magnifique panorama de l'aube londonienne. Cela indiquait combien il l'aimait, le fait qu'il se réveille dès qu'elle le secouait, qu'il l'accompagne sur la terrasse et s'extasie devant ce glorieux spectacle. L'aube était leur élément. Leur création. Treslove, l'heureux homme et juif nouveau-né. Du moment que l'aube surgissait, tout allait bien dans leur monde. Et pas seulement le leur. Le monde entier.

Eh bien, l'aube surgissait, mais leur monde ne tournait plus rond. Il ne l'en aimait pas moins. Elle ne l'avait pas désenchanté. Et lui non plus, espérait-il. Mais Libor était mort. Finkler était en train de mourir dans ses bras et, s'il fallait en juger par les apparences, pourrissait dans sa vie. Et lui, Treslove, n'était pas juif. Il aurait dû s'en réjouir. Il ne faisait pas bon être juif. Pas plus aujourd'hui qu'hier. Pas même si on remontait mille ou deux mille ans en arrière. Mais il avait pensé que ce serait au moins pour *lui* une bonne époque pour être juif.

Cependant, on ne peut pas, n'est-ce pas, être le seul juif heureux sur une île peuplée de juifs honteux ou inquiets. Surtout si ce juif se trouve être un goy.

À présent, il se levait de bonne heure non parce que Hephzibah le réveillait pour contempler la beauté de l'aube, mais parce qu'il ne fermait pas l'œil. C'étaient donc des aubes réticentes, fâchées. Hephzibah avait raison concernant leur splendeur. Mais pas de dire qu'elles surgissaient. Le verbe ne convenait pas. Il dénotait une apparition trop soudaine et déterminée. De sa terrasse, la grandiose aube londonienne apparaissait lentement, sanglante, une mince ligne écarlate ruisselant entre les toits. Elle filtrait par les fenêtres des bâtiments où elle s'était insinuée, comme un putsch silencieux. Certains matins, c'était comme si une mer de sang s'élevait depuis le sol de la ville. Là-haut, le ciel était tuméfié de taches bleutées et violacées. Bon gré, mal gré, sa journée d'otage commençait.

Treslove, enveloppé dans un peignoir, arpentait la terrasse en buvant du thé qu'il trouvait trop chaud.

C'était une abomination. Il ne savait pas laquelle. Juste le fait de faire partie de la nature, peut-être. De ne pas avoir dépassé cette marée de sang au bout de centaines de milliers d'années. Ou bien était-ce la ville qui était abominable ? L'illusion de civilité qu'elle représentait ? Cette ville indomptable et anonyme, têtue comme un enfant qui refuse d'apprendre sa leçon ? Laquelle avait englouti Libor et allait bientôt tous les engloutir ? Qui était le coupable ?

D'autres fois, l'abomination, c'était lui, Julian Treslove, qui ressemblait à tout le monde et à n'importe qui et qui n'était personne. Il buvait son thé à petites gorgées, se brûlait la langue. Toute la singularité qu'il recherchait — si un être aussi indéterminé que lui pouvait être qualifié de « singulier » — était inutile. L'abomination était universelle. Le simple fait d'être un animal humain était abominable. La vie était une abominable absurdité, que seule la mort dépassait.

Hephzibah l'entendait se lever et sortir et ne le suivait pas. Il n'y avait plus aucun charme à partager l'aube avec lui. On le sent, lorsque la personne avec qui on vit trouve que la vie est abominable.

Elle n'aurait pas été humaine si elle ne s'était pas demandé si c'était sa faute. Non pas tant ce qu'elle avait fait que ce qu'elle avait omis de faire. Treslove n'était qu'un homme de plus dans une longue série d'hommes qui avaient besoin d'être sauvés. N'attirait-elle que les égarés, les désorientés, les misérables ? Ou bien était-ce la seule espèce qui existe ?

Dans un cas comme dans l'autre, leurs exigences la lassaient. Pour qui la prenaient-ils ? L'Amérique ? *Donnez-moi vos pauvres, vos exténués, Le rebut de vos rivages surpeuplés*. Elle paraissait assez robuste et sûre pour les accueillir, c'était le problème. Elle semblait vaste. Elle avait l'air d'un port abrité.

Eh bien, Treslove, déjà, s'était trompé sur ce point. Elle ne l'avait pas sauvé. Peut-être ne pouvait-il pas l'être.

La faute à Libor, bien sûr, elle le savait. Julian ne l'avait pas encore compris. Pour une raison qui lui restait obscure, il semblait s'en vouloir. Sans parler du fait que la compagnie de Libor lui manquait tout simplement. En conséquence, elle n'avait aucune raison de débarquer et de demander : « J'ai fait quelque chose, chéri ? » Il convenait de le laisser seul un moment. Cela lui allait bien à elle aussi. Elle faisait son deuil. Mais, malgré tout, elle s'interrogeait et elle avait de la peine.

Et, en plus, le musée…

Elle se faisait un sang d'encre pour l'inauguration. Pas parce que le bâtiment lui-même serait encore inachevé — cela n'avait pas d'importance — mais parce que l'atmosphère ne s'y prêtait pas. En ce moment, les gens voulaient qu'on parle moins des juifs, pas davantage. Il y a des périodes où l'on ouvre ses portes, et d'autres où on les ferme. Si cela n'avait tenu qu'à elle, Hephzibah aurait muré le musée.

Tout ce qu'elle pouvait faire, c'était espérer que le monde, sur un coup de tête, changerait de refrain, que les paroles ignobles finiraient par se taire toutes seules, qu'un vent frais balaierait les miasmes mortels qui empoisonnaient les juifs et leurs entreprises.

Et espérer, c'est donc tout ce qu'elle faisait.

La tête basse, les yeux au sol, les doigts croisés.

7

Sauf que ce n'était pas dans son tempérament de se soumettre passivement aux événements. Elle ne voulait pas laisser la question là où ses supérieurs, les financiers mécènes du musée, voulaient qu'elle la laisse. De nouveau, elle argua que le moment était mal choisi. Un retard, ce n'était pas si inhabituel. On pouvait invoquer des retards dans les travaux. L'économie. Des problèmes de santé. *Ses* problèmes de santé.

Ce ne serait pas un mensonge. Elle n'était pas en bonne santé, mentalement. Ses lectures ne lui faisaient pas de bien — les élucubrations de la théorie du complot, les juifs qui avaient fomenté les attentats du 11 septembre, les juifs qui anéantissaient les banques, les juifs qui empoisonnaient le monde avec la pornographie, les juifs qui prélevaient des organes, les juifs qui avaient inventé la Shoah.

La Shoah, cette satanée Shoah. Elle éprouvait à l'égard de ce mot la même chose qu'à l'égard du mot « antisémite » — elle maudissait ceux qui la réduisaient à l'user jusqu'à la corde. Mais que faire ? Il y avait du chantage dans l'air. Arrêtez avec votre foutue Shoah, disaient-ils, sinon on niera que c'est jamais arrivé. Ce qui voulait dire qu'elle ne pouvait pas se taire sur cette question.

La Shoah était devenue négociable. Elle avait croisé récemment son ancien mari — pas Abe l'avocat, mais Ben l'acteur blasphémateur, l'affabulateur, le menteur (c'est drôle comme on rencontre un ex-mari peu fiable à peine on est tombé sur un autre) — et l'avait écouté débiter une histoire épouvantable : il avait couché avec une négationniste et avait négocié les chiffres en échange de ses faveurs. Il voulait bien descendre d'un million si elle lui faisait ci ou ça, mais il rajouterait un million si elle lui demandait de lui faire ci ou ça.

— J'ai eu l'impression d'être comme Machin, là, dit-il.

— Éclaire-moi.

— Celui qui avait une liste.

— Ko-Ko ?

— Je t'ai dit que j'avais joué devant le Mikado, au Japon ?

— Cent fois.

— Ah bon ? Je radote. Mais je ne pensais pas à lui mais à l'autre type avec une liste.

— Schindler ?

— Oui, Schindler — sauf que, dans mon cas, je sauvais ceux qui avaient déjà été exterminés.

— C'est malsain, Ben, avait-elle dit. Ce serait même la blague la plus malsaine, non les *deux* blagues les plus malsaines que j'aie jamais entendues.

— Qui blague ? C'est comme cela que ça se passe, maintenant. La Shoah est devenue affaire de troc. Il y a un maire espagnol qui a annulé la Journée nationale de la déportation dans sa ville à cause de Gaza, comme si les deux avaient un rapport.

— Je sais. Sous-entendu : on ne peut honorer les morts de Buchenwald que si les vivants de Tel-Aviv se tiennent à carreau. Mais je ne te crois pas.

— Qu'est-ce que tu ne crois pas ?

— Que tu as couché avec une négationniste. Même toi, tu n'aurais pas été si bas.

— Je l'ai fait pour des motifs honorables. J'espérais la faire mourir de plaisir.

— Pourquoi ne pas l'avoir tout simplement étranglée au lieu de coucher avec elle ?

— Je suis juif.

— C'est permis, avec les négationnistes. C'est plus que permis, c'est obligatoire. Le Onzième Commandement — Tu tordras le cou de tous les négationnistes car le négationnisme est une abomination.

— Probablement, mais je voulais aussi la réformer. Comme on fait avec les putes. Tu me connais...

— Toujours aussi sensible...

Il l'aurait embrassée si elle l'avait laissé faire.

— Toujours aussi sensible, répéta-t-il.

— Et tu l'as fait ?

— Quoi ?

— Tu l'as réformée ?

— Non, mais je l'ai fait monter jusqu'à trois millions.

— Et, en échange, tu as fait quoi ?

— Tu préfères ne pas le savoir.

Elle ne raconta pas l'histoire de Ben à ses chefs. On ne savait jamais ce qu'un juif allait trouver drôle ou pas.

Quant au musée, il ouvrirait s'ils voulaient qu'il ouvre. On ne pouvait pas céder à la peur et fuir. Pas au XXIe siècle. Pas à St John's Wood.

Treize

1

Un matin que l'abomination était trop lourde à supporter et trop insultante pour l'imposer à cette pauvre Hephzibah, Treslove enfila un manteau, quitta l'appartement et traversa le parc comme pour se rendre chez Libor. Il continuait de l'appeler ainsi. Ce n'était pas un vœu pieux. Il ne s'attendait pas à voir Libor à la fenêtre. Mais quelque chose de Libor restait ancré là, tout comme il craignait qu'un peu de sa propre abomination s'attarde encore sur la terrasse d'Hephzibah même après son départ.

À cette heure, Regent's Park était le royaume des joggeurs, des propriétaires de chiens et des oies. Les oiseaux avaient leur heure. Au petit matin, c'étaient les oies, qui s'attaquaient à coups de bec à la terre sèche pour y prendre leur dû. Ensuite, c'était au tour des hérons, puis des cygnes et enfin des canards. Cela aurait été bien, songea Treslove, si les êtres humains procédaient de la même manière. Plus question de se battre pour une terre, il suffisait de se répartir la journée. Les musulmans le matin, les chrétiens dans l'après-midi, les juifs le soir. Ou dans un autre ordre. Peu importait qui avait quel moment, le tout était que chacun ait sa part.

Le parc était l'espace extérieur le plus vaste pour réfléchir à Londres, plus grand même que Hampstead, où trop de penseurs se battaient pour avoir leur espace. Certains matins, Treslove était convaincu d'être le seul dans tout le parc à réfléchir — simplement réfléchir, pas réfléchir tout en courant ou en promenant un chien, mais réfléchir sans rien faire d'autre. Il lançait ses réflexions vers un bout du parc et les retrouvait à l'autre, renvoyées par les arbres qui n'avaient rien d'autre à faire — comme des poteaux télégraphiques transmettant la voix humaine. Les mêmes réflexions qu'il avait apportées dans le parc l'attendaient quand il le quittait.

Ce n'était pas une réflexion animée d'un but, mais juste une réflexion. Il se revivait lui-même. Pensait, signifiait, existait dans sa tête.

Et à quoi servaient ces matinées de réflexion libre et sans entraves ?

À rien.

Zéro.

Gornisht.

Quand il s'était mis avec Hephzibah, il s'était imaginé qu'ils se promèneraient ensemble jusqu'au lac, s'assiéraient sur un banc une demi-heure, regarderaient les hérons, parleraient des juifs et de la nature — pourquoi la Bible était-elle si chiche en descriptions naturelles, pourquoi même celle du Paradis était-elle aussi sommaire en matière de végétation, etc. — en attendant que Libor vienne les rejoindre. Après quoi, après maints baisers, Hephzibah s'en irait au musée pendant que Libor et Treslove marcheraient bras dessus, bras dessous comme deux vieux gentlemen austro-hongrois, échangeant des anecdotes dans un yiddish que Treslove aurait entre-temps parfaitement maîtrisé. Ensuite, ils reviendraient s'asseoir sur le banc au bord du lac et Libor expliquerait pourquoi les juifs étaient experts en matière de vie urbaine. Treslove avait vécu toute sa vie dans la métropole, mais il n'« exsudait » pas comme Libor la citadineté. Tout comme les oies étaient du lac de Regent's Park, Libor était des rues alentour. Et, pourtant, il n'était même pas né sur ce sol et écorchait la moitié des mots anglais. Treslove voulait non seulement qu'on lui explique ce talent, mais aussi comment l'acquérir.

Si ce rêve était resté inexaucé, ce n'était qu'en raison des circonstances. Hephzibah avait été occupée, Treslove oublieux, le temps peu clément et Libor n'avait pas voulu ni pu, avant de sortir de la vie de Treslove comme un fantôme auquel on ne prête pas attention. Mais lui, Treslove, l'avait intensément désiré. Ce rêve ne pouvait être qu'un mode de vie. Pas un chemin vers un nouveau mode de vie, bien qu'il s'imaginât devenir grâce à lui un homme neuf, mais le mode de vie lui-même. C'était cela dont il serait fait — des promenades avec Hephzibah et Libor dans leur demi-Éden, même s'il n'était pas apprécié du point de vue de la nature, un juif de chaque côté et un juif, en quelque sorte, au milieu.

À présent, la symétrie était brisée. En vérité, cela n'avait jamais été l'idée que de Treslove et de personne d'autre. Seul Treslove cherchait une issue ou une entrée. Libor avait choisi la sienne. Et Hephzibah avait été heureuse jusqu'à ce que Treslove apparaisse et l'idéalise jusqu'au malheur.

Aussi, chaque promenade dans le parc était un hommage à la nouvelle vie qui ne s'était pas matérialisée. N'importe quel observateur — même si personne ne le regardait, car les propriétaires de chiens ne se soucient que de ce qu'ils ont au bout de leur laisse et les joggeurs de leur rythme cardiaque — l'aurait pris pour un homme en deuil.

Toutefois ils n'auraient su dire de combien de choses, ni de combien de gens il portait ce deuil.

Il n'aurait su dire ce qui, en cette journée particulière, le poussa à retourner au parc après avoir achevé son pèlerinage jusque chez Libor. Il avait suivi son trajet habituel, se grattant sous la démangeaison du souvenir, sortant par la grille la plus proche de l'immeuble de Libor, devant lequel il était resté la tête levée pendant une demi-heure, repérant les fenêtres et les pièces, les pièces et ce qu'il y avait fait ou vu : Malkie jouant Schubert, les innombrables dîners très animés, les gros meubles de Libor, les pantoufles brodées d'initiales de Libor, Libor et Finkler se querellant sur Isrrrraë, sa première rencontre avec Hephzibah — « Appelez-moi Juno si c'est plus facile pour vous ». Il n'avait que des souvenirs heureux de l'appartement de Libor, même s'il y avait répandu plus d'une larme et s'il avait été agressé à quelques centaines de mètres de là, car cela aussi était un souvenir heureux en ce sens qu'il l'avait mené plus ou moins directement à Hephzibah.

D'ordinaire, il passait rapidement devant la BBC, ce trou à rats dont il n'avait pas le moindre souvenir heureux, s'attardait devant la vitrine de J.P. Guivier, respirait l'arôme de cigares qui collait encore aux briques de la rue où son père tenait autrefois sa boutique, s'arrêtait pour un café, se laissait aller à la mélancolie pour le plaisir – il avait trop de temps pour lui, c'était le problème, trop à attendre que Dieu sait quoi arrive — puis il rentrait en taxi. Mais aujourd'hui, le temps étant plus clément qu'il ne l'avait été ces dernières semaines, avec de gros nuages joufflus roulant dans le ciel, il prit deux fois plus de temps pour faire tout cela, décida qu'il prendrait un déjeuner expiatoire au bar à sandwichs où il avait profané les oreilles de Libor, puis retournerait vers le parc et rentrerait lentement par le même chemin. En milieu d'après-midi, fatigué, il s'assoupit sur un banc comme un vieux clochard. Il se réveilla avec un torticolis, le menton dodelinant sur la poitrine. Il avait pris un chemin plus long pour revenir, en prenant soin de ne pas se presser, par une portion plus sauvage du parc. D'habitude, il n'aimait pas ces parages. Cela ne ressemblait pas à Londres ou, du moins, cela n'évoquait pas le bon Londres. Cela respirait le danger, même s'il ne s'y passait rien en dehors de ces petits Brésiliens qui jouaient au football contre des Polonais en faisant beaucoup de bruit.

C'était ce bruit qui avait dû le réveiller. Une foule de collégiens de toutes couleurs et sexes criaient quelque chose qu'il ne distingua pas très bien, mais ce n'était pas une clameur confuse, c'était une phrase scandée, dont la répétition était une sorte d'injure. Qui ils injuriaient, il ne put le voir non plus.

Cela n'avait rien à voir avec lui et, bien que conscient qu'un adulte ne doive pas prendre le risque de chasser une bande de collégiens, quels que soient leurs méfaits, car l'un d'eux pourrait bien être armé d'une machette, il quitta le banc d'un air qu'il voulut occupé — comme s'il savait de quoi avait l'air quelqu'un d'occupé — et tenta de s'approcher un peu.

Grave erreur, se dit-il à l'instant même où il s'avançait.

2

Au milieu du cercle de collégiens se trouvait un adolescent d'une quinzaine d'années en costume noir, mince, assez joli dans le genre espagnol ou portugais, avec des papillotes d'un noir bleuté, des tsitsits dépassant de sa chemise, un feutre de petit garçon sur la tête — non, pas de petit garçon, car il n'y avait rien d'enfantin chez lui, mais un feutre de petite taille. C'était cela qu'il était : un petit juif sépharade. Un saint homme en tous points sauf en âge.

Un frisson de révulsion parcourut Treslove.

Tout comme, pouvait-on présumer, il avait dû s'emparer des collégiens. La phrase qu'ils lui criaient était : « C'est un juif! »

— C'est un juif! criaient-ils. C'est un juif!

Comme s'ils avaient fait une découverte. Regarde ce qu'on a trouvé, regarde ce qui vient de sortir de son habitat naturel.

Ça.

Les collégiens ne paraissaient pas capables d'un lynchage. Ils ne venaient pas du meilleur établissement, jugea Treslove, mais pas du pire non plus. Les garçons ne semblaient pas armés. Les filles n'étaient pas grossières. Il y avait une limite à la menace. Ils ne le tueraient pas. Ils l'agaceraient comme on touche du bout d'un bâton quelque chose qui s'est échoué sur une plage. « C'est un juif! »

Le saint homme en tous points sauf en âge — le saint garçon — était désemparé, mais pas terrifié. Lui aussi semblait savoir qu'on ne le tuerait pas. Mais il était hors de question que cela continue, quoi qu'il en pense. Ne sachant comme s'y prendre, Treslove regarda autour de lui. Il croisa le regard d'une femme de son âge qui promenait un chien. Il n'est pas question que cela continue, disait ce regard. Treslove opina.

— Hé, qu'est-ce qui se passe? cria la femme au chien.

— Hé! cria Treslove.

Les collégiens jaugèrent la situation. Peut-être fut-ce la femme au chien qui les décida. Peut-être voulaient-ils simplement y trouver eux-mêmes une issue.

— On fait rien de mal, dit l'un d'eux.

— Filez ! dit la femme en poussant son chien en avant.

Ce n'était qu'un terrier, avec une expression pensivement aristocratique à la Jeeves, mais un chien reste un chien.

— Toi-même, répliqua une des filles.

— Connasse ! cria un garçon en reculant.

— Hé ! hurla Treslove.

— On s'amusait, c'est tout, dit une autre fille.

À l'entendre, à jouer les empêcheurs de tourner en rond, Treslove et la femme venaient de faire perdre au juif toute une bande de nouveaux copains.

Ils se dispersèrent et reculèrent, pas tous ensemble, mais un par un, comme la marée qui reflue après avoir rejeté cette chose inconnue. Une fois seule, la chose inconnue partit de son côté. Elle ne remercia ni la femme, ni Treslove, ni même le chien. C'était probablement contre sa religion, se dit Treslove. L'espace d'un instant, Treslove croisa son magnifique regard noir de jais. Le garçon n'était pas fâché. Treslove ne fut même pas sûr qu'il avait eu peur. Ce que Treslove avait lu sur son visage, c'était l'habitude.

— Ça va ? lui demanda-t-il.

Le garçon haussa les épaules. C'était un geste presque insolent. C'est simplement comme ça que ça se passe, voulait dire le haussement d'épaules. Pas la peine d'en faire une histoire. Avec peut-être un rien de fierté, de quant-à-soi et de Dieu-me-protège. Il estime que je suis quelque chose d'impur, songea Treslove.

Il leva les yeux au ciel à l'adresse de la femme. Elle en fit autant. Avec ces gosses, allez comprendre.

Treslove retourna au banc où il s'était assoupi. Il s'aperçut qu'il tremblait.

Il n'arrivait pas à chasser la phrase de son esprit. *C'est un juif !*

Mais il se débattait avec d'autres phrases de son cru. *Alors pourquoi s'habiller comme cela ? Pourquoi s'offrir à eux ? Et pour-*

quoi n'as-tu pas pu nous remercier ? Et pourquoi m'as-tu regardé comme si, à tes yeux, moi aussi j'étais une chose ?

L'une des filles n'avait pas décampé avec les autres. Elle traînait en jetant des regards autour d'elle. Treslove eut peur qu'elle songe à venir le draguer. Peut-être voulait-elle lui offrir ses services en échange d'argent de poche. Il devait avoir l'air d'une proie facile, assis sur son banc, tout tremblant.

Elle se baissa sans le regarder pour ôter ses chaussures. C'est à ce moment qu'il la reconnut. C'était la collégienne de son rêve récurrent — récurrent avant Hephzibah, précisons-le — l'écolière qui s'arrêtait dans sa course pour ôter les souliers qui la gênaient — même s'il n'avait jamais pu décider si elle était vulnérable ou résolue avec sa jupe plissée, son chemisier blanc, son pull bleu et sa cravate artistement nouée. La collégienne dont il n'avait jamais su s'il était l'objet de la précipitation.

— Pourquoi enlèves-tu tes chaussures ? demanda-t-il.

Elle le considéra comme s'il ne pouvait y avoir qu'un demeuré pour ne pas le comprendre : pour le décoller de ses semelles.

— Pervers ! cria-t-elle avec une grimace avant de s'enfuir dans l'herbe.

C'est un pervers.

Rien de personnel, alors. *C'est un pervers, c'est un juif.* Valable pour tout ce qui n'était pas eux.

Quelqu'un qui ne valait pas la peine qu'on meure pour lui.

Ou bien était-ce le contraire : quelqu'un qui ne valait pas la peine qu'on vive pour lui ?

3

C'est en début de soirée qu'il rentra à l'appartement. Il avait eu besoin d'un verre.

Par bonheur aucune frêle *shiksa* avec une expression humide d'Ophélie n'était entrée dans le bar où il l'avait pris. Il aurait été capable de la ramener chez lui et de se noyer avec elle.

Lappartement était bizarrement silencieux. Pas d'Hephzibah. Il la chercha. Pas d'Hephzibah dans la cuisine, pas d'Hephzibah vautrée dans le salon devant la télévision en se demandant où il était passé, pas d'Hephzibah dans la chambre avec une robe d'intérieur orientale et une rose entre les dents, pas d'Hephzibah dans la salle de bains. Mais il sentit son parfum. L'une des portes de la penderie était ouverte et des chaussures étaient éparpillées. Elle était sortie.

Puis, comme s'il venait de recevoir une pierre en pleine tempe, il se rappela. C'était la soirée du musée. L'ouverture. La Grande Inauguration, comme elle avait refusé de l'appeler. Doux Jésus ! Ils devaient y être à 17 h 30, les portes ouvrant pour les invités à 18 h 15. De bonne heure, telle avait été la consigne d'Hephzibah. De bonne heure et efficace. On entre, on sort, en attirant le moins d'attention possible. Même les cartons avaient été discrets et postés tardivement. Normalement, comme Treslove le lui avait fait observer, les juifs adoraient les invitations. Elles étaient monumentales, invariablement imprimées en relief en lettres gothiques et envoyées des mois à l'avance. Venez à la fête ! Pensez aux cadeaux ! Réfléchissez à votre tenue ! Commencez à perdre des kilos ! Hephzibah avait veillé à ce que la sienne soit petite, légère, et passe inaperçue.

Il ne lui avait pas promis de ne pas être en retard. Ce n'était pas nécessaire. Il ne l'était jamais. La plupart du temps, il ne quittait pas l'appartement. Il n'oubliait pas les rendez-vous.

Alors *pourquoi* était-il en retard et *pourquoi* avait-il oublié ce rendez-vous ?

Il savait ce qu'Hephzibah dirait. Qu'il avait oublié parce qu'il avait voulu oublier. Ce n'était pas à elle de déduire pourquoi. Parce qu'il n'était plus amoureux d'elle peut-être. Parce qu'il était irrationnellement jaloux de son ami Parce que, dans son for intérieur, il avait commencé à s'opposer au musée.

Elle ne lui avait pas laissé de message. Cela, pour Treslove, indiquait qu'elle était très vexée et tres fâchée. Il l'avait laissée tomber sans prévenir ; elle faisait de même.

Il se demanda si tout était fini entre eux. À cause de Libor, dans ce cas. Il y a certains événements qui vous empêchent de rebrousser chemin. Après Libor, qui les avait réunis, rien. Il n'était pas impossible que cela ait été son intention. Ceux que j'ai réunis, je les séparerai. Treslove comprenait le raisonnement de Libor. Libor avait découvert qu'il était un queutard, un fouinard et un vantard. Il avait souillé le nid de Finkler et allait souiller celui de Libor par le biais d'Hephzibah. Qu'est-ce qu'il leur voulait, ce coucou goy ? S'abreuver de leur tragédie parce que sa propre vie était une farce. Rentre chez toi, Julian. Retourne d'où tu viens et laisse-nous tranquilles.

Il s'assit sur le bord du lit, la tête bourdonnante, acceptant ce jugement. Sa vie avait été une farce, en effet. Chaque élément en était grotesque. Et puis, oui, c'était vrai, il avait essayé d'investir la tragédie et la grandeur d'autrui puisqu'il n'en disposait pas en propre. Ce faisant, il n'avait aucune intention de faire le mal ou d'être irrespectueux, tout au contraire ; mais c'était tout de même du vol.

« C'est un juif ! » s'étaient esclaffés les collégiens, et Treslove avait pris l'insulte pour lui. Comme un coup de lance dans le flanc. Mais, au-delà de l'obligation qu'a un adulte de calotter chacun de ces petits *mamzers*, qu'est-ce que cela avait à voir avec lui ? Pourquoi était-il retourné en chancelant vers le banc comme un animal blessé, avant de partir en quête d'alcool ? Pour atténuer la douleur de quoi ?

Le moment était venu d'un autre adieu, alors. Pourquoi pas ? Les adieux, il avait toujours été doué pour cela. Un de plus, qu'est-ce que cela faisait ?

Il regarda sa vie filer dans différentes directions. C'était comme être ivre. Être ivre était comme être ivre. Peut-être allait-il sortir en titubant et qu'on ne le reverrait plus jamais. Peut-être allait-il faire sa valise et retourner dans son appartement, à Hampstead qui n'était pas Hampstead. Peut-être allait-il enfiler en vitesse quelque chose et courir au musée. « Excuse-moi, chérie, j'arrive encore à temps pour un dernier canapé casher ? »

Un accès d'exaltation propre aux hommes désœuvrés s'empara de lui. Le monde s'offrait à lui, il n'avait qu'à y choisir sa place. Sortir en titubant puis disparaître était son choix préféré. Il y avait du panache là-dedans ainsi que de la folie. Offrir à Hephzibah son absence et s'offrir à lui-même la liberté. Allons, se dit-il. Partons. Il aurait brandi le poing s'il avait été homme à brandir le poing.

Mais le spectacle des chaussures éparpillées d'Hephzibah le toucha. Il aimait cette femme. Elle l'avait synchronisé avec l'univers. Elle ne lui pardonnerait peut-être jamais, mais il lui devait, il se devait à lui-même, à tous les deux, une seconde chance. Il prit rapidement une douche, enfila un costume noir et sortit.

L'obscurité le surprit. Il consulta sa montre. 20 h 45 ! Comment était-ce possible ? Il était tout juste 19 heures passées quand il était rentré. Qu'avait-il fait de son temps ? Était-il possible qu'il se soit évanoui sur le lit, entre le moment où il avait imaginé s'enfuir et celui où il s'était rappelé en voyant ses chaussures qu'il l'aimait tant ? Il n'y avait pas d'autre explication. Il s'était endormi une deuxième fois aujourd'hui sans s'en rendre compte. Il avait perdu les pédales. Il lui arrivait des choses. Il ne maîtrisait plus sa vie. Il ne la vivait même plus.

Ce n'était qu'à dix minutes à pied, mais le trajet pullulait de dangers. Les réverbères se jetaient de nouveau sur lui. Il s'imagina emboutissant des arbres et des boîtes à lettres. Il y avait trop de circulation dans la rue, tout allait trop vite. Les bus remontaient péniblement la côte. Derrière, des conducteurs déboîtaient simplement, persuadés de ne courir aucun risque. Il s'attendait tellement à un choc que chacun de ses os lui faisait mal.

Il essaya de ne pas lire le graffiti en arabe sur les murs de l'ancien studio des Beatles.

Il était 21 heures quand il arriva au musée. Les lumières étaient allumées et un petit groupe — une dizaine de personnes — s'était réuni dehors. Réuni n'était peut-être pas le bon terme. Une réunion connote une intention et il n'était pas sûr que ces gens aient une raison de se trouver là. Il s'attendait à moitié à voir des banderoles. *Mort aux juifs.* Des caricatures de youdes gloutons dévorant des bébés et des étoiles de David se métamorphosant en croix gammées. De telles images n'étaient même plus choquantes. On pouvait les trouver à l'intérieur, ou même en couverture des plus respectables publications. Ces dernières semaines, les rues étaient pleines de petits groupes de manifestants de Trafalgar Square et de l'ambassade d'Israël, et Treslove n'aurait pas été surpris de les voir là, espérant attirer l'attention de l'un ou l'autre des importants invités juifs d'Hephzibah, un ambassadeur, un député, un pilier de la communauté. *Arrêtez le massacre. Condamnez le carnage. Tuez les juifs*. Mais tout semblait calme et en ordre. Il n'y avait même pas, apparemment, le moindre Juif honteux venu déclarer avec un air de chien battu qu'il se désolidarisait de son peuple.

Finkler ? Était-il à l'intérieur ou dehors ? Finkler caché dans le petit groupe, attendant son heure, ou dans le bâtiment. Le cavalier de remplacement d'Hephzibah depuis que le cavalier en titre l'avait laissée tomber ?

C'était une soirée finkler. Sam avait plus de légitimité que Treslove à y entrer.

De toute façon, il n'était pas dehors. Ce n'étaient que des gens qui fumaient, estima Treslove. Ou bien sortis prendre l'air.

Il les contourna pour gagner l'entrée, où deux vigiles lui demandèrent son invitation. Il ne l'avait pas. Il n'avait aucune raison d'en avoir une sur lui, expliqua-t-il. Il n'était pas un invité. Il était quasiment l'hôte.

L'entrée était strictement sur invitation, lui déclara-t-on. Pas d'invitation, pas de fête. Il expliqua que ce n'était pas une fête. C'était une réception. Enfin ! Comment aurait-il pu savoir que c'était une réception et non une fête s'il n'avait été qu'un inconnu qui cherche les ennuis ? Il pouvait leur dire ce qu'il y avait dans chaque salle. Allez-y, testez-moi. Hephzibah Weizenbaum, la directrice du musée, était sa conjointe. Peut-être que si quelqu'un pouvait l'avertir qu'il était arrivé…

Ils secouèrent la tête. Il se demanda si elle leur avait donné consigne de ne pas le laisser entrer. Ou bien il sentait l'alcool.

— Enfin, les mecs, dit-il en tentant de passer, mais pas agressivement, d'une manière un peu ironique.

Le plus costaud l'empoigna par le bras.

— Hé, s'indigna Treslove. Vous m'agressez.

Il se retourne dans l'espoir de voir un visage compatissant. Peut-être quelqu'un qui le reconnaît et qui peut se porter garant de ce qu'il a dit. Mais il se retrouve face au regard dément du guerrier juif grisonnant à keffieh qui gare sa moto dans la cour de la synagogue qu'il voit depuis la terrasse de l'appartement d'Hephzibah. Ah, se dit-il. Ah ! Il comprend. Ces gens ne sont finalement pas des invités sortis fumer ou prendre l'air. Ils font un piquet silencieux. Une femme porte une photo agrandie d'une famille arabe. Une mère, un père, un bébé. À côté, un homme tient une bougie. Ils pourraient bien être arabes, mais pas tous. Le motard grisonnant en keffieh, par exemple. Il n'est pas arabe.

— Alors, qu'est-ce que c'est ? demande Treslove.

On l'ignore. Personne ne veut d'ennuis. Le vigile qui l'a pris par le bras revient vers lui.

— Je vais devoir vous demander de vous éloigner, monsieur, dit-il.

— Vous êtes juif ? lui demande Treslove.

— Monsieur.

— Je vous pose une question poliment, dit Treslove, parce que, si vous êtes juif, je veux savoir pourquoi vous autorisez cette manifestation à se poursuivre. Nous ne sommes pas devant une ambassade. Et, si vous n'êtes pas juif, je veux savoir ce que vous faites ici.

— Ce n'est pas une manifestation, dit l'homme à la bougie. Nous sommes simplement là.

— *Vous êtes simplement là*. Je le vois bien, dit Treslove. Mais pourquoi êtes-vous simplement là ? C'est un musée juif. C'est un lieu d'étude et de réflexion. Ce n'est pas la foutue Cisjordanie. Nous ne sommes pas en guerre, ici.

Quelqu'un l'empoigne. Il ne sait pas trop qui. Peut-être qu'ils sont deux. Peut-être que ce sont les vigiles, peut-être pas. Treslove sait comment cela va finir. Il n'a pas peur. Le garçon sépharade n'avait pas peur, il n'aura pas peur. Il voit le visage las et revenu de tout du garçon. « C'est un juif ! » C'est comme cela qu'il voit les choses, c'est tout. Il voit la collégienne qui se baisse pour nouer son lacet ? « Pervers ! »

Il se débat. Peu importe qui il frappe. Ou qui le frappe. Il voudrait bien que ce soit, dans un cas comme dans l'autre, le traître au keffieh. Mais, si ce n'est pas lui, tant pis. Il n'a aucune désir, cependant, de frapper un Arabe. Il entend des cris. Il aimerait bien que l'un d'eux le pousse contre le mur en criant : youpin ! C'est héroïque de mourir en juif. S'il faut mourir pour quelque chose, que ce soit pour avoir été juif. « Youpin », et puis le couteau sous la gorge. C'est ce qu'on appelle une mort sérieuse, pas les conneries qu'a faites Treslove durant toute sa vie.

Il sent quelque chose contre ses côtes, mais ce n'est pas un couteau. C'est un poing. Il riposte. Ils se battent, à présent. Treslove ne sait pas contre qui ni combien. Il entend un grand bruit, mais c'est peut-être celui de son cœur. Il trébuche, perd l'équilibre sur le sol inégal. Puis il s'étale. Des phares l'aveuglent. Soudain, son épaule lui fait mal. Il ferme les yeux.

Quand il les rouvre, le juif au keffieh est penché sur lui.

— Ça va ? lui demande-t-il.

Treslove est surpris de sa douceur. Il s'attendait plutôt à ce qu'il crache le feu, comme sa moto.

— Savez-vous où vous êtes ?

Ses questions sont presque celles d'un médecin. Et si ce cinglé en était un, se demande Treslove. Un éminent médecin juif en keffieh ?

Il lève les yeux vers lui, dans l'espoir de deviner s'il sait qu'il le regarde depuis la terrasse d'Hephzibah. Puisque c'est une soirée organisée par Hephzibah, le rapprochement n'est pas très difficile à faire.

Mais, si le motard le reconnaît, il n'en laisse rien paraître.

— Vous souvenez-vous de votre nom ? continue-t-il, l'air toujours soucieux.

— Brad Pitt, réplique Treslove. Et vous ?

— Sydney.

Il a une voix distinguée et apaisante. Patiente. Il ôte son keffieh et le roule en boule sous la tête de Treslove.

— Vous avez eu de la chance qu'il ait de bons freins, dit-il.

— Qui ? demande Treslove.

Il n'entend pas la réponse.

Plutôt que de se retrouver sous le regard de Sydney et de la nauséeuse cause humanitaire pleine d'abnégation qu'il sert en se drapant dans le foulard des ennemis de son peuple, Treslove aurait préféré que les freins ne soient pas si bons.

Plutôt que de se retrouver sous le regard de Treslove et de la femme au chien, le jeune juif sépharade aurait-il préféré lui aussi être laissé à ses bourreaux ?

C'est drôle, l'ingratitude, songe Treslove en refermant les yeux. La journée a été longue.

Il n'est pas grièvement blessé, mais l'hôpital le garde en observation une nuit. Par sécurité. Hephzibah lui rend visite, mais il dort.

— Ne le réveillez pas, dit-elle.

Elle croit qu'il sait qu'elle est là mais qu'il ne veut pas lui parler. Elle appartient à tout ce qui le dégoûte. Comme Libor, il veut retirer ses pions. Elle a tort. Mais cela n'a pas d'importance. Elle a tort aujourd'hui, mais elle aura raison demain.

Épilogue

Comme Libor n'a pas d'enfants, nous dirons le kaddish pour lui, sont convenus Hephzibah et Finkler. En tant que non-juif, Treslove n'a pas le droit de réciter la prière pour les morts et a donc été exclu de leurs délibérations.

Je ne suis pas très synagogue, déclare Hephzibah. Je ne supporte pas ces histoires de kaddish qu'on peut dire pour les uns et pas pour les autres, d'endroit où il faut s'asseoir et quand, sans parler de ce qui est permis à une femme et qui varie d'une synagogue à une autre. Notre religion ne te facilite pas vraiment les choses. Alors je prierai de chez moi.

Et c'est ce qu'elle fait.

Pour le mort et celui qui, pour elle, est mort.

Pour Libor, elle pleure les yeux secs.

Pour Julian, parce qu'elle ne peut pas exclure Julian de son cœur, elle verse des larmes amères qui viennent d'une partie d'elle qu'elle ne reconnaît pas. Ce n'est pas la première fois qu'elle pleure à cause des hommes qu'elle a aimés. Mais, avec eux, c'était le caractère définitif de la séparation qui la chagrinait. Avec Julian, c'est différent : a-t-il été assez présent pour qu'elle puisse s'en séparer ? A-t-elle été seulement une expérience pour lui ? Et lui une expérience pour elle ?

Il lui a dit qu'elle était sa destinée. Qui veut être la destinée d'un autre ?

C'est moins commode pour Samuel Finkler, mais peut-être plus direct. Il doit aller à la plus proche synagogue et dire la prière qu'il a entendue la première fois dans la bouche de son père. *Yitgadal vèyitkadash*… la langue antique des Hébreux sonnant le glas des morts. *Magnifié et sanctifié soit le Grand Nom.* Il le fait trois fois par jour. Quand le défunt n'est pas un père ou une mère, l'obligation de dire le kaddish cesse après trente jours au lieu de onze mois. Mais Finkler ne renonce pas au bout des trente jours. Personne n'arrive à l'interrompre. Il ne sait pas s'il cessera même au bout de onze mois, même s'il comprend qu'il doit arrêter : afin que les âmes des morts que nul ne pleure puissent trouver le chemin du Paradis. Mais il ne pense pas que ses prières les empêcheront d'y parvenir.

La beauté du kaddish, pour lui, est qu'il est non spécifique. Il peut pleurer autant de morts qu'il le désire.

Tyler, finalement, il ne sait pas pourquoi. Il pense que Libor a en quelque sorte rendu cela possible. Dénoué quelque chose.

Tyler qu'il a trahie comme époux, Libor qu'il a trahi comme ami.

Yitgadal vèyitkadash... C'est si universel qu'il pourrait aussi bien porter le deuil de tout le peuple juif.

Non qu'il veuille se limiter aux juifs. Même Treslove y a droit, un petit regard oblique de chagrin, alors qu'il est bien vivant — autant que faire se peut — et probablement retourné à son métier de sosie.

C'est auprès d'Hephzibah, qu'il voit fréquemment, que Samuel Finkler prend ses consignes. L'impression d'inachevé qu'elle éprouve, d'une chose inachevée qui n'a peut-être jamais commencé, devient la sienne. Lui non plus n'a jamais vraiment connu Treslove. Et cela aussi lui paraît une raison de plus de pleurer.

Le deuil de Finkler n'a pas de fin.

Cet ouvrage a été imprimé par
CPI Firmin Didot à Mesnil-sur-l'Estrée
pour le compte des Éditions Calmann-Lévy
31, rue de Fleurus
75006 Paris
en juillet 2011

Photocomposition
Datagrafix

N° d'édition: 15129/01 – N° d'impression: 106039
Dépôt légal : août 2011

Imprimé en France.